Du entkommst mir nicht

Mary Higgins Clark

Du entkommst mir nicht

Roman

Aus dem Amerikanischen
von Karin Dufner

WILHELM HEYNE VERLAG
MÜNCHEN

Die Originalausgabe erschien unter dem Titel
»On the Street Where You Live«
bei Simon & Schuster, New York

2. Auflage 2001

*Umwelthinweis:
Dieses Buch ist auf chlor- und säurefreiem Papier gedruckt.*

*Satz: franzis print & media GmbH, München
Druck und Bindung: GGP Media GmbH, Pößneck
Printed in Germany*

ISBN 3-453-19615-5

Für meinen Liebsten und Besten –
John Conheeney – außergewöhnlicher Ehemann

Die Clark-Kinder –
Marilyn, Warren und Sharon, David, Carol und Pat

Die Clark-Enkel –
Liz, Andrew, Courtney, David, Justin und Jerry

Die Coheeney-Kinder –
John und Debby, Barbara und Glenn,
Trish, Nancy & David

Die Coheeney-Enkel –
Robert, Ashley, Lauren, Megan, David,
Kelly, Courtney, Johnny und Thomas

Ihr seid eine tolle Sippe, und ich liebe euch alle.

Dienstag, 20. März

Eins

Als er die Strandpromenade erreichte, schlug ihm ein heftiger, böiger Wind vom Meer entgegen. Nach einem Blick auf die Wolken, die am Himmel trieben, war er sicher, dass es später noch ein Schneegestöber geben würde – und das, obwohl morgen Frühlingsanfang war. Der Winter hatte sich eine Ewigkeit hingezogen, und alle wiederholten ständig, wie sehr sie sich auf das warme Wetter freuten. Ganz im Gegensatz zu ihm.

Ihm gefiel es im Spätherbst am besten in Spring Lake, wenn die Sommerfrischler ihre Ferienhäuser abschlossen und man auch an den Wochenenden von ihnen verschont blieb. Er bedauerte, dass jedes Jahr mehr Leute ihre Häuser in der Stadt verkauften und ganz hierher zogen. Offenbar störte es sie nicht, jeden Morgen über hundert Kilometer zur Arbeit nach New York zu fahren, solange sie dafür den Tag in diesem hübschen, friedlichen Städtchen an der Küste von New Jersey beginnen und beenden konnten.

Dank seiner viktorianischen Häuser wirkte Spring Lake, als wäre die Zeit dort seit dem Ende des neunzehnten Jahrhunderts stehen geblieben. Und das sei, wie die Zugezogenen sagten, die lästige Pendelei wert.

Und alle waren sich einig, dass man sich in Spring Lake, wo stets eine frische Meeresbrise wehte, am besten erholen konnte.

Von Spring Lakes drei Kilometer langer Strandpromenade aus konnte man den prächtig silbrig schimmernden Atlantik bewundern. Das Städtchen war ein echtes Schmuckstück, daran gab es für die Einwohner nichts zu rütteln.

Die Menschen hier – die Sommergäste und auch die Alteingesessenen – kannten einander gut. Doch niemand ahnte etwas von seinem Geheimnis. Wenn er die Hayes Avenue entlang schlenderte, malte er sich aus, wie Madeline Shapley an jenem Spätnachmittag des 7. September 1891 ausgesehen hatte. Sie saß, ihren breitkrempigen Sonnenhut neben sich, auf dem Rattansofa ihrer Veranda, die rund um das ganze Haus verlief. Damals war sie neunzehn Jahre alt, hatte braune Augen und dunkelbraunes Haar und war in ihrem gestärkten weißen Leinenkleid eine schlichte Schönheit.

Nur er allein wusste, warum sie eine Stunde später hatte sterben müssen.

Die St. Hilda Avenue mit ihren mächtigen Eichen, die am 5. August 1893 nur Schösslinge gewesen waren, rief andere Bilder in ihm wach. Die achtzehnjährige Letitia Gregg war nicht nach Hause gekommen. Sie war vor Angst wie erstarrt gewesen. Anders als Madeline, die um ihr Leben gekämpft hatte, hatte Letitia um Gnade gefleht.

Die dritte im Bunde war Ellen Swain gewesen, ein zierliches, ruhiges, aber viel zu neugieriges Mädchen, das darauf gebrannt hatte, mehr über Letitias letzte Stunden zu erfahren.

Und wegen dieser Neugier war sie ihrer Freundin am 31. März 1896 ins Grab gefolgt.

Er kannte jede Einzelheit und wusste ganz genau, was mit ihr und den anderen geschehen war.

Während einer Periode kühlen Schmuddelwetters, wie es manchmal im Sommer vorkommt, hatte er das Tagebuch gefunden. Aus reiner Langeweile war er in die alte Remise gegangen, die heute als Garage diente. Er war die wackelige Leiter zum muffigen, staubigen Speicher hinaufgestiegen und hatte dort in den Kisten herumgewühlt.

Die erste enthielt nutzlosen Krimskrams: verrostete alte Lampen, ausgeblichene, unmoderne Kleidung, Töpfe, Pfannen, ein Waschbrett, abgestoßene Schminkkästen mit zerbrochenen oder blinden Spiegeln. Es handelte sich um die Sorte von Dingen, die man in der Absicht, sie zu reparieren oder zu verschenken, beiseite räumt und dann vergisst.

In einer anderen Kiste lagen dicke Alben mit mürben Seiten. Die Fotos darauf zeigten ernste Menschen in steifen Posen, die sich weigerten, vor der Kamera ihre Gefühle zu preiszugeben.

In einer dritten Kiste entdeckte er Bücher, staubig, aufgequollen von der Feuchtigkeit und mit verblassten Buchstaben. Er hatte schon immer viel gelesen, und obwohl er damals erst vierzehn gewesen war, konnte er die Bände nach einem raschen Blick einschätzen und beiseite legen. Es waren keine verschollenen Meisterwerke dabei.

Der Inhalt von einem Dutzend weiterer Kisten erwies sich ebenfalls als wertloser Kram.

Als er die herausgeräumten Gegenstände wieder verstaute, stieß er auf eine zerschrammte Ledermappe, die offenbar in einem der Fotoalben gesteckt hatte. Als er sie öffnete, stellte er fest, dass sich unzählige beschriebene Seiten darin befanden.

Die erste Eintragung war auf den 7. September 1891

datiert. Sie begann mit den Worten: *Madeline ist durch meine Hand gestorben.*

Er hatte das Tagebuch mitgenommen und niemandem davon erzählt. Im Laufe der Jahre hatte er fast täglich darin gelesen, bis ihm war, als hätte er das Geschilderte selbst erlebt. Irgendwann wuchs seine Gewissheit, dass er eins mit dem Verfasser geworden war und dessen Überlegenheitsgefühl gegenüber den Opfern teilte. Wenn der Autor beschrieb, wie er den Angehörigen Trauer vorgespielt hatte, amüsierte er sich königlich.

Was anfangs nur Neugier gewesen war, verwandelte sich nach einiger Zeit in eine fixe Idee – in den Drang, die in diesem Tagebuch aufgezeichnete Todesreise selbst anzutreten. Sie nur aus zweiter Hand zu erleben, genügte ihm nicht mehr.

Und vor viereinhalb Jahren hatte er zum ersten Mal getötet.

Es war das Pech der einundzwanzigjährigen Martha gewesen, dass sie das jährliche Sommerfest ihrer Großeltern besucht hatte. Die Lawrences waren eine alt eingesessene und angesehene Familie in Spring Lake. Auch er hatte zu den Gästen gehört und Martha dort kennen gelernt. Am nächsten Tag, dem 7. September, ging Martha am frühen Morgen auf der Strandpromenade zum Joggen. Sie kehrte nie nach Hause zurück.

Selbst jetzt, über vier Jahre später, wurde immer noch nach ihr gesucht. Erst kürzlich hatte der Oberstaatsanwalt von Monmouth County bei einer Sitzung geschworen, er werde nicht eher ruhen, bis man wisse, was wirklich mit Martha Lawrence geschehen sei. Während er den leeren Versprechungen lauschte, kicherte er in sich hinein.

Sein größtes Vergnügen war es, sich an den ernsten Gesprächen über Marthas Schicksal zu beteiligen, die hin und wieder beim Abendessen aufkamen.

Ich könnte es euch in allen Einzelheiten erzählen, sagte er sich. Und auch, was mit Carla Harper passiert ist. Vor zwei Jahren war er am Hotel Warren vorbeigeschlendert, als sie gerade die Treppe herunterkam. Wie Madeline im Tagebuch trug sie ein weißes Kleid, obwohl ihres eher einem Unterrock ähnelte. Es war ärmellos, und ihr schlanker junger Körper zeichnete sich darunter ab. Er hatte sich an ihre Fersen geheftet.

Als Carla drei Tage später verschwand, nahm jeder an, sie sei auf dem Heimweg nach Philadelphia verschleppt worden. Nicht einmal der Staatsanwalt, der so fest entschlossen war, das Geheimnis um Marthas Verschwinden zu lüften, schöpfte den Verdacht, dass Carla Spring Lake nie verlassen hatte.

Während er sich noch im Gefühl seiner Allwissenheit sonnte, schloss er sich beschwingt den spätnachmittäglichen Spaziergängern auf der Strandpromenade an, begrüßte freundlich ein paar gute Bekannte und stimmte der allgemeinen Auffassung zu, dass der Winter sich wohl mit einem letzten kalten Sturm verabschieden würde.

Doch selbst beim Plaudern mit seinen Freunden spürte er, wie sich der Trieb in ihm regte. Es war der Drang, ein drittes Opfer zu finden. Der Jahrestag rückte näher, und er hatte noch keines ausgesucht.

In der Stadt hieß es, dass Emily Graham, die das Shapley-Haus – wie man es noch immer nannte – gekauft hatte, eine Nachfahrin der ursprünglichen Besitzer war.

Er wusste alles über sie aus dem Internet: zweiunddreißig Jahre alt, geschieden und Strafverteidigerin. Sie war zu Geld gekommen, nachdem ihr der dankbare Besitzer einer aufstrebenden Computerfirma, den sie kostenlos und erfolgreich verteidigt hatte, ein paar Unternehmensanteile überließ. Als die Firma an die Börse gegangen war, hatte Emily Graham die Aktien verkauft und damit ein Vermögen gemacht.

Er erfuhr auch, dass Emily Graham vom Sohn eines Mordopfers belästigt worden war, nachdem sie einen Freispruch für den Angeklagten erwirkt hatte. Der Sohn, der seine Unschuld beteuerte, befand sich mittlerweile in einer psychiatrischen Einrichtung. Sehr interessant.

Noch interessanter jedoch war, dass Emily dem Foto ihrer Urgroßtante Madeline Shapley erstaunlich ähnelte. Sie hatte die gleichen weit auseinander stehenden braunen Augen und langen, dichten Wimpern. Das gleiche dunkelbraune Haar mit rötlichem Schimmer. Den gleichen reizenden Mund. Die gleiche hoch gewachsene, schlanke Figur.

Natürlich gab es auch Unterschiede. Madeline war unschuldig, vertrauensselig, unerfahren und romantisch gewesen. Emily Graham hingegen war offenbar eine weltgewandte, kluge Frau. Sie würde eine größere Herausforderung darstellen als die anderen. Aber das erhöhte nur den Reiz. Vielleicht würde sie ja sein Trio vervollständigen.

Die Vorstellung hatte etwas so Zwingendes und Folgerichtiges, dass er freudig erschauderte.

Zwei

Als Emily das Ortsschild passierte, atmete sie erleichtert auf. Endlich war sie in Spring Lake angekommen. »Geschafft!«, rief sie aus. »Hallelujah!«

Die Fahrt von Albany hierher hatte fast acht Stunden gedauert. Bei ihrem Aufbruch hatte der Wetterbericht leichten Schneefall angekündigt. Allerdings hatte sich dieser als ausgewachsener Schneesturm entpuppt, der erst nachließ, als sie Rockland County hinter sich hatte. Die vielen Auffahrunfälle, an denen sie unterwegs vorbeikam, erinnerten sie an die Autoscooter, die sie als Kind so geliebt hatte.

Als die Straße einigermaßen frei war, beschleunigte sie. Doch kurz darauf wurde sie Zeugin eines Beinaheunfalls. Einen schrecklichen Moment lang schien es, als würden zwei Autos frontal zusammenstoßen. Das Unglück wurde nur dadurch vermieden, dass es dem Fahrer des einen Wagens irgendwie gelang, sein Fahrzeug unter Kontolle zu bekommen und im allerletzten Moment nach rechts zu lenken.

Das ist fast wie mein Leben in den vergangenen Jahren, dachte Emily, während sie den Fuß vom Gas nahm. Ständig auf der Überholspur und manchmal nur um Haaresbreite an einer Kollision vorbei. Ich habe Luftveränderung und Ruhe bitter nötig.

»Emily, nimm die Stelle in New York an«, hatte ihre Großmutter gesagt. »Ich hätte ein sehr viel besseres Gefühl, wenn du ein paar hundert Kilometer entfernt wohnst. Ein fieser Ex-Mann und außerdem noch dieser Verrückte, der dich verfolgt – das ist ein bisschen zu viel für meinen Geschmack.«

Und wie vorauszusehen gewesen war, fuhr Großmutter fort: »Wenn ich offen sein darf, hättest du Gary White nie heiraten sollen. Dass er den Nerv hatte, dich drei Jahre nach der Scheidung zu verklagen, weil du jetzt vermögend bist, beweist ja, wie richtig ich ihn eingeschätzt habe.«

Emily schmunzelte unwillkürlich, als sie an die Worte ihrer Großmutter dachte. Langsam fuhr sie durch die dunklen Straßen und warf einen Blick auf die Anzeige am

Armaturenbrett. Die Außentemperatur betrug frostige vier Grad. Der Asphalt war feucht – offenbar hatte der Sturm hier nur Regen gebracht –, und die Windschutzscheibe begann zu beschlagen. An den schwankenden Baumwipfeln erkannte sie, dass immer noch heftige Böen vom Meer heranwehten.

Doch die Häuser, zum Großteil sanierte viktorianische Gebäude, wirkten solide und friedlich. Morgen werde ich offiziell Hausbesitzerin in dieser Stadt sein, überlegte Emily. Am 21. März, der Tagundnachtgleiche, an dem es gleich lang hell und dunkel ist und die Welt sich im Gleichgewicht befindet.

Es war ein beruhigender Gedanke, denn sie hatte in letzter Zeit genug Trubel gehabt und sehnte sich jetzt nach absoluter Ruhe. Obwohl sie einerseits einen erstaunlichen Glückstreffer gelandet hatte, waren gleichzeitig ununterbrochen Sorgen und Probleme auf sie eingeprasselt wie ein Meteoritenhagel. Doch nicht umsonst hieß es ja in einem alten Sprichwort, dass das Leben ein ständiges Auf und Ab sei. Der Himmel allein wusste, dass sie der lebende Beweis dafür war.

Emily spielte mit dem Gedanken, an ihrem Haus vorbeizufahren, verwarf ihn jedoch wieder. Die Vorstellung, dass das Haus in wenigen Stunden ihr gehören sollte, hatte noch immer etwas Unwirkliches. Vor drei Monaten hatte sie es zum ersten Mal gesehen hatte, aber in ihrer kindlichen Phantasie war es stets lebhaft präsent gewesen – halb real, halb wie ein Märchenschloss. Als sie über die Schwelle getreten war, hatte sie sofort das Gefühl gehabt, endlich zu Hause angekommen zu sein. Die Immobilienmaklerin hatte sie darauf hingewiesen, dass man das Anwesen immer noch Shapley-Haus nannte.

Für heute bin ich genug Auto gefahren, sagte sich Emily. Sie hatte einen langen Tag hinter sich. Eigentlich hätte die Umzugsfirma aus Albany um acht Uhr erscheinen sollen. Die meisten Möbel, die Emily behalten wollte, befanden sich bereits in ihrem neuen Apartment in New York. Doch als Großmutter vor kurzem eine kleinere Wohnung bezog, hatte sie ihrer Enkelin einige hübsche antike Stücke geschenkt, und so war doch noch einiges umzuziehen gewesen.

»Ihre Sachen sind als erste dran«, hatte der Mann von der Umzugsfirma beteuert. »Auf mich können Sie sich verlassen.«

Allerdings war der Möbelwagen erst gegen Mittag eingetroffen. Und deshalb war Emily viel später als geplant aufgebrochen. Inzwischen war es fast halb elf Uhr nachts.

Ich fahre zuerst ins Hotel, beschloss sie und dachte voller Vorfreude an eine heiße Dusche, die Elf-Uhr-Nachrichten und ein weiches Bett.

Als sie Spring Lake zum ersten Mal besucht und spontan die Anzahlung auf das Haus geleistet hatte, hatte sie einige Tage lang im Candlelight Inn gewohnt, um gründlich darüber nachzudenken, ob ihre Entscheidung auch richtig gewesen war. Mit Carrie Roberts, der über siebzig Jahre alten Besitzerin der Pension, hatte sie sich auf Anhieb verstanden. Emily hatte sie von unterwegs bereits angerufen, um ihr Bescheid zu geben, dass sie später kommen würde. Und Carrie hatte ihr versichert, es mache ihr überhaupt keine Umstände.

An der Ocean Avenue bog Emily rechts ab und fuhr dann noch vier Häuserblocks weiter. Ein wenig später stellte sie mit einem erleichterten Seufzer den Motor ab und nahm den Koffer, den sie für die Nacht brauchte, vom Rücksitz.

Carries Begrüßung fiel herzlich, aber knapp aus. »Sie sehen erschöpft aus, Emily. Das Bett ist schon aufgedeckt.

Da Sie, wie Sie sagten, schon zu Abend gegessen haben, habe ich Ihnen eine Thermosflasche mit heißem Kakao und ein paar Kekse aufs Nachtkästchen gestellt. Bis morgen früh also.«

Eine heiße Dusche. Ein Nachthemd und ihren alten Lieblingsbademantel. Emily trank den Kakao, sah sich die Nachrichten an und spürte, wie sich ihre verkrampften Muskeln allmählich lockerten.

Gerade hatte sie den Fernseher abgeschaltet, als ihr Handy läutete. Da sie ahnte, wer es war, nahm sie das Gespräch an.

»Hallo, Emily.«

Sie musste schmunzeln, als sie die besorgte Stimme Eric Baileys hörte, des schüchternen Genies, dem sie es zu verdanken hatte, dass sie nun in Spring Lake war.

Während sie ihm versicherte, sie habe die Fahrt unbeschadet und ohne größere Zwischenfälle überstanden, erinnerte sie sich an den Tag ihrer ersten Begegnung. Er hatte das winzige Büro neben ihrem bezogen. Sie waren gleich alt und ihre Geburtstage fielen in dieselbe Woche. Bald hatten sie sich miteinander angefreundet, und Emily erkannte, dass sich hinter seiner zurückhaltenden, schuljungenhaften Art ein hochintelligenter Kopf verbarg.

Als ihr eines Tages auffiel, wie niedergeschlagen er wirkte, fragte sie ihn nach dem Grund. Es stellte sich heraus, dass seine aufstrebende Internetfirma von einem großen Softwarehersteller verklagt worden war, der wusste, dass Eric sich keinen teuren Prozess leisten konnte.

Emily übernahm den Fall, ohne ein Honorar zu verlangen. Sie ging nicht davon aus, dass sie etwas daran verdienen würde, und witzelte, sie werde die Wände ihres Büros mit den Aktien tapezieren, die Eric ihr versprochen hatte.

Dann gewann sie den Prozess. Erics Firma ging an die

Börse, und die Aktien stiegen rasch. Als Emilys Anteile zehn Millionen Dollar wert waren, verkaufte sie sie.

Inzwischen stand Erics Name außen an einem repräsentativen neuen Bürogebäude. Da er ein Faible für Pferderennen hatte, hatte er ein hübsches altes Anwesen in Saratoga erworben und pendelte von dort aus nach Albany zur Arbeit. Emily und Eric waren weiter Freunde geblieben, und er war ihr während der Zeit, als sie von einem Verrückten verfolgt wurde, eine große Hilfe gewesen. Er ließ sogar eine hochmoderne Überwachungskamera in ihrem Haus installieren, mithilfe derer der Täter auf frischer Tat ertappt worden war.

»Ich wollte mich nur erkundigen, ob du gut angekommen bist. Hoffentlich habe ich dich nicht geweckt.«

Sie plauderten eine Weile und verabredeten, bald wieder miteinander zu telefonieren. Nachdem Emily aufgelegt hatte, ging sie zum Fenster und öffnete es einen Spalt weit. Der kalte, salzige Wind ließ sie nach Luft schnappen. Trotzdem atmete sie langsam ein. Es ist sicher nur Spinnerei, dachte sie, aber im Moment habe ich das Gefühl, als hätte mir der Geruch des Meeres mein Leben lang gefehlt.

Sie vergewisserte sich, dass die Tür auch wirklich zweimal abgeschlossen war. Hör auf damit, schalt sie sich. Du hast doch schon vor dem Duschen nachgesehen.

Ein Jahr war sie verfolgt worden, und je länger es gedauert hatte, desto ängstlicher und nervöser war sie geworden. Es hatte nichts genützt, sich immer wieder vor Augen zu halten, dass ihr Verfolger schon genügend Gelegenheiten gehabt hätte, sie anzugreifen, falls er das wirklich beabsichtigte.

Von Carrie wusste sie, dass sie der einzige Gast in der Pension war. »Am Wochenende bin ich ausgebucht«, hatte die Wirtin gesagt. »Alle sechs Zimmer. Am Samstag findet im Country Club nämlich eine Hochzeit statt. Und nach dem Memorial Day kann man es sowieso vergessen. Dann ist bei mir kein Besenschrank mehr frei.«

Sobald ich wusste, dass wir beide allein im Haus sind, habe ich mich gefragt, ob alle Türen verschlossen sind und die Alarmanlage eingeschaltet ist, schoss es Emily durch den Kopf. Wieder einmal war sie wütend auf sich selbst, weil sie sich so von ihren Ängsten beherrschen ließ.

Sie schlüpfte aus ihrem Bademantel. Denk jetzt nicht daran, hielt sie sich vor.

Doch ihre Hände waren plötzlich feucht, als sie sich daran erinnerte, wie sie damals beim Nachhausekommen bemerkt hatte, dass der Mann im Haus gewesen war. An der Nachttischlampe lehnte ein Foto von ihr, auf dem sie, eine Kaffeetasse in der Hand, im Nachthemd in der Küche stand. Sie hatte dieses Foto noch nie zuvor gesehen. Noch am selben Tag ließ sie die Schlösser auswechseln und am Küchenfenster eine Jalousie anbringen.

Danach hatte sie noch mehr Fotos erhalten, die sie zu Hause, auf der Straße oder im Büro zeigten. Ab und zu rief der Verfolger an und beschrieb mit seidenweicher Stimme die Kleidung, die sie an diesem Tag trug. »Du hast heute Morgen beim Joggen niedlich ausgesehen, Emily ...« »Ich hätte nicht gedacht, dass dir mit deinen dunklen Haaren Schwarz so gut steht. Aber ich habe mich geirrt ...« »Die roten Shorts gefallen mir besonders gut. Du hast echt tolle Beine ...«

Jedes Mal war kurz darauf ein Schnappschuss eingetroffen, auf dem sie in besagter Kleidung abgebildet war. Die Fotos steckten in ihrem Briefkasten, unter dem Scheibenwischer ihres Autos oder in der Morgenzeitung, die auf der Vortreppe lag.

Die Polizei hatte eine Fangschaltung eingerichtet, aber die Anrufe waren alle von verschiedenen Telefonzellen aus geführt worden. Auch die Suche nach Fingerabdrücken auf den Gegenständen, die der Täter ihr geschickt hatte, blieb ergebnislos.

Mehr als ein Jahr lang war es der Polizei nicht gelungen, den Mann zu fassen. »Sie haben ein paar Leute freigekriegt, die wegen eines Gewaltverbrechens angeklagt waren, Ms. Graham«, erklärte Marty Browski, der leitende Detective. »Es könnte ein Angehöriger eines der Opfer sein. Oder jemand, der Sie in einem Restaurant gesehen hat und Ihnen nach Hause gefolgt ist. Vielleicht auch ein Mensch, der erfahren hat, dass Sie zu Geld gekommen sind, und der Ihnen jetzt keine Ruhe mehr lässt.«

Dann jedoch hatte man Ned Koehler geschnappt, den Sohn einer Frau, deren angeblichen Mörder Emily erfolgreich verteidigt hatte. Koehler hatte sich vor ihrem Haus herumgetrieben. Er ist nicht mehr auf freiem Fuß, sagte sich Emily. Du brauchst also keine Angst mehr vor ihm zu haben. Er bekommt jetzt die Hilfe, die er braucht.

Ned Koehler saß inzwischen in einer geschlossenen Anstalt im Bundesstaat New York. Außerdem befand sie sich jetzt in Spring Lake, nicht in Albany. Aus den Augen, aus dem Sinn, versuchte sie sich zu beruhigen. Sie legte sich ins Bett, deckte sich zu und streckte die Hand nach dem Lichtschalter aus.

Auf der anderen Seite der Ocean Avenue stand ein Mann jenseits der verlassenen Promenade auf dem dunklen Strand. Der Wind zerzauste sein Haar, während er beobachtete, wie das Licht im Zimmer ausging.

»Schlaf gut, Emily«, flüsterte er mit sanfter Stimme.

Mittwoch, 21. März

Drei

Die Aktenmappe unter dem Arm, marschierte Will Stafford mit langen, raschen Schritten von der Seitentür seines Hauses zu der umgebauten Remise, die, wie meistens in Spring Lake, inzwischen als Garage diente. Irgendwann während der Nacht hatte der Regen aufgehört und der Wind nachgelassen. Dennoch war die Luft an diesem ersten Frühlingstag beißend kalt, und Will bedauerte kurz, dass er seinen Mantel nicht übergezogen hatte.

So sieht das also aus, wenn der letzte Geburtstag in den Dreißigern kurz bevorsteht, überlegte er bedrückt. Wenn das so weitergeht, brauche ich im Juli noch meine Ohrenschützer.

Er war Fachanwalt für Immobilienrecht und mit Emily Graham in einem schicken Café in Palm Springs zum Frühstück verabredet. Danach war eine letzte Besichtigung des Hauses geplant, das sie kaufen wollte. Und anschließend sollte in seiner Kanzlei die Vertragsunterzeichnung stattfinden.

Als Will seinen altersschwachen Jeep rückwärts die Auffahrt entlang lenkte, schoss ihm durch den Kopf, dass der Tag Ende Dezember, als Emily Graham in seine Kanzlei in der Third Avenue spaziert war, sich eigentlich nicht sehr vom heutigen unterschied. »Ich habe gerade eine Anzahlung auf ein Haus geleistet«, verkündete sie, »und die Maklerin gebeten, mir einen guten Anwalt für Immobilienrecht zu empfehlen. Sie hat mir zwar drei genannt, aber ich habe ziemlich viel Erfahrung mit Zeugenaussagen. Sie sind derjenige, dem sie anscheinend am meisten zutraut. Hier sind die Unterlagen.«

Sie war wegen des Hauses so aufgeregt, dass sie sich nicht einmal vorgestellt hat, erinnerte Will sich schmunzelnd. Ihren Namen hatte er erst erfahren, als er die Aufschrift auf der Akte las: Emily S. Graham.

Es gab nicht allzu viele attraktive Frauen, die zwei Millionen in bar für ein Haus hinblättern konnten. Doch als er vorschlug, sie solle sich überlegen, für mindestens die Hälfte einen Kredit aufzunehmen, hatte Emily ihm erklärt, sie könne die Vorstellung nicht ertragen, einer Bank eine Million Dollar zu schulden.

Obwohl er zehn Minuten zu früh kam, saß Emily bereits im Lokal und trank Kaffee. Will sie mir damit etwas beweisen?, fragte sich Will. Oder ist sie einfach zwanghaft pünktlich?

Im nächsten Moment wuchs in ihm der Verdacht, dass sie außerdem seine Gedanken lesen konnte.

»Normalerweise muss ich nicht überall die Erste sein«, meinte sie, »doch ich freue mich so wahnsinnig darauf, den Vertrag zu unterschreiben, ich konnte es einfach nicht mehr erwarten.«

Als er bei ihrer ersten Begegnung im Dezember gehört hatte, dass sie nur ein einziges Haus besichtigt hatte, war er ziemlich erstaunt gewesen. »Ich bringe mich zwar nur ungern selbst um einen Auftrag, Ms. Graham«, sagte er, »aber soll das wirklich heißen, Sie haben das Haus heute zum ersten Mal gesehen? Haben Sie sich kein anderes angeschaut? Sind Sie zum ersten Mal in Spring Lake? Und

Sie haben nicht verhandelt, sondern den vollen Preis akzeptiert? Ich schlage Ihnen vor, die Angelegenheit noch einmal sorgfältig zu überdenken. Das Gesetz gibt Ihnen drei Tage Zeit, Ihr Angebot zurückzuziehen.«

Daraufhin hatte sie ihm erzählt, das Haus habe sich früher im Besitz ihrer Familie befunden. Das »S« in ihrem Namen stehe für Shapley.

Emily bestellte bei der Kellnerin Grapefruitsaft, ein Rührei und Toast.

Während Will Stafford die Speisekarte studierte, musterte sie ihn, und ihr gefiel, was sie sah. Er war eindeutig ein attraktiver Mann, schlank, über eins achtzig groß, breitschultrig und blond. Außerdem hatte er dunkelblaue Augen, ein markantes Kinn und ein ebenmäßig geschnittenes Gesicht.

Bei ihrer ersten Begegnung hatten ihr seine lockere freundliche Art und sein Hang zur Vorsicht zugesagt. Nur wenige Anwälte hätten versucht, einem zukünftigen Mandanten sein Vorhaben auszureden, dachte sie. Er hat wirklich befürchtet, ich könnte überstürzt handeln.

Seitdem hatten sie nur miteinander telefoniert oder sich geschrieben, bis auf einen Tag im Januar, an dem sie morgens hergeflogen und nachmittags nach Albany zurückgekehrt war. Dennoch hatte sich Emilys Eindruck bestätigt, dass Stafford ein sehr gewissenhafter Anwalt war.

Die Kiernans, die das Haus verkauften, hatten es nur drei Jahre lang besessen und es während dieser Zeit originalgetreu restauriert. Als die Arbeiten fast abgeschlossen gewesen waren, hatte man Wayne Kiernan eine einträgliche Stellung angeboten, die jedoch einen Umzug nach London erforderlich machte. Emily hatte deutlich bemerkt, wie schwer es dem Ehepaar fiel, das Haus aufzugeben.

Bei ihrem Kurzbesuch im Januar hatte Emily mit den Kiernans sämtliche Zimmer besichtigt und ihnen die viktorianischen Möbel, Teppiche und Kunstgegenstände abgekauft, die sie mit viel Liebe gesammelt hatten und nun wieder loswerden mussten. Das Grundstück war riesengroß. Ein Gartenpavillon war bereits fertig gestellt und mit den Aushebungen für einen Swimmingpool war begonnen worden.

»Der Pool ist das Einzige, was ich für überflüssig halte«, meinte Emily zu Stafford, während die Kellnerin Kaffee nachschenkte. »Ich schwimme viel lieber im Meer. Doch da der Pavillon nun einmal steht, wäre es Unsinn, den Pool nicht weiterzubauen. Außerdem werden sich die Kinder meines Bruders sicher freuen, wenn sie zu Besuch kommen.«

Will Stafford hatte sich um alle Verträge und Vereinbarungen gekümmert. Als Emily ihm beim Frühstück von ihrer Kindheit in Chicago erzählte, kam sie zu dem Schluss, dass er ein guter Zuhörer war. »Meine Brüder nennen mich die Nachzüglerin«, sagte sie schmunzelnd. »Sie sind zehn und zwölf Jahre älter als ich. Meine Großmutter mütterlicherseits lebt in Albany. Ich habe das Skidmore College in Saratoga Springs besucht und einen Großteil meiner Freizeit mit ihr verbracht. Ihre Großmutter wiederum war eine jüngere Schwester von Madeline, der Neunzehnjährigen, die 1891 verschwunden ist.«

Will Stafford bemerkte, dass Emilys Miene sich verdüsterte. Sie seufzte auf und fuhr fort: »Tja, das ist ja schon ziemlich lange her.«

»Sehr lange«, stimmte er zu. »Ich glaube, Sie haben mir noch nicht erzählt, wie lange Sie hier bleiben wollen. Planen Sie, hierher umzuziehen, oder wollen Sie das Haus nur am Wochenende nutzen?«

Emily lächelte. »Sobald wir nachher den Vertrag unterzeichnet haben, ziehe ich ein. Was ich für den Anfang so brauche, ist ja alles da, einschließlich Töpfen, Pfannen und Bettwäsche. Die Möbelspedition aus Albany kommt morgen früh mit einigen wenigen Dingen von mir.«

»Haben Sie noch eine Wohnung in Albany?«

»Ich bin gestern dort ausgezogen. Da ich noch mein Apartment in Manhattan einrichten muss, werde ich die nächsten Wochen ziemlich viel hin und her pendeln. Am 1. Mai trete ich dann meine neue Stelle an. Danach werde ich am Wochenende und in den Ferien hier wohnen.«

»Sicher ist Ihnen klar, dass man in der Stadt sehr neugierig auf sie ist«, meinte Will. »Ich wollte Ihnen nur sagen, dass nicht ich es war, der verbreitet hat, Sie stammten von den Shapleys ab.«

Die Kellnerin stellte die Teller auf den Tisch. Ohne darauf zu warten, dass sie wieder ging, erwiderte Emily: »Will, ich versuche ja gar nicht, das geheim zu halten. Ich habe es den Kiernans und Joan Scotti, der Immobilienmaklerin, erzählt. Sie hat mir gesagt, es gäbe hier noch Familien, die bereits in dieser Stadt gelebt haben, als meine Urgroßtante verschwand. Mich würde interessieren, ob jemand etwas über sie weiß – ich meine, abgesehen davon, dass sie offenbar spurlos vom Erdboden verschwand.

Außerdem sind die Leute darüber informiert, dass ich geschieden bin und in New York arbeite. Also habe ich nichts zu verbergen.«

Will schmunzelte. »Ich kann mir auch gar nicht vorstellen, dass Sie eine Leiche im Keller haben.«

Emily hoffte, dass ihr Lächeln nicht allzu gezwungen wirkte. Ich werde ganz sicher für mich behalten, dass ich im vergangenen Jahr einige Zeit vor Gericht verbracht habe, und zwar nicht in meiner Funktion als Anwältin, dachte sie. Ihr Ex-Mann hatte sie auf die Herausgabe der

Hälfte des Geldes verklagt, das sie an der Börse verdient hatte. Außerdem hatte sie im Zeugenstand gegen den Mann ausgesagt, der sie verfolgte.

»Sie haben mir zwar keine Fragen über mich selbst gestellt«, fuhr Stafford fort, »aber ich werde Ihnen trotzdem alles verraten. Ich bin etwa eine Stunde von hier, in Princeton, geboren und aufgewachsen. Mein Vater war Geschäftsführer und Aufsichtsratsvorsitzender des Pharmaunternehmens Lionel in Manhattan. Er und meine Mutter trennten sich, als ich sechzehn war. Und da mein Vater viel auf Reisen war, bin ich mit meiner Mutter nach Denver gezogen und habe dort meinen Schulabschluss gemacht und studiert.«

Er verzehrte den letzten Bissen seines Würstchens. »Jeden Morgen nehme ich mir vor, Obst und Haferbrei zu essen, aber etwa dreimal pro Woche erliege ich der Versuchung des Cholesterins. Offenbar haben Sie mehr Willenskraft als ich.«

»Nicht unbedingt. Ich habe bereits beschlossen, genau dasselbe zu bestellen wie Sie, wenn ich das nächste Mal hier frühstücke.«

»Ich hätte Ihnen gerne ein Stück abgegeben. Meine Mutter hat mir beigebracht zu teilen.« Er sah auf die Uhr und bat die Kellnerin um die Rechnung. »Ich möchte Sie ja nicht hetzen, Emily, aber es ist schon halb zehn. Ich bin noch nie Leuten begegnet, die so ungern verkaufen wie die Kiernans. Wenn wir sie warten lassen, überlegen sie es sich vielleicht noch mal anders und behalten das Haus.«

Während sie auf die Rechnung warteten, sagte er: »Um meine nicht besonders aufregende Lebensgeschichte zu beenden: Ich habe gleich nach dem Jurastudium geheiratet. Noch im selben Jahr wussten wir beide, dass es ein Fehler war.«

»Da haben Sie aber Glück gehabt«, erwiderte Emily. »Mein Leben wäre um Einiges unkomplizierter verlaufen, wenn ich so schlau gewesen wäre.«

»Ich bin wieder an die Ostküste gezogen und habe in der Rechtsabteilung von Canon und Rhodes angefangen; das ist, wie Sie sicher wissen, eine große Immobilienfirma in Manhattan. Es war ein ziemlich guter Job, aber auch recht anstrengend. Ich habe ein Wochenendhaus gesucht und mich in dieser Gegend umgesehen. Schließlich habe ich ein altes, sehr renovierungsbedürftiges Haus gekauft. Ich arbeite gerne mit den Händen.«

»Warum ausgerechnet Spring Lake?«

»Wir haben jeden Sommer einige Wochen im Hotel Essex and Sussex verbracht, als ich noch ein Kind war. Es war eine glückliche Zeit.« Er zuckte die Achseln.

Die Kellnerin legte die Rechnung auf den Tisch. Will holte seine Brieftasche heraus. »Vor zwölf Jahren ist mir klar geworden, dass ich gerne hier wohne und keine Lust mehr habe, in New York zu arbeiten. Also habe ich eine Kanzlei eröffnet. Hier gibt es für einen Immobilien-Fachanwalt viel zu tun, sowohl mit Privat- als auch mit Geschäftskunden. Apropos, jetzt sollten wir uns auf den Weg zu den Kiernans machen.«

Sie standen gleichzeitig auf.

Doch die Kiernans hatten Spring Lake bereits verlassen. Ihr Anwalt erklärte, er verfüge über die nötigen Vollmachten, um den Vertrag unter Dach und Fach zu bringen. Emily ging mit ihm sämtliche Zimmer ab und nahm architektonische Details wahr, die ihr zuvor gar nicht richtig aufgefallen waren.

»Ja, ich habe mich davon überzeugt, dass sich alles, was ich gekauft habe, hier befindet und dass das Haus in einem ausgezeichneten Zustand ist«, sagte sie. Sie versuchte, ihre wachsende Ungeduld zu unterdrücken, denn sie konnte es kaum erwarten, den Vertrag zu unterschreiben, allein im Haus zu sein, durch die Räume zu schlendern und die Sofas im Wohnzimmer so umzustellen, dass sie alle zum Kamin zeigten.

Emily hatte das Bedürfnis, dem Haus ihren eigenen Stempel aufzudrücken, damit es endlich wirklich ihr gehörte. Ihr Haus in Albany hatte sie immer nur als Übergangslösung betrachtet, obwohl sie drei Jahre lang darin gewohnt hatte. Sie hatte darin gelebt, seit sie von einem Besuch bei ihren Eltern zurückgekehrt war und ihren Mann in den Armen ihrer besten Freundin Barbara Lyons vorgefunden hatte. Daraufhin hatte sie wieder nach ihren Koffern gegriffen, war ins Auto gestiegen und hatte sich ein Hotelzimmer genommen. Eine Woche später hatte sie das Stadthaus gemietet.

Das Haus, das sie mit Gary bewohnt hatte, gehörte seiner reichen Familie, und Emily hatte sich dort nie heimisch gefühlt. Doch als sie nun durch dieses Haus ging, regten sich Emotionen und Erinnerungen. »Fast habe ich den Eindruck, als hieße es mich willkommen«, meinte sie zu Will Stafford.

»Vielleicht tut es das ja auch. Schade, dass Sie jetzt Ihr Gesicht nicht sehen können. Fahren wir in mein Büro und unterschreiben die Papiere?«

Drei Stunden später kehrte Emily zum Haus zurück und bog wieder in die Auffahrt ein. »Mein Zuhause«, sagte sie sich glücklich, während sie ausstieg und den Kofferraum öffnete, um die Lebensmittel herauszunehmen, die sie nach dem Vertragsabschluss besorgt hatte.

Neben dem neuen Gartenpavillon wurde ein Loch für den Swimmingpool ausgehoben. Drei Männer waren an der Arbeit. Nach der Hausbesichtigung war Emily Manny

Dexter, dem Vorarbeiter, vorgestellt worden, der ihr nun zuwinkte.

Das Dröhnen des Baggers übertönte ihre Schritte, als sie über das Blaupflaster zur Hintertür eilte. Auf dieses Ding könnte ich gerne verzichten, dachte sie. Dann jedoch hielt sie sich wieder vor Augen, wie nett es sein würde, einen Pool zu haben, wenn ihre Brüder und deren Familien zu Besuch kamen.

Emily trug eines ihrer Lieblingsstücke, einen dunkelgrünen Hosenanzug aus Wollstoff, und darunter einen weißen Rollkragenpullover. Trotz ihrer warmen Kleidung erschauderte sie, als sie den Schlüssel ins Schloss steckte. Ein Windstoß wehte ihr das Haar ins Gesicht, und als sie es durch ein Kopfschütteln beiseite schob, geriet die Einkaufstüte auf ihrem linken Arm ins Wanken, sodass eine Schachtel Frühstücksflocken auf die Veranda fiel.

Als Emily die Schachtel aufheben wollte, hörte sie, wie Manny Dexter dem Baggerführer panisch zurief: »Schalt die Kiste ab! Hör auf zu graben! *Da unten liegt ein Skelett!*«

Vier

Detective Tommy Duggan teilte nicht immer die Meinung seines Vorgesetzten Elliot Osborne, dem für Monmouth County zuständigen Staatsanwalt. Osborne glaubte, dass die Ermittlungen im Fall der verschwundenen Martha Lawrence vor allem dazu führten, dass der Mörder gewarnt war und besondere Vorsicht walten ließ.

»Es sei denn, der Täter ist ein Spinner von auswärts, der sich das Mädchen geschnappt und seine Leiche hunderte von Kilometern entfernt von hier beseitigt hat«, erklärte Osborne immer wieder.

Tommy Duggan war nun schon fünfzehn seiner zweiundvierzig Lebensjahre Detective. In dieser Zeit hatte er geheiratet und war Vater zweier Söhne geworden. Seitdem hatte er mit ansehen müssen, wie sein Haaransatz nach Süden wanderte, während sich sein Taillenumfang nach Osten und Westen ausbreitete. Wegen seines freundlichen Mondgesichts und seines gütigen Lächelns erweckte er den Eindruck eines netten Burschen, für den eine Reifenpanne den Gipfel aller Probleme bedeutete.

In Wahrheit jedoch war Tommy Duggan ein mit allen Wassern gewaschener Ermittler. Seine Kollegen bewunderten und beneideten ihn wegen seiner Fähigkeit, scheinbar unwichtige Informationen aufzuschnappen und sie weiter zu verwerten, bis er den Durchbruch geschafft hatte. Im Laufe der Jahre hatte Tommy mehrere gut dotierte Stellen bei privaten Sicherheitsfirmen abgelehnt, denn er liebte seinen Beruf.

Sein ganzes Leben hatte er in Avon by the Sea verbracht, einem Küstenstädtchen unweit von Spring Lake. Sein Studium hatte er sich finanziert, indem er in Spring Lake, zuerst als Küchenhilfe und später als Kellner, im Hotel Warren jobbte, wo er auch Martha Lawrences Großeltern kennen gelernt hatte, die regelmäßig dort zu Abend aßen.

An diesem Tag nahm er sich während der kurzen Mittagspause in seinem winzigen Büro wieder einmal die Akte Martha Lawrence vor. Er wusste, dass Elliot Osborne genau so scharf darauf war wie er, ihren Mörder zu schnappen. Der Unterschied war nur die Methode, mit der sie dieses Verbrechen aufklären wollten.

Tommy betrachtete ein Foto von Martha, das auf der Strandpromenade von Spring Lake aufgenommen worden war. Sie trug ein T-Shirt und Shorts. Das lange, blonde Haar umschmeichelte ihre Schultern, ihr Lächeln war strahlend und selbstbewusst. Als das Foto gemacht wurde, war sie eine einundzwanzigjährige Schönheit gewesen, die mit fünfzig oder sechzig weiteren Lebensjahren rechnen konnte. Stattdessen waren ihr nur noch knapp achtundvierzig Stunden geblieben.

Kopfschüttelnd klappte Tommy die Akte zu. Er war überzeugt davon, dass er auf eine wichtige Information stoßen würde, wenn er fortfuhr, die Einwohner von Spring Lake zu vernehmen. Irgendwann würde er über etwas stolpern, das er zuvor übersehen hatte und das ihn der Wahrheit ein Stück näher brachte. Deshalb war Tommy den Nachbarn der Lawrences inzwischen gut bekannt. Dasselbe galt für alle Menschen, die mit Martha in den letzten Stunden ihres Lebens Kontakt gehabt hatten.

Die Mitarbeiter des Partyservice, der am Abend vor Marthas Verschwinden das Buffet an die Lawrences geliefert hatte, waren alle langjährige Angestellte der Firma. Tommy hatte sie immer wieder befragt, bis jetzt, ohne etwas Brauchbares zu erfahren.

Die meisten Partygäste waren ständige Einwohner der Stadt oder Sommergäste gewesen, die ihre Häuser das ganze Jahr über nutzten und die Wochenenden regelmäßig hier verbrachten. Tommy bewahrte stets eine gefaltete Kopie der Gästeliste in seiner Brieftasche auf. Es machte ihm nichts aus, hin und wieder nach Spring Lake zu fahren, ein paar dieser Leute aufzusuchen und ein wenig mit ihnen zu plaudern.

Martha war nicht mehr vom Joggen zurückgekommen. Ein paar Jogger, die jeden Morgen unterwegs waren, berichteten, sie hätten sie in der Nähe des Nordpavillons gesehen. Sie waren alle überprüft und für unverdächtig befunden worden.

Seufzend verstaute Tommy Dugan die Akte in der obersten Schreibtischschublade. Er konnte sich nicht vorstellen, dass ein Fremder rein zufällig in Spring Lake Station gemacht und Martha aus einer Laune heraus verschleppt hatte. Ihm kam es wahrscheinlicher vor, dass der Entführer in ihrem Bekanntenkreis zu suchen war.

Und ich muss in meiner Freizeit an diesem Fall arbeiten, dachte er missmutig, während er das Mittagessen betrachtete, das seine Frau für ihn eingepackt hatte.

Der Arzt hatte ihm geraten, zehn Kilo abzunehmen. Als Tommy das Vollkornbrot mit Thunfisch auswickelte, kam er zu dem Schluss, dass Suzie, seine Frau, den Gewichtsverlust offenbar herbeiführen wollte, indem sie ihn einfach verhungern ließ.

Allerdings musste er sich mit einem reumütigen Lächeln eingestehen, dass seine miserable Laune ihren Grund wahrscheinlich im Nahrungsentzug hatte. Er sehnte sich nach einem anständigen Sandwich mit Schinken und Käse auf Roggenbrot und dazu einem Kartoffelsalat. Und eine Essiggurke, ergänzte er.

Als er in das Thunfischbrötchen biss, hielt er sich vor Augen, dass Osborne mit seiner Einschätzung, er übertriebe es im Fall Lawrence, eindeutig falsch lag. Denn Marthas Familie sah das ganz klar anders.

Marthas Großmutter, eine attraktive, elegante Achtzigjährige, hatte bei seinem Besuch in der letzten Woche so glücklich gewirkt, wie Tommy es nie für möglich gehalten hätte. Sie hatte gute Neuigkeiten: Christine, Marthas Schwester, hatte kurz zuvor eine Baby bekommen.

»George und Amanda sind ganz aus dem Häuschen«, erzählte sie. »Zum ersten Mal in den vergangenen viereinhalb Jahren habe ich sie wirklich lächeln sehen. Ich weiß, dass das Enkelkind ihnen helfen wird, Marthas Verlust zu verkraften.«

George und Amanda waren Marthas Eltern.

Dann hatte Mrs. Lawrence hinzugefügt: »Wissen Sie, Tommy, in gewisser Weise haben wir uns damit abgefunden, dass Martha fort ist. Freiwillig wäre sie nie verschwunden. Allerdings zermürbt uns die schreckliche Vorstellung, dass ein Verrückter sie entführt haben könnte und sie immer noch gefangen hält. Es wäre so viel einfacher, wenn wir wüssten, dass sie von uns gegangen ist.«

»Von uns gegangen« bedeutete natürlich tot.

Zuletzt war Martha um halb sieben Uhr morgens des 7. September vor viereinhalb Jahren auf der Strandpromenade gesehen worden.

Während Tommy verdrießlich auf seinem Sandwich herumkaute, fasste er einen Entschluss: Am nächsten Morgen um sechs Uhr würde er sich unter die Jogger auf der Strandpromenade von Spring Lake mischen.

Das hatte den schönen Nebeneffekt, dass er wahrscheinlich sogar ein paar Gramm abnehmen würde. Aber da war auch noch etwas anderes: Allmählich wuchs in ihm das gewisse Gefühl, das ihn gelegentlich überfiel, wenn er in einem Mordfall ermittelte; wie ein Juckreiz, der sich auch durch heftiges Kratzen nicht stillen ließ, verging dieses Gefühl nicht, so sehr er sich auch dagegen wehrte.

Er stand kurz davor, den Mörder zu schnappen.

Das Telefon läutete. Tommy hob ab und biss gleichzeitig in den Apfel, der offenbar als Nachspeise gedacht war. Es war Osbornes Sekretärin: »Tommy, der Chef erwartet Sie unten am Wagen.«

Elliot Osborne nahm gerade auf dem Rücksitz Platz, als Tommy leicht keuchend an der reservierten Parklücke eintraf. Osborne schwieg, bis der Wagen losfuhr und der Chauffeur die Sirene einschaltete.

»In der Hayes Avenue in Spring Lake wurde gerade ein Skelett entdeckt. Die Hausbesitzerin wollte einen Swimmingpool anlegen lassen.«

Ehe Osborne weitersprechen konnte, läutete das Autotelefon. Der Fahrer nahm ab und reichte dem Staatsanwalt den Hörer. »Es ist Newton, Sir.«

Osborne hielt das Telefon so, dass Tommy hören konnte, was der Chef der gerichtsmedizinischen Abteilung sagte: »Da haben Sie es aber mit einem ordentlichen Schlamassel zu tun, Elliot. Hier sind nämlich die Überreste von zwei Menschen vergraben, und wie es aussieht, liegt das eine Skelett schon sehr viel länger unter der Erde als das andere.«

Fünf

Nachdem Emily die Polizei verständigt hatte, stürzte sie nach draußen an den Rand der klaffenden Grube und betrachtete den Gegenstand, der offenbar ein menschliches Skelett war.

Als Strafverteidigerin hatte sie schon Dutzende von Fotos gesehen, die Leichen in allen grausigen Einzelheiten darstellten. Manche der Gesichter waren vor Angst erstarrt. Bei anderen hingegen hatte sie geglaubt, ein Flehen um Gnade in den toten Augen erkennen zu können. Aber keines dieser Bilder war ihr so nahe gegangen wie der Anblick dieses Mordopfers.

Die Leiche war in eine dicke, durchscheinende Plastikplane gewickelt, die einige Löcher aufwies. Doch obwohl der Körper bereits verwest war, hatte die Plane die Knochen gut zusammengehalten. Kurz schoss Emily durch den Kopf, dass man vielleicht zufällig auf die sterblichen Überreste ihrer Urgroßtante gestoßen war.

Allerdings verwarf sie diese Möglichkeit sofort: Im Jahr 1891, als Madeline Shapley verschwand, war Plastik noch nicht erfunden gewesen. Also konnte sie es nicht sein.

Als der erste Streifenwagen mit jaulendem Martinshorn die Auffahrt entlangraste, kehrte Emily ins Haus zurück. Sie wusste, dass die Polizei sicher mit ihr sprechen wollen würde, und sie musste zuerst wieder einen klaren Kopf bekommen.

»Ein klarer Kopf« – das war eine Redensart ihrer Großmutter.

Die Einkaufstüten lagen noch auf der Anrichte in der Küche, wo Emily sie hingeworfen hatte, um so schnell wie möglich die Polizei zu rufen. Mit automatischen Bewegungen füllte sie Wasser in den Teekessel, stellte ihn auf den Herd, zündete die Flamme an, räumte die Tüten aus und deponierte die verderblichen Lebensmittel im Kühlschrank. Nach kurzem Zögern begann sie, Schranktüren zu öffnen und zu schließen.

»Ich habe vergessen, wo die Sachen hingehören«, sagte sie laut und trotzig, da ihr klar wurde, dass dieser Anflug von Verwirrtheit am Schock liegen musste.

Der Teekessel pfiff. Eine Tasse Tee, dachte Emily. Das wird mich sicher beruhigen.

Durch das große Küchenfenster hatte man Blick auf das Grundstück hinter dem Haus. Die Teetasse in der Hand, stand Emily dort und beobachtete, wie die Umgebung der Grube rasch und routiniert abgesichert wurde.

Die Polizeifotografen trafen ein und fingen an, den Fundort aus verschiedenen Perspektiven zu knipsen. Emily wusste, dass der Mann, der dort, wo das Skelett lag, in die Grube kletterte, bestimmt ein Spurensicherungsexperte war.

Ihr war klar, dass man die Leiche in die Pathologie bringen und dort untersuchen würde. Dann würde man eine Beschreibung des Opfers veröffentlichen, die über Geschlecht, mutmaßliche Körpergröße, Gewicht und Alter Aufschluss gab. Mit Hilfe von zahnärztlichen Behandlungsunterlagen und einer DNS-Analyse würde man die Ergebnisse mit den Merkmalen vermisster Personen vergleichen. Und dann würde für eine bedauernswerte Familie die quälende Ungewissheit ein Ende haben – und auch die Hoffnung, den geliebten Angehörigen lebend wiederzusehen.

Es läutete.

Tommy Duggan, der eine finstere Miene zur Schau trug, stand neben Elliot Osborne auf der Veranda und wartete darauf, dass sich die Tür öffnete. Nach einer leisen Unterredung mit dem Leiter der Spurensicherung wussten die beiden Männer, dass die Suche nach Martha Lawrence vorbei war. Newton hatte erklärt, der Zustand des in Plastik gewickelten Skeletts wiese auf eine junge Erwachsene mit vollständigem Gebiss hin. Er weigerte sich, eine Meinung zu den verstreuten Menschenknochen zu äußern, die man neben dem Skelett gefunden hatte. Zuerst sollte der Leichenbeschauer einen Blick darauf werfen.

Tommy sah sich um. »Da drüben versammeln sich schon die Schaulustigen. Bestimmt dauert es nicht mehr lange, bis die Familie Lawrence davon erfährt.«

»Dr. O'Brien wird sich mit der Autopsie beeilen«, erwiderte Osborne barsch. »Ihm ist klar, dass alle in Spring Lake sofort auf Martha Lawrence tippen werden.«

Als die Tür aufging, hielten die beiden Männer ihre Polizeimarken hoch. »Ich bin Emily Graham. Kommen Sie bitte herein«, sagte Emily.

Sie hatte erwartet, dass es sich bei diesem Besuch um eine reine Formalität handelte. »Soweit ich informiert bin, haben Sie das Haus erst heute Morgen erworben, Ms. Graham«, begann Osborne.

Emily hatte Erfahrung mit hohen Beamten wie Elliot Osborne. Sie waren makellos gekleidet, höflich und gebildet, legten großen Wert auf die Meinung der Öffentlichkeit und überließen die Dreckarbeit meist ihren Untergebenen. Außerdem war Emily überzeugt, dass Osborne und Duggan später ihre Eindrücke miteinander vergleichen würden.

Und sie ahnte, dass Detective Duggan sie trotz seiner dem Ernst der Lage angemessenen Miene prüfend musterte.

Sie standen in der Vorhalle, die nur mit einem antiken viktorianischen Zweiersofa möbliert war. Schon bei ihrer ersten Besichtigung hatte Emily Interesse angemeldet, das Sofa und auch einige der anderen Möbelstücke zu kaufen. Theresa Kiernan, die frühere Besitzerin, hatte mit einem wehmütigen Lächeln auf das Sofa gedeutet. »Ich liebe dieses Stück, allerdings aus rein nostalgischen Gründen. Es ist so niedrig, dass man beim Aufstehen Mühe hat, die Gesetze der Schwerkraft zu überwinden.«

Emily bat Osborne und Detective Duggan ins Wohnzimmer. Eigentlich wollte ich heute Nachmittag die Sofas umstellen, dachte sie, als die beiden Männer ihr durch den Türbogen folgten. Ich wollte, dass sie, einander gegenüber, vor dem Kamin stehen. Sie versuchte, nicht daran zu denken, wie unwirklich ihr die Situation erschien.

Duggan hatte wortlos ein Notizbuch aus der Tasche gezogen.

»Wir möchten Ihnen nur ein paar einfache Fragen stellen, Ms. Graham«, begann Osborne in mitfühlendem Ton. »Wie lange kommen Sie schon nach Spring Lake?«

Selbst in ihren eigenen Ohren klang die Geschichte, wie sie vor drei Monaten zum ersten Mal hier gewesen war und spontan das Haus gekauft hatte, etwas albern.

»Sie waren noch nie hier und haben aus einer Laune heraus dieses Haus erworben?« Es war Osborne deutlich anzuhören, dass er ihr nicht glaubte.

Emily bemerkte Duggans zweifelnden Blick und legte sich ihre Worte sorgfältig zurecht. »Ich bin einfach so nach Spring Lake gefahren, weil mich diese Stadt schon seit meiner Kindheit neugierig macht. Meine Familie hat dieses Haus 1875 gebaut und es bis 1892 besessen. Nach dem Verschwinden der ältesten Tochter Madeline im Jahr 1891 wurde es verkauft. Als ich im Grundbuch die Adresse nachschlug, erfuhr ich auch, dass es zum Verkauf steht. Ich habe es gesehen, mich auf den ersten Blick verliebt und zugegriffen. Mehr kann ich Ihnen auch nicht sagen.«

Sie verstand nicht, warum die beiden Männer so erstaunt wirkten. »Mir war gar nicht klar, dass es sich um das Shapley-Haus handelt«, meinte Osborne. »Vermutlich gehören die sterblichen Überreste zu einer jungen Frau, die vor über vier Jahren verschwand, als sie ihre Großeltern in Spring Lake besuchte.« Mit einer raschen Handbewegung teilte er Duggan mit, dass jetzt nicht der richtige Zeitpunkt war, das zweite Skelett zu erwähnen.

Emily spürte, dass sie erbleichte. »Eine junge Frau wurde hier begraben?«, flüsterte sie. »Mein Gott, wie ist das möglich?«

»Es ist ein sehr trauriger Tag für unsere Stadt.« Osborne erhob sich. »Ich fürchte, wir werden den Fundort abriegeln müssen, bis alles untersucht wurde. Sobald unsere Leute fertig sind, kann Ihre Baufirma weitergraben.«

Es wird keinen Pool geben, dachte Emily.

»Bestimmt wird es hier bald von Reportern wimmeln. Wir werden so gut wie möglich zu verhindern versuchen, dass Sie belästigt werden«, fügte Osborne hinzu. »Vielleicht haben wir später noch Fragen an Sie.«

Während sie zur Tür gingen, läutete es beharrlich.

Der Möbelwagen aus Albany war da.

Sechs

Für die Einwohner von Spring Lake hatte der Tag begonnen wie jeder andere. Die meisten Pendler versammelten sich am Bahnhof, um die eineinhalbstündige Fahrt zu ihrem Arbeitsplatz in New York anzutreten. Andere parkten ihre Wagen im benachbarten Atlantic Highlands, wo sie das Luftkissenboot nahmen, das sie in Windeseile zum Pier am Fuße des World Financial Center brachte.

Unter dem wachsamen Auge der Freiheitsstatue eilten sie dort in ihre Büros. Viele von ihnen waren in der Finanzbranche tätig, arbeiteten an der Börse oder bekleideten leitende Posten in Maklerfirmen. Andere waren Anwälte oder Bankiers.

Der Vormittag in Spring Lake verlief in gewohnter Gleichförmigkeit. Die Kinder fanden sich in den Klassenzimmern der städtischen und der katholischen Schule ein. Die geschmackvollen Läden in der nostalgischen Third Avenue öffneten ihre Türen. Um die Mittagszeit war das Sisters Café ein beliebter Treffpunkt. Immobilienmakler zeigten ihren Kunden Häuser, die zu verkaufen waren, und versicherten ihnen, ein Anwesen hier bedeute trotz der steigenden Preise immer noch eine ausgezeichnete Kapitalanlage.

Das Verschwinden von Martha Lawrence vor viereinhalb Jahren hatte die Stimmung der Einwohner zwar getrübt. Doch abgesehen von dieser schrecklichen Tragödie gab es in dieser Stadt keine Schwerverbrechen.

Und nun, an diesem stürmischen ersten Frühlingstag, wurde die Stadt aus ihrer Ruhe und Zufriedenheit aufgerüttelt.

Rasch sprach es sich herum, dass es in der Hayes Avenue von Polizisten wimmelte. Und bald hatte sich das Gerücht verbreitet, man habe dort eine Leiche gefunden. Der Baggerführer hatte nämlich unbemerkt zum Handy gegriffen und seine Frau informiert.

»Ich habe gehört, wie der Chef der Spurensicherung sagte, nach dem Zustand der Knochen zu urteilen müsste es eine junge Erwachsene sein«, flüsterte er. »Da unten liegt noch was, aber sie rücken nicht damit raus, was es ist.«

Seine Frau rief sofort ihre Freundinnen an. Und eine von ihnen, freie Mitarbeiterin beim Sender CBS, leitete die Nachricht umgehend weiter. Ein Hubschrauber wurde losgeschickt, um über das Ereignis zu berichten.

Alle wussten, dass man das Opfer als Martha Lawrence identifizieren würde. Nach und nach trafen alte Freunde bei den Lawrences ein. Eine Freundin fühlte sich verpflichtet, Marthas Eltern in Philadelphia Bescheid zu geben.

Noch bevor es offiziell war, sagten George und Amanda Lawrence ihren Besuch bei ihrer älteren Tochter in Bernardsville, New Jersey, ab, obwohl sie eigentlich ihre neugeborene Enkeltochter hatten kennen lernen wollen. Stattdessen machten sie sich niedergeschlagen und schicksalsergeben auf den Weg nach Spring Lake.

Um sechs Uhr, als es an der Ostküste dunkel wurde, sprach der Pastor von St. Catherines in Begleitung des Staatsanwalts bei den Lawrences vor. Die Unterlagen von Marthas Zahnarzt, die das Gebiss, dem sie ihr strahlendes Lächeln verdankte, in allen Einzelheiten dokumentierten, stimmten mit den Ergebnissen von Dr. O'Briens Autopsie genau überein.

Ein paar Strähnen langen, blonden Haares hingen noch immer am Hinterkopf des Skeletts. Sie waren mit den Haaren identisch, die die Polizei nach Marthas Verschwinden von ihrem Kissen und ihrer Haarbürste gepflückt hatte.

Die Einwohner der Stadt trauerten.

Die Polizei hatte beschlossen, das zweite Skelett noch nicht zu erwähnen. Es handelte sich ebenfalls um das einer jungen Frau, die nach Schätzung des Gerichtsmediziners schon seit mehr als hundert Jahren unter der Erde lag.

Außerdem verschwieg man der Öffentlichkeit, dass die Mordwaffe im Fall Martha ein Seidenschal mit Metallperlen war, den ihr der Täter fest um den Hals geschlungen hatte.

Doch das grausigste Detail, das die Polizei für sich behielt, war, dass man in der Plastikplane bei Martha Lawrence einen Fingerknochen des uralten Skeletts gefunden hatte, an dem noch ein Ring mit einem Saphir steckte.

Sieben

Weder die hochmoderne Alarmanlage noch die Gegenwart eines Polizisten im Pavillon, der den Fundort bewachte, konnten Emily in der ersten Nacht in ihrem neuen Heim ein Gefühl von Sicherheit vermitteln. Die Möbelpacker sowie das notwendige Auspacken und Aufräumen hatten sie den Nachmittag über abgelenkt. So gut wie möglich versuchte sie, nicht an das zu denken, was in ihrem Garten vor sich ging, und nicht auf die ruhigen, disziplinierten Schaulustigen auf der Straße und das durchdringende Dröhnen des Hubschraubers über dem Haus zu achten.

Um sieben Uhr machte sie sich einen Salat, schob eine Kartoffel ins Backrohr und grillte die Lammkoteletts, die sie sich eigentlich nach der Vertragsunterzeichnung zur Feier des Tages gekauft hatte.

Sie ließ alle Rollläden herunter und schaltete die Heizung in der Küche auf höchste Stufe, dennoch wollte sich kein Gefühl der Geborgenheit einstellen.

Um sich auf andere Gedanken zu bringen, holte sie sich das Buch, das sie schon lange hatte lesen wollen, an den Tisch. Trotz all ihrer Bemühungen legte sich die Angst nicht. Auch ein paar Gläser Chianti konnten sie weder wärmen noch entspannen. Emily kochte gern, und ihre Freunde sagten immer, dass sie sogar aus einer schlichten Mahlzeit etwas Besonderes zaubern konnte. Heute allerdings merkte sie kaum, was sie aß. Sie las das erste Kapitel ihres Buches zweimal, doch die Worte erschienen ihr sinnlos und ohne Zusammenhang.

Nichts konnte die grausige Gewissheit verdrängen, dass die Leiche einer jungen Frau auf ihrem Grundstück entdeckt worden war. Sie versuchte sich einzureden, dass es nur eine Ironie des Schicksals sein konnte, dass ihre Urgroßtante ausgerechnet aus dem Garten verschwunden war, in dem man heute eine seit längerem vermisste junge Frau gefunden hatte.

Aber während Emily die Küche aufräumte, die Heizung abschaltete, sämtliche Türen überprüfte und die Alarmanlage so einstellte, dass sie bei einem Versuch, das Fenster zu öffnen, sofort losgehen würde, wurde ein Verdacht in ihr immer stärker: Zwischen dem Tod ihrer Urgroßtante und dem des jungen Mädchens vor viereinhalb Jahren gab es eindeutig einen Zusammenhang.

Das Buch unter dem Arm, ging sie die Treppe hinauf in den ersten Stock. Obwohl es erst neun Uhr war, wollte sie nur noch duschen, einen warmen Pyjama anziehen und sich ins Bett legen, um dort noch ein wenig zu lesen oder fernzusehen – vielleicht auch beides.

Genau wie letzte Nacht, schoss es ihr durch den Kopf.

Die Kiernans hatten gemeint, dass Emily sicher mit ihrer Zugehfrau Doreen Sullivan zufrieden sein würde, die zweimal pro Woche kam. Bei der Vertragsunterzeichnung hatte ihr Anwalt verkündet, die Kiernans hätten Doreen als Willkommensgeschenk gebeten, das Haus sauberzumachen, die Betten zu beziehen und frische Handtücher in die Badezimmer zu legen.

Es war ein Eckhaus, eine Straße vom Strand entfernt. Durch die südlichen und östlichen Fenster des Schlafzimmers konnte man das Meer sehen. Zwanzig Minuten später schlug Emily geduscht, umgezogen und inzwischen ein wenig ruhiger, die Überdecke zurück, die farblich auf das Kopfbrett des Bettes abgestimmt war.

Dann jedoch zögerte sie. Hatte sie die Vordertür wirklich verriegelt?

Obwohl die Alarmanlage eingeschaltet war, musste sie sich vergewissern.

Ärgerlich auf sich selbst, eilte sie aus dem Schlafzimmer und den Flur entlang. Oben an der Treppe knipste sie den Kronleuchter in der Vorhalle an und lief die Stufen hinunter.

Noch ehe sie die Tür erreicht hatte, bemerkte sie, dass jemand einen Umschlag darunter durchgeschoben hatte. Lieber Gott, bitte nicht, stöhnte sie, als sie sich bückte, um ihn aufzuheben. Bitte lass es nicht wieder von vorne anfangen.

Sie riss das Kuvert auf. Wie sie befürchtet hatte, enthielt es ein Foto, den Umriss einer von hinten erleuchteten Frau am Fenster. Erst nach einer Weile wurde ihr klar, dass sie die Frau auf dem Bild war.

Und dann fiel es ihr plötzlich wie Schuppen von den Augen.

Letzte Nacht. Im Candlelight Inn. Beim Öffnen des Fensters hatte sie eine Zeit lang dagestanden und hinausgeblickt, bevor sie den Rollladen hinunterließ.

Jemand hatte sich auf der Strandpromenade aufgehalten. Nein, das war unmöglich, sagte sie sich. Sie hatte sich die Strandpromenade doch angesehen und dort niemanden bemerkt.

Also war sie von jemandem fotografiert worden, der am Strand stand. Anschließend hatte der Unbekannte das Bild entwickeln lassen und es ihr innerhalb der letzten Stunde unter der Tür durchgeschoben. Denn als sie nach oben gegangen war, war es noch nicht da gewesen.

War ihr der Mann, der sie in Albany belästigt hatte, etwa nach Spring Lake gefolgt? Aber das war ganz und gar unmöglich. Ned Koehler saß doch in Gray Manor, einer geschlossenen psychiatrischen Anstalt in Albany.

Das Telefon war noch nicht angeschlossen. Emilys Handy lag oben im Schlafzimmer. Das Foto in der Hand, lief sie los, um es zu holen, und wählte mit zitternden Fingern die Nummer der Auskunft.

»Willkommen bei der Inlands- und Auslandsauskunft ... «

»Albany, New York, Gray Manor Hospital.« Zu ihrer Verärgerung klang ihre Stimme wie ein Flüstern.

Wenige Minuten später hatte sie den Oberpfleger der Station, in der Ned Koehler verwahrt wurde, am Apparat.

Sie stellte sich vor.

»Ich kenne Ihren Namen«, erwiderte der Oberpfleger. »Sie sind die Frau, die er verfolgt hat.«

»Hat er Ausgang?«

»Koehler? Auf keinen Fall, Ms. Graham.«

»Besteht vielleicht die Möglichkeit, dass er ausgebrochen ist?«

»Vor einer Stunde, bei meinem letzten Kontrollgang, habe ich ihn noch in seinem Bett gesehen.«

Kurz stand Emily Ned Koehlers Bild vor Augen: ein zierlicher Mann, Anfang vierzig, mit schütterem Haar, schüchtern und mit einer zögerlichen Art zu sprechen. Bei Gericht hatte er während der ganzen Verhandlung lautlos vor sich hingeweint. Emily hatte Joel Lake verteidigt, der beschuldigt wurde, Neds Mutter bei einem fehlgeschlagenen Einbruch getötet zu haben.

Als die Geschworenen Lake freisprachen, war Ned Koehler durchgedreht. Er hatte sich im Gerichtssaal auf Emily gestürzt und sie, wie sie sich erinnerte, auf übelste Weise beschimpft. Er warf mir vor, ich hätte einem Mörder zur Freiheit verholfen. Zwei Hilfssheriffs waren nötig gewesen, um ihn zu bändigen.

»Wie geht es ihm?«, fragte sie.

»Er wiederholt ständig dieselbe Leier, nämlich, dass er unschuldig ist.« Die Stimme des Oberpflegers klang beruhigend. »Ms. Graham, es ist nicht ungewöhnlich, dass die Opfer eines Verfolgers weiter unter Ängsten leiden, auch wenn der Täter bereits hinter Schloss und Riegel sitzt. Aber Ned kommt hier nicht raus.«

Nachdem Emily aufgelegt hatte, zwang sie sich, das Foto noch einmal genau anzusehen. Sie hatte mitten im Fenster gestanden und wäre so nicht nur für eine Kamera, sondern auch für eine Waffe ein leichtes Ziel gewesen.

Sie musste die Polizei verständigen. Was war mit dem Polizisten im Pavillon? Aber Emily wagte nicht, die Tür zu öffnen. Vielleicht war der Beamte ja weggegangen – oder jemand lauerte ihr draußen auf.

Die Notrufnummer …

Nein, es war besser, die Nummer des Polizeireviers zu wählen, die auf dem Kalender in der Küche stand. Schließlich wollte Emily nicht, dass die Polizei mit jaulenden Sirenen vorfuhr. Die Alarmanlage war eingeschaltet. Also konnte niemand ins Haus.

Der Beamte, der den Anruf entgegennahm, schickte sofort einen Streifenwagen. Das Blaulicht blinkte zwar, doch der Fahrer hatte das Martinshorn nicht angestellt.

Der Polizist war jung, sicher nicht älter als zweiundzwanzig. Emily zeigte ihm das Foto und erzählte ihm von dem Mann, der sie in Albany verfolgt hatte.

»Sind Sie sicher, dass er nicht wieder auf freiem Fuß ist, Ms. Graham?«

»Ich habe eben dort angerufen.«

»Wahrscheinlich erlaubt sich ein neunmalkluger Jugendlicher, der weiß, dass Sie früher schon belästigt worden sind, einen Scherz«, meinte der Polizist beschwichtigend. »Haben Sie vielleicht zwei Plastikbeutel für mich?«

Er nahm das Foto und den Umschlag an einer Ecke

und verstaute sie in den Beuteln. »Wir werden die Sachen nach Fingerabdrücken untersuchen«, erklärte er. »Ich mache mich wieder auf den Weg.« Emily begleitete ihn zur Tür.

»Wir werden die Vorderseite des Hauses heute Nacht im Auge behalten und auch dem Polizisten im Garten sagen, dass er wachsam sein soll«, meinte er. »Sie haben nichts zu befürchten.«

Mag sein, dachte Emily, während sie hinter ihm die Tür verriegelte.

Sie legte sich ins Bett, zog die Decke hoch und zwang sich, das Licht auszumachen. Als Ned Koehler geschnappt und eingesperrt wurde, ging es durch alle Medien, überlegte sie. Möglicherweise ist es ja tatsächlich nur ein Trittbrettfahrer.

Aber warum? Und welche Erklärung konnte es sonst noch geben? Ned Koehler war der Täter. Natürlich war er das. Sie hörte die Stimme des Oberpflegers: »Ständig wiederholt er dieselbe Leier, nämlich dass er unschuldig ist.«

War er das womöglich wirklich? Wenn ja, trieb sich der wahre Täter dann noch irgendwo herum, immer bereit, sich wieder in ihr Leben zu drängen?

Erst gegen Morgen, als es endlich heller wurde, fühlte Emily sich sicherer und schlief ein. Um neun wurde sie vom Bellen der Hunde geweckt, die der Polizei bei der Suche nach weiteren vergrabenen Mordopfern auf ihrem Grundstück helfen sollten.

Acht

Clayton und Rachel Wilcox waren am Abend vor Marthas Verschwinden bei den Lawrences eingeladen gewesen. Seitdem bekamen sie, wie auch die übrigen Gäste, regelmäßig Besuch von Detective Tom Duggan.

Sie hatten bereits die schreckliche Nachricht erhalten, dass Marthas Leiche gefunden worden war, sich jedoch im Gegensatz zu vielen der anderen Partygäste nicht sofort auf den Weg zu den Lawrences gemacht. Rachel betonte gegenüber ihrem Mann, dass in dieser Zeit der Trauer gewiss nur die engsten Freunde willkommen waren. Und ihr abschließender Tonfall machte jeden Widerspruch zwecklos.

Die vierundsechzigjährige Rachel war eine attraktive Frau mit schulterlangem grauem, immer ordentlich aufgestecktem Haar. Sie war hoch gewachsen, hatte eine makellose Haltung und strahlte Autorität aus. Ihre Haut, an die sie nie auch nur eine Spur von Make-up ließ, war rein und glatt. Ihre graublauen Augen blickten stets streng.

Als der schüchterne, fast vierzigjährige Clayton ihr vor dreißig Jahren den Hof gemacht hatte, hatte er sie liebevoll mit einer Wikingerin verglichen. »Ich male mir aus, wie du am Steuer eines Kriegsschiffes stehst und wie der Wind dir das Haar zerzaust«, hatte er geflüstert.

Seitdem nannte er Rachel bei sich die »Wikingerin«, auch wenn diese Bezeichnung inzwischen kein Kosename mehr war. Denn Clayton lebte in einem Zustand dauernder Anspannung, ständig bemüht, nicht den Unwillen seiner Frau zu erregen. Wenn er sie trotzdem wieder einmal verärgert hatte, musste er eine gnadenlose Gardinenpredigt über sich ergehen lassen. Schon früh in seiner

Ehe hatte er auf diese Weise gelernt, dass sie weder vergab noch vergaß.

Clayton selbst hielt es eher für angebracht, der Familie wenigstens einen kurzen Kondolenzbesuch abzustatten. Allerdings war er zu klug, um diesen Vorschlag laut zu äußern. Stattdessen lauschte er schweigend Rachels Tiraden, während sie gemeinsam die Elf-Uhr-Nachrichten sahen.

»Natürlich ist es eine Tragödie, aber wenigstens wird dieser Detective jetzt nicht mehr dauernd hier aufkreuzen und uns auf die Nerven fallen«, verkündete sie.

Weit gefehlt – Duggan kommt jetzt sicher noch öfter, dachte Clayton. Er war ein kräftiger Mann mit einer grauen, struppigen Löwenmähne und weisen Augen; man sah ihm auf den ersten Blick an, dass er einmal Professor gewesen war.

Vor zwölf Jahren, mit fünfundfünfzig, hatte er den Posten des Rektors am Enoch College – einer kleinen, aber angesehen Lehranstalt in Ohio – an den Nagel gehängt. Danach waren er und Rachel für immer nach Spring Lake gezogen. Clayton war als kleiner Junge zum ersten Mal hier gewesen, um einen Onkel zu besuchen, und im Laufe der Jahre immer wiedergekommen. Die Geschichte der Stadt zu erforschen war nach und nach zu seinem Hobby geworden, dem er sich mit Feuereifer widmete. Er galt inzwischen sogar als inoffizieller Stadthistoriker.

Rachel engagierte sich ehrenamtlich in verschiedenen karitativen Vereinen und wurde wegen ihres Organisationstalents und ihres unermüdlichen Arbeitseifers bewundert, obwohl sie nicht sonderlich beliebt war. Außerdem rieb sie ihren Mitmenschen unentwegt unter die Nase, dass ihr Mann früher ein College geleitet hatte und dass sie selbst Absolventin des Smith College war. »Alle

Frauen in unserer Familie, angefangen bei meiner Großmutter, haben am Smith College studiert«, pflegte sie zu sagen. Sie hatte Clayton den Seitensprung mit einer Professorenkollegin, drei Jahre nach ihrer Hochzeit, nie verziehen. Ebenso wenig wie den Fehltritt, der zu seinem plötzlichen Abschied vom Enoch College geführt hatte, denn sie hatte das Leben als Rektorengattin sehr genossen.

Während Martha Lawrences Gesicht den Bildschirm füllte, bekam Clayton Wilcox vor Angst schweißfeuchte Hände. Vor vielen Jahren hatte es auch in seinem Leben eine Frau mit langem, blondem Haar und einer Traumfigur gegeben. Nachdem Marthas Leiche gefunden war, würde die Polizei die Partygäste sicher noch einmal gründlich unter die Lupe nehmen. Er schluckte, denn sein Mund und seine Kehle waren mit einem Mal staubtrocken.

»Martha Lawrence besuchte ihre Großeltern und plante, anschließend ans College zurückzukehren«, verkündete Dana Tyler, die Nachrichtensprecherin von CBS.

»Ich habe dich bei der Party gebeten, auf meinen Schal aufzupassen«, beklagte sich Rachel wohl schon zum millionsten Mal. »Und natürlich hast du es geschafft, ihn zu verlieren.«

Neun

Die Kanzlei Todd, Scanlon, Klein und Todd war eine landesweit bekannte Sozietät, die auf Strafrecht spezialisiert war und ihren Sitz in der südlichen Park Avenue in Manhattan hatte. Der Gründer der Kanzlei, Walter Todd, schilderte die Unternehmensgeschichte stets mit folgenden Worten: »Vor fünfundvierzig Jahren habe ich einen Laden in der Nähe des Gerichtsgebäudes gemietet und mein Schild draußen aufgehängt. Kein Mandant ließ sich blicken. Also freundete ich mich mit den Kautionsbürgen an. Sie mochten mich und erzählten ihren Klienten, ich sei ein fähiger Anwalt. Und darüber hinaus auch noch ein billiger.«

Der zweite Todd in der Sozietät war Walters Sohn Nicholas. »Sieht aus wie ich, klingt wie ich, und bevor er sich zur Ruhe setzt, wird er sicher noch ein ebenso guter Jurist werden wie ich«, pflegte Walter Todd zu prahlen. »Ich schwöre, Nick würde auch noch den Teufel höchstpersönlich rauspauken.«

Wie immer achtete er nicht auf Nicks Widerspruch: »Das würde ich nicht als Kompliment betrachten, Dad.«

Am 21. März arbeiteten Nick Todd und sein Vater lange an einem Fall, der bald vor Gericht gehen würde. Und anschließend aß Nick mit seinen Eltern in deren geräumiger Wohnung an der U.N. Plaza zu Abend.

Eigentlich wollte er um zehn vor elf gehen, doch er beschloss, noch die Elf-Uhr-Nachrichten von CBS abzuwarten. »Vielleicht bringen sie was über den Prozess«, meinte er. »Es gibt Gerüchte, dass wir es auf eine vorprozessliche Vereinbarung anlegen.«

Das Auffinden von Martha Lawrences Leiche war die Titelstory. »Die arme Familie«, seufzte Nicks Mutter. »Vermutlich ist es besser, dass die Eltern nun Gewissheit haben, aber ein Kind zu verlieren ...« Anne Todds Stimme erstarb. Als Nick zwei Jahre alt gewesen war, hatte sie ein Mädchen geboren, dass sie Amelia nannten. Das Kind hatte nur einen Tag überlebt.

Nächste Woche würde meine Tochter sechsunddreißig werden, dachte Anne. Selbst als Neugeborenes sah sie mir ähnlich. Sie malte sich Amelia als lebendige junge Frau mit dunklem Haar und blaugrünen Augen aus. Ich weiß, dass sie Musik genauso geliebt hätte wie ich. Wir hätten zusammen Konzerte besucht …

Sie zwinkerte, um die Tränen zurückzudrängen, die ihr immer in die Augen stiegen, wenn sie an ihre tote Tochter dachte.

Nick sprach den Gedanken aus, der ihm schon länger im Kopf herumging. »Ist Spring Lake nicht die Stadt, wo Emily Graham ein Haus gekauft hat?«, fragte er.

Walter Todd nickte. »Ich weiß immer noch nicht, warum ich eingewilligt habe, dass sie erst im Mai bei uns anfängt«, brummte er. »Wir könnten sie zurzeit gut gebrauchen.«

»Vielleicht weil dir nach der Begegnung mit ihr in Albany klar war, dass sie es wert ist, auf sie zu warten«, frotzelte Nick.

Emily Grahams Bild stand ihm vor Augen. Bevor sein Vater und er ihr die Stelle angeboten hatten, waren sie nach Albany gefahren, um sie vor Gericht zu erleben. Sie hatte sich ausgezeichnet geschlagen und einen Mandanten freibekommen, der wegen Raubes in Tateinheit mit Totschlag vor Gericht stand.

Nach der Verhandlung war Emily mit ihnen zum Mittagessen gegangen. Nick erinnerte sich, wie wortreich sein sonst so schweigsamer Vater sie gelobt hatte.

Die beiden sind aus demselben Holz geschnitzt, dachte Nick nun. Wenn sie einen Fall übernehmen, würden sie für den Mandanten auch einen Mord begehen.

Seit Emily ihre Wohnung in New York bezogen hatte, war sie einige Male in der Kanzlei gewesen, hatte ihr Büro eingerichtet und sich mit den Mitarbeitern bekannt gemacht. Nick wurde klar, dass er sich sehr darauf freute, sie jeden Tag um sich zu haben.

Er stand auf und streckte seine schlaksigen Einsfünfundachtzig. »Ich verschwinde. Morgen will ich früh ins Fitnessstudio, und es war ein langer Tag.«

Seine Mutter begleitete ihn zur Tür. »Ich wünschte, du würdest einen Hut aufsetzen«, schimpfte sie. »Es ist schrecklich kalt draußen.«

Er beugte sich zu ihr hinunter und küsste sie auf die Wange. »Du hast vergessen, mich an meinen Schal zu erinnern.«

Anne zögerte und warf einen Blick zurück ins Wohnzimmer, wo ihr Mann noch immer gebannt die Nachrichten verfolgte. »Nick, bitte sag mir, was los ist«, flehte sie mit leiser Stimme. »Ich weiß genau, dass etwas nicht stimmt. Bist du etwa krank und verschweigst es mir?«

»Glaub mir, ich bin kerngesund«, versicherte Nick. »Mir macht nur der Hunter-Prozess Sorgen.«

»Dad ist doch auch ganz ruhig«, widersprach Anne. »Er meint, das Schlimmste, was passieren könnte, wäre, dass die Geschworenen nicht zu einem einstimmigen Urteil gelangen. Aber du bist genau wie ich. Immer machst du dir Sorgen.«

»Also sind wir quitt. Du sorgst dich meinetwegen, und ich sorge mich wegen des Prozesses.«

Sie lächelten. Nick ist mir sehr ähnlich, dachte Anne, aber aussehen tut er wie Walter. Er runzelt sogar die Stirn wie er, wenn er nachdenkt.

»Runzle nicht die Stirn«, ermahnte sie ihn, als er die Tür öffnete.

»Ich weiß, davon kriegt man Falten.«

»Und quäl dich nicht wegen des Prozesses. Du gewinnst ihn sowieso.«

Während Nick im Aufzug die fünfunddreißig Stockwerke nach unten fuhr, dachte er: Genau das ist ja das Problem, Mom, wir werden wegen einer Formsache gewinnen, und dann kommt der Mistkerl frei. Ihr Mandant war ein zwielichtiger Rechtsanwalt, der sich an den Treuhandfonds von Erben vergriffen hatte. Viele der Geschädigten waren auf das Geld aus dieser Erbschaft dringend angewiesen.

Nick beschloss, ein Stück zu Fuß zu gehen und dann mit der U-Bahn nach SoHo zu fahren, wo er eine Eigentumswohnung besaß. Doch selbst die frische Nachtluft konnte die Niedergeschlagenheit nicht vertreiben, die ihn in letzter Zeit immer häufiger überkam. Als er den Times Square überquerte, nahm er die glitzernden Leuchtreklamen kaum wahr.

Man braucht keine Lady Macbeth zu sein und jemanden zu töten, um Blut an den Händen zu haben, dachte er finster.

Donnerstag, 22. März

Zehn

Seit die Aushebungsarbeiten für den Swimmingpool begonnen hatten, war ihm klar, dass man auf Marthas sterbliche Überreste stoßen würde. Er konnte nur hoffen, dass der Fingerknochen in der Plastikhülle intakt geblieben war. Doch selbst wenn nicht, würde man den Ring sicher finden. In den Nachrichten hieß es nur, dass die gesamte Grube inzwischen per Hand abgesucht wurde.

Natürlich war es zu viel verlangt, vom Leichenbeschauer die Erkenntnis zu erwarten, dass Martha und Madeline auf genau die gleiche Weise gestorben waren. Martha durch einen um ihren Hals zusammengezogenen Schal. Madeline durch die gestärkte weiße Leinenschärpe, die der Täter ihr von der Taille gerissen hatte, als sie versuchte zu fliehen.

Er konnte *diese* Passage aus dem Tagebuch mittlerweile auswendig hersagen.

Es ist seltsam, dass Madeline ohne den geringsten Hinweis meinerseits erkannte, welcher Fehler es gewesen war, das Haus zu betreten. Ängstlich zupfte sie mit ihren langen, schlanken Fingern an ihrem Rock herum, verzog jedoch keine Miene.

Sie sah zu, wie ich die Tür abschloss.

»Warum tun Sie das?«, fragte sie.

Offenbar hatte sie etwas in meinen Augen gelesen, denn sie schlug die Hand vor den Mund. Ich beobachtete, wie sich die Muskeln an ihrem Hals bewegten, als sie vergeblich zu schreien versuchte. Sie war so verängstigt, dass sie nur noch »bitte« flüstern konnte. Als sie an mir vorbei zum Fenster laufen wollte, hielt ich sie an der Schärpe fest und riss sie ihr ab. Dann nahm ich die Schärpe in beide Hände und schlang sie ihr um den Hals. Mit bemerkenswerter Kraft versuchte sie, nach mir zu schlagen und zu treten. Sie war kein zitterndes Lämmchen mehr, sondern eine Tigerin, die um ihr Leben kämpfte.

Später badete ich, zog mich um und stattete ihren Eltern einen Besuch ab. Diese waren inzwischen sehr besorgt um den Verbleib ihrer Tochter.

Asche zu Asche. Staub zu Staub.

Alle Zeitungen – sogar die *Times* – brachten ein Foto von Martha auf der Titelseite. Was sprach auch dagegen? Die Leiche einer schönen jungen Frau war doch immer eine Nachricht wert. Insbesondere dann, wenn das Opfer aus einer angesehenen Familie und einem wohlhabenden und malerischen Städtchen stammte. Um wie viel aufsehenerregender wäre die Meldung gewesen, wenn die Polizei auch den Fund des Fingerknochens mit dem Ring daran bekannt gegeben hätte. Er hoffte nur, dass auch jemandem aufgefallen war, dass er Marthas Hand um den Ring geschlossen hatte.

Die Hand war noch warm und beweglich gewesen.

Schwestern im Tode, in einem Abstand von einhundertundzehn Jahren.

Es hieß, der Staatsanwalt werde um elf Uhr eine Pressekonferenz abhalten. Es war jetzt fünf vor elf.

Er schaltete den Fernseher ein, lehnte sich zurück und kicherte erwartungsvoll.

Elf

Eine Viertelstunde vor der anberaumten Pressekonferenz erläuterte Elliot Osborne seinen engsten Mitarbeitern, was er den Journalisten mitzuteilen und was er ihnen zu verschweigen gedachte.

Er beabsichtigte, über die Obduktionsergebnisse zu berichten und zu erklären, der Tod sei durch Erwürgen eingetreten. Allerdings wollte er mit keinem Wort verlauten lassen, dass die Mordwaffe ein Schal mit Metallperlen am Saum war. Weiterhin wollte er bekannt geben, dass die Leiche in eine dicke Plastikplane eingewickelt gewesen war, die zwar schon im Zerfall begriffen war, das Skelett jedoch zusammengehalten hatte.

»Werden Sie den Fingerknochen erwähnen, Sir? Damit würden Sie sicher in ein Wespennest stechen.«

Pete Walsh war erst vor kurzem zum Detective befördert worden. Er war ein kluger junger Mann, musste jedoch zu allem seinen Senf dazugeben, dachte Tommy Duggan mürrisch. Es bereitete ihm eine gewisse Genugtuung, dass sein Vorgesetzter Walsh nun aufforderte, ihn ausreden zu lassen. Doch als er dann sah, wie sein Kollege rot anlief, bekam er ein schlechtes Gewissen.

Tommy Duggan und Osborne waren schon seit dem Morgengrauen im Büro. Sie hatten O'Briens Autopsiebericht in allen Einzelheiten erörtert und waren jeden Aspekt des Falles noch einmal durchgegangen.

Osborne fuhr fort: »In werde ferner sagen, dass wir nie

damit gerechnet haben, Martha Lawrence lebend aufzufinden. Außerdem werde ich betonen, dass ein Opfer häufig in der Nähe des Tatorts versteckt wird.«

Er räusperte sich. »Ich werde auch hinzufügen müssen, dass der vermutlich geisteskranke oder verwirrte Täter Martha Lawrence dicht neben den sterblichen Überresten eines anderen Menschen vergraben hat und dass diese Überreste mehr als hundert Jahre alt sind.

Wie Sie sicher wissen, hat die *Ashbury Press* vor viereinhalb Jahren, als Martha verschwand, über einen alten Kriminalfall berichtet. Es ging um die neunzehnjährige Madeline Shapley, die seit 1891 vermisst wird. Ziemlich wahrscheinlich werden die Medien zu dem voreiligen Schluss kommen, dass der Fingerknochen, der bei Martha entdeckt wurde, Madeline Shapley gehörte, vor allem da er sich auf dem Grundstück der Shapleys befand.«

»Stimmt es, dass die neue Besitzerin eine Verwandte der Shapleys ist?«

»Ja, das ist richtig.«

»Dann könnten Sie doch ihre DNS mit der des Fingerknochens vergleichen.«

»Wenn Ms. Graham einverstanden ist, werden wir das sicher tun. Jedenfalls habe ich gestern Abend angeordnet, dass alle verfügbaren Unterlagen über den Fall Madeline Shapley durchgearbeitet werden. Außerdem haben wir nach weiteren Fällen von Frauen geforscht, die in dieser Zeit in Spring Lake vermisst wurden.«

Es war nur ein Versuch, dachte Duggan. Aber wir haben ins Schwarze getroffen.

»Unsere Recherchen haben ergeben, dass in den fraglichen Jahren zwei weitere junge Frauen als vermisst gemeldet wurden«, sprach Osborne weiter. »Madeline Shapley wurde zuletzt am Tag ihres Verschwindens, dem

7. September 1891, auf der Veranda ihres Elternhauses in der Hayes Avenue gesehen.

Letitia Gregg, wohnhaft in der Tuttle Avenue, verschwand am 5. August 1893. Laut Polizeiakte befürchteten ihre Eltern, sie könnte allein schwimmen gegangen sein, weshalb man kein Verbrechen vermutete.

Drei Jahre später, am 31. März 1896, verschwand Letitias beste Freundin Ellen Swain. Man hatte sie beobachtet, wie sie bei Einbruch der Dunkelheit das Haus einer Freundin verließ.«

Und dann werden die Medien herumposaunen, in Spring Lake treibe ein Jahrhundertwende-Mörder sein Unwesen, dachte Tommy. Das hat uns gerade noch gefehlt.

Osborne sah auf die Uhr. »Es ist eine Minute vor elf. Gehen wir.«

Der Tagungsraum war voll besetzt. Sofort prasselte ein Trommelfeuer von Fragen auf Osborne nieder. Osborne konnte dem Reporter der *New York Post* nicht widersprechen, der meinte, der Fund von zwei Skeletten am selben Ort sei doch wohl sicher kein merkwürdiger Zufall.

»Ich stimme Ihnen zu«, entgegnete Osborne. »Der Fingerknochen mit dem Ring wurde absichtlich in die Plastikhülle zu Marthas Leiche gelegt.«

»Wo in der Plastikhülle war er denn?«, erkundigte sich der Polizeireporter von *ABC*.

»In Marthas Hand.«

»Denken Sie, der Mörder hat beim Ausheben von Marthas Grab zufällig die andere Leiche gefunden? Oder hat er sich die Stelle womöglich ausgesucht, weil er wusste, dass dort bereits ein Skelett lag?«, fragte Ralph Penza, ein altgedienter Reporter von *NBC*, mit leiser Stimme.

»Die Theorie, ein Mörder, der aus Angst vor Entdeckung sein Opfer vergräbt, könnte auf die Knochen einer weiteren Leiche stoßen und sich spontan entscheiden, einen Fingerknochen in die Plastikhülle zu legen, scheint mir ziemlich weit hergeholt.«

Osborne hielt ein Foto hoch. »Das hier ist eine vergrößerte Luftaufnahme des Fundorts.« Er wies auf die Grube im Garten. »Obwohl Marthas Mörder eine verhältnismäßig flache Grube ausgehoben hat, wäre die Leiche ohne die Arbeiten am Swimmingpool vermutlich nie entdeckt worden. Bis vor einem Jahr versperrte eine ziemlich große Stechpalme sowohl vom Haus als auch von der Straße aus den Blick auf diesen Teil des Gartens.«

In Antwort auf die nächste Frage bestätigte er, dass Emily Graham, die neue Besitzerin des Anwesens, eine Verwandte der ursprünglichen Eigentümer war. Wenn sie sich dazu bereit erklärte, würde ein DNS-Test Gewissheit bringen, ob es sich bei dem Skelett neben Marthas Leiche um das von Ms. Grahams Urgroßtante handelte.

Dann kam die Frage, mit der Tommy Duggan gerechnet hatte: »Soll das heißen, dass wir es hier mit einer Mordserie zu tun haben, die mit einem vor hundertzehn Jahren in Spring Lake geschehenen Verbrechen in Zusammenhang steht?«

»Das habe ich nie behauptet.«

»Doch Martha Lawrence und Madeline Shapley sind beide am 7. September verschwunden. Welche Erklärung haben Sie dafür?«

»Gar keine.«

»Glauben Sie, dass Marthas Mörder eine Reinkarnation ist?«, erkundigte sich Reba Ashby vom *National Daily* aufgeregt.

Der Staatsanwalt runzelte die Stirn. »Auf gar keinen Fall. Keine weiteren Fragen.«

Beim Hinausgehen fing Osborne Tommys Blick auf. Tommy wusste, dass sie beide dasselbe dachten. Der Mord an Martha Lawrence war soeben zum Stoff für die Sensationspresse geworden. Und der einzige Weg, diesem Treiben Einhalt zu gebieten, war, den Mörder zu fassen.

Die Überreste eines mit Metallperlen besetzten Schals waren bis jetzt ihr einziger Anhaltspunkt.

Das und der Umstand, dass der Mörder – im Moment gingen sie von einem männlichen Täter aus – von der Existenz des Grabes gewusst hatte, das vor mehr als hundert Jahren heimlich auf dem Grundstück der Shapleys ausgehoben worden war.

Zwölf

Um neun Uhr erwachte Emily aus einem unruhigen Schlaf.

Eine ausgiebige Dusche half ihr, die Benommenheit abzuschütteln, die immer mehr von ihr Besitz ergriff.

Die Leiche des vermissten Mädchens im Garten …

Das Foto, das man ihr unter der Tür durchgeschoben hatte …

Will Stafford hatte sie gewarnt, sie habe sich übereilt zum Kauf des Hauses entschlossen. Aber ich wollte es unbedingt haben, dachte sie, während sie den Gürtel ihres Frotteebademantels zuband. Und ich will es immer noch.

Sie schlüpfte in ihre Pantoffeln und ging nach unten, um Kaffee zu kochen. Seit ihrer Collegezeit hatte sie sich angewöhnt, nach dem Duschen Kaffee aufzusetzen und sich beim Anziehen immer wieder ein Schlückchen zu genehmigen. Sie schwor Stein und Bein, dass sie dann stets spürte, wie mit jedem Schluck ein weiterer Teil ihres Gehirns aktiviert wurde.

Auch ohne aus dem Fenster zu blicken, sah sie, dass es ein wunderschöner Tag werden würde. Sonnenstrahlen fielen durch das Buntglasfenster auf dem Treppenabsatz. Als sie am Wohnzimmer vorbeikam, blieb sie stehen, um den hübschen Kaminschirm und die Schürhaken zu bewundern, die sie gestern dort aufgestellt hatte. »Ich bin ziemlich sicher, dass sie für das Haus in Spring Lake gekauft wurden, als man es 1875 baute«, hatte ihre Großmutter gemeint.

Sie sehen aus, als gehörten sie hierher, und ich spüre, dass ich auch hierher gehöre, dachte Emily.

Im Esszimmer stand die Anrichte aus Eiche mit der Vertäfelung aus Buchsbaumholz, ein weiteres Stück, das die Umzugsfirma gestern aus Albany angeliefert hatte. Das Möbelstück stammte eindeutig aus diesem Haus, denn ihre Großmutter hatte vor vielen Jahren die Quittung dafür gefunden.

Während Emily darauf wartete, dass der Kaffee fertig wurde, stand sie am Fenster und beobachtete die Polizisten, die sorgfältig die Erde in der Grube durchsiebten. Welche Indizien hofften sie viereinhalb Jahre nach Marthas Tod noch zu entdecken?, fragte sich Emily.

Und warum hatten sie heute Morgen Hunde mitgebracht? Glaubten sie wirklich, dass hier noch ein zweiter Mensch vergraben war?

Als der Kaffee fertig war, schenkte sie sich eine Tasse ein und nahm sie mit nach oben. Dort schaltete sie das Radio ein und zog sich an. Die Titelmeldung behandelte natürlich das Auffinden von Martha Lawrences Leiche. Emily zuckte zusammen, als ihr eigener Name in den Nachrichten fiel: »Die neue Besitzerin des Anwesens, auf dem Martha Lawrences Leiche entdeckt wurde, ist die

Urgroßnichte einer anderen jungen Frau, die vor über einhundert Jahren auf geheimnisvolle Weise verschwand.«

Als das Handy läutete, stellte Emily das Radio ab. Bestimmt ist es Mom, dachte sie. Hugh und Beth Graham, ihre Eltern, waren beide Kinderärzte und hatten einen Ärztekongress in Kalifornien besucht. Emily wusste, dass sie am Vorabend nach Chicago hatten zurückkehren wollen.

Ihrer Mutter hatte es gar nicht gefallen, dass sie das Haus in Spring Lake gekauft hatte. Und sicher wird sie auch nicht erfreut sein, wenn ich ihr erzähle, was passiert ist, dachte Emily. Aber es muss sein.

Dr. Beth Graham war entsetzt, als sie die Nachricht erfuhr. »Meine Güte, Em. Ich erinnere mich, dass ich als Kind Madelines Geschichte gehört habe. Ihre Mutter hat ihr ganzes Leben lang weiter gehofft, Madeline würde eines Tages einfach zur Tür hereinspazieren. Soll das heißen, dass in Spring Lake noch ein Mädchen vermisst wurde und dass man ihre Leiche auf deinem Grundstück gefunden hat?«

Sie gab Emily keine Gelegenheit, etwas darauf zu erwidern. »Ihre Familie tut mir schrecklich Leid«, fuhr sie fort. »Ich habe so sehr gehofft, dass du dort endlich sicher sein würdest. Nachdem der Mann, der dich verfolgt hat, verhaftet wurde, konnte ich zum ersten Mal seit einem Jahr wieder richtig durchatmen.«

Emily stellte sich ihre Mutter vor, wie sie – zierlich, aber kerzengerade – am Schreibtisch in ihrer Praxis stand und besorgt das hübsche Gesicht verzog. Sie soll sich keine Sorgen um mich machen, dachte sie. Ganz sicher hat sie wieder das ganze Wartezimmer voller Babys.

Ihre Eltern betrieben eine Gemeinschaftspraxis. Obwohl sie beide schon Anfang sechzig waren, kam es für sie nicht infrage, sich zur Ruhe zu setzen. Als Emily ein Kind gewesen war, hatte ihre Mutter oft zu ihr und ihren Brüdern gesagt: »Wenn du ein Jahr lang glücklich sein willst, reicht es, im Lotto zu gewinnen. Aber wenn dieses Gefühl dein Leben lang anhalten soll, musst du deinen Beruf lieben.«

Und ihre Mutter und ihr Vater liebten jeden einzelnen ihrer kleinen Patienten.

»Mom, du musst es einmal so betrachten. Wenigstens können die Lawrences jetzt mit ihrer Trauer abschließen. Und es gibt keinen Grund, dass du dir Sorgen um mich machst.«

»Vermutlich nicht«, räumte ihre Mutter widerstrebend ein. »Und es besteht auch sicher nicht die Möglichkeit, dass der Mann, der dich verfolgt hat, wieder auf freiem Fuß ist?«

»Überhaupt keine«, entgegnete Emily fröhlich. »Und jetzt kümmere dich um deine Babys. Richte Dad liebe Grüße von mir aus.«

Als Emily ihr Handy abschaltete, nahm sie sich fest vor, ihren Eltern die Existenz des Trittbrettfahrers unter allen Umständen zu verheimlichen. Außerdem war sie froh, dass sie sich entschieden hatte, das Foto bei der Polizei von Spring Lake zu melden – nur für den Fall, dass ihre Eltern doch noch davon erfuhren.

Sie zog Jeans und einen Pullover an und war fest entschlossen, sich an diesem Tag so gut wie möglich an ihren Zeitplan zu halten. Die Kiernans hatten die Möbel aus dem kleinen Raum neben dem Schlafzimmer mitgenommen, der sich ausgezeichnet als Arbeitszimmer eignete. Ihr Schreibtisch und die Bücherregale standen bereits dort. Emily musste nur noch Computer und Fax anschließen und die Bücher auspacken. Die Telefongesellschaft wollte heute Vormittag neue Leitungen legen, von denen eine für den Computer vorgesehen war.

Emily plante, überall im Haus Familienbilder aufzuhängen. Während sie sich das Haar zu einem Knoten aufdrehte und es mit einem Kamm feststeckte, dachte sie daran, wie sie vor ihrem Umzug die Fotos aussortiert hatte.

Alle Bilder, auf denen Gary zu sehen war, hatte sie weggeworfen.

Ebenso die Aufnahmen mit Barb aus ihrer Collegezeit. Barb, ihre beste Freundin und Vertraute. Emily und Barbara. Sie waren unzertrennlich gewesen.

Ja, ja, dachte Emily, als ein vertrauter Schmerz sie durchfuhr. Mein Ex-Mann. Meine ehemalige beste Freundin.

Ob sie wohl noch zusammen sind? Ich wusste schon immer, dass Barb für Gary schwärmte. Aber ich hätte mir nie im Traum ausgemalt, dass er ihre Gefühle erwidern würde.

Allerdings grübelte sie jetzt, drei Jahre später, nur noch selten darüber nach. Nur ein kleiner Schmerz war geblieben, weil sie sich so unglaublich verraten gefühlt hatte. Doch inzwischen konnten die beiden sie nicht mehr verletzen.

Emily machte das Bett, zog die Laken glatt und steckte sie fest. Die cremefarbene Überdecke passte zu dem grün- und rosafarbenen Bettvolant und den Vorhängen. Sie nahm sich vor, den Diwan am Panoramafenster irgendwann gegen zwei bequeme Sessel auszutauschen. Doch er gehörte zur Einrichtung und genügte für den Augenblick.

Das nachdrückliche Klingeln an der Tür konnte nur zwei Dinge bedeuten: die Leute von der Telefongesellschaft oder Journalisten. Emily sah aus dem Fenster und erkannte zu ihrer Erleichterung den Transporter mit dem vertrauten Emblem.

Um fünf Uhr waren die Techniker von der Telefongesellschaft wieder fort. Emily ging ins Arbeitszimmer und schaltete die Fernsehnachrichten ein.

»... einen hundert Jahre alten Fingerknochen mit einem Ring ... «

Als die Nachrichten vorbei waren, stellte Emily den Fernseher ab und saß ruhig da. Während sie auf den schwarzen Bildschirm starrte, kamen ihr unzählige Kindheitserinnerungen in den Sinn.

Immer wieder hatte Großmutter ihr die Geschichte von Madeline erzählt. Ich konnte nicht genug davon kriegen, dachte Emily. Schon als kleines Mädchen hat mich ihr Schicksal fasziniert.

Großmutters Blick wanderte in die Ferne, wenn sie über Madeline sprach. »Madeline war die ältere Schwester meiner Großmutter ... Meine Großmutter wirkte immer so traurig, wenn sie sie erwähnte. Sie hat sie vergöttert. Sie schilderte mir, wie schön sie gewesen sei. Viele junge Männer in Spring Lake schwärmten für sie und gingen zum Zeitvertreib gern am Haus der Shapleys vorbei, um Madeline vielleicht auf der Veranda sitzen zu sehen. Am letzten Tag ihres Lebens war sie so aufgeregt. Ihr Verehrer, Douglas Carter, hatte mit ihrem Vater gesprochen und die Erlaubnis erhalten, ihr einen Heiratsantrag zu machen. Sie rechnete damit, dass er ihr einen Verlobungsring schenken würde. Es war später Nachmittag. Sie hatte ein weißes Leinenkleid an. Madeline zeigte meiner Großmutter, dass sie den Ring, den sie zum sechzehnten Geburtstag bekommen hatte, nun an der rechten Hand trug, damit sie ihn nicht abnehmen musste, wenn Douglas ihr einen Antrag machte ...«

Emily erinnerte sich, dass Douglas Carter zwei Jahre nach Madelines Verschwinden Selbstmord begangen hatte.

Sie stand auf. Wie viel mehr wusste ihre Großmutter noch über die Ereignisse, von denen man ihr als Kind erzählt hatte?

Obwohl Großmutters Augen immer schlechter wurden, erfreute sie sich ansonsten einer bemerkenswert guten Gesundheit. Und wie bei vielen alten Menschen war ihr Langzeitgedächtnis mit den Jahren stärker geworden.

Sie und ein paar ihrer alten Freundinnen waren in eine Einrichtung für betreutes Wohnen in Albany gezogen. Emily wählte die Nummer, nach dem ersten Läuten wurde abgenommen.

»Was ist mit dem Haus?«, fragte ihre Großmutter nach einer kurzen Begrüßung.

Es fiel Emily nicht leicht, ihr zu schildern, was geschehen war. »Man hat dort eine junge Frau gefunden, die vermisst wurde? Oh, Emily, wie konnte so etwas passieren?«

»Keine Ahnung, aber ich werde es rauskriegen, Oma. Erinnerst du dich noch, dass du mir gesagt hast, Madeline hätte am Tag ihres Verschwindens einen Ring am Finger gehabt?«

»Sie rechnete damit, dass Douglas Carter ihr einen Verlobungsring schenken würde.«

»Hat sie nicht auch einen Ring getragen, den sie zum sechzehnten Geburtstag bekommen hatte?«

»Lass mich überlegen. Oh, ja, richtig, Em. Es war ein Ring mit einem Saphir und kleinen Diamanten. Ich habe nach dieser Beschreibung einen für deine Mutter anfertigen lassen, als sie sechzehn wurde. Hat sie ihn nicht an dich weitergegeben?«

Natürlich, dachte Emily. In dem Sommer, als ich mit Barbara durch Europa getrampt bin, ist er mir in irgendeiner Jugendherberge gestohlen worden.

»Oma, hast du eigentlich noch den Kassettenrekorder, den ich dir geschenkt habe?«

»Ja, selbstverständlich.«

Als sie noch studierte, hatte Emily fast alle Sommer in Europa verbracht. Damals hatten sie und ihre Großmutter füreinander Kassetten aufgenommen und sie sich geschickt.

»Ich habe eine Bitte. Sprich alles, was du über Madeline gehört hast, auf Band. Versuche, dich an die Namen der Leute zu erinnern, die sie vielleicht kannte. Mich interessiert alles, was dir zu ihr oder ihren Freunden einfällt. Tust du das für mich?«

»Ich werde es probieren. Ich wünschte, ich hätte die alten Briefe und Alben noch, die bei dem Feuer in der Garage vor ein paar Jahren verbrannt sind. Aber ich werde mir Mühe geben.«

»Ich liebe dich, Oma.«

»Du willst doch nicht etwa nach all den Jahren herausfinden, was mit Madeline passiert ist?«

»Man kann nie wissen.«

Als Nächstes rief Emily bei der Staatsanwaltschaft an. Nachdem sie ihren Namen genannt hatte, wurde sie sofort zu Elliot Osborne durchgestellt.

»Ich habe die Nachrichten gesehen«, sagte sie. »Handelt es sich bei dem Ring, den Sie gefunden haben, zufällig um einen mit kleinen Diamanten gefassten Saphir?«

»Richtig.«

»Steckte er an einem Finger der rechten Hand?«

Eine Pause entstand. »Woher wissen Sie das, Ms. Graham?«, fragte Osborne.

Nach dem Telefonat schlenderte Emily durchs Zimmer, öffnete die Tür und trat auf die Veranda hinaus. Dann ging sie am Haus entlang in den Garten, wo die Spurensicherung immer noch die Erde durchsiebte.

Man hatte Madelines Ring und ihren Finger bei Martha Lawrence gefunden. Den Rest ihrer Leiche entdeckte man nur wenige Zentimeter unterhalb der Plastikfolie. Vor ihrem geistigen Auge sah Emily deutlich ihre Urgroßtante vor sich, wie sie an jenem sonnigen Nachmittag gewesen sein musste. In einem weißen Leinenkleid saß sie auf der Veranda. Das dunkelbraune Haar fiel ihr über die Schultern. Sie war neunzehn Jahre alt und verliebt und wartete auf ihren Verlobten, der ihr einen Ring schenken wollte.

War es möglich, hundertundzehn Jahre später zu ermitteln, was ihr zugestoßen war? Jemand kannte die Stelle, wo man sie begraben hatte, dachte Emily, und dieser Jemand hat beschlossen, Martha Lawrences Leiche ebenfalls dort zu verstecken.

Gedankenversunken steckte sie die Hände in die Taschen ihrer Jeans und kehrte ins Haus zurück.

Dreizehn

Um neun Uhr morgens hatte Will Stafford einen Termin wegen der Vertragsunterzeichnung für ein Bürogebäude in Sea Girt, einer Stadt in der Nähe von Spring Lake. Gleich nach seiner Rückkehr in die Kanzlei rief er Emily an, doch ihr Telefon war noch nicht angeschlossen und ihre Handynummer kannte er nicht.

Erst gegen Mittag erreichte er sie endlich. »Gestern nach der Vertragsunterzeichnung war ich in New York«, erklärte er. »Ich habe erst abends aus den Nachrichten erfahren, was passiert ist. Die Lawrences tun mir schrecklich Leid. Und Sie natürlich auch.«

Es war schön, die Besorgnis in seiner Stimme zu hören. »Haben Sie zufällig das Interview mit dem Staatsanwalt gesehen?«, fragte sie.

»Ja, habe ich. Pat, meine Empfangssekretärin, hat mich darauf aufmerksam gemacht. Glauben Sie etwa ...?«

Sie wusste, was er sie fragen wollte. »Ob ich glaube, dass der Ring in Martha Lawrences Hand Madeline Shapley gehörte? Ich bin mir sogar sicher. Ich habe nämlich mit meiner Großmutter gesprochen, und sie hat mir den Ring so beschrieben, wie ihre Großmutter, Madelines Schwester, ihn ihr geschildert hat.«

»Dann war ihre Urgroßtante während all der Jahre auf dem Grundstück vergraben.«

»Offenbar ja«, entgegnete Emily.

»Anscheinend wusste das jemand, und er hat Marthas Leiche neben ihrer versteckt. Doch woher könnte jemand die Information haben, wo Madeline Shapley lag?« Will Staffords Tonfall spiegelte Emilys eigene Verwirrung wider.

»Wenn es eine Antwort darauf gibt, werde ich es rauskriegen«, sagte sie. »Will, ich würde gern die Lawrences kennen lernen. Haben Sie Kontakt zu Ihnen?«

»Ja. Vor Marthas Verschwinden hatten sie ziemlich häufig Gäste. Ich war oft bei ihnen eingeladen, und natürlich treffe ich sie immer wieder in der Stadt.«

»Würden Sie sie anrufen und fragen, ob Sie mich zu einem kurzen Besuch mitbringen dürfen, wenn es ihnen wieder besser geht?«

Er erkundigte sich nicht nach ihren Gründen. »Ich melde mich wieder bei Ihnen«, versprach er.

Zwanzig Minuten später ertönte die Stimme der Empfangssekretärin Pat Glynn über die Gegensprechanlage. »Mr. Stafford, Natalie Frieze ist hier und möchte mit Ihnen reden.«

Das hat mir gerade noch gefehlt, dachte Will. Natalie war die zweite Frau von Bob Frieze, einem alteingesessenen Einwohner von Spring Lake. Vor knapp fünf Jahren hatte Bob seine Maklerfirma aufgegeben und sich einen Lebenstraum erfüllt. Er hatte ein ausgesprochen elegantes Restaurant mit dem Namen »Seasoner« in Rumson, einer etwa zwanzig Minuten entfernten Stadt, eröffnet.

Natalie war vierunddreißig, Bob einundsechzig, doch ihre Ehe erfüllte offenbar die beiderseitigen Erwartungen. Bob hatte eine Gattin zum Repräsentieren und Natalie konnte sich endlich ein Luxusleben leisten.

Außerdem hatte sie eine Schwäche für Männer und ein Auge auf Will geworfen.

Doch als Natalie heute hereinkam, war sie anders als sonst nicht zum Flirten aufgelegt. Anstatt ihn wie gewöhnlich überschwänglich zu begrüßen und ihn auf die Wange zu küssen, ließ sie sich in einen Sessel fallen. »Will, das mit Martha Lawrence ist schrecklich traurig«, sagte sie. »Und es wird sicher auch Wellen schlagen. Ich mache mir große Sorgen.«

»Bei allem Respekt, Natalie, Sie sehen überhaupt nicht besorgt aus. Eher so, als kämen Sie gerade von einem Fototermin bei der *Vogue.*«

Sie trug einen dreiviertellangen schokoladenbraunen Ledermantel mit Nerzbesatz an Kragen und Ärmeln und dazu eine passende Lederhose. Das lange blonde Haar fiel ihr glatt über die Schultern. Ihre gleichmäßige Sonnenbräune, die, wie Will wusste, von einem kürzlichen Urlaub in Palm Beach stammte, hob ihre türkisblauen Augen hervor. Wie von einer schweren Last niedergedrückt, war sie im Sessel zusammengesackt, schlug die langen Beine übereinander und zeigte einen schlanken Fuß mit hohem Spann in einer an der Ferse offenen Sandale.

Natalie ging nicht auf Wills Kompliment ein. »Will, ich bin sofort zu Ihnen gekommen, nachdem ich die Pressekonferenz gesehen habe. Was halten Sie von dem Fingerknochen in Marthas Hand? Steckt vielleicht ein Perverser dahinter?«

»Es ist wirklich sehr merkwürdig.«

»Bob hätte fast einen Herzanfall gekriegt. Er ist geblieben, bis die Konferenz zu Ende war, und dann erst ins Restaurant gefahren. Er war so aufgeregt, dass ich ihn schon daran hindern wollte, sich ans Steuer zu setzen.«

»Was hat ihn denn so aufgeregt?«

»Tja, Sie wissen ja, dass Detective Duggan ständig bei allen aufkreuzt, die am Abend vor Marthas Verschwinden auf dieser verdammten Party waren.«

»Worauf wollen Sie hinaus, Natalie?«

»Darauf, dass Duggan uns bis jetzt keine ruhige Minute gegönnt hat. Und jetzt, wo die Ermittlungen wieder neu aufgerollt werden, wird er uns noch viel öfter auf die Pelle rücken. Es ist offensichtlich, dass Martha ermordet wurde. Und wenn das Gerücht um sich greift, einer von uns könnte für ihren Tod verantwortlich sein, wäre das ziemlich schlechte Publicity.«

»Schlechte Publicity! Du meine Güte, Natalie, wen interessiert das denn jetzt?«

»Ich sage Ihnen, wen es interessiert: meinen Mann. Bob hat sein ganzes Geld in dieses Restaurant investiert. Warum er glaubte, dass es ein Erfolg wird, obwohl er keine Ahnung von der Branche hat, ist eine Frage, die wahrscheinlich nur ein Psychologe beantworten könnte. Und jetzt hat er Magenschmerzen, weil er sich einbildet, es könnte dem Geschäft schaden, wenn ständig darauf herumgehackt wird, dass wir bei der Party waren. Wie ich hinzufügen muss, hat er bis jetzt schon drei Köche verschlissen.«

Will hatte ein paar Mal in dem Restaurant gegessen. Die Ausstattung war prunkvoll und teuer. Abends waren Sakko und Krawatte Pflicht, was bei Urlaubern nicht sehr gut ankam. Ich habe ihm vorgeschlagen, wenigstens auf die Krawatten zu verzichten, dachte Will. Das Essen war bestenfalls Durchschnitt, die Preise überteuert.

»Natalie«, sagte er, »mir ist klar, dass Bob unter großem Druck steht. Doch die Vorstellung, dass jemand dem Restaurant fern bleiben könnte, weil Sie beide auf der Party bei den Lawrences waren, ist nun wirklich an den Haaren herbeigezogen.«

Und falls er Pleite geht und eine Menge Geld verliert, ist dein Ehevertrag keinen Pfifferling mehr wert, fügte er im Geiste hinzu.

Natalie seufzte auf und machte Anstalten, sich zu erheben. »Hoffentlich haben Sie Recht, Will. Bob zittert nur so vor Anspannung und brüllt mich an, wenn ich auch nur den kleinsten Vorschlag mache.«

»Was für einen Vorschlag?« Das kann ich mir bildlich vorstellen, dachte Will.

»Dass er vielleicht einen Kochkurs belegen sollte, um die Küche selbst zu übernehmen, bevor er wieder einen Koch rauswirft.« Natalie zuckte die Achseln und grinste. »Nachdem ich mit Ihnen gesprochen habe, geht es mir schon viel besser. Ich habe noch nicht zu Mittag gegessen. Möchten Sie nicht mitkommen?«

»Eigentlich wollte ich mir ein Sandwich bestellen.«

»Das werden Sie schön bleiben lassen. Wir essen im Old Mill. Kommen Sie, ich brauche Gesellschaft.«

Draußen auf der Straße hakte sie ihn unter.

»Die Leute könnten reden«, meinte er schmunzelnd.

»Ach, na und. Sie können mich sowieso nicht leiden. Ich habe zu Bob gesagt, wir hätten umziehen sollen. Diese Stadt ist zu klein für mich und seine Ex-Frau.«

Als er Natalie die Autotür aufhielt und sie sich beim Einsteigen duckte, brachte die Sonne ihr langes blondes Haar zum Leuchten.

Plötzlich fiel Will eine Bemerkung des Staatsanwalts ein: »Lange blonde Haarsträhnen wurden an der Leiche gefunden.«

Wie seine junge Frau hatte auch Bob Frieze bekanntermaßen eine Schwäche fürs andere Geschlecht.

Besonders für schöne Frauen mit langem blondem Haar.

Vierzehn

Dr. Lillian Madden, eine bekannte Psychologin, die in ihrer Praxis häufig zur Hypnose griff, glaubte fest an die Reinkarnation und versetzte manche ihrer Patienten in frühere Leben zurück. Sie war davon überzeugt, dass ein in einem vorigen Leben erlittenes Trauma der Grund für emotionale Leiden in der Gegenwart sein konnte.

Bei ihren vielen Vorträgen kam sie häufig auf ihre Lieblingsthese zu sprechen, nämlich, dass man den Menschen, die man in diesem Leben kannte, aller Wahrscheinlichkeit nach bereits in einem anderen Leben begegnet war. »Damit meine ich nicht, dass Sie vor dreihundert Jahren schon einmal mit Ihrem Mann verheiratet waren«, erläuterte sie ihren Zuhörern, die ihr gebannt an den Lippen hingen. »Doch er könnte Ihr bester Freund gewesen sein. Gleichermaßen kann Ihnen jemand, der bereits früher Ihr Widersacher gewesen ist, auch im nächsten Leben Schwierigkeiten bereiten.«

Dr. Lillian Madden war kinderlos und verwitwet. Sie

wohnte und praktizierte in Belmar, einer Stadt unweit von Spring Lake. Am Vorabend hatte sie erfahren, dass Martha Lawrences Leiche aufgefunden worden war, und sie hatte wie alle Menschen in der Umgebung Mitleid mit der Familie.

Die Einwohner konnten es nicht fassen, dass einer jungen Frau beim Joggen an einem Sommermorgen Gefahr drohte. Und dass man die Leiche von Martha Lawrence ganz in der Nähe des Hauses ihrer Großeltern entdeckt hatte, wies für die meisten darauf hin, dass ein eigentlich als vertrauenswürdig geltender Mensch der Schuldige sein musste. Jemand, der vermutlich in allen Häusern willkommen war.

Nachdem Lillian Madden, die schon seit ihrer Kindheit an Schlafstörungen litt, die Nachricht gehört hatte, grübelte sie die halbe Nacht darüber nach, was diese schreckliche Entdeckung bedeutete. Sie war sicher, dass Marthas Familie entgegen aller Wahrscheinlichkeit weiter gehofft hatte, das Mädchen würde eines Tages auf wundersame Weise wohlbehalten zurückkehren.

Stattdessen mussten sie nun mit dem schrecklichen Wissen leben, dass sie unzählige Male an dem Grundstück vorbeigekommen waren, wo die Leiche ihrer Enkelin lag.

Viereinhalb Jahre waren inzwischen vergangen. Lebte Martha mittlerweile in einer neuen Inkarnation? Hatte das Baby, das Marthas ältere Schwester vor kurzem geboren hatte, Marthas Seele?

Lillian Madden glaubte daran, dass das möglich war. Sie betete dafür, die Familie Lawrence möge spüren, dass sie, indem sie das Baby annahmen und liebten, auch Martha willkommen hießen.

Ihr erster Patient hatte sich um acht Uhr angesagt, eine Stunde bevor der Dienst ihrer Sekretärin Joan Hodges begann. Deshalb hatte Dr. Madden erst um zwölf Gelegenheit, im Vorzimmer mit Joan zu sprechen.

Joan trug einen schwarzen Hosenanzug, der deutlich hervorhob, dass sie seit kurzem wieder in Größe zweiundvierzig passte. Mit der einen Hand schob sie sich eine silberblonde Haarsträhne aus der Stirn, mit der anderen kritzelte sie eine Nachricht. Sie hörte ihre Arbeitgeberin nicht hereinkommen.

»Etwas Wichtiges?«, fragte Dr. Madden.

Erschrocken blickte Joan auf. »Ach, guten Morgen, Frau Doktor. Ich weiß nicht, wie wichtig diese Nachrichten sind, aber gefallen werden Sie Ihnen sicher nicht«, meinte sie geradeheraus. Joan, vierundvierzig Jahre alt und bereits Großmutter, war nach Lillian Maddens Ansicht wie geschaffen für die Arbeit in einer psychologischen Praxis. Sie war fröhlich, sachlich und einfühlsam, nichts brachte sie aus der Ruhe, und sie flößte anderen Menschen Vertrauen ein.

»Um was geht es denn?«, erkundigte sich Lillian Madden freundlich, während sie die Notizen von Joans ein wenig unordentlichem Schreibtisch nahm.

»Der Staatsanwalt hat eine Pressekonferenz abgehalten. Und nun haben innerhalb der letzten Stunde drei der schlimmsten Klatschblätter des Landes hier angerufen. Ich erzähle Ihnen, warum.«

Entsetzt lauschte Lillian, als ihre Sekretärin ihr berichtete, man habe in Martha Lawrences Hand den Ringfinger einer anderen Frau gefunden. Außerdem sei Madeline Shapley wie Martha an einem 7. September verschwunden.

»Die glauben doch wohl nicht etwa, dass Martha eine Reinkarnation von Madeline war und deshalb dasselbe schreckliche Schicksal erleiden musste?«, meinte Lillian. »Das wäre einfach absurd.«

»Das nicht«, entgegnete Joan Hodges mit finsterer Miene. »Sie wollten wissen, ob Madelines Mörder eine Reinkarnaton sein könnte.« Sie sah Dr. Madden an. »Wenn ich es mir genauer überlege, kann man ihnen keinen Vorwurf draus machen, oder, Frau Doktor?«

Fünfzehn

Um zwei Uhr kehrte Tommy Duggan, gefolgt von Pete Walsh, in sein Büro zurück. Nach der Pressekonferenz hatte sich ein Team der Staatsanwaltschaft eingehend mit Martha Lawrences Akte befasst. Jede Einzelheit – angefangen bei dem Anruf vor viereinhalb Jahren, mit dem Martha als vermisst gemeldet wurde, bis hin zum Auffinden ihrer Leiche – wurde gründlich unter die Lupe genommen und untersucht, um sicherzugehen, dass man nichts übersehen hatte.

Osborne hatte Tommy die Leitung der Ermittlungen übertragen und Pete Walsh zu seinem Assistenten ernannt. Bevor er kürzlich zum Detective befördert worden war, war Walsh acht Jahre lang Polizist in Spring Lake gewesen.

Er hatte auch zu der Mannschaft gehört, die die Nacht im Gerichtsarchiv verbracht hatte – auf der Suche nach Unterlagen zum Verschwinden von Madeline Shapley im Jahr 1891.

Er hatte vorgeschlagen nachzuprüfen, ob es noch weitere Berichte über vermisste Frauen aus dieser Zeit gab, und war auf die Namen Letitia Gregg und Ellen Swain gestoßen.

Nun bedachte Tom Duggan Walsh mit einem mitfühlenden Blick. »Falls ich es noch nicht erwähnt habe«, meinte er. »Sie sehen aus wie ein Kaminkehrer.«

Trotz aller Bemühungen waren Petes Versuche gescheitert, nach der nächtlichen Suche Haut und Kleidung von Staub und Schmutz zu befreien. Seine Augen waren blutunterlaufen, und obwohl er gebaut war wie ein Profisportler, ließ er vor Erschöpfung die Schultern hängen. Er war dreißig Jahre alt und wirkte trotz seines zurückweichenden Haaransatzes auf Tommy im Moment wie ein müder kleiner Junge.

»Warum gehen Sie nicht nach Hause, Pete?«, fragte er. »Sie schlafen ja schon im Stehen.«

»Ich fühle mich prima. Sie haben doch gerade erwähnt, dass Sie ein paar Telefonate erledigen wollten. Ich übernehme die Hälfte.«

Tommy zuckte die Achseln. »Meinetwegen. Im Laufe des heutigen Tages wird die Gerichtsmedizin Marthas Leiche freigeben. Die Familie hat schon veranlasst, dass ein Beerdigungsunternehmen sie abholen und ins Krematorium bringen wird, wo sich der engste Familienkreis versammelt. Dann werden die Angehörigen die Urne zum Familienmausoleum auf dem Friedhof von St. Catherine begleiten. Ich wollte Ihnen nur mitteilen, dass diese Information nicht für die Öffentlichkeit bestimmt ist. Die Familie verlangt absolute Diskretion.«

Pete nickte.

»Inzwischen hat ein Sprecher der Familie gewiss angekündigt, dass der Gedenkgottesdienst für Martha am Samstag in St. Catherine stattfindet.«

Tommy war sicher, dass die meisten, wenn nicht alle der Gäste, die am Abend vor Marthas Verschwinden auf der Party gewesen waren, die Messe besuchen würden. Er hatte Pete bereits erklärt, dass er sie anschließend an einem Ort zusammenbringen und sie dann einzeln befragen wollte. Widersprüche in ihren Erinnerungen würden sich viel leichter klären lassen, wenn sie alle gemeinsam da waren. Aber vielleicht würden diese Widersprüche ja auch bestehen bleiben, dachte er mit finsterer Miene.

Am Abend vor Marthas Verschwinden hatten sich vierundzwanzig Gäste und fünf Mitarbeiter des Partyservice im Haus der Lawrences aufgehalten.

»Pete, nachdem alle da sind, verfahren wir wie üblich. Zuerst plaudern wir einzeln mit ihnen und versuchen rauszukriegen, ob einer während der Party irgendetwas verloren hat. Wir müssen wissen, ob jemand einen grauen Seidenschal mit Metallperlen bei sich hatte.«

Tommy holte die Gästeliste heraus und legte sie auf den Schreibtisch. »Ich werde als Erstes Will Stafford anrufen und ihn bitten, sein Haus nach dem Gedenkgottesdienst als Treffpunkt zur Verfügung zu stellen«, sagte er. »Danach rufen wir die anderen an.«

Er griff nach dem Telefon.

Stafford war gerade vom Mittagessen zurück. »Natürlich können Sie sich bei mir treffen«, stimmte er zu. »Aber Sie sollten den Termin ein wenig später ansetzen. Auf meinem Schreibtisch liegt eine Nachricht, in der steht, dass die Lawrences einige enge Freunde nach der Messe zu einem kleinen Mittagsimbiss zu sich nach Hause bitten. Bestimmt sind die meisten Partygäste eingeladen.«

»Dann bestelle ich sie um drei Uhr zu Ihnen. Danke, Mr. Stafford.«

Ich würde viel dafür geben, bei diesem Mittagessen dabei zu sein, dachte Tommy. Er nickte Pete zu. »Da wir jetzt Ort und Zeit kennen, können wir mit den Anrufen beginnen. In einer Stunde werden wir bei Emily Graham erwartet. Wir brauchen unbedingt ihre Erlaubnis, den Rest ihres Gartens umzugraben.«

Sie machten sich an die Telefonate und erreichten alle

bis auf Bob Frieze. »Er ruft Sie so bald wie möglich zurück«, versprach ein Restaurantangestellter.

»Sagen Sie ihm, es sei dringend«, wies Tommy den Mann an. »Ich muss gleich weg.«

»Besser, als ich erwartet habe«, meinte er zu Pete, während sie die Ergebnisse ihrer Telefonaktion verglichen. Bis auf zwei ältere Ehepaare, die unmöglich etwas mit Marthas Tod zu tun haben konnten, planten alle Partygäste, die Messe am Samstag zu besuchen.

Als Tommy noch einmal im Restaurant anrief, war Bob Frieze selbst am Apparat. Allerdings stieß die Bitte, sich bei Stafford einzufinden, bei ihm auf heftigen Protest.

»Am Samstagnachmittag und am Abend haben wir im Restaurant Hochbetrieb«, schimpfte Frieze. »Wir haben das alles doch schon hundertmal durchgekaut, Detective Duggan. Ich kann Ihnen versichern, dass ich dem, was Sie bereits von mir wissen, nichts hinzuzufügen habe.«

»Ich glaube, es würde Ihnen gar nicht gefallen, wenn es an die Presse durchsickert, dass Sie sich weigern, mit der Polizei zusammenzuarbeiten«, entgegnete Tommy.

Mit einem zufriedenen Grinsen auf den Lippen legte er auf. »Es macht mir Spaß, diesem Typen die Daumenschrauben anzusetzen«, gestand er Walsh. »Es ist ein gutes Gefühl.«

»Und für mich war es ein Vergnügen zuzuhören, wie Sie ihm die Hölle heiß machen. Als ich noch in Spring Lake Streife gegangen bin, war er nicht sonderlich beliebt. Die erste Mrs. Frieze ist eine sehr nette Frau. Er hat sie fallen gelassen, nachdem sie ihm drei reizende Kinder geboren und mehr als dreißig Jahre lang seine kleinen Affären geduldet hatte. Wir alle kannten Bob Frieze als Schürzenjäger. Und außerdem galt er als ziemlich reizbar. Vor acht Jahren, als ich gerade bei der Polizei angefangen hatte, habe ich ihm einen Strafzettel wegen Geschwindigkeitsübertretung verpasst. Und Sie können mir glauben, er hat mit allen Mitteln versucht zu erreichen, dass ich meinen Job verliere.«

»Allmählich frage ich mich, ob seine zweite Ehe ihn von den Seitensprüngen kuriert hat«, meinte Tommy nachdenklich. »Er verhält sich jedenfalls ziemlich abweisend.«

Tommy stand auf. »Kommen Sie. Wir haben gerade noch genug Zeit, vor unserem Treffen mit Ms. Graham etwas zu essen.«

Auf einmal wurde Tommy klar, dass er außer dem Kaffee und den Brötchen, die vor ein paar Stunden gebracht worden waren, nichts im Magen hatte. Nachdem er kurz mit seinem Gewissen gerungen hatte, entschied er sich dafür, sich etwas bei McDonald's zu holen: Einen Big Mäc, eine große Portion Pommes und dazu eine große Cola.

Sechzehn

Um Viertel vor drei parkte Emily ihren Wagen vor dem Haus von Clayton und Rachel Wilcox in der Ludlam Avenue. Eine halbe Stunde zuvor hatte sie Will Stafford angerufen und ihn um einen Tipp gebeten, wo sie mit ihren Recherchen im Fall Madeline Shapley beginnen sollte.

»Will, ich weiß, Sie haben geglaubt, mich nach der Vertragsunterzeichnung endgültig los zu sein«, entschuldigte sie sich. »Und normalerweise wäre es auch so gewesen. Ich möchte Ihnen nicht zur Last fallen, aber ich brauche Informationen über Spring Lake in der Zeit, als meine Familie hier gelebt hat. Ich beabsichtigte nämlich, Einblick in die Polizeiberichte im Fall Madeline zu nehmen, sofern sie noch existieren. Vielleicht gibt es ja auch noch Zeitungsartikel. Ich weiß nur einfach nicht, wo ich anfangen soll.«

»Unsere Bibliothek in der Third Avenue verfügt über ein ausgezeichnetes Archiv«, erwiderte Will. »Doch am schnellsten werden Sie bestimmt bei der historischen Gesellschaft von Monmouth County in Freehold fündig werden.«

Sie bedankte sich bei ihm und wollte schon auflegen, als er sagte: »Moment, Emily. Sie könnten viel Zeit sparen, wenn Sie sich an Dr. Clayton Wilcox wenden. Er ist ein pensionierter Collegerektor und inzwischen der inoffizielle Stadthistoriker von Spring Lake. Außerdem wird Sie vielleicht noch interessieren, dass er und seine Frau Rachel am Abend vor Marthas Verschwinden bei den Lawrences eingeladen waren. Ich werde sie für Sie anrufen.«

Eine Viertelstunde später meldete er sich wieder. »Clayton würde Sie gern kennen lernen. Fahren Sie gleich hin. Ich habe ihm Ihr Anliegen erläutert. Er stellt bereits Material für Sie zusammen. Hier ist die Adresse.«

Und nun bin ich da, dachte Emily, als sie aus dem Auto stieg. Der Vormittag war sonnig und verhältnismäßig warm gewesen. Doch die verblassende Nachmittagssonne und ein leichter Wind hatten das Wetter wieder trüber und kühler werden lassen.

Rasch ging sie die Stufen zur Veranda hinauf und klingelte. Kurz darauf öffnete sich die Tür.

Auch wenn sie es nicht gewusst hätte, hätte sie sofort darauf getippt, dass Clayton Wilcox Wissenschaftler war. Die struppige Haarmähne, die Lesebrille auf der Nasenspitze, die Augen mit den schweren Lidern, der ausgebeulte Pullover über Hemd und Krawatte. Nur die Pfeife fehlt, dachte sie.

Er begrüßte sie mit dunkler, angenehmer Stimme: »Ms. Graham, bitte treten Sie näher. Ich wünschte, ich könnte ›Willkommen in Spring Lake‹ sagen, doch unter den tragischen Umständen wäre das wohl nicht sehr passend.« Er machte ihr Platz. Emily stellte überrascht fest, dass er fast einen Meter achtzig maß. Wegen seiner vornüber gebeugten Haltung hatte sie ihn zunächst kleiner geschätzt.

Er nahm ihr den Mantel ab und ging voraus, den Flur entlang und vorbei am Wohnzimmer. »Als wir vor zwölf Jahren beschlossen, nach Spring Lake zu ziehen, hat meine Frau sich um die Suche nach dem Haus gekümmert«, erklärte er, während er sie in ein Zimmer bat, wo sämtliche Wände mit Bücherregalen bedeckt waren, die nur das Fenster freiließen. »Meine einzige Bedingung war, dass es ein echtes viktorianisches Haus ist und dass ich ein Zimmer mit genügend Platz für meine Bücher, meinen Schreibtisch, mein Sofa und meinen Sessel bekomme.«

»Das sind ziemlich hohe Ansprüche.« Schmunzelnd sah Emily sich um. »Aber Ihrr Wunsch ist offenbar in Erfüllung gegangen.«

Ihr gefiel das Zimmer. Das weinrote Sofa war tief und bequem. Gern hätte sie Gelegenheit gehabt, sich die Bücherregale anzusehen. Die meisten der Bücher waren anscheinend ziemlich alt, und sie vermutete, dass es sich bei denen, die hinter Glas standen, um seltene Exemplare handelte.

An der linken Ecke des gewaltigen Schreibtischs türmte sich ein windschiefer Stapel von Büchern und Papieren. Mindestens ein Dutzend Notizbücher lagen rings um einen Laptop verstreut. Emily bemerkte, dass der Bildschirm erleuchtet war.

»Es tut mir furchtbar Leid, wenn ich Sie bei der Arbeit gestört habe«, meinte sie.

»Sie brauchen sich nicht zu entschuldigen. Ich bin mit dem Schreiben sowieso nicht weitergekommen. Und ich habe mich darauf gefreut, Sie kennen zu lernen.«

Er ließ sich im Clubsessel nieder. »Will Stafford sagt, Sie seien an der Geschichte von Spring Lake interessiert. Da ich mir die Nachrichten angehört habe, weiß ich, dass die Leiche Ihrer Urgroßtante neben der der armen Martha Lawrence gefunden wurde.«

Emily nickte. »Offenbar war Marthas Mörder darüber informiert, dass Madeline Shapley dort vergraben war. Doch die Frage ist, wie er darauf gekommen ist.«

»*Er?* Sie nehmen also an, dass der Mörder, mit dem wir es zu haben, ein Mann ist?« Wilcox zog die Augenbraue hoch.

»Ich halte das für mehr als wahrscheinlich«, erwiderte Emily. »Aber ich bin selbstverständlich nicht sicher. Und natürlich kann ich auch keine Aussagen über den Mörder von vor mehr als hundert Jahren machen. Madeline Shapley war meine Urgroßtante. Wäre sie achtzig Jahre alt geworden, sie wäre vor mehreren Generationen gestorben und inzwischen vergessen, so wie es uns allen einmal ergehen wird. Stattdessen aber wurde sie im Alter von nur neunzehn Jahren ermordet. Und auf seltsame Weise ist sie wegen ihres mysteriösen Verschwindens für unsere Familie immer noch lebendig.«

Emily beugte sich vor und verschränkte die Hände ineinander. »Dr. Wilcox, ich bin Strafverteidigerin und habe viel Erfahrung im Sammeln von Beweisen. Zwischen Martha Lawrences Tod und dem von Madeline Shapley besteht ein *Zusammenhang*. Und wenn einer dieser beiden Morde aufgeklärt wird, findet man vielleicht auch den zweiten Täter. Es mag lächerlich klingen, aber ich glaube, derjenige, der wusste, dass Madeline Shapley auf dem Grundstück ihrer Familie vergraben war, hatte auch Kenntnis davon, wie sie gestorben ist.«

Wilcox nickte. »Sie könnten Recht haben. Möglicherweise gibt es irgendwo Aufzeichnungen darüber. Vielleicht ein schriftliches Geständnis oder einen Brief. Doch Sie deuten an, dass der Finder eines derartigen Dokuments es nicht nur geheim gehalten hat, sondern die darin enthaltenen Informationen außerdem nutzte, um selbst ein Verbrechen zu begehen.«

»Kann sein, dass ich darauf hinauswill. Ja. Und da wäre noch etwas. Ich halte weder Madeline im Jahr 1891 noch Martha vor viereinhalb Jahren für junge Frauen, die einfach mit einem Fremden mitgegangen wären. Aller Wahrscheinlichkeit nach sind beide von einem Menschen hinters Licht geführt worden, dem sie vertrauten.«

»Ich finde das ein wenig weit hergeholt, Ms. Graham.«

»Nicht notwendigerweise, Doktor Wilcox. Ich weiß, dass Madelines Mutter und ihre Schwester sich zum Zeitpunkt ihres Verschwindens im Haus befanden. Es war ein warmer Septembertag. Die Fenster standen offen. Wenn sie auf der Veranda geschrien hätte, wäre sie gehört worden.

Martha Lawrence war beim Joggen. Es war zwar noch früh, doch es waren außer ihr sicher auch andere Jogger unterwegs. An der Strandpromenade gibt es einige Häuser. Der Täter hätte ziemlich kühn und kaltblütig sein müssen, um sie zu überwältigen und sie ein Auto oder in einen Kleinbus zu zerren, ohne dabei beobachtet zu werden.«

»Sie haben offenbar viel darüber nachgedacht, Ms. Graham.«

»Nennen Sie mich bitte Emily. Ja, ich glaube, ich habe eine Menge gegrübelt. Es ist nicht schwierig, beim

Thema zu bleiben, solange die Spurensicherung meinen Garten nach weiteren Mordopfern durchwühlt. Zum Glück muss ich erst am 1. Mai meine neue Stelle antreten. Bis dahin kann ich noch einige Erkundigungen einziehen.«

Sie stand auf. »Ich habe Ihre Zeit jetzt genug in Anspruch genommen, Doktor Wilcox. Ich bin mit einem Detective von der Staatsanwaltschaft verabredet.«

Mühsam stand Wilcox auf. »Nach Will Staffords Anruf habe ich ein paar Bücher und Artikel über Spring Lake ausgegraben, die Ihnen vielleicht nützlich sein werden«, sagte er. »Außerdem einige Kopien von Zeitungsausschnitten aus jener Zeit. Das ist zwar nur die Spitze des Eisbergs, aber Sie werden eine Weile damit beschäftigt sein.«

Also war der Stapel aus Büchern und Zeitschriften auf dem Schreibtisch für sie bestimmt. »Augenblick, so können Sie die Sachen unmöglich tragen«, murmelte er, mehr zu sich selbst, als an sie gewandt. Er öffnete die unterste Schublade seines Schreibtischs und holte eine Baumwolltasche mit dem Aufdruck *Enoch College Book Store* heraus.

»Wenn Sie meine Bücher immer darin aufbewahren, geht keines von ihnen verloren«, schlug er vor. Er wies auf den Schreibtisch. »Ich arbeite an einem historischen Roman, der im Spring Lake des Jahres 1876 spielt. Damals wurde das Monmouth Hotel eröffnet. Es ist das erste Mal, dass ich mich an einen belletristischen Text wage, und ich stelle fest, dass es eine ziemliche Herausforderung ist.« Er lächelte. »Natürlich habe ich eine Reihe von wissenschaftlichen Abhandlungen veröffentlicht. Doch inzwischen habe ich gelernt, dass es viel leichter ist, über Fakten zu schreiben als über Erfundenes.«

Er begleitete sie zur Tür. »Ich werde weiteres Material für Sie zusammenstellen. Am besten unterhalten wir uns wieder, nachdem Sie Gelegenheit hatten, all diese Unterlagen zu sichten. Vielleicht werden Sie Fragen haben.«

»Sie waren sehr freundlich«, erwiderte sie, während sie ihm auf der Schwelle die Hand schüttelte. Emily wusste nicht, warum sie plötzlich von Unbehagen und Beklemmung ergriffen wurde. Es hat mit dem Haus zu tun, dachte sie, als sie die Stufen hinunterging und ins Auto stieg. Mit Ausnahme seines Arbeitszimmers wirkt es schrecklich freudlos.

Im Vorbeigehen hatte sie einen Blick ins Wohnzimmer geworfen und war zu dem Schluss gekommen, dass die dunklen Polster und die schweren Vorhänge die schlimmsten Beispiele viktorianischen Einrichtungsstils darstellten. Alles war düster und bedrückend. Sie fragte sich, was für eine Frau Mrs. Wilcox wohl war.

Vom Fenster aus beobachtete Clayton Wilcox, wie Emily davonfuhr. Eine ausgesprochen attraktive junge Frau, dachte er, als er sich widerstrebend umdrehte und in sein Arbeitszimmer zurückkehrte. Er setzte sich an den Schreibtisch und drückte die ENTER-Taste seines Computers.

Der Bildschirmschoner verschwand, sodass die Seite zu sehen war, an der er vorhin gearbeitet hatte. Sie behandelte die verzweifelte Suche nach einer jungen Frau, die mit ihren Eltern zur festlichen Eröffnung des Hotels Monmouth 1876 nach Spring Lake gekommen war.

Aus der obersten Schreibtischschublade nahm Clayton Wilcox die Kopie, die er vom Mikrofilm der Titelseite der *Seaside Gazette* vom 12. September 1891 angefertigt hatte.

Man vermutet, dass hinter dem geheimnisvollen Ver-

schwinden von Madeline Shapley aus Spring Lake vor fünf Tagen ein finsteres Verbrechen steckt ..., begann der Artikel.

Siebzehn

»Ich kann einfach nicht mehr«, sagte Nick. Er stand am Fenster seines Eckbüros in der Anwaltskanzlei Todd, Scanlon, Klein und Todd und blickte auf die neunundzwanzig Stockwerke unter ihm liegende Straße hinab. Er sah zu, wie die Autos in dem Tunnel verschwanden, der unter der Park Avenue South verlief und die 40th mit der 33rd Street verband.

Der einzige Unterschied zwischen mir und diesen Autos ist, dass ich im Tunnel feststecke, dachte er. Sie hingegen kommen auf der anderen Seite wieder heraus.

Den ganzen Vormittag über hatte er im Konferenzraum am Fall Hunter gearbeitet. Hunter wird ungeschoren davonkommen, und ich habe dazu beigetragen, das möglich zu machen. Bei dieser Erkenntnis wurde Nick flau im Magen.

Ich will Dad ja nicht wehtun, aber es geht nicht mehr so weiter, gestand er sich selbst ein.

Alte weise Worte fielen ihm ein: »Und dies ist das Wichtigste: Deinem Selbst sei treu, und daraus folgt wie die Nacht dem Tage, dass du nicht falsch sein kannst gegen deinen Nächsten.«

Und ich darf mich nicht länger selbst belügen. Ich gehöre nicht hierher. Ich muss weg. Ich will diese Dreckskerle unter Anklage stellen, anstatt sie zu verteidigen.

Er hörte, wie sich die Tür seines Büros öffnete. Es gab

nur einen Menschen, der das tat, ohne anzuklopfen. Langsam drehte Nick sich um. Und wie erwartet stand sein Vater auf der Schwelle.

»Nick, wir müssen etwas wegen Emily Graham unternehmen. Welcher Teufel hat mich geritten zuzulassen, dass sie erst am 1. Mai anfängt? Gerade haben wir einen Fall hereinbekommen, der genau auf sie zugeschnitten ist. Ich möchte, dass du nach Spring Lake fährst und ihr sagst, wir bräuchten sie noch in dieser Woche hier.«

Emily Graham. Der Gedanke, der Nick durch den Kopf geschossen war, als er sie im Gerichtssaal gesehen hatte, kam ihm immer wieder in den Sinn. Emily und sein Vater waren vom selben Schlag. Sie waren die geborenen Strafverteidiger.

Er war kurz davor gewesen, seinem Vater zu eröffnen, dass er die Sozietät verlassen würde.

Ich werde noch ein wenig warten, beschloss er. Doch sobald Emily Graham an Bord ist, nehme ich meinen Hut.

Achtzehn

Die Frage, die die aufdringliche Reporterin dem Staatsanwalt gestellt hatte, amüsierte ihn: *Denken Sie, dass Marthas Mörder eine Reinkarnation ist?*

Dass der Staatsanwalt diese Idee so barsch abgetan hatte, war hingegen eine Beleidigung.

Ich bin eine Reinkarnation, dachte er. Wir sind eins geworden.

Ich kann es beweisen.

Ich werde es beweisen.

Am späten Nachmittag hatte er sich einen Plan zurechtgelegt, wie er den Zweiflern die Wahrheit über sich enthüllen würde.

Eine einfache Postkarte würde genügen, überlegte er. Eine hingekritzelte Zeichnung, so schlicht wie die eines Kindes.

Am Samstag würde er sie abschicken.

Auf dem Weg zur Kirche.

Neunzehn

Tommy Duggan und Pete Walsh erwarteten Emily bereits auf der Veranda, als sie nach Hause kam.

Tommy ging nicht weiter auf ihre Entschuldigungen ein, dass sie die Polizisten hatte warten lassen. »Wir sind ein bisschen zu früh dran, Ms. Graham.« Er stellte Pete vor, der sich sofort nach der Büchertasche bückte, die Clayton Wilcox Emily gegeben hatte.

»Anscheinend beabsichtigen Sie, eine Menge zu lesen, Ms. Graham«, stellte er fest, während sie die Tür aufschloss.

»Sieht so aus.«

Sie folgten ihr in die Vorhalle. »Unterhalten wir uns doch in der Küche«, schlug Emily vor. »Ich hätte jetzt gern eine Tasse Tee. Ob ich Sie wohl überreden kann, ein Schlückchen mitzutrinken?«

Pete Walsh nahm an. Tommy Duggan verzichtete zwar auf den Tee, konnte aber den Schokoladenkeksen nicht widerstehen, die Emily auf den Tisch stellte.

Sie setzten sich an den Küchentisch. Durch das große Fenster konnten sie die Grube und die Erdhaufen darum herum deutlich erkennen. Bänder mit der Aufschrift TAT-

ORT, BETRETEN VERBOTEN sicherten das Gelände ab. Sie sahen die Polizisten, die den Fundort bewachten, aus den Fenstern des Pavillons spähen.

»Offenbar sind die Leute von der Spurensicherung inzwischen weg«, meinte Emily. »Hoffentlich heißt das, dass Sie mit Ihren Nachforschungen hier fertig sind. Ich möchte, dass der Bauunternehmer das Loch wieder zuschüttet. Ich habe nämlich beschlossen, das mit dem Swimmingpool bleiben zu lassen.«

»Genau darüber wollten wir mit Ihnen sprechen, Ms. Graham«, begann Tommy. »Während der Bagger noch vor Ort ist, würden wir gern auch den restlichen Garten umgraben.«

Entgeistert starrte Emily ihn an. »Was soll das bringen?«

»Es ist wichtig. Sie sollen sicher sein, dass Sie nie wieder einen solchen Schock erleben müssen wie gestern.«

»Sie glauben doch nicht im Ernst, dass hier noch weitere Leichen vergraben sind?« Emilys Stimme klang eindeutig erschrocken.

»Ms. Graham, ich weiß, dass Sie das Interview mit dem Staatsanwalt im Fernsehen gesehen haben, denn Sie haben ihn wegen des Rings angerufen, der gefunden wurde.«

»Ja.«

»Dann haben Sie ihn sicher auch sagen hören, dass nach dem Verschwinden Ihrer – es war doch Ihre Urgroßtante, oder? – im Jahr 1891 noch zwei weitere junge Frauen aus Spring Lake vermisst wurden.«

»Mein Gott, denken Sie, dass sie vielleicht auch hier vergraben sind?« Emily wies auf den Garten.

»Wir würden uns gern vergewissern. Außerdem möchten wir Ihnen eine Blutprobe abnehmen, um mithilfe einer DNS-Analyse zu bestätigen, dass es sich wirklich um Madeline Shapleys Fingerknochen handelt.«

Tommy Duggan wurde schlagartig von tiefer Erschöpfung ergriffen, wie sie sich häufig einstellt, wenn man seit anderthalb Tagen nicht geschlafen hat. Er fühlte sich benommen, und die Augen fielen ihm fast zu. Emily Graham tat ihm Leid. Sie sah so verstört und verängstigt aus.

Sie hatten sie gestern überprüft. Emily Graham war eine angesehene Strafverteidigerin, die bald eine Stelle bei einer großen Kanzlei in Manhattan antreten würde. Außerdem war sie von einem Dreckskerl geschieden, der sie verklagt hatte, nachdem sie zu Geld gekommen war. Darüber hinaus war sie von einem Mann verfolgt worden, der nun in einer geschlossenen Anstalt saß. Dennoch hatte sie jemand in der Nacht ihrer Ankunft in Spring Lake fotografiert und ihr das Bild unter der Tür durchgeschoben.

Jeder X-Beliebige hätte diese Informationen über sie im Internet abrufen können. Als der Mann, der sie verfolgt hatte, endlich gefasst worden war, hatten sämtliche Medien darüber berichtet. Vielleicht hatte ein alberner Jugendlicher aus der Umgebung Spaß daran, ihr einen Schrecken einzujagen. Die Polizei von Spring Lake war sehr fähig. Man würde Ausschau nach einem Verdächtigen halten, der sich hier herumtrieb. Möglicherweise ließen sich auf dem Foto oder dem Umschlag ja auch Fingerabdrücke entdecken.

Und jetzt saß Emily Graham in diesem wunderschönen Haus, dessen Garten aussah, als hätte eine Bombe eingeschlagen, weil die Leichen zweier Mordopfer – eines davon sogar eine Verwandte – dort vergraben worden waren. Tommy hatte Mitleid mit ihr.

Tommy wusste, dass seine Frau Suzie alles über Emily Graham – ihr Aussehen und ihre Kleidung – erfahren wollte. Suzie hatte seine erste Beschreibung von Emily Graham absolut unbrauchbar gefunden. Deshalb versuchte Tommy, einige Eindrücke zu sammeln, von denen er ihr heute Abend zu Hause berichten konnte.

Emily Graham trug blaue Jeans, einen roten Pullover mit breitem Kragen und Stiefeletten. Ihre Kleidung stammte eindeutig nicht vom Wühltisch. Dazu schlichte Goldohrringe. Keine Ringe. Dunkelbraunes, weiches, schulterlanges Haar. Große braune Augen, die nun besorgt und ängstlich dreinblickten. Ausgesprochen hübsch, vielleicht sogar eine Schönheit.

Mein Gott, ich schlafe ein, während ich mit ihr rede, dachte er.

»Ms. Graham, ich möchte nicht, dass Sie in diesem Sommer mit Ihren Freunden im Garten sitzen und sich fragen, ob vielleicht irgendwann weitere menschliche Skelette auftauchen.«

»Wäre es nicht ein Beweis dafür, dass es in dieser Stadt vor einhundertundzehn Jahren einen Serienmörder gab, wenn diese beiden anderen jungen Frauen, die damals verschwanden, hier im Garten gefunden werden?«

»Ja, das wäre es«, entgegnete Duggan. »Allerdings liegt mir zurzeit am meisten daran, den Mörder von Martha Lawrence zu schnappen. Ich war schon immer der Ansicht, dass es ein Ortsansässiger gewesen sein muss. Die Familien vieler Leute hier wohnen schon seit drei oder vier Generationen in dieser Stadt. Andere haben ihr Leben lang den Sommer in Spring Lake verbracht oder als Studenten in den Hotels gejobbt.«

»Tommy und ich haben im Warren gearbeitet«, ergänzte Walsh. »Natürlich in einem Abstand von zehn Jahren.«

Duggan warf seinem Mitarbeiter einen warnenden Blick zu. »Die Knochen wurden unterhalb von Marthas Skelett in einem verhältnismäßig flachen Grab gefunden«, fuhr er fort. »Hätte der Baum nicht dort gestanden, man wäre schon viel früher darauf gestoßen. Ich glaube, dass irgendwann jemand zufällig darüber gestolpert ist oder sogar den Fingerknochen mit dem Ring entdeckt hat. Und als er Martha tötete, beschloss er, den Finger mit ihr zu begraben.«

Er sah sie an. »Sie schütteln den Kopf«, meinte er. »Sind Sie anderer Ansicht?«

»Ich war unbeherrscht«, erwiderte Emily. »Eine gute Strafverteidigerin lässt sich keine Gefühlsregung anmerken. Nein, Mr. Duggan, ich teile Ihre Auffassung nicht. Ich kann einfach nicht glauben, dass jemand den Knochen gefunden, niemandem davon erzählt, die arme Martha Lawrence ermordet und dann beschlossen hat, sie hier zu vergraben. Das ist doch an den Haaren herbeigezogen.«

»Wie würden Sie es denn erklären?«

»Ich denke, dass Martha Lawrences Mörder ganz genau wusste, was 1891 geschehen ist. Und dass der Täter den Mord nachgespielt hat.«

»Sie sind doch hoffentlich keine Anhängerin der Reinkarnationstheorie?«

»Nein, auf keinen Fall. Aber ich bin überzeugt davon, dass Marthas Mörder sehr gut über die Hintergründe von Madeline Shapleys Tod im Bilde ist.«

Tom stand auf. »Ms. Graham, dieses Haus hat im Laufe der Jahre ziemlich häufig den Besitzer gewechselt. Wir werden im Grundbuch nachsehen, wer die Eigentümer waren und ob einige von ihnen noch in der Gegend wohnen. Werden Sie uns gestatten, Ihren Garten umzugraben?«

»Ja«, erwiderte sie schicksalsergeben. »Und nun werde ich *Sie* um etwas bitten. Gewähren Sie mir Einblick in die Akten von Madeline Shapley und der beiden anderen Mädchen, die damals verschwunden sind.«

Die beiden Detectives sahen einander an. »Das muss

ich mit meinem Vorgesetzten abklären, aber ich denke, da gibt es kein Problem«, antwortete Duggan.

Emily begleitete die Beamten zur Tür.

»Der Bauunternehmer sagt, er könnte gleich morgen früh anfangen«, meinte sie. »Ich hatte gehofft, dass er damit beginnen wird, das Loch zuzuschütten. Aber wenn der ganze Garten umgegraben werden muss, meinetwegen.«

»Die Spurensicherung wird die Erde sieben. Das sollte nicht länger als ein bis zwei Tage dauern. Dann haben Sie es überstanden«, versprach Duggan.

Die beiden Beamten stiegen ins Auto und fuhren schweigend los. Fünf Minuten später sagte Duggan: »Denken Sie dasselbe wie ich, Pete?«

»Vielleicht.«

»Dieses Mädchen, Carla Harper aus Philadelphia?«

»Richtig.«

»Sie ist im August vor zwei Jahren verschwunden.«

»Genau. Und eine Augenzeugin schwört, sie hätte gesehen, wie Carla an einer Raststätte in der Nähe von Philadelphia mit einem Mann gesprochen hätte. Die Frau behauptet, sie seien in zwei verschiedenen Autos gekommen. Aber er sei ihr dann nachgefahren. Außerdem sagt die Augenzeugin, sein Wagen hätte ein Nummernschild aus Pennsylvania gehabt. Dann, ein paar Tage später, wurde Carla Harpers Handtasche gefunden, und zwar in einem Wäldchen unweit der Raststätte. Anscheinend fehlte nichts vom Inhalt. Die Staatsanwaltschaft von Philadelphia hat in dem Fall ermittelt.«

Tommy griff zum Autotelefon, rief im Büro an und fragte nach Len Green, einem der anderen Detectives, die an dem Fall arbeiteten.

»Len, wann genau ist um 1890 herum die zweite Frau verschwunden?«

»Augenblick mal.« Eine Pause entstand. »Da haben wir's ja. Am 5. August 1893.«

»Und wann wurde Carla Harper als vermisst gemeldet?«

»Moment bitte.«

Tommy hielt sich das Telefon ans Ohr, bis er die Worte hörte, mit denen er gerechnet hatte: »Am 5. August.«

»Wir sind unterwegs. Wir sehen uns in zwanzig Minuten. Danke, Len.«

Tommy Duggans Schläfrigkeit war wie weggeblasen. Sie mussten sofort mit den Detectives in Philadelphia sprechen, die für den Fall Carla Harper zuständig gewesen waren. Dass Madeline Shapley und Martha Lawrence am 7. September – wenn auch in einem Abstand von einhundertundfünf Jahren – verschwunden waren, konnte noch Zufall sein. Doch dass – wieder mit demselben Zeitabstand – zwei weitere junge Frauen seit dem 5. August vermisst wurden, ließ diese Annahme nicht mehr zu.

Offenbar trieb in Spring Lake wirklich ein Nachahmungstäter sein Unwesen. »Wissen Sie, was das bedeutet, Pete?«, fragte Duggan.

Pete Walsh antwortete nicht, denn ihm war klar, dass Tommy Duggan nur laut dachte.

»Es heißt, dass dieser Typ, falls er sich an ein Schema hält, am 31. März wieder eine junge Frau überfallen wird.«

»*Diesen* März etwa?«

»Das weiß ich noch nicht. Damals sind die drei Frauen in einem Abstand von mehreren Jahren verschwunden.« Er griff wieder zum Telefon. »Len, überprüfen Sie das mal«, begann er.

Nachdem er die gewünschte Information erhalten hatte, sagte er: »Zwischen dem Verschwinden der ersten beiden Frauen um 1890 herum lagen dreiundzwanzig Monate – genau derselbe Zeitraum wie zwischen dem Verschwinden von Martha Lawrence und Carla Harper.«

Sie bogen in den Parkplatz der Staatsanwaltschaft ein. »Wenn in der nächsten Woche, am 31. März also, wieder eine Frau in Spring Lake vermisst wird, hat sich der Kreis geschlossen. Und um das Maß voll zu machen, müssen wir uns womöglich auch noch mit einem Trittbrettfahrer herumschlagen, der Emily Graham belästigt.«

Als Pete Walsh aus dem Wagen stieg, beschloss er, Tommy Duggan lieber zu verschweigen, dass seine Schwiegermutter an die Reinkarnation glaubte und dass auch er allmählich den Verdacht hatte, an dieser Vorstellung könnte etwas dran sein.

Zwanzig

Als Emily nach der Unterzeichnung des Kaufvertrags Lebensmittel besorgt hatte, hatte sie auch eine Packung Hühnerklein gekauft, aus dem sie eine Suppe kochen wollte. Nachdem die Detectives fort waren, beschloss sie, die Suppe aufzusetzen und sie am Abend zu essen.

Die offene Grube im Garten und die Möglichkeit, dass dort vielleicht noch weitere Leichen lagen, gaben ihr das Gefühl, als läge der Geruch nach Tod in der Luft. Beim Gemüseputzen oder Teigkneten kommen mir immer die besten Ideen, dachte sie.

Außerdem war Hühnersuppe gut für die Seele, die, wie Emily sich eingestehen musste, ein wenig Aufmunterung dringend nötig hatte.

Also ging sie in die Küche und zog die Jalousie herunter, um sich nicht mehr dem Anblick des Gartens auszusetzen. Ihre Hände arbeiteten automatisch, schabten Karotten, schnitten Sellerie und Zwiebeln und griffen nach Gewürzgläsern. Als sie die Flamme unter dem Topf einschaltete, hatte sie eine Entscheidung gefällt.

Es war ein Fehler gewesen, nicht sofort die Polizei in Albany anzurufen und zu melden, was gestern Nacht geschehen war. Die Beamten mussten davon erfahren.

Warum habe ich es nicht getan?

Sie beantwortete ihre eigene Frage: Weil ich nicht akzeptieren will, dass es wieder von vorne anfängt. Seit ich das Foto gesehen habe, das gestern unter meiner Tür durchgeschoben wurde, habe ich den Kopf in den Sand gesteckt.

Nun wusste sie, was sie tun musste. Detective Walsh hatte die Büchertasche in der Küche abgestellt. Sie nahm sie und ging damit ins Arbeitszimmer. Dann holte sie das Handy vom Schreibtisch und kauerte sich auf die Ottomane.

Ihr erster Anruf galt Detective Marty Browski in Albany. Er hatte Ned Koehler geschnappt, als dieser sich vor ihrem Haus herumtrieb. Nachdem Browski alles gehört hatte, war er erstaunt und besorgt. »Vermutlich haben Sie es mit einem Nachahmungstäter zu tun. Oder einer von Koehlers Freunden macht dort weiter, wo sein Kumpel aufgehört hat. Wir werden uns darum kümmern. Emily, ich bin froh, dass Sie die örtliche Polizei verständigt haben. Wissen Sie was, ich melde mich mal bei meinen Kollegen und mache ihnen den Ernst der Lage klar. Ich kann ihnen die Hintergründe erläutern.«

Danach rief Emily Eric Bailey an. Obwohl es schon nach fünf war, saß er noch im Büro und freute sich, von ihr zu hören. »Albany ist ohne dich nicht mehr dasselbe«, meinte er.

Sie lächelte, als sie seine vertraute, besorgte Stimme hörte. Selbst mehrere Millionen Dollar hatten Eric nicht verändern können, dachte sie. Er war immer noch ein schüchterner, verlorener kleiner Junge, aber ein Genie. »Ich vermisse dich auch«, versicherte sie ihm. »Und ich muss dich um einen Gefallen bitten.«

»Gut. Ich tue alles, was du willst.«

»Eric, die Polizei hat Ned Koehler doch dank der Überwachungskameras geschnappt, die du in meinem Haus installiert hattest. Du hast mir angeboten, auch in Spring Lake welche anzubringen. Ich möchte gern darauf zurückkommen. Kannst du mir einen Techniker schicken?«

»Ich schicke am besten mich selbst. Ich wollte dich sowieso sehen. In den nächsten Tagen bin ich ziemlich beschäftigt. Passt dir Montag?«

Sie stellte sich vor, wie er die Stirn runzelte und wie seine Finger ständig an einem Gegenstand auf dem Schreibtisch herumspielten. Als der Erfolg kam, hatte Eric Jeans und T-Shirts gegen eine teurere Garderobe eingetauscht. Es ärgerte Emily, wenn die Leute hinter vorgehaltener Hand witzelten, dass er dennoch genauso aussah wie früher: wie bestellt und nicht abgeholt.

»Montag geht in Ordnung«, erwiderte sie.

»Wie läuft es mit deinem Haus?«

»Sehr interessant. Ich erzähle dir alles am Montag.«

Mehr kann ich nicht tun, dachte Emily, während sie auflegte. Jetzt befasse ich mich mit diesen Büchern.

Die nächsten drei Stunden verbrachte sie, zusammengerollt in ihrem großen Sessel, mit Wilcox' Büchern. Sie stellte fest, dass die Welt der Pferdefuhrwerke, Öllampen und stattlichen Sommerhäuser sie faszinierte.

Da ihr noch deutlich gegenwärtig war, wie viel sie für ihr Haus bezahlt hatte, konnte sie sich ein Schmunzeln nicht verkneifen, als sie von einer Vorschrift las, die besagte, dass ein Eigentümer mindestens dreitausend Dollar in den Bau eines neuen Hauses investieren musste.

Der Bericht des Vorsitzenden der Gesundheitskommission aus dem Jahr 1893 mahnte, es müsse endlich Schluss mit der Abfallentsorgung im Meer sein, *um unsere Strände von Ekel erregendem Müll freizuhalten, der tagtäglich dort angeschwemmt wird* – manche Dinge änderten sich offenbar nie.

Ein Buch enthielt viele Fotos, unter anderem eines von einem Picknick der Sonntagsschule im Jahr 1890. Auf der Liste der anwesenden Kinder war auch der Name Catherine Shapley verzeichnet.

Madelines Schwester. Meine Urgroßmutter, dachte Emily. Ich wünschte, ich könnte sie erkennen. Doch es war unmöglich, in dem Meer von Gesichtern das zu finden, das ihr von den wenigen Familienfotos, die das Feuer in der Garage überstanden hatten, vertraut war.

Um acht kehrte Emily in die Küche zurück, um letzte Hand an ihr Abendessen zu legen. Wieder hatte sie ein Buch an den Tisch mitgebracht. Sie hatte es sich absichtlich für zuletzt aufgehoben, da es sie am meisten interessierte. Der Titel lautete »Eindrücke eines jungen Mädchens«. Es war im Jahr 1938 erschienen. Phyllis Gates, die Autorin, hatte in den späten Achtziger- und frühen Neunzigerjahren des 19. Jahrhunderts die Sommer in Spring Lake verbracht.

Das Buch war spannend geschrieben und vermittelte lebhafte Einblicke in das gesellschaftliche Leben jener Epoche. Picknicks und Tanzabende, prächtige Empfänge im Hotel Monmouth, Baden im Meer, Ausritte und Fahrradtouren wurden geschildert. Am meisten fesselten Emily die vielen Auszüge aus dem Tagebuch, das Phyllis Gates in dieser Zeit geführt hatte.

Emily hatte ihr Abendessen verspeist. Die Augen brannten ihr vor Müdigkeit, und sie wollte das Buch schon zuklappen, um zu Bett zu gehen, als sie beim Umblättern den Namen Madeline Shapley in einem Tagebucheintrag bemerkte.

18. Juni, 1891. Heute Nachmittag waren wir zu einem festlichen Mittagessen bei den Shapleys eingeladen, um Madelines neunzehnten Geburtstag zu feiern. Zwölf Tische, hübsch geschmückt mit Blumen aus dem Garten, waren auf der Veranda aufgestellt worden. Ich saß an Madelines Tisch, ebenso wie Douglas Carter, der bis über beide Ohren in sie verliebt ist. Wir ziehen sie ständig deswegen auf.

In einer weiteren Passage aus dem Jahr 1891 schrieb die Autorin:

Wir hatten gerade unsere Sommerhaus geschlossen und waren nach Philadelphia zurückgekehrt, als wir von Madelines Verschwinden erfuhren. Wir alle waren sehr bestürzt. Mutter reiste umgehend nach Spring Lake, um der Familie ihr Beileid auszudrücken, und fand sie in tiefer Trauer vor. Madelines Vater vertraute ihr an, dass er mit der Familie die Gegend verlassen wolle, um die Gesundheit seiner Frau zu schonen.

Emily, die das Buch eigentlich schließen wollte, überflog noch ein paar Absätze. Ein Eintrag vom Oktober 1893 stach ihr ins Auge.

Douglas Carter hat sich etwas angetan. An jenem tragischen Tag hatte er den Frühzug aus New York verpasst und war deshalb gezwungen gewesen, einen späteren zu nehmen. Seitdem ließ ihn der Gedanke nicht mehr los, dass er Emily hätte retten können, wenn er nur pünktlich gewesen wäre.

Meine Mutter findet, dass es ein großer Fehler von Douglas' Eltern war, nicht aus dem Haus auszuziehen, das direkt auf der anderen Straßenseite von dem der Shapleys steht. Ihrer Ansicht nach hätte man verhindern können, dass Douglas an Melancholie erkrankte, hätte er nicht die Möglichkeit gehabt, Stunde um Stunde dazusitzen und auf die Veranda der Shapleys zu starren.

Emily legte das Buch weg. Ich wusste, dass Douglas Carter Selbstmord begangen hat, dachte sie. Aber ich hatte keine Ahnung, dass er gleich gegenüber wohnte.

Ich würde gern mehr über ihn erfahren, überlegte sie weiter. Ich frage mich, wie sicher man damals war, dass er den Zug wirklich verpasst hatte.

Freitag, 23. März

Einundzwanzig

Eine Frage der Reporterin des *National Daily* hatte das Gerücht ins Rollen gebracht: *Glauben Sie, dass Marthas Mörder eine Reinkarnation ist?*

Am Donnerstagnachmittag klingelte Dr. Lillian Maddens Telefon ununterbrochen. Und bis Freitagmorgen hatte sich ihre Sekretärin Joan Hodges eine Standardantwort zurechtgelegt, die sie mit abweisendem Ton immer wieder abspulte: »Dr. Madden hält es für unangebracht, das Thema Reinkarnation in Zusammenhang mit dem Mord in Spring Lake zu erörtern.«

Joan Hodges selbst jedoch hatte kein Problem damit, die Angelegenheit am Freitagmittag gegenüber ihrer Arbeitgeberin zur Sprache zu bringen. »Dr. Madden, sehen Sie nur, was die Zeitungen schreiben, und die Journalisten haben Recht. Es war bestimmt kein Zufall, dass Martha Lawrence und Madeline Shapley beide an einem 7. September verschwunden sind. Und wollen Sie das Neueste hören?«

Jetzt kommt die Pause wegen des dramatischen Effekts, dachte Lillian Madden spöttisch.

»Am 5. August 1893 kam Letitia Gregg – und jetzt passen Sie gut auf, Frau Doktor – ebenfalls nicht nach Hause.« Joans Augen weiteten sich. »Und vor zwei Jahren, Frau Doktor, hat sich ein Mädchen namens Carla Harper, das das Wochenende im Hotel Warren verbrachte, einfach in Luft aufgelöst. Ich erinnere mich daran, dass ich davon gelesen habe. Sie hat sich im Warren abgemeldet und ist ins Auto gestiegen. Eine Frau schwört, sie hätte sie in der Nähe von Philadelphia gesehen. Dorthin wollte Carla Harper auch fahren. Sie wohnte nämlich in Rosemont an der Staatsgrenze zu Main. Doch laut *New York Post* hat sich die Augenzeugin inzwischen als Spinnerin entpuppt.«

Eindringlich und aufgeregt starrte Joan Dr. Madden an. »Frau Doktor, ich glaube, dass Carla Harper Spring Lake nie verlassen hat. Offenbar bin ich nicht die Einzige, die vermutet, dass in den Neunzigerjahren des vorletzten Jahrhunderts ein Serienmörder in Spring Lake sein Unwesen trieb und dass er wiedergeboren wurde.«

»Das ist absoluter Unsinn«, schimpfte Lillian Madden. »Bei der Reinkarnation handelt es sich um eine Form des spirituellen Wachstums. Ein Serienmörder aus den Neunzigerjahren des 19. Jahrhunderts würde für seine Sünden büßen, anstatt sie zu wiederholen.«

Energischen Schrittes marschierte Lillian Madden in ihr Büro und schloss die Tür. Ihre ganze Körperhaltung verriet, wie sehr ihr die Richtung missfiel, die dieses Gespräch genommen hatte. Sie ließ sich in ihren Bürosessel fallen und stützte die Ellenbogen auf den Schreibtisch. Dann schloss sie die Augen und massierte sich mit den Zeigefingern die Schläfen.

Es wird nicht mehr lange dauern, bis man Menschen klonen kann, dachte sie. Darüber sind sich alle medizinischen Fachleute im Klaren. Und diejenigen unter uns, die an die Reinkarnation glauben, sind überzeugt davon, dass ein in einem anderen Leben erfahrenes Leid uns auch in diesem Leben beeinflusst. Aber das Böse? Könnte jemand – wissenlich oder unwissentlich – genau dieselben Gräueltaten begehen, die er schon vor über hundert Jahren verübt hat?

Irgendetwas beschäftigte sie, und sie fragte sich, welche Erinnerung sich wohl in ihr Bewusstsein zu drängen versuchte.

Lillian überlegte, ob sie den Vortrag heute Abend einfach ausfallen lassen konnte. Nein, das wäre ungerecht ihren Studenten gegenüber gewesen. In zehn Jahren hatte sie nicht eine Sitzung des Seminars in Regression versäumt, das sie am Monmouth Community College unterrichtete.

Es waren dreißig Studenten in dem Seminar eingeschrieben. Außerdem verfügte das College über die Möglichkeit, zehn zusätzliche Einzelkarten für jeden Vortrag zu verkaufen. Würden einige der Reporter, die angerufen hatten, um sich nach diesen Karten zu erkundigen, heute Abend anwesend sein?

In der zweiten Hälfte des Seminars versetzte Dr. Madden für gewöhnlich einen Freiwilligen in Hypnose. Daraus ergaben sich zuweilen lebhafte und detailgetreue Erinnerungen an andere Inkarnationen. Lillian beschloss, an diesem Tag auf die Hypnose zu verzichten. In den letzten zehn Minuten beantwortete sie normalerweise die Fragen der Studenten und Besucher. Falls Reporter unter ihnen waren, würde sie auf sie eingehen müssen. Daran führte kein Weg vorbei.

Lillian bereitete ihre Sitzungen stets gut vor. Jede war genau auf die vorangegange und darauf folgende abgestimmt. An diesem Abend sollte es um die Beobachtungen von Ian Stevenson gehen, einem Psychologieprofessor an der University of Virginia. Er hatte untersucht, inwieweit eine Übereinstimmung sowohl von Erinnerungen als auch von persönlichen Eigenschaften gegeben sein musste, um zwei unterschiedliche Lebensgeschichten ein und demselben Menschen zuordnen zu können.

Eigentlich hätte Dr. Madden an diesem Abend lieber über etwas anderes gesprochen. Als sie jetzt noch einmal ihre Notizen durchlas, wurde ihr zu ihrer Bestürzung klar, dass man Stevensons Forschungsergebnisse durchaus als eine Bestätigung der Theorie vom wiedergeborenen Serienmörder deuten konnte.

Lillian war tief in Gedanken versunken, als Joan kräftig an die Tür klopfte. Die Tür ging auf, und Joan stand im Zimmer, bevor sie hereingebeten worden war.

»Mrs. Pell ist hier, Frau Doktor. Aber sie ist zu früh dran, also lassen Sie sich Zeit. Schauen Sie, was sie Ihnen mitgebracht hat.«

Joan hielt eine Ausgabe des *National Daily* hoch. SONDERAUSGABE stand in großen Lettern quer über dem Emblem. Die Schlagzeile lautete: *Serienmörder kehrt aus dem Grab zurück.*

Der Artikel wurde auf den Seiten zwei und drei fortgesetzt. *Schwestern im Tode?*, lautete die Bildunterschrift unter den nebeneinander abgedruckten Fotos von Martha Lawrence und Carla Harper.

Peinlicherweise musste die Polizei jetzt zugeben, dass der Augenzeugin, die die zwanzigjährige Carla Harper angeblich an einer Raststätte unweit ihrer Wohnung in Rosemont, Virginia, gesehen haben will, ein Irrtum unterlaufen sein könnte, begann der Artikel. *Mittlerweile räumt man ein, dass Ms. Harpers Handtasche vielleicht erst vom Mörder in der Nähe besagter Raststätte abgelegt wurde, nachdem die Medien den Augenzeugenbericht veröffentlicht hatten. Inzwischen konzentrieren sich die Ermittlungen auf Spring Lake, New Jersey.*

»Es ist genau so, wie ich Ihnen gesagt habe, Frau Doktor. Das Mädchen wurde in Spring Lake zum letzten Mal gesehen. Und sie verschwand am 5. August, exakt am selben Tag wie Letitia Gregg – ein toller Name, nicht? – im Jahr 1893.«

Die Zeitung brachte auch Zeichnungen von drei jungen Frauen in hoch geschlossenen, langärmeligen und knöchellangen Kleidern, wie sie im späten 19. Jahrhundert Mode gewesen waren. *Die Opfer aus der Vergangenheit*, stand darunter.

Der darauf folgende Bericht stammte von der Kolumnistin Reba Ashby, deren Foto ebenfalls abgedruckt war. *Wer das malerische Küstenstädtchen Spring Lake besucht*, hieß es dort, *der fühlt sich eine friedliche und ruhige Zeit zurückversetzt. Doch damals, ebenso wie heute, wurde dieser Frieden von einer Reihe finsterer, böser Verbrechen gestört ...*

Lillian faltete die Zeitung zusammen und gab sie Joan zurück. »Das reicht mir.«

»Finden Sie nicht, dass Sie Ihr Seminar heute Abend absagen sollten, Frau Doktor?«

»Nein, das finde ich nicht, Joan. Würden Sie jetzt bitte Mrs. Pell hereinrufen?«

Wie Lillian Madden erwartet hatte, waren an diesem Abend alle verfügbaren Gästekarten für ihren Vortrag verkauft. Sie ahnte, dass einige Leute, die früh genug gekommen waren, um Plätze in der ersten Reihe zu ergattern, Vertreter der Medien waren. Sie hatten Notizbücher und Kassettenrekorder bei sich.

»Meine Studenten wissen, dass in diesem Seminar keine Rekorder gestattet sind«, sagte sie mit Blick auf eine Frau um die Dreißig, die ihr vertraut erschien.

Natürlich! Das war Reba Ashby vom *National Daily*, die Verfasserin des Artikels in der Sonderausgabe.

Lillian rückte bedächtig ihre Brille zurecht, denn sie wollte bei Ms. Ashby nicht den Eindruck erwecken, dass sie sich nervös oder unbehaglich fühlte.

»Im Nahen Osten und in anderen Ländern«, begann sie, »trifft man häufig auf Kinder unter acht Jahren, die von einem früheren Leben sprechen. Sie erinnern sich in allen Einzelheiten an das Leben, das sie einmal geführt haben, und können auch die Namen ihrer ehemaligen Familienmitglieder nennen.

Dr. Stevensons bahnbrechende Forschungsarbeit befasst sich mit der Möglichkeit, dass Bilder im Kopf eines Menschen sowie auch körperliche Merkmale dieser Person als Charakteristika bei einem Neugeborenen auftreten können.«

Bilder im Kopf eines Menschen, dachte Lillian. Damit liefere ich der Ashby doch den Stoff für ihre nächste Kolumne.

»Einige Menschen suchen sich ihre zukünftigen Eltern aus. Die Wiedergeburt ereignet sich zumeist ganz in der Nähe des Ortes, wo auch das frühere Leben stattgefunden hat.«

Nach ihrem Vortrag wurde Lillian Madden mit Fragen bestürmt. Ms. Ashby machte den Anfang. »Dr. Madden«, sagte sie, »bis jetzt weist alles, was ich heute Abend gehört habe, darauf hin, dass ein Serienmörder, der in den Neunzigerjahren des 19. Jahrhunders lebte, wiedergeboren worden ist. Glauben Sie, dass der heutige Mörder weiß, was damals mit den drei Frauen passiert ist?«

»Unsere Forschungen haben ergeben, dass die Erinnerung an ein früheres Leben etwa im Alter von acht Jahren erlischt«, erwiderte Lillian Madden nach einer Pause. »Das heißt nicht, dass uns eine Person, die wir soeben erst kennen gelernt haben, oder ein Ort, den wir zum ersten Mal besuchen, nicht vertraut erscheinen können.

Doch das ist nicht vergleichbar mit lebhaften, klaren Bildern.«

Nachdem einige andere Zuhörer ihre Fragen gestellt hatten, ergriff Reba Ashby erneut das Wort. »Frau Doktor, ist es nicht normalerweise so, dass Sie im Rahmen ihres Vortrags ein paar Freiwillige hypnotisieren?«

»Richtig. Aber ich habe beschlossen, heute Abend darauf zu verzichten.«

»Könnten Sie uns erklären, wie es funktioniert, jemanden in eine andere Zeit zurückzuversetzen?«

»Selbstverständlich. Für gewöhnlich melden sich drei oder vier Personen als Freiwillige für dieses Experiment. Allerdings sprechen einige von ihnen nicht auf Hypnose an. Ich wende mich nacheinander an diejenigen, die sich eindeutig in hypnotischer Trance befinden, und fordere sie auf, durch einen warmen Tunnel eine Reise in die Vergangenheit anzutreten. Ich sage ihnen, dass es eine angenehme Reise werden wird. Dann wähle ich willkürlich Daten aus und frage die Versuchspersonen, ob vor ihrem geistigen Auge dabei ein Bild entsteht. Häufig lautet die Antwort nein. Also gehe ich immer weiter zurück, bis sie eine frühere Inkarnation erreicht haben.«

»Dr. Madden, haben Sie jemals einen Menschen aufgefordert, sich in die Neunzigerjahre des letzten Jahrhunderts zurückzuversetzen?«

Lillian Madden starrte den gedrungenen Mann mit den düster dreinblickenden Augen an, der ihr diese Frage gestellt hatte. Vermutlich auch ein Reporter, dachte sie. Doch darauf kam es nicht an. Er hatte in ihr die Erinnerung wachgerufen, die für sie den ganzen Tag lang nicht greifbar gewesen war. Vor etwa vier oder fünf Jahren hatte jemand ganz genau dieselbe Frage an sie gerichtet. Er hatte einen Termin vereinbart, war in ihre Praxis gekommen und hatte ihr eröffnet, er sei sicher, gegen Ende des 19. Jahrhunderts in Spring Lake gelebt zu haben.

Doch er sprach auf die Hypnose nicht an, schien sich regelrecht davor zu fürchten und ging, bevor die Sitzung zu Ende war. Lillian sah ihn noch deutlich vor sich. Aber wie hatte er geheißen? Wie war sein Name?

Bestimmt steht er in meinem Terminkalender, dachte sie. Wenn ich ihn sehe, erkenne ich ihn wieder.

Sie konnte es kaum erwarten, nach Hause zu kommen.

Zweiundzwanzig

Marty Browski ging die Auffahrt von Gray Manor entlang, der psychiatrischen Klinik in Albany. Hier wude Ned Koehler behandelt, der wegen Belästigung von Emily Graham verurteilt worden war.

Marty, ein kleiner, drahtiger Mann von fünfzig Jahren mit ernstem Gesicht und tief liegenden Augen, hatte sich auf den Weg durch die ganze Stadt vom Polizeirevier hierher gemacht, um sich zu vergewissern, dass Koehler noch hinter Schloss und Riegel saß.

Obwohl der Mann eindeutig eine Gefahr für die Allgemeinheit war, hatte Marty Zweifel, die ihn einfach nicht losließen. Es war eindeutig bewiesen, dass Ned Koehler – wie viele derartige Täter – schließlich den letzten Schritt unternommen hatte: Er hatte die Telefonleitung durchgeschnitten, um Emily Grahams Alarmanlage lahm zu legen und in ihre Wohnung einzubrechen.

Zum Glück hatte die Überwachungskamera, die ihr Freund Eric Bailey installiert hatte, trotzdem weiter funktioniert, die Polizei alarmiert und Koehler dabei aufgenommen, wie er versuchte, mit einem Messer das Schloss des Schlafzimmerfensters aufzuhebeln.

Koehler hatte ganz klar eine Schraube locker. Vermutlich war er schon immer ein schwieriger Fall gewesen, und nach dem Tod seiner Mutter war er endgültig durchgedreht. Eigentlich konnte man ihm das nicht verdenken: Joel Lake, der Gewohnheitsverbrecher, der dank Emily Graham freigesprochen worden war, war immerhin der Mörder seiner Mutter.

Aber Emily Graham ist eine ausgezeichnete Strafverteidigerin, sagte sich Browski. Und unsere Leute hatten einfach nicht genügend Beweise.

Und nun wurde Emily Graham schon wieder verfolgt, diesmal in Spring Lake. Mir war ihr Ex-Mann noch nie geheuer, dachte Browski, während er die Pforte der Klinik öffnete und den Empfangsraum betrat.

Einige Leute warteten am Empfangstisch darauf, in die geschlossenen Abteilungen begleitet zu werden. Browski ließ sich auf einem Stuhl nieder und sah sich um.

Die Wände waren in einem zarten Gelb gestrichen. Einige verhältnismäßig gute Kunstdrucke waren geschmackvoll daran verteilt. Die zu kleinen Sitzgruppen zusammengestellten Kunstledersessel wirkten ziemlich bequem. Auf verschiedenen Beistelltischen lagen Zeitschriften, die offenbar neueren Erscheinungsdatums waren.

Ganz gleich, wie sehr man sich auch bemühte, derartige Einrichtungen freundlich zu gestalten, sie wirkten trotzdem bedrückend, sagte sich Browski. Jeder Ort, den man nicht nach Belieben verlassen kann, löst Beklemmungen aus.

Während er wartete, grübelte er über die Möglichkeit nach, dass es möglicherweise Gary Harding White war, der seine Frau verfolgt hatte – und der es vielleicht immer noch tat. Die Familie White genoss seit Generationen hohes Ansehen in Albany, doch Gary Harding White war aus einem anderem Holz geschnitzt als die übrigen Mitglieder der Sippe, die es alle zu Wohlstand gebracht hatten. Trotz seiner privilegierten Startchancen, seines ansprechenden Äußeren und seiner ausgezeichneten Ausbildung hatte sich Gary als Versager entpuppt und hatte inzwischen einen zweifelhaften Ruf. Außerdem galt er als Frauenheld.

Nach seinem Abschluss an der Harvard Business School hatte sich White in Albany niedergelassen und war in das Familienunternehmen eingetreten. Allerdings nur vorübergehend.

Dann hatte sein Vater ihn mit einer beträchtlichen Summe ausgestattet, damit er seine eigene Firma gründen konnte. Doch er hatte bankrott gemacht. Inzwischen war er wieder geschäftlich aktiv, allerdings ohne großen Erfolg. In der Stadt hieß es, sein Vater habe es satt, ihm weiterhin unter die Arme zu greifen.

Offenbar hatte Gary White es nicht ertragen können, dass seine Frau plötzlich zu Geld gekommen war. Dass er sie auf die Herausgabe der Hälfte verklagt hatte, hatte zu einem Skandal geführt. Außerdem hatte er in der Gerichtsverhandlung gelogen wie gedruckt und sich entsetzlich blamiert.

Hatte er aus Rache beschlossen, Emily Graham psychisch zu zermürben, indem er sie auf Schritt und Tritt verfolgte?, fragte sich Browski. Tat er das etwa immer noch?

Andererseits war Koehler nicht gerade ein Unschuldslamm. Denn schließlich hatte er Emily Graham im Gerichtssaal angegriffen und später versucht, in ihr Haus einzubrechen. Aber hatte er sie auch verfolgt?

Da Browski bemerkte, dass die Empfangsdame die

Wartenden abgefertigt hatte, ging er hinüber und zog seine Brieftasche heraus. »Ich bin Marty Browski«, sagte er und hielt seinen Dienstausweis hoch. »Ich habe einen Termin. Könnten Sie Dr. Sherman bitte Bescheid geben, dass ich hier bin, um Ned Koehler zu befragen. Ist sein Anwalt schon da?«

»Mr. Davis ist gerade nach oben gegangen«, erwiderte die Frau.

Kurz darauf saßen sich Marty, Koehler und Hal Davis, dessen Anwalt, am Tisch gegenüber. Die Tür war geschlossen, doch ein Pfleger beobachtete alles durch die Scheibe.

Ned gehört zu der Sorte von Leuten, mit denen man gerne Mitleid haben möchte – aber man schafft es nicht, dachte Browski. Koehler war Anfang vierzig und ein ausgesprochen unansehnlicher, magerer Mann mit eng zusammenstehenden Augen und einem spitzen Kinn. Bei jemand anderem hätte das grau melierte Haar vielleicht attraktiv ausgesehen, doch bei Koehler betonte es nur sein verwahrlostes Äußeres.

»Wie geht's, Ned?«, fragte Browski freundlich.

Tränen traten Koehler in die Augen. »Ich vermisse meine Mutter.«

Mit dieser Reaktion hatte Browski gerechnet. »Das ist mir klar.«

»Diese Anwältin ist schuld. Sie hat ihn freigekriegt. Er müsste im Gefängnis sitzen.«

»Ned, Joel Lake war in jener Nacht in dem Haus, wo Sie wohnten. Er hat zugegeben, in Ihre Wohnung eingebrochen zu sein. Doch Ihre Mutter befand sich im Badezimmer. Lake hörte, wie das Wasser in die Wanne plätscherte. Er ist ihr nie begegnet. Und nachdem Joel gesehen wurde, wie er das Gebäude verließ, hat Ihre Mutter noch mit ihrer Schwester telefoniert.«

»Dann hat meine Tante sich eben in der Zeit geirrt.«

»Die Geschworenen waren da anderer Ansicht.«

»Diese Graham hat die Geschworenen um den Finger gewickelt.«

So weit war sie vielleicht nicht gegangen, dachte Browski. Doch sie hatte eindeutig dafür gesorgt, dass die Geschworenen Joels Version glaubten. Nicht vielen Anwälten gelang es, einen Verdächtigen freizubekommen, der des Mordes bezichtigt wurde. Vor allem nicht dann, wenn der Täter gestand, er sei zum fraglichen Zeitpunkt in die Wohnung des Opfers eingebrochen.

»Ich hasse Emily Graham, aber ich habe sie weder verfolgt noch fotografiert.«

»Sie haben nachts versucht, bei ihr einzubrechen. Und Sie hatten ein Messer bei sich.«

»Ich wollte ihr einen Schrecken einjagen. Ich wollte miterleben, wie viel Angst meine Mutter gehabt haben muss, als sie sah, wie der Einbrecher zum Messer griff.«

»Sie wollten Sie also nur erschrecken?«

»Darauf brauchen Sie nicht zu antworten, Ned«, wandte Hal Davis ein.

Koehler achtete nicht auf ihn und blickte Browski eindringlich an. »Ich wollte sie nur erschrecken. Ich wollte ihr begreiflich machen, was meine Mutter gefühlt hat, als sie den Kopf hob und …«

Wieder brach er in Tränen aus. »Ich vermisse meine Mutter«, wiederholte er.

Davis tätschelte seinem Mandanten die Schulter und stand auf. »Zufrieden, Marty?«, meinte er zu Browski und gab dem Pfleger ein Zeichen, Koehler zurück auf seine Station zu bringen.

Dreiundzwanzig

Mindestens sechsmal hatte Nick Todd nun schon zum Hörer gegriffen, um Emily Graham anzurufen. Doch er hatte jedes Mal wieder aufgelegt. Wenn ich sie bitte, früher als vereinbart in die Kanzlei zu kommen, werde ich betonen, dass wir viel Arbeit haben und sie dringend brauchen. Und dann, sobald sie hier ist, mache ich mich aus dem Staub. Nein, dachte er im nächsten Moment, das wäre nicht fair. Und außerdem wäre es nicht richtig gewesen, ihr seine Pläne zu verraten, bevor er mit seinem Vater gesprochen hatte.

Am Freitagmorgen meldete sich Walter Todd über die Gegensprechanlage bei seinem Sohn. »Hast du schon mit Emily Graham geredet?«

»Noch nicht.«

»Ich dachte, wir hätten vereinbart, dass du in den nächsten Tagen zu ihr fährst.«

»Das habe ich auch vor.« Nick zögerte. »Ich würde dich gern zum Mittagessen einladen.«

Am anderen Ende der Leitung enstand ebenfalls eine Pause. »Soweit ich informiert bin, unterhalten wir bei einigen Restaurants ein Spesenkonto.«

»Zum Beispiel im Four Seasons. Aber heute geht es auf meine Rechnung, Dad.«

Gemeinsam schlenderten sie die Park Avenue entlang zur 52nd Street. Sie waren sich einig, dass die warme Luft nach der Kälteperiode eine Wohltat war. Ganz sicher stand der Frühling schon vor der Tür.

Sie erörterten die Börse und gelangten zu dem Schluss, dass noch niemand sagen konnte, ob sich der Neue Markt wieder erholen würde.

Dann kamen sie auf die Schlagzeilen im Fall Spring Lake zu sprechen. »Die Leute, die aus dem tragischen Tod einer jungen Frau ein reißerisches, widerwärtiges Medienspektakel machen, würde ich am liebsten eigenhändig erwürgen«, wetterte Walter Todd.

Wie immer wimmelte es im Four Seasons von bekannten Gesichtern. Im Grill Room war ein ehemaliger Präsident mit einem angesehenen Verleger ins Gespräch vertieft. Ein früherer Bürgermeister saß an seinem üblichen Tisch. Nick bemerkte die Geschäftsführer von Filmstudios und Nachrichtensendern, berühmte Autoren und erfolgreiche Geschäftsleute.

An einigen Tischen blieben sie stehen, um Freunde zu begrüßen. Nick zuckte zusammen, als sein Vater ihn stolz einem pensionierten Richter vorstellte: »Mein Sohn und Geschäftspartner ...«

Doch als sie im Pool Room saßen und Mineralwasser bestellt hatten, kam er sofort auf den Punkt. »Also, Nick, was gibt es?«

Es war eine Qual für Nick, mit anzusehen, wie sich die Muskeln am Hals seines Vaters verspannten, wie seine Augen zornig funkelten und wie er schmerzlich das Gesicht verzog, als er von den Plänen seines Sohnes erfuhr.

Schließlich schluckte Walter Todd und meinte: »So ist das also. Eine ziemlich schwerwiegende Entscheidung, Nick. Selbst wenn du einen Job bei der Staatsanwaltschaft bekommst, wirst du dort beileibe nicht so viel verdienen wie jetzt.«

»Ich weiß, und ich halte mich nicht für einen solchen Idealisten, dass mir das Geld nicht fehlen würde.« Nick brach ein Stück von einem Brötchen ab und zerkrümelte es zwischen den Fingern.

»Ist dir klar, dass du, wenn du den Arm des Gesetzes vertrittst, nicht nur damit beschäftigt sein wirst, böse

Buben einzusperren? Wahrscheinlich wirst du eine Menge Leute unter Anklage stellen müssen, die du lieber verteidigen würdest.«

»Damit muss ich mich auseinander setzen, wenn es so weit ist.«

Walter Todd zuckte die Achseln. »Offenbar bleibt mir nichts anderes übrig, als mich mit deiner Entscheidung abzufinden. Auch wenn ich darüber nicht glücklich bin, sondern eher enttäuscht. Und wann willst du anfangen, gegen Windmühlen zu kämpfen?«

Du bist stinksauer auf mich, dachte Nick. Aber das war zu erwarten gewesen.

Der Oberkellner erschien mit den Speisekarten und begann, die Tagesgerichte aufzusagen. Er arbeitete schon lange im Four Seasons und lächelte Vater und Sohn freundlich an. »Es ist mir immer ein Vergnügen, die beiden Mr. Todds zusammen bei uns zu sehen.«

Sie bestellten, und als der Kellner außer Hörweite war, grinste Walter Todd spöttisch. »Die Kantine bei Gericht steht in keinem Restaurantführer, Nick.«

Nick war erleichtert, dass sein Vater sich von seinem Schrecken erholt zu haben schien. »Du kannst mich ja hin und wieder hierher einladen, damit ich was Anständiges zwischen die Zähne kriege, Dad.«

»Das muss ich mir noch überlegen. Hast du schon mit deiner Mutter darüber gesprochen?«

»Nein.«

»Sie hat sich beklagt, dass dich offenbar etwas beschäftigt. Also wird sie sich freuen zu hören, dass du nicht an einer geheimnisvollen Krankheit leidest. Und offen gestanden, geht es mir genauso.«

Die beiden Männer sahen einander über den Tisch hinweg an. Sie glichen einander wie ein Ei dem anderen. Der einzige Unterschied waren ein Altersabstand von dreißig

Jahren und der Tribut, den diese Zeit gefordert hatte. Breite Schultern, schlanke sportliche Figur, blondes Haar, beim Vater inzwischen völlig ergraut, kleine Fältchen auf Nicks Stirn, die bei Walter Todd zu tiefen Falten geworden waren. Markante Kiefer und haselnussbraune Augen, die des Vaters mittlerweile hinter einer randlosen Brille verborgen. Nicks Augen leuchteten kräftiger, ihr Ausdruck war eher zweifelnd als streng.

»Du bist ein verdammt fähiger Jurist, Nick, der beste. Natürlich erst nach mir. Wenn du aussteigst, wird das in der Kanzlei eine große Lücke hinterlassen. Gute Anwälte gibt es wie Sand am Meer. Doch sehr gute findet man nur selten.«

»Ich weiß, aber Emily Graham wird ein würdiger Ersatz für mich sein. Ich bin mit dem Herzen einfach nicht mehr bei der Sache, und ich merke, dass ich anfange, nachlässig zu werden. Sie hingegen liebt diesen Beruf genauso wie du. Doch wenn ich sie besuche, werde ich ihr beichten müssen, dass sie mehr Arbeit bekommt, als sie erwartet hat. Zumindest in der ersten Zeit.«

»Wann willst du weg?«

»Sobald Emily Graham mein Büro übernehmen kann, räume ich meine Sachen für die Übergangszeit in ein kleineres.«

Walter Todd nickte. »Und wenn sie sich weigert, vor dem 1. Mai einzusteigen?«

»Dann werde ich natürlich so lange warten.«

Sie wird sicher nicht ablehnen, dachte Nick. Ganz gleich, welche Bedingungen sie stellt, ich werde dafür sorgen, dass sie zustimmt.

Vierundzwanzig

Pünktlich am Freitagmorgen um acht Uhr begann der Bagger zu dröhnen und zu klappern. Beim Kaffeekochen spähte Emily aus dem Fenster und zuckte beim Anblick der zerwühlten Beete, entwurzelten Büsche und des zerstörten Rasens zusammen. Die Sprinkleranlage wird wohl auch dran glauben müssen, dachte sie mit einem Seufzer.

Es sah ganz danach aus, als würde sie anschließend gezwungen sein, viel Geld für einen Landschaftsgärtner auszugeben.

Meinetwegen, sagte sie sich, als sie, die Kaffeetasse in der Hand, wieder nach oben ging, um sich zu duschen und anzuziehen. Vierzig Minuten später saß sie, die zweite Tasse Kaffee neben sich und mit ihrem Notizbuch bewaffnet, auf der Ottomane.

Das Buch »Eindrücke eines jungen Mädchens« erwies sich als wahre Fundgrube von Hintergrundinformationen. Die Autorin hatte Spring Lake nach Madelines Verschwinden noch drei weitere Sommer besucht. In einem Tagebuchauszug aus dem Jahr 1893 verlieh sie der Befürchtung Ausdruck, Letitia Gregg könnte ertrunken sein:

Letitia schwamm sehr gern und war ziemlich waghalsig. Der 5. August war ein schwülwarmer Tag. Am Strand wimmelte es von Touristen, das Meer war ausgesprochen bewegt. Am Nachmittag war Letitia allein zu Hause. Ihre Mutter machte Besuche, und das Hausmädchen hatte seinen freien Nachmittag. Letitias Badeanzug fehlte, weshalb man annahm, dass sie allein losgegangen war, um sich bei einem Bad im Meer abzukühlen.

Da Madeline Shapleys Verschwinden erst zwei Jahre zurückliegt, ist die ganze Stadt in Trauer. Letitias Leiche ist nicht angespült worden, weshalb die Möglichkeit besteht, dass sie auf dem Weg zum Strand oder bei ihrer Rückkehr einem Verbrechen zum Opfer gefallen ist.

Mutter bewacht mich wie ein Schießhund und lässt mich nicht einmal allein auf der Straße spazieren gehen. Ich freue mich schon auf das Ende der Saison und auf Philadelphia.

Die Autorin fuhr fort:

Ich erinnere mich noch, wie wir jungen Leute uns bei einem von uns auf der Veranda versammelten und stundenlang erörterten, was wohl Madeline und Letitia zugestoßen sein könnte. Zu den jungen Männer gehörten auch Douglas Carters Cousin Alan Carter sowie Edgar Newman. Ich spürte immer, dass die beiden eine unausgesprochene Trauer verband, denn Edgar hatte Letitia sehr gern gehabt. Außerdem wussten wir alle, dass Alan für Madeline geschwärmt hatte, obwohl sie sich kurz vor ihrem Verschwinden mit Douglas hatte verloben wollen. Ellen Swain, ein weiteres Mitglied unserer Gruppe, war ebenfalls ziemlich niedergeschlagen. Sie war Letitias Busenfreundin und vermisste sie schrecklich.

Zu der Zeit begann Henry Gates, der im ersten Semester in Yale studierte, mir immer öfter Besuche abzustatten. Insgeheim war ich bereits fest entschlossen, ihn zu heiraten, doch damals musste sich eine junge Dame sehr sittsam und ausgesprochen zurückhaltend betragen. Es hätte sich nicht geschickt, ihm meine Zuneigung offen zu zeigen, bevor ich nicht sicher sein konnte, dass er in mich verliebt war. Im Laufe der Jahre haben wir häufig darüber gescherzt. Angesichts des zügellosen Benehmens der heutigen Jugend sind wir uns einig, dass es viel reizvoller war, sich auf diese Weise den Hof zu machen.

Und dabei war dieses Buch 1938 erschienen. Emily fragte sich, was Phyllis Gates wohl vom Umgang und den Moralvorstellungen der heutigen Jugend gehalten hätte.

Auf den folgenden Seiten, wo die Autorin ihren Erinnerungen an die Sommer der Jahre 1894 und 1895 nachhing und ihre keimende Liebe zu Henry Gates schilderte, erwähnte sie auch häufig die Namen anderer junger Leute.

Emily notierte sie sich alle, denn es waren Madelines Altersgenossen gewesen.

Die letzte Eintragung im Tagebuch stammte vom 4. April 1896.

Eine grauenhafte Tragödie hat sich zugetragen. Letzte Woche ist Ellen Swain in Spring Lake verschwunden. Sie befand sich auf dem Nachhauseweg von einem Besuch bei Mrs. Carter, deren ohnehin schwache Gesundheit durch den Selbstmord von Douglas, ihrem einzigen Sohn, sehr in Mitleidenschaft gezogen worden ist. Inzwischen glaubt man, dass Letitia nicht bei einem Badeunfall umgekommen ist. Offenbar sind alle drei meiner Freundinnen einem Verbrechen zum Opfer gefallen. Mutter hat den Mietvertrag für das Häuschen gekündigt, in dem wir für gewöhnlich den Sommer verbringen. Sie sagt, sie wolle mich nicht der geringsten Gefahr aussetzen. Also werden wir diesen Sommer nach Newport fahren. Aber ich werde Spring Lake sehr vermissen.

Die Autorin schloss ihre Anmerkungen:

Das geheimnisvolle Verschwinden der drei Mädchen hat im Laufe der Jahre zu vielen Gerüchten Anlass gegeben. Die Leiche einer jungen Frau, die in Manasquan an Land gespült wurde, hätte die von Letitia Gregg sein können. Eine Cousine der Mallards schwor, sie hätte Ellen Swain in New York am Arm eines attraktiven Mannes gesehen. Einige Leute glaubten diese Geschichte, denn Ellen hatte keine besonders glückliche Jugend. Ihre Eltern waren äußerst anspruchsvoll und kritisch. Wir als ihre Vertrauten wussten jedoch von ihrer Zuneigung zu Edgar Newman und waren sicher, dass sie niemals mit einem anderen Mann nach New York durchgebrannt wäre.

Henry und ich heirateten im Jahr 1896. Zehn Jahre später kehrten wir mit unseren drei kleinen Kindern nach Spring Lake zurück, um eine angenehme Sommerfrische in diesem inzwischen sehr modischen Badeort zu genießen.

Emily klappte das Buch zu und legte es auf die Ottomane. Es ist, als unternähme man eine Zeitreise, dachte sie. Als sie aufstand und sich streckte, wurde ihr klar, wie lange sie reglos dagesessen hatte. Zu ihrer Überraschung war es fast zwölf Uhr mittags.

Ein bisschen frische Luft wird mich sicher aufwecken, dachte sie. Sie ging zur Vordertür, öffnete sie und trat auf die Veranda hinaus. Die Wirkung der hellen Sonnenstrahlen und der milden Brise zeigte sich schon an Gras und Büschen. Sie wirkten grüner, voller und bereit, zu wachsen und sich auszubreiten. Noch einen Monat, und ich kann die Möbel auf die Veranda stellen, dachte sie. Ich freue mich schon darauf, hier draußen zu sitzen.

Siebenundzwanzig antike Rattanmöbelstücke standen noch auf dem Speicher der Remise.

»Sie sind gut in Plastik verpackt«, hatten die Kiernans Emily versichert. »Außerdem haben wir sie reparieren und instand setzen lassen, neue Polster angeschafft und sie mit einem geblümtem Stoff überzogen, der unserer Ansicht nach ein Abbild des ursprünglichen ist.«

Zu der Garnitur gehörten Sofas, Liegestühle, Stühle und Tische. Vermutlich war ein Teil davon beim dem festlichen Mittagessen benutzt worden, das zu Ehren von Madelines neunzehntem und letztem Geburtstag abgehalten wurde, überlegte Emily. Vielleicht hatte Madeline ja auf einem dieser Stühle gesessen, als sie darauf wartete, dass Douglas Carter mit dem Verlobungsring erschien.

Ich fühle mich ihnen so nah, dachte Emily. Das Buch erweckt sie wieder zum Leben.

Obwohl sich das Haus einen Häuserblock vom Meer entfernt befand, roch die Luft salzig und verlockend. Widerstrebend ging Emily wieder hinein, doch dann wurde ihr klar, dass sie keine Lust hatte, weiter zu lesen.

Ein langer Spaziergang auf der Strandpromenade wäre jetzt genau das Richtige, dachte sie. Und anschließend besorge ich mir auf dem Heimweg in der Stadt ein Sandwich.

Als sie zwei Stunden später erfrischt nach Hause zurückkehrte, hatte sie das Gefühl, wieder klar denken zu können. Auf dem Anrufbeantworter fand sie zwei Nachrichten vor.

Die erste war von Will Stafford. »Rufen Sie mich bitte zurück, Emily. Ich muss Ihnen etwas sagen.«

Der zweite Anrufer war Nicholas Todd. »Ich möchte mich gern mit Ihnen treffen, Emily. Hoffentlich können Sie mich am Samstag oder am Sonntag in Ihren Terminkalender einschieben. Ich habe etwas Dringendes mit Ihnen zu besprechen. Meine Durchwahl ist 212-555-0857.«

Stafford war in seinem Büro. »Ich habe mit Mrs. Lawrence telefoniert, Emily«, meinte er. »Sie möchte Sie zum Mittagessen nach dem Gedenkgottesdienst einladen. Ich habe ihr geantwortet, dass Sie ohnehin dort sein wollten.«

»Das ist aber sehr nett von ihr.«

»Sie würde Sie gern kennen lernen. Wenn Sie einverstanden sind, hole ich Sie ab und begleite Sie zum Gottesdienst und zu den Lawrences. Ich könnte Sie einigen Leuten aus der Stadt vorstellen.«

»Das wäre schön.«

»Wunderbar. Also morgen früh gegen zwanzig vor elf.«

»Ich werde fertig sein. Vielen Dank.«

Sie wählte Nick Todds Nummer. Hoffentlich haben sie es sich nicht anders überlegt und wollen mich jetzt doch nicht mehr beschäftigen, dachte Emily nervös. Die Vorstellung löste Beklemmungen in ihr aus.

Nick hob nach dem ersten Läuten ab. »Wir haben die Nachrichten verfolgt. Kein sehr angenehmer Einstand. Hoffentlich war es nicht zu schlimm für Sie.«

Sie glaubte, einen angespannten Unterton zu hören. »Eher traurig als schlimm«, erwiderte sie. »Sie haben mir eine Nachricht hinterlassen, dass Sie sich gern mit mir treffen würden. Möchte Ihr Vater mich etwa nicht mehr einstellen?«

Sein Lachen war spontan und sehr beruhigend. »Weit gefehlt. Passt es Ihnen morgen zum Mittagessen oder zum Abendessen? Oder wäre Ihnen der Sonntag lieber?«

Emily überlegte. Morgen fanden der Gedenkgottesdienst und das Essen bei den Lawrences statt. Und ich will die Bücher fertig lesen und sie Dr. Wilcox zurückgeben, sagte sie sich. »Am Sonntag zum Mittagessen wäre besser«, erwiderte sie. »Ich suche ein Restaurant aus und reserviere einen Tisch.«

Um halb sechs läutete ein Mitarbeiter der Spurensicherung an der Hintertür. »Wir sind fertig, Ms. Graham. Da draußen liegt sonst niemand mehr begraben.«

Emily war überrascht, wie erleichtert sie sich fühlte. Offenbar hatte sie damit gerechnet, dass man die Leichen von Letitia Gregg und Ellen Swain finden würde.

Gesicht und Hände des Polizisten, eines älteren Mannes, waren mit Schlamm verkrustet. Er schien müde und durchgefroren zu sein. »Eine scheußliche Sache«, sagte er. »Aber vielleicht ist jetzt endlich Schluss mit diesem Gerede vom wiedergeborenen Mörder.«

»Das hoffe ich auch.« Aber warum habe ich die Ahnung, dass es noch schlimmer kommen wird?, dachte Emily, während sie sich bei dem Polizisten bedankte. Dann schloss sie die Tür, um die rasch hereinbrechende Dunkelheit auszusperren.

Fünfundzwanzig

Ich fühle mich bedroht. Ganz ähnlich wie damals, als Ellen Swain begann, mich mit Letitias Tod in Verbindung zu bringen.

Damals habe ich rasch zugeschlagen.

Es war übereilt und leichtsinnig von mir, mich vor fünf Jahren an Lillian Madden zu wenden. Natürlich durfte ich nicht zulassen, dass sie mich hypnotisierte. Wer weiß, was ich ihr unwillentlich mitgeteilt hätte, hätte ich ihr meine Gedanken geöffnet.

Ich konnte nur der Verlockung nicht widerstehen, ein einziges Mal direkt mit meinem früheren Leben in Kontakt zu treten.

Wird sie sich an den Patienten erinnern, der sie vor fünf Jahren gebeten hat, ihn ins Jahr 1891 zurückzuversetzen?

Das könnte sehr wohl sein.

Und wird sie zu dem Schluss kommen, dass ein in ihrer Praxis geführtes Gespräch mit einem Patienten unter das Arztgeheimnis fällt?

Vielleicht.

Oder wird sie es für ihre staatsbürgerliche Pflicht halten, die Polizei anzurufen und zu sagen: »Vor fünf Jahren hat mich ein Mann aus Spring Lake gebeten, ihn ins Jahr 1891 zurückzuversetzen. Es kam ihm genau auf dieses Datum an. Ich erklärte ihm, dass das nicht möglich sein würde, außer er hätte zu diesem Zeitpunkt schon einmal gelebt.«

Er wusste noch genau, wie Dr. Maddens kluge Augen ihn eindringlich gemustert hatten. Sie hatte sich von ihm herausgefordert gefühlt. Und sie war außerdem neugierig gewesen.

Neugier war auch der Grund, warum Ellen Swain hatte sterben müssen, dachte er.

»Dann«, würde Dr. Madden der Polizei vielleicht berichten, »versuchte ich, meinen Patienten in hypnotische Trance zu versetzen. Er wurde ziemlich nervös, sprang auf und verließ meine Praxis. Möglicherweise ist das nicht weiter wichtig, aber ich fand, dass ich Ihnen diese Information geben sollte. Der Mann heißt ...«

Er musste verhindern, dass Dr. Madden diesen Anruf machte. So ein Risiko einzugehen, konnte er sich nicht leisten.

Wie Ellen Swain wird sie bald lernen, dass es gefährlich ist, etwas über mich zu wissen, überlegte er. Es kann sich auch als tödlich erweisen.

Samstag, 24. März

Sechsundzwanzig

»Noch nie habe ich so einen hanebüchenen Unsinn gelesen.« Verächtlich legte Rachel Wilcox die Morgenzeitung auf den Frühstückstisch und schob sie weit von sich. »Ein wiedergeborener Serienmörder! Du meine Güte, halten diese Schreiberlinge uns denn für völlig bescheuert?«

Seit vielen Jahren hatten Clayton und Rachel Wilcox jeweils zwei Ausgaben der *Ashbury Park Press* und der *New York Times* abonniert.

Wie seine Frau las auch Clayton gerade die *Ashbury Park Press*. »Wie ich es verstehe, schreibt die Zeitung klar und deutlich, dass dem Staatsanwalt am Donnerstag die Frage nach einem wiedergeborenen Serienmörder gestellt wurde. Nirgendwo habe ich auch nur andeutungsweise gelesen, dass die *Ashbury Park Press* diese Möglichkeit in Betracht zieht.«

Rachel antwortete nicht. Das war nicht weiter erstaunlich, dachte Clayton. Seit Detective Duggans Anruf am Donnerstag war sie ausgesprochen schlechter Laune. Sie hatte gerade ausgehen wollen, während er die Bücher für Emily Graham zusammensuchte. Der Vorschlag, dass alle, die am Abend vor Marthas Verschwinden bei den Lawrences eingeladen gewesen waren, sich versammeln sollten, um von der Polizei befragt zu werden, hatte sie in Rage versetzt. Schon wieder!

»Dieser Mann hat vielleicht Nerven!«, tobte sie. »Glaubt er etwa, dass plötzlich jemand von euch gesteht oder einen anderen beschuldigt?«

Wie Clayton belustigt feststellte, schien Rachel überhaupt nicht in Erwägung zu ziehen, dass man auch sie des Mordes an Martha verdächtigen könnte.

Er war versucht, sie darauf hinzuweisen und zu sagen: »Rachel, du bist eine sehr starke Frau. Und du hast eine Wut in dir aufgestaut, die ständig darauf wartet, sich Bahn zu brechen. Außerdem hast du eine tief sitzende Abneigung gegen schöne junge Mädchen. Den Grund brauche ich dir wohl nicht näher zu erläutern.«

Nach siebenundzwanzig Jahren verhöhnte sie ihn immer noch gelegentlich wegen seiner Affäre mit Helene zu Anfang ihrer Ehe. Rachel hatte Recht mit der Behauptung, dass er die Rettung seiner akademischen Karriere nur ihr zu verdanken hatte. Als sich das Gerücht an der Universität verbreitete, hätte er seine Stelle verlieren können. Also hatte sie für ihren Mann gelogen, als jemand behauptete, er habe ihn mit Helene in einem Hotel gesehen.

Clayton war gern Professor gewesen, veröffentlichte immer noch regelmäßig in Fachzeitschriften und genoss das Ansehen seiner Berufskollegen.

Zum Glück wusste niemand am Enoch College, warum er den Rektorenposten aufgegeben hatte und vorzeitig in den Ruhestand gegangen war.

Clayton schob seinen Stuhl zurück und stand auf. »Ich bin sicher, dass die Messe gut besucht sein wird«, sagte er. »Ich schlage vor, dass wir um halb elf losfahren, damit wir noch Plätze bekommen.«

»Ich dachte, wir hätten das schon gestern Abend abgesprochen.«

»Mag sein.« Er drehte sich um und wollte in sein Arbeitszimmer fliehen. Doch die Frage, die sie ihm nachrief, ließ ihn innehalten.

»Wo warst du eigentlich gestern Abend?«, erkundigte sie sich.

Langsam drehte er sich um. »Nachdem wir uns die Nachrichten angesehen hatten, habe ich versucht, weiter an meinem Roman zu arbeiten. Aber ich hatte Kopfschmerzen. Also habe ich einen langen Spaziergang unternommen, und es freut dich sicher zu hören, dass das gewirkt hat. Als ich wieder nach Hause kam, fühlte ich mich viel besser.«

»Du scheinst diese Kopfschmerzen wirklich zu den merkwürdigsten Uhrzeiten zu bekommen, Clayton«, meinte Rachel und schlug ihre Ausgabe der *New York Times* auf.

Siebenundzwanzig

Will Stafford hatte es ernst gemeint, als er beim Aufwachen beschlossen hatte, anstelle von Eiern mit Speck oder Waffeln mit Würstchen nur Haferbrei zu frühstücken.

Aber wozu habe ich das Zeug sonst im Kühlschrank?, dachte er eine Stunde später, nachdem er Fitnessrad und Laufband benutzt hatte und im Trainingsanzug in der Küche stand, um sich Rührei mit Würstchen zu machen.

Beim Essen las er die *New York Post*. Die Journalisten hatten sich an einen Parapsychologen gewandt, der an einer Fachakademie lehrte. Sie hatten den Mann gefragt, ob es möglich sei, dass ein Serienmörder aus dem späten 19. Jahrhundert wiedergeboren worden war.

Der Parapsychologe hatte entgegnet, seiner Ansicht nach käme niemand – weder ein Verbrecher noch ein unbescholtener Zeitgenosse – in genau derselben Gestalt zurück. Hin und wieder würden allerdings körperliche Merkmale beibehalten, erklärte er weiter. Manchmal sei der neue Mensch mit einem auf geheimnisvolle Weise bereits voll entwickelten Talent ausgestattet. Mozart zum Beispiel sei schon im Alter von drei Jahren ein musikalisches Wunderkind gewesen. Ganz sicher handle es sich hierbei um das Erbe anderer Inkarnationen. Und möglicherweise sei dies auch der Grund, warum sich einige Menschen mit unerklärlichen seelischen Problemen oder Zwangsvorstellungen herumschlagen müssten.

Ein weiterer Artikel deutete an, der Mord an Madeline Shapley im Jahr 1891 könne das Werk von Jack the Ripper gewesen sein. Der Zeitrahmen stimme. Der Mann sei nie gefasst worden, doch seine brutalen Verbrechen in England hätten irgendwann abrupt aufgehört. Es habe schon immer die Theorie gegeben, der Mörder könne nach New York ausgewandert sein.

Der dritte Artikel hielt den Lesern eindringlich vor Augen, es seien zwar zwei weitere junge Frauen aus dem Spring Lake des späten 19. Jahrhunderts verschwunden, jedoch weise nichts eindeutig darauf hin, dass sie ein gewaltsames Ende gefunden hätten.

Kopfschüttelnd stand Will auf, brachte ganz aus Gewohnheit das Geschirr zur Spüle und begann, die Küche aufzuräumen. Ein Blick in den Kühlschrank sagte ihm, dass noch genug Käse im Haus war.

Duggans Versammlung heute Nachmittag würde zwar gewiss kein geselliges Beisammensein werden, dachte er, aber er wollte trotzdem ein bisschen Käse und Kräcker auf den Tisch stellen und ein Glas Wein oder eine Tasse Kaffee anbieten.

Er überlegte, ob er Emily Graham zum Abendessen einladen sollte. Er würde sie zwar zur Kirche und zu den Lawrences begleiten, aber er hätte gern unter vier Augen mit ihr gesprochen.

Eine sehr interessante und attraktive Frau.

Vielleicht würde er vorschlagen, zu Hause etwas für sie zu kochen. Um seine Kochkünste zu demonstrieren, dachte er schmunzelnd. Am Donnerstag hatte Natalie gewitzelt, die Leute hier bettelten förmlich darum, zu ihm zum Essen eingeladen zu werden.

Ich bin wirklich ein verdammt guter Koch, gestand er sich ein. Nein, stimmt nicht ganz, ein verdammt guter Küchenchef würde es noch besser treffen.

Er ging ins Wohnzimmer und vergewisserte sich, dass alles in Ordnung war. An der Wand neben der Terrassentür hing ein Bild des Hauses, wie es ausgesehen hatte, als er es übernahm – die Mauern rissig, die Veranda eingesackt, die Farbe von den Fensterläden abgeblättert. Und drinnen waren die Zustände noch viel schlimmer gewesen.

Für die großen Umbauarbeiten hatte er eine Firma kommen lassen und den Rest selbst erledigt. Es hatte zwar Jahre gedauert, aber großen Spaß gemacht.

Sein Haus gehörte zu den kleineren Gebäuden, die als »frühes, schlichtes Heim zur ganzjährigen Nutzung« bezeichnet wurden. Er fand es amüsant, dass die Prachtvillen inzwischen längst verschwunden waren. Häuser wie seines hingegen waren auf dem hiesigen Immobilienmarkt sehr gefragt.

Das Telefon läutete. Will begrüßte den Anrufer freundlich, doch als er ihn erkannte, umklammerte seine Hand fest den Hörer.

»Mir geht es gut, Dad«, sagte er. »Und dir?«

Würde er denn nie verstehen, überlegte Will, während

er lauschte, wie sein Vater mit stockende Stimme meinte, er habe sich gut von der letzten Chemotherapie erholt und freue sich bereits auf ein baldiges Wiedersehen. »Es ist schon viel zu lange her, Will«, fügte er hinzu. »Viel zu lang.«

Irgendwann im letzten Jahr hatte Will sich weich klopfen lassen und sich in Princeton mit ihm zum Abendessen verabredet. Sein Vater hatte versucht, sich dafür zu entschuldigen, dass er sich so viele Jahre nicht gemeldet hatte. »Ich war nicht für dich da, als du mich gebraucht hast, mein Sohn«, meinte er. »Ständig so viel Arbeit um die Ohren, immer beschäftigt. Du weißt ja, wie es ist.«

»Ich habe zurzeit ziemlich viel zu tun, Dad«, sagte Will jetzt.

»Ach, das ist aber schade. Vielleicht in einem Monat? Ich würde mir gern dein Haus anschauen. Wir hatten eine schöne Zeit in Spring Lake, als deine Mutter, du und ich im Hotel Essex and Sussex wohnten.«

»Ich muss weg, Dad. Tschüss.«

Wie immer, wenn sein Vater anrief, wurde Will von schmerzlichen Erinnerungen an die Vergangenheit ergriffen. Ruhig saß er da und wartete ab, bis sie wieder nachließen. Dann ging er langsam die Treppe hinauf, um sich für Martha Lawrences Gedenkgottesdienst umzuziehen.

Achtundzwanzig

Als Robert Frieze vom morgendlichen Joggen nach Hause kam, saß seine Frau bereits in der Küche und verzehrte ihr wie immer spartanisches Frühstück aus Saft, schwarzem Kaffee und einer einzigen Scheibe trockenem Toast.

»Du bist aber früh auf«, stellte er fest.

»Ich habe dich herumgehen hören und konnte nicht mehr einschlafen. Offen gestanden hattest du letzte Nacht ein paar Albträume, Bob. Ich musste dich wecken. Erinnerst du dich daran?«

Erinnern. Das Wort allein ängstigte ihn inzwischen. In letzter Zeit hatten sie wieder angefangen, die Gedächtnislücken, nach denen ihm ein paar Stunden oder sogar ein ganzer Nachmittag einfach fehlten. Wie letzte Nacht. Um halb zwölf hatte er das Restaurant verlassen, um nach Hause zu fahren. Doch dort angekommen war er erst um eins. Wo war die Stunde dazwischen geblieben?, fragte er sich.

Vor einer Woche hatte er plötzlich Kleidungsstücke getragen, von denen er gar nicht wusste, dass er sie überhaupt angezogen hatte.

Diese merkwürdigen Episoden hatten in seiner Jugendzeit begonnen. Zunächst hatte er schlafgewandelt. Später dann stellte er fest, dass es in seinem Tagesablauf Lücken gab und er sich nicht erklären konnte, wo er gewesen war.

Nie hatte er jemandem davon erzählt. Schließlich wollte er nicht, dass seine Mitmenschen ihn für verrückt hielten. Es war nicht schwer gewesen, die Ausfälle zu vertuschen. Seine Eltern waren voll und ganz mit sich und ihrem Beruf beschäftigt und verlangten von ihm nur, dass er ordentlich aussah, sich anständig benahm und gute Noten hatte. Ansonsten war es ihnen gleichgültig, was er trieb.

An Schlafstörungen hatte er schon immer gelitten. Manchmal setzte er sich auf und las bis spät in die Nacht. Hin und wieder stieg er aus dem Bett und ging hinunter in die Bibliothek. Wenn er Glück hatte, nickte er über einem Buch ein.

Die Gedächtnislücken hatten nach dem Collegeabschluss schlagartig für viele Jahre aufgehört. Doch seit etwa fünf Jahren geschah es wieder, in letzter Zeit immer häufiger.

Bob Frieze glaubte, den Grund zu kennen: das Restaurant, der gewaltigste Fehler seines ganzen Lebens. Das Lokal war ein Fass ohne Boden. Und der ständige Druck führte dazu, dass er wieder an Gedächtnislücken litt.

Einen anderen Auslöser konnte es nicht geben, dachte er.

Er hatte Natalie verschwiegen, dass er das Restaurant vor drei Monaten zum Verkauf angeboten hatte. Denn er wusste, sie würde ihn jeden Tag löchern, ob sich schon ein Interessent gemeldet hätte. Wenn nicht, würde sie ständig nach den Ursachen fragen. Und dann würde die Litanei, dass es ohnehin Wahnsinn gewesen sei, das Lokal zu eröffnen, wieder von vorne losgehen.

Gestern Nachmittag hatte der Immobilienmakler angerufen. Dom Bonetti, der Besitzer des Fin and Claw, eines Vier-Sterne-Lokals im nördlichen New Jersey, hatte Erkundigungen eingeholt. Inzwischen hatte Bonetti sein Restaurant nämlich verkauft, war nach Bay Head gezogen und wusste nun nicht, was er mit seiner Zeit anfangen sollte. Genauer gesagt, hatte er sich nicht nur erkundigt, sondern sogar ein Angebot gemacht.

Sobald ich den Laden verkauft habe, werde ich mich wieder besser fühlen, beruhigte sich Frieze.

»Beabsichtigst du, dir Kaffee einzuschenken, oder willst du einfach nur mit der Tasse in der Hand dastehen, Bobby?«, witzelte Natalie.

»Ein Kaffee wäre nicht schlecht.«

Er ahnte, dass Natalie seine Stimmungsschwankungen satt hatte, obwohl sie sich nur selten beklagte. Selbst mit dem zerzausten, schulterlangen Haar, ungeschminkt und in dem alten Chenillebademantel, den er verabscheute, sah sie einfach zum Anbeißen aus.

Er beugte sich hinunter und küsste sie auf den Scheitel.

»Eine spontane Geste der Zuneigung. Das fehlt mir schon seit langem«, sagte sie.

»Ich weiß. Das liegt daran, dass ich in letzter Zeit eine Menge um die Ohren habe.« Er beschloss, ihr von dem Kaufangebot zu erzählen. »Ich habe entschieden, das Restaurant abzustoßen. Möglicherweise haben wir einen Interessenten.«

»Bobby, das ist ja phantastisch!« Sie sprang auf und umarmte ihn. »Kriegst du das investierte Geld zurück?«

»Das meiste zumindest, auch wenn ich bei den Verhandlungen vermutlich noch ein bisschen mit dem Preis runtergehen muss.« Als Bob Frieze diese Worte aussprach, war ihm klar, dass er versuchte, sich selbst Mut zu machen.

»Dann versprich mir, auch dieses Haus zu verkaufen, nachdem das Geschäft abgeschlossen ist. Dann können wir endlich nach Manhattan ziehen.«

»Wird gemacht.« Ich will auch weg hier, dachte er. Ich halte es nicht länger aus.

»Ich glaube, wir sollten ein bisschen früher zum Gedenkgottesdienst fahren. Oder hast du vergessen, dass er heute stattfindet?«

»Wie könnte ich?«

Und danach sind wir noch zum Essen bei den Lawrences, dachte er. Seit meinem ausführlichen Gespräch mit Martha bin ich nicht mehr dort gewesen.

Anschließend müssen wir noch zu Stafford, um uns dort von Duggan ausquetschen zu lassen. Sicher will er wissen, wie wir den Morgen nach der Party verbracht haben.

Ihm graute vor beiden Zusammenkünften. Das Problem war, dass er sich zwar an die Party, nicht jedoch an die Stunden danach erinnerte. Denn am frühen Morgen des folgenden Tages hatte er wieder eine Gedächtnislücke gehabt und war erst im Badezimmer unter der Dusche wieder zu sich gekommen. Seine Hände waren schmutzig, seine Jeans und sein T-Shirt voller Erde gewesen. Daran erinnerte er sich.

An besagtem Morgen hatte er vorgehabt, im Garten zu arbeiten. Das war eines seiner Hobbys und hatte stets eine beruhigende Wirkung auf ihn.

Ganz sicher habe ich an diesem Morgen wirklich Gartenarbeit gemacht, sagte er sich, während er nach oben ging, um sich für Martha Lawrences Gedenkgottesdienst umzuziehen. Jedenfalls werde ich das Duggan erklären.

Neunundzwanzig

Wie versprochen, erschien Will Stafford am Samstagmorgen um zwanzig vor elf an der Tür, um Emily abzuholen. Sie erwartete ihn schon. Handtasche und Handschuhe lagen auf dem Tisch in der Vorhalle bereit.

Zum Glück hatte sie das Kostüm mit dem schwarzweißen Hahnentrittmuster nach Spring Lake mitgebracht, denn ansonsten hatte sie fast nur Freizeitkleidung eingepackt.

Will hatte offenbar einen ähnlichen Geschmack wie sie. Bei der Vertragsunterzeichnung am Mittwoch hatte er ein Sakko getragen. Heute hatte er sich wegen des feierlichen Anlasses für einen dunkelblauen Anzug ein weißes Hemd und eine dezente blaue Krawatte entschieden.

»Sie sehen reizend aus«, sagte er leise. »Ich finde es schade, dass wir heute nichts Schöneres vorhaben.«

»Ich auch.«

Er wies auf den Garten. »Anscheinend baggert der Bauunternehmer das Loch wieder zu. Hat man sich vergewissert, dass dort niemand mehr liegt?«

»Ja.«

»Ausgezeichnet. Dann also los.« Als Emily nach ihrer Tasche griff und die Alarmanlage einschaltete, schmunzelte Will Stafford. »Warum habe ich immer den Eindruck, dass ich Sie hetze? Letztens wollte ich Sie unbedingt vom Frühstückstisch loseisen und zur Hausbesichtigung schleppen. Wären Sie vom Kauf zurückgetreten, wenn Sie gewusst hätten, was passieren würde?«

»Ob Sie es glauben oder nicht: Dieser Gedanke ist mir noch gar nicht gekommen.«

»Sehr gut.«

Als sie die Vortreppe hinuntergingen, hakte er sie unter. Emily stellte fest, dass sie sich in seiner Nähe sehr geborgen fühlte.

Es waren anstrengende Tage, dachte sie. Vielleicht haben sie mich mehr mitgenommen, als ich ahne.

Aber es muss noch mehr dahinter stecken, überlegte sie weiter, während Will ihr die Wagentür öffnete, damit sie auf dem Beifahrersitz Platz nehmen konnte. Auf merkwürdige Weise ist es, als fände dieser Gedenkgottesdienst nicht nur für Martha Lawrence statt, *sondern auch für Madeline*.

Während Will den Wagen anließ, erklärte sie ihm ihre Empfindungen und fügte hinzu: »Ich habe mich mit der Vorstellung gequält, dass es voyeuristisch wirken könnte, wenn ich zu einer Messe für ein Mädchen gehe, das ich nie gekannt habe. Die Frage hat mich wirklich beschäftigt. Aber inzwischen sehe ich die Dinge anders.«

»In welcher Hinsicht?«

»Ich glaube an das ewige Leben und daran, dass es

einen Himmel gibt. Und mir würde es gefallen, wenn diese beiden jungen Mädchen, die in den letzten Augenblicken ihres Lebens solche Angst erleiden mussten, die in einem Abstand von über hundert Jahren ermordet wurden und deren Leichen in meinem Garten vergraben worden sind, jetzt miteinander vereint wären. Ich würde gerne glauben, dass sie sich jetzt an einem Ort ›der Freude, des Lichts und des Friedens‹ befinden, wie es in der heiligen Schrift heißt.«

»Und wo, glauben Sie, ist jetzt der Mörder?«, erkundigte sich Will, während er den Zündschlüssel umdrehte. »Und welches Schicksal wird er eines Tages erleiden?«

Erschrocken drehte Emily sich um und starrte ihn an. »Will, Sie meinen doch sicher *die* Mörder! Zwei verschiedene Personen.«

Er sah zu ihr hinüber und lachte auf. »Du meine Güte, Emily, ich klinge schon wie die Spinner von der Boulevardpresse. Natürlich meine ich *zwei Mörder*. Im Plural. Einer davon ist schon lange tot. Und der andere treibt sich vermutlich irgendwo herum.«

Schweigend legten sie die kurze Strecke rund um den See zurück. Dann kam die Kirche St. Catherine in Sicht. Sie war ein prachtvolles neoromanisches Gebäude, das von einer Kuppel gekrönt wurde. Emily wusste, dass ein reicher Mann das Gotteshaus 1901 im Gedenken an seine verstorbene siebzehnjährige Tochter hatte erbauen lassen. Wie sie fand, ein sehr passender Schauplatz für diesen Gottesdienst.

Sie sahen, wie sich immer wieder Wagen der Kirche näherten und rings herum parkten. »Ich frage mich, ob Marthas Mörder in einem dieser Autos sitzt«, sagte Emily.

»Falls er in Spring Lake wohnt, und davon geht die Polizei offenbar aus, glaube ich nicht, dass er es wagen würde, fern zu bleiben. Er würde sich verdächtig machen, wenn er nicht käme, um mit der Familie zu trauern.«

Mit der Familie zu trauern, dachte Emily. Mich würde interessieren, welcher von Madelines Freunden Blut an den Händen hatte und vor hundertzehn Jahren mit unserer Familie getrauert hat.

Dreißig

Um elf Uhr am Samstagmorgen wollte sich Joan Hodges gerade auf den Weg in den Schönheitssalon machen, um sich Strähnchen färben zu lassen, als das Telefon läutete. Es war Dr. Maddens Schwester Esther, die aus Connecticut anrief.

Sie klang besorgt. »Joan, wollte Lillian vielleicht über das Wochenende wegfahren?«

»Nein.«

»Ich habe es gestern Nacht gegen halb zwölf bei ihr versucht, und als sie nicht abnahm, dachte ich, sie wäre nach dem Seminar vielleicht mit Freunden ausgegangen. Aber heute Morgen habe ich noch zweimal angerufen, und ich kann sie einfach nicht erreichen.«

»Manchmal schaltet sie das Telefon ab. Im Moment setzen ihr die Medien wegen des Mordfalls ziemlich zu. Ich fahre hin und vergewissere mich, dass mit ihr alles in Ordnung ist.« Trotz ihrer Befürchtungen zwang sich Joan zu einem zuversichtlichen Tonfall.

»Ich möchte Ihnen aber keine Umstände machen.«

»Keine Ursache. Die Fahrt dauert nur eine Viertelstunde.«

Joan fuhr so schnell, wie sie es wagte, und hatte ihren

Friseurtermin völlig vergessen. Das flaue Gefühl im Magen und der Kloß in der Kehle waren der eindeutige Beweis für die Panik, die sie empfand. Es war etwas Schreckliches passiert. Da war Joan sich ganz sicher.

Dr. Maddens Haus stand auf einem fünfhundert Quadratmeter großen Grundstück, drei Häuserblocks vom Meer entfernt. Es ist so ein wunderschöner Tag, dachte Joan, als sie in die Auffahrt einbog. Bitte, lieber Gott, mach, dass sie einen langen Spaziergang unternommen hat. Oder dass sie vergessen hat, die Glocke des Telefons wieder anzustellen.

Als Joan sich dem Haus näherte, sah sie, dass die Rollläden vor dem Schlafzimmerfenster heruntergelassen waren und dass die Zeitung noch auf der Veranda lag. Mit zitternden Händen suchte sie nach dem Schlüssel für die Praxistür. Sie wusste, wo der Ersatzschlüssel versteckt war, für den Fall, dass Dr. Madden die Verbindungstür zwischen der Praxis und dem restlichen Haus abgeschlossen hatte.

Joan betrat die kleine Vorhalle. Wegen der hellen Sonnenstrahlen bemerkte sie zunächst nicht, dass in der Praxis Licht brannte. Ihre Hände waren schweißnass, und ihr Atem ging keuchend, als sie sich in ihr eigenes Büro schlich. Die Schubladen des Aktenschrankes standen offen. Akten waren herausgerissen, zerfleddert und beiseite geworfen worden und lagen überall auf dem Boden herum.

Obwohl Joan am liebsten die Flucht ergriffen hätte, ging sie weiter in Lillian Maddens Büro.

Anstelle eines Aufschreis kam nur ein gequältes Aufstöhnen über ihre Lippen. Dr. Maddens Leiche war über dem Schreibtisch zusammengesackt. Ihr Kopf war zur Seite gewandt und ihre Hand zur Faust verkrampft, als hielte sie etwas fest. Ihre Augen standen offen und traten hervor. Sie hatte die Lippen geöffnet, als schnappe sie noch immer nach Luft.

Eine Schnur war fest um ihren Hals geschlungen.

Später erinnerte sich Joan nicht mehr daran, dass sie schreiend aus dem Büro gerannt und die Stufen der Veranda hinab und über den Rasen auf den Gehweg gelaufen war. Als sie wieder zu sich kam, wurde sie von Lillian Maddens Nachbarn umringt, die, aufgescheucht von dem hysterischen Kreischen, aus ihren Häusern gestürzt waren.

Als Joans Knie nachgaben und sich gnädige Dunkelheit über das grausige Bild ihrer ermordeten Freundin und Arbeitgeberin senkte, schoss ihr noch ein letzter Gedanke durch den Kopf: *Sie war überzeugt, dass Menschen, die eines gewaltsamen Todes sterben, sehr bald als neue Inkarnation zurückkehren. Falls das stimmt, frage ich mich, wann sie wieder da sein wird.*

Einunddreißig

Diese Leute sind einfach bewundernswert, dachte Emily. Will Stafford und sie waren gerade bei den Lawrences eingetroffen, wo sich in dem geräumigen Wohnzimmer eine informelle Begrüßungsschlange gebildet hatte. Marthas Großeltern, das Ehepaar Lawrence senior, waren über achtzig, weißhaarig und bewiesen eine tadellose Haltung. Marthas Eltern, George und Amanda Lawrence, waren ein aristokratisch wirkendes Paar Ende fünfzig. Auch die zweite Tochter Christine, eine jüngere Version ihrer Mutter, und ihr Mann standen da, schüttelten den Gästen die Hand und nahmen die Beleidsbezeugungen entgegen.

Emily hatte Hochachtung vor der stillen Würde, die die Familie während des Gottesdienstes ausgestrahlt hatte.

Sie selbst hatte mit Will auf einer Bank gesessen, die im rechten Winkel zu der Familie stand, und hatte die Lawrences deshalb gut beobachten können. Obwohl sie Tränen in den Augen hatten, hatten sie den Gottesdienst gefasst und aufmerksam verfolgt. Christine saß, ihr neugeborenes Baby, das Marthas Namen trug, in den Armen, neben ihren Eltern.

Als eine von Marthas Freundinnen während ihrer Grabrede weinend zusammenbrach, spürte Emily, dass auch ihr die Tränen in die Augen traten. Sie sah, wie Amanda Lawrence die Hände nach dem Baby ausstreckte, das kleine Kind an sich drückte und seinen Kopf zärtlich an ihr Kinn schmiegte.

Ich küsste sie, und sie erwiderte meinen Kuss, und sie wusste nicht, dass mein Kuss ihrer Schwester galt, die begraben lag unter dem tiefer werdenden Schnee.

Diese eindringlichen Zeilen aus einem Gedicht von James Russell Lowell gingen Emily durch den Kopf, als sie Zeugin wurde, wie Amanda Lawrence sich während der Grabrede für ihre ermordete Tochter mit ihrer kleinen Enkelin tröstete.

Will machte Emily mit den Lawrences bekannt. Sie wussten sofort, wen sie vor sich hatten. »Ihre Familie hat vor vier Generationen ebenfalls eine solche Tragödie durchmachen müssen«, sagte Marthas Vater. »Wir können nur dafür beten, dass der Mensch, der unserer Tochter das Leben genommen hat, seiner gerechten Strafe nicht entgeht.«

»Natürlich glaube ich nicht an diesen Reinkarnationsunsinn«, meinte Amanda Lawrence. »Aber denken Sie, dass Marthas Mörder Madeline Shapleys Tod nachgespielt hat?«

»Ja, in der Tat«, erwiderte Emily. »Und ich bin sogar überzeugt davon, dass irgendwo ein schriftliches Geständnis oder eine Aussage existiert, die der Mörder gefunden hat. Zurzeit arbeite ich mich durch alte Unterlagen und Bücher, um mir ein Bild von Madeline und ihrem Freundeskreis zu machen. Ich suche nach Anspielungen auf sie und nach Eindrücken, die ihre Zeitgenossen von ihr hatten.«

George und Amanda wechselten Blicke. Dann wandte Mr. Lawrence sich an seine Eltern. »Mutter, du besitzt doch noch ein paar Fotoalben und andere Erinnerungsstücke aus der Zeit deiner Großmutter.«

»Oh, ja, mein Lieber. Sie liegen alle im Schrank auf dem Speicher. Julia Gordon, meine Großmutter mütterlicherseits, war sehr gewissenhaft. Sie hat alle Fotos mit Datum, Ort, Anlass und Namen der abgebildeten Personen versehen. Außerdem hat sie ausführlich Tagebuch geschrieben.« Die ältere Mrs. Lawrence sah Emily fragend an.

Der Name Julia Gordon wurde immer wieder in Phyllis Gates' Tagebuch erwähnt. Sie war Madelines Altersgenossin gewesen.

»Dürfte ich mir den Inhalt dieses Schrankes vielleicht einmal ansehen?«, erkundigte Emily sich leise. »Auch wenn Sie es für weit hergeholt halten, erfahren wir so möglicherweise etwas über die Vergangenheit, das uns weiterhilft.«

Bevor seine Mutter antworten konnte, ergriff George Lawrence entschlossen und ohne zu zögern das Wort. »Wir werden alles tun, das auch nur im Entferntesten dazu beitragen könnte, den Mörder unserer Tochter dingfest zu machen.«

»Emily.« Will Stafford drückte ihr den Arm, um sie darauf hinzuweisen, dass hinter ihnen noch weitere Leute darauf warteten, mit den Lawrences zu sprechen.

»Ich möchte Sie nicht länger aufhalten«, meinte Emily rasch. »Darf ich Sie morgen Vormittag anrufen?«

»Will hat die Nummer. Er wird sie Ihnen geben.«

Das Buffett war im Esszimmer aufgebaut worden. Auf der verglasten Veranda, die entlang des Hauses verlief, hatte man Tische und Stühle aufgestellt.

Die Teller in der Hand, traten sie auf die Veranda hinaus. »Kommen Sie hier rüber, Will«, rief eine Stimme. »Wir haben Ihnen einen Platz freigehalten.«

»Das ist Natalie Frieze«, sagte Will auf dem Weg durch den Raum.

»Setzen Sie sich zu den anderen Verdächtigen«, meinte Natalie fröhlich, als sie den Tisch erreicht hatten. »Wir versuchen, uns abzusprechen, bevor Duggan uns in die Mangel nimmt.«

Emily zuckte zusammen, als sie diese Bemerkung hörte. Sie war mit der streng dreinblickenden Dame einig, die verärgert sagte: »Es gibt Dinge, über die man keine Witze reißt, Natalie.«

Doch dieser Tadel schien Natalie Frieze nicht anzufechten. »Ich gebe mir nur Mühe, die Stimmung ein wenig aufzulockern, Rachel«, erwiderte sie spitz. »Ich wollte Ihnen nicht zu nahe treten.«

Auch Dr. Wilcox saß am Tisch und begrüßte sie freundlich. Er stellte seine Frau Rachel und Bob und Natalie Frieze vor. Ein älterer Mann mit einer jungen Frau, dachte Emily. Ich frage mich, wie lange die Dame wohl bleiben wird. Ich würde nicht darauf wetten, dass diese Ehe eine Zukunft hat. Andererseits kann man nie wissen, hielt sie sich dann vor Augen. Ich habe auch einmal gedacht, dass meine Ehe für die Ewigkeit bestimmt ist.

»Haben die Bücher Ihnen weitergeholfen?«, erkundigte sich Dr. Wilcox.

»Ja, sehr.«

»Soweit ich informiert bin, sind Sie Strafverteidigerin, Emily«, meinte Natalie Frieze.

»Ja, das ist richtig.«

»Falls jemand in diesem Raum des Mordes an Martha angeklagt wird, würden Sie ihn dann verteidigen?«

Sie macht sich gern wichtig, dachte Emily. Aber sie bemerkte, dass die Stimmung am Tisch sich schlagartig änderte. Jemand findet diese Frage offenbar gar nicht witzig, sagte sie sich. Vielleicht geht es ja allen so.

Sie bemühte sich um eine scherzhafte Antwort. »Tja, ich bin tatsächlich Mitglied der Anwaltskammer von New Jersey. Aber da ich sicher bin, dass es nicht dazu kommen wird, halte ich es für zwecklos, hier Mandanten anzuwerben.«

Als sie sich verabschiedeten, stellte Will sie noch einer Reihe von Leuten vor, die entweder ständig in Spring Lake wohnten oder regelmäßig die Sommer dort verbrachten. Emily fühlte sich sofort wie eine von ihnen, so, als wohne auch ihre Familie bereits seit Generationen hier. Die Lawrences waren schon seit 1880 in Spring Lake ansässig. Waren die Shapleys auch Gäste in diesem Haus gewesen?, fragte sie sich.

Sie plauderten eine Weile mit John und Carolyn Taylor, guten Freunden von Will, die sich erkundigten, ob Emily Tennis spielte.

Kurz dachte Emily an den Tag, als sie und Gary den Pokal im Doppel in ihrem Club in Albany entgegen genommen hatten. »Ja«, erwiderte sie.

»Wir sind Mitglieder im Schwimm- und Tennisclub«, meinte Carolyn Taylor. »Wenn er im Mai wieder eröffnet, könnten wir doch zusammen dort essen. Und bringen Sie Ihren Schläger mit.«

»Sehr gerne.«

Im Laufe des Gesprächs erfuhr sie, dass Carolyn einen

Kindergarten im nahe gelegenen Tinton Falls leitete. John war Chirurg am North Jersey Shore Hospital. Emily wusste auf Anhieb, dass sie diese Leute gern näher kennen lernen würde.

Als sie gerade gehen wollten, meinte Carolyn Taylor nach kurzem Zögern: »Hoffentlich ist Ihnen klar, wie schrecklich Leid es allen in diesem Raum – oder besser allen in dieser Stadt – tut, dass Sie in den letzten Tagen so viel mitmachen mussten. Das wollte ich nur im Namen der anderen sagen.«

Dann fügte sie hinzu: »Unsere Familie wohnt in vierter Generation in Spring Lake. Eine entfernte Kusine von mir, Phillys Gates, hat sogar ein Buch über das Leben im Spring Lake des späten 19. Jahrhunderts geschrieben. Sie war eine gute Freundin von Madeline Shapley.«

Entgeistert starrte Emily sie an. »Ich habe ihr Buch gestern Abend von vorne bis hinten durchgelesen«, entgegnete sie.

»Phyllis starb Mitte der Vierzigerjahre, als meine Mutter noch ein Teenager war. Trotz des Altersunterschieds hatten sie einander sehr gern. Phyllis hat Mutter oft auf Reisen mitgenommen.«

»Hat Phyllis Ihrer Mutter je von Madeline erzählt?«

»Ja, das hat sie. Erst heute Morgen habe ich mit meiner Mutter telefoniert. Natürlich haben wir über alles gesprochen, was in den vergangenen Tagen hier passiert ist. Mom meinte, Phyllis habe es in ihrem Buch nicht erwähnen wollen, doch sie sei immer überzeugt davon gewesen, dass Douglas Carter Madeline umgebracht hat. War er nicht ihr Verlobter? Oder verwechsle ich da etwas?«

Zweiunddreißig

Tommy Duggan und Pete Walsh besuchten ebenfalls die Messe in St. Catherine. Während des Gottesdienstes quälte Tommy die ohnmächtige Wut darüber, dass Marthas Mörder irgendwo in dieser Kirche saß. Allerdings blieb seine Miene ernst und angemessen feierlich, als er in die Gebete einstimmte und dann in das letzte Lied einfiel.

Wir werden in der Stadt Gottes wohnen
Wo unsere Tränen zu Tänzen werden …

Wenn ich dich kriege, werde ich dir die Krokodilstränen schon trocknen, drohte Tommy bei sich dem unbekannten Mörder.

Nach der Messe hatte er eigentlich in seinem Büro warten wollen, bis es Zeit war, die Zeugen im Haus von Will Stafford zu treffen. Doch als er und Pete im Auto ihre Nachrichten abhörten, erfuhren sie von Lillian Maddens Tod.

Eine Viertelstunde später traf er, gefolgt von Pete, am Tatort ein. Die Leiche lag noch im Büro. Die Spurensicherung war bereits an der Arbeit. Die örtliche Polizei hatte alles abgeriegelt.

»Sie schätzen, der Todeszeitpunkt liegt zwischen zehn und elf Uhr gestern Nacht«, verkündete Frank Willette, der Polizeichef von Belmar. »Und ich bin sicher, dass es kein Einbrecher war. Im Schlafzimmer befinden sich Schmuck und Geld. Also hat sich der Täter anscheinend nur für die Praxis interessiert.«

»Hat Dr. Madden hier Medikamente aufbewahrt?«

»Nein, Drogen waren auch nicht im Spiel. Dr. Madden war Psychologin, nicht Ärztin. Natürlich könnte der

Täter das nicht gewusst haben, aber ... » Willette zuckte die Achseln.

»Joan Hodges, die Sekretärin, hat die Leiche gefunden«, fuhr Willette fort. »Die Hodges ist rausgerannt und auf der Straße in Ohnmacht gefallen. Sie wird gerade da drin versorgt.« Er wies auf die offene Tür, die in den Privatbereich am anderen Ende der Vorhalle führte. »Warum sprechen Sie nicht mit ihr?«

»Das habe ich gerade vor.«

Joan Hodges lag, auf Kissen gestützt, im Gästebett. Ein Sanitäter des Notfallteams saß neben ihr. Der Polizist aus Belmar, der am Fuße des Bettes stand, wollte soeben sein Notizbuch wegstecken.

»Ich möchte auf *keinen Fall* ins Krankenhaus«, protestierte Joan gerade, als Duggan und Walsh ins Zimmer kamen. »Es geht mir gut. Es war nur der Schock, sie so zu finden ...« Ihre Stimme erstarb, und Tränen liefen ihr die Wangen hinunter. »Es ist so schrecklich«, flüsterte sie. »Wie konnte ihr jemand so etwas antun?«

Tommy Duggan warf dem Polizisten aus Belmar, den er vom Ansehen kannte, einen Blick zu. »Ich habe bereits mit Ms. Hodges gesprochen«, meinte der Polizist. »Vermutlich haben Sie auch noch ein paar Fragen an sie.«

»In der Tat.« Tommy zog sich einen Stuhl heran, ließ sich neben dem Bett nieder und stellte sich vor.

In freundlichem, mitfühlendem Ton sagte er, auch er sei bestürzt und schockiert. Dann begann er, Joan vorsichtig zu vernehmen.

Schon bald wurde klar, dass Joan Hodges sich über das Motiv für den Mord an Lillian Madden eine eindeutige Meinung gebildet hatte.

Wut und Trauer mischten sich in ihrer Stimme, die nun nicht mehr zitterte. »Da draußen läuft ein Serienmörder frei herum, und allmählich glaube ich, dass er eine Reinkarnation des Täters aus dem 19. Jahrhundert ist. Ständig haben Reporter bei Dr. Madden angerufen und sie deswegen gelöchert. Am Donnerstag und gestern den ganzen Tag lang ging das so. Sie wollten alle wissen, wie sie ihn einschätzte.«

»Soll das heißen, dass sie ihn vielleicht *gekannt* hat?«, erkundigte sich Tommy Duggan.

»Ich weiß auch nicht, was das genau heißen soll. Möglicherweise hätte sie der Presse etwas erzählen können, das Ihnen bei den Ermittlungen geholfen hätte. Ich hatte gar kein gutes Gefühl dabei, dass Dr. Madden gestern Abend ihr Seminar abhalten wollte, und habe ihr deshalb geraten, es abzusagen. Vielleicht ist ihr jemand bis nach Hause gefolgt.«

Ms. Hodges Vermutung hat etwas für sich, dachte Tommy. Der Mörder hätte durchaus in dem Seminar sitzen können.

»Joan, Sie haben doch gesehen, dass im Büro alle Unterlagen durcheinander geworfen worden sind. Offenbar hat der Mörder etwas gesucht, womöglich sogar seine eigene Akte. Fällt Ihnen ein Patient ein, der Dr. Madden bedroht hat? Oder ist einer von ihnen vielleicht verwirrt genug, um sie aus irgendeinem Grund anzugreifen?«

Joan Hodges strich sich das Haar aus der Stirn. Ich wollte mir Strähnchen färben lassen, dachte sie. Was hätte sie dafür gegeben, die Zeit zurückdrehen zu können, damit der Tag seinen geplanten Lauf nahm. Jetzt, in diesem Augenblick, hatte sie eigentlich einen Bummel machen wollen, um sich ein Kleid für die Hochzeit ihrer besten Freundin zu kaufen.

Dr. Madden, überlegte sie weiter. Ihre Patienten liebten sie. Sie war so gütig, so verständnisvoll. Ja, natürlich waren ein paar von ihnen nicht wiedergekommen. Doch das passierte bei jedem Psychologen. Dr. Madden pflegte zu sagen, dass einige Leute nur nach einer Rechtfertigung für ihr unangemessenes Verhalten suchten. Sie wollten es nicht verstehen oder gar ändern.

»Ich kenne keinen einzigen Patienten, der Dr. Madden hätte schaden wollen«, antwortete sie Tommy. »Es ist der Serienmörder, ich weiß es genau. Er befürchtet, sie könnte was über ihn rausgekriegt haben.«

Das macht Sinn, vor allem, falls er mal ihr Patient war, dachte Duggan. »Joan, wo, außer in der Krankenakte, sind die Namen der Patienten noch verzeichnet?«

»Im Terminkalender, den ich führe. Und im Computer.«

Tommy Duggan stand auf. »Joan, wir werden diesen Kerl schnappen. Das verspreche ich Ihnen. Ihre Aufgabe ist es jetzt, sich genau an jeden einzelnen Patienten zu erinnern. Ganz egal, für wie unwichtig Sie es halten mögen, doch wenn Ihnen etwas Merkwürdiges zu einem von ihnen einfällt, rufen Sie mich sofort an. Einverstanden?«

Er legte seine Visitenkarte auf das Nachtkästchen neben dem Bett.

Als er und Pete in Dr. Maddens Büro zurückkehrten, wurde ihre Leiche gerade hinausgetragen.

»Wir sind hier fertig«, meinte der Leiter der Spurensicherung. »Ich glaube nicht, dass wir etwas Brauchbares für Sie entdeckt haben. Anscheinend war der Täter so schlau, Handschuhe zu tragen.«

»Und offenbar hat er das, was er in den Akten gesucht hat, auch gefunden«, stellte Polizeichef Willette fest. »Die Schränke mit den Patientenkarteien stehen in Dr. Maddens Büro, und der Schlüssel war im Schloss. Entweder hat ihn der Kerl aus der obersten Schublade von Dr. Maddens Schreibtisch genommen oder er steckte bereits.«

»Wissen Sie, ob sie häufig nachts gearbeitet hat?«, fragte Pete Walsh.

»Dr. Madden hat gestern Abend einen Vortrag am Community College gehalten. Vermutlich ist sie nach ihrer Rückkehr sofort ins Büro gegangen. Ihr Mantel und ihre Aktentasche liegen im Empfangsraum. Mich würde interessieren, was sie Wichtiges zu tun hatte. Als sie ermordet wurde, saß sie offenbar an ihrem Schreibtisch und arbeitete. Wahrscheinlich hat sie den Eindringling nicht gehört.«

»Wie ist er reingekommen?«

»Nicht mit Gewalt. Möglicherweise durch ein unverschlossenes Fenster. Wir haben drei oder vier davon gefunden. Die Alarmanlage war abgeschaltet.«

»Es war ein Patient«, meinte Tommy mit dem Brustton der Überzeugung. »Vielleicht jemand, der unter Hypnose zu viel geredet hat und es dann später bereute. Warum hätte er sonst die Akten durchwühlen sollen? Joan Hodges sagte, dass sein Name im Terminkalender steht, wenn er ein Patient gewesen ist.«

»Er hat versucht, die Computer zu zerstören«, merkte Willette an.

Tommy nickte. Er war nicht überrascht. »Wenn die Festplatte nicht beschädigt ist, könnten wir die Daten wieder aufrufen«, erwiderte er.

»Ich helfe Ihnen dabei.« Immer noch leichenblass, aber festen Schrittes kam Joan Hodges herein.

Eine Stunde später wusste ein entnervter Tommy Duggan nur so viel: Lillian Maddens Mörder war innerhalb der letzten fünf Jahre bei ihr Patient gewesen. Denn alle Terminkalender aus diesem Zeitraum fehlten, sowohl die privaten von Dr. Madden als auch die, welche Joan Hodges führte.

Joan sah aus, als würde sie jeden Augenblick zusammenbrechen.

»Wir müssen weg. Und Sie sollten sich jetzt zu Hause ausruhen«, sagte Tommy zu ihr. »Pete wird Sie fahren.« Ein mulmiges Gefühl stieg in ihm auf. »Wie lange arbeiten Sie schon bei Dr. Madden, Joan?«, erkundigte er sich.

»Nächste Woche wären es genau sechs Jahre gewesen.«

»Hat Dr. Madden mit Ihnen über ihre Patienten gesprochen?«

»Niemals.«

Während Tommy Joans Wagen durch Belmar zu ihrer Eigentumswohnung in Wall Township folgte, fragte er sich, ob Dr. Maddens Mörder sich womöglich Sorgen machte, ihre Sekretärin könnte auch ihre Vertraute gewesen sein.

Ich werde die Jungs hier vor Ort bitten, ihr Haus im Auge zu behalten, nahm er sich vor. Fest umklammerte er das Lenkrad und versuchte, das Bedürfnis zu unterdrücken, auszuholen und zuzuschlagen. »Ich war in einem Raum mit dem Mörder«, zischte er. »Ich habe seine Gegenwart gespürt. Ich weiß nur nicht, wer zum Teufel er ist.«

Dreiunddreißig

Obwohl Marty Browski aus Albany, New York, Tommy Duggan aus Monmouth County, New Jersey, nicht kannte, hatte er eine Menge mit ihm gemeinsam. Beide Männer waren Polizisten mit Leib und Seele und beharrlich wie Buldoggen, wenn es darum ging, ein Verbrechen aufzuklären.

Und sie teilten auch noch eine weitere Eigenschaft: Wenn sie das unerklärliche Gefühl bekamen, dass ein scheinbar gelöster Fall Unstimmigkeiten aufwies, fanden sie erst Ruhe, nachdem sie die Angelegenheit noch einmal von allen Seiten beleuchtet und sich vergewissert hatten, dass kein Justizirrtum vorlag.

Seit Emily Graham ihm telefonisch mitgeteilt hatte, ein Foto sei unter ihrer Tür in Spring Lake durchgeschoben worden, war Marty Browski äußerst besorgt.

Bis jetzt war er überzeugt gewesen, dass Ned Koehler der Täter war und dass sie ihn gerade noch rechtzeitig geschnappt hatten, bevor er Emily Schaden zufügen konnte. Inzwischen jedoch hatte Marty Browski Zweifel.

Eines Sonntagnachmittags sprach Marty mit seiner Frau Janey über den Fall, während sie einen langen Spaziergang mit Ranger, ihrem Labrador, machten. Sie schlenderten durch den Park, unweit ihres Hauses in Troy.

»Wir haben Koehler vor Emily Grahams Haus festgenommen. Er behauptete, er habe ihr nur einen Schrecken einjagen wollen und nicht die Absicht gehabt, ins Haus einzudringen.«

»Du hast ihm geglaubt, Marty. Alle glaubten ihm. Schließlich wurde er ja nur verurteilt, weil er sie ständig belästigt hat«, stellte Janey fest.

»Als ich gestern mit ihm geredet habe, hat er seine Geschichte geändert. Jetzt gibt er an, er habe gewollt, dass Emily dieselbe Angst durchmachen müsse wie seine Mutter vor ihrem Tod.«

»Ein reizendes Früchtchen.«

»Es wird Frühling«, meinte Marty und atmete tief durch. »Ich freue mich schon darauf, das Boot rauszuholen.« Er verzog das Gesicht. »Janey, angeblich hat Ned Koehler seine Mutter beim Nachhausekommen tot aufgefunden; mit einem Messer in der Brust. Er ist durchgedreht, hat sie aus der Wohnung getragen und um Hilfe geschrien. Kurz davor war Joel Lake in die Wohnung eingebrochen. Es grenzt an ein Wunder, dass Emily Graham ihn freigekriegt hat.«

»Wie ich mich erinnere, glaubten die Geschworenen Ruth Koehlers Schwester, die aussagte, sie habe noch mit Ruth telefoniert, nachdem Joel Lake beim Verlassen des Gebäudes beobachtet worden war.«

»Damals habe ich nicht gedacht, dass die Jury ihr die Geschichte abkauft, denn ich fand die alte Dame in etwa so zuverlässig wie den Wetterbericht.«

Janey Browski schmunzelte. Sie und Marty kannten sich schon seit ihrer Kindheit und hatten in der Woche nach ihrem Abschluss an der Highschool geheiratet. Heute, mit neunundvierzig, hatte Janey drei erwachsene Kinder und vier Enkelkinder, was ihr wegen ihres jugendlichen Äußeren nie zugetraut wurde. Inzwischen studierte sie am Sienna College, um ihren Abschluss nachzuholen. Marty hatte in den ersten fünf Jahren ihrer Ehe Abendkurse besucht.

Sie wusste, dass ihr Mann von Grund auf an einer Aussage vor Gericht zweifelte, wenn er sie mit dem Wetterbericht verglich.

»Soll das heißen, dass Ruth Koehler Joel Lake beim Einbruch in die Wohnung überrascht haben könnte und dass er sie doch umgebracht hat?«

»Damals war ich absolut sicher. Wir haben ihn ein paar Häuserblocks entfernt geschnappt. Das Diebesgut aus der Wohnung hatte er bei sich. Dass seine Kleidung keine Blutflecke aufwies, hatte nichts zu bedeuten, denn das Messer war nach Ruth Koehler geworfen worden und in ihrer Brust stecken geblieben.«

»Fingerabdrücke?«

»Joel Lake trug während des Einbruchs Handschuhe. Außerdem hat Ned Koehler Beweise am Tatort vernichtet, indem er seiner Mutter das Messer aus der Brust zog und sie aus der Wohnung ins Treppenhaus trug. Wir alle nahmen ihm seine Geschichte ab, er habe sie so aufgefunden und sei hysterisch geworden.«

Janey Browski bückte sich und hob einen Stock auf, um ihn Ranger zuzuwerfen. Der Hund brannte offenbar darauf, dass sie mit ihm spielten.

Sie holte aus und schleuderte den Stock. Er flog hoch über Ranger hinweg, der glücklich bellend losrannte, um ihn zurückzuholen.

»Du solltest Profibaseballerin werden«, meinte Marty bewundernd.

»Aber klar doch. Für dich war Ned Koehler immer ein Spinner, allerdings auch ein trauernder Sohn, der die Anwältin verfolgte, die für den Freispruch des Mörders seiner Mutter gesorgt hat.«

»Richtig.«

»Ist der allwissende Detective bereit, sich der Möglichkeit zu stellen, dass er eine voreilige und falsche Schlussfolgerung gezogen hat?«

Den Stock zwischen den Zähnen, kam Ranger auf sie zugelaufen.

Marty Browski seufzte auf. »Janey, warum hat deine Mutter dir nicht beigebracht, deinen Ehemann zu achten? Ned Koehler ist ein Spinner und ein Lügner. Nachdem ich ihn gestern gesehen habe, halte ich ihn außerdem für einen Mörder – den Mörder seiner Mutter. Und ...«

»Was sonst noch?«, fragte Janey.

»Ich denke inzwischen, dass er nicht der Mann war, der Emily Graham das Leben zur Hölle gemacht hat. Vermutlich handelt es sich bei dem Kerl, der ihr vorgestern Nacht das Foto unter der Tür durchgeschoben hat, um den wirklichen Täter. Ich habe mit der Polizei in Spring Lake gesprochen. Überleg mal. Jemand aus dieser Gegend ist ihr nach Spring Lake gefolgt, hat herausgefunden, in welchem Hotel und in welchem Zimmer sie wohnt, und hat am Strand gewartet, bis sie sich am Fenster zeigte. Dann hat er sie fotografiert, das Bild entwickelt und es ihr am nächsten Abend unter der Tür durchgeschoben, obwohl sich ein Polizist auf dem Grundstück aufhielt. Was schließt du daraus?«

»Dass der Typ von seinem Ziel besessen, ziemlich kühn und außerdem gerissen sein muss.«

»Genau.«

»Der Täter hat sich eigens die Mühe gemacht, den weiten Weg nach Spring Lake zu fahren. Wo würdest du anfangen, ihn zu suchen, wenn wir Ned Koehler einmal ausschließen?

Ob es vielleicht Joel Lake war? Ihn hat sie rausgepaukt. Er ist ein mieses Subjekt und hat für den Einbruch nur eine milde Strafe erhalten. Als die Belästigungen gegen Emily begannen, war er auf freiem Fuß. Und dann möchte ich Gary White gern mal gründlich unter die Lupe nehmen.«

»Ach, komm schon, Marty! Emily Graham und Gary White sind seit mehr als drei Jahren geschieden. Ich habe gehört, er hätte sich von dieser Barbara Soundso getrennt und sei wieder zu haben. Der Typ ist nur ein Westentaschen-Don-Juan.«

»Er hat Emily Graham immerhin auf fünf Millionen Dollar verklagt, die Hälfte dessen, was sie mit ihren Aktien an der Börse verdient hat. Die Papiere zu verkaufen war übrigens die weiseste Entscheidung ihres Lebens«, fügte Marty hinzu. »In letzter Zeit geht es ziemlich bergab mit ihnen.«

Sie hatten die T-förmige Abzweigung im Park erreicht, wo sie für gewöhnlich umkehrten und wieder nach Hause gingen. Spontan nahmen sie sich an den Händen.

»Und was hast du als Nächstes vor?«, erkundigte sich Janey.

»Ich werde die Akten im Mordfall Ruth Koehler noch mal durcharbeiten, und zwar unter dem Aspekt, dass ihr Sohn Ned der Täter sein könnte. Außerdem werde ich die Ermittlungen gegen den Verfolger von Emily Graham wieder aufnehmen.«

»Hört sich vernünftig an.«

»Und ich werde Emily Graham warnen«, fügte Marty Browski mit finsterer Miene hinzu.

Vierunddreißig

Um drei Uhr hatten sich insgesamt fünfundzwanzig Personen, einschließlich der Mitarbeiter des Partyservice, in Will Staffords Wohnzimmer versammelt. Stühle aus dem Esszimmer waren herbeigeholt worden, um zusätzliche Sitzmöglichkeiten zu schaffen. Die Mitarbeiter des Partyservice, die sich ein wenig fehl am Platz fühlten, machten sich gerne nützlich, brachten die Stühle herein und stellten fünf davon für sich selbst ein wenig abseits.

Tommy Duggan stand vor dem Kamin mitten im Raum. Als er den Blick über die Anwesenden schweifen ließ, hatte er das Bild von Lillian Maddens Leiche vor Augen. Es war durchaus wahrscheinlich, dass sich ihr Mörder jetzt hier im Raum befand – ein Gedanke, der ihn gleichzeitig anekelte und mit Aufregung erfüllte.

Er hatte einen Indizienbeweis, den Schal, den man bei Martha Lawrences Leiche gefunden hatte. Wenn sich nur einer der Gäste daran erinnerte, dass jemand an jenem Abend einen silbrigen, mit Metallperlen besetzten Schal getragen hatte, war das der erste Hinweis auf den Mörder.

»Ich bedanke mich bei Ihnen allen, dass Sie gekommen sind«, begann er freundlich. »Wir sind hier, weil Sie Martha Lawrence als Letzte lebend gesehen haben. Sie waren Gäste der Party, die nur wenige Stunden vor Marthas Verschwinden – und wie wir inzwischen wissen, ihrer Ermordung – bei den Lawrences stattfand.

In den vergangenen viereinhalb Jahren habe ich mit allen von Ihnen Einzelgespräche geführt. Ich habe Sie hier zusammengerufen in der Hoffnung, dass Ihnen vielleicht noch etwas einfällt, das Sie damals bemerkt und wieder vergessen haben. Zum Beispiel, ob Martha möglicherweise erwähnte, sie sei in der Nacht oder am nächsten Tag verabredet gewesen.

Jetzt würde ich gerne jeden von Ihnen nacheinander in Wills Arbeitszimmer bitten, wo Sie mir die Gespräche mit Martha in jener Nacht bei der Party detailgetreu schildern sollen. Auch ihre Unterhaltungen mit anderen, die Sie vielleicht mitgehört haben.«

Er hielt inne. »Dann möchte ich mit Ihnen ganz genau durchgehen, wo Sie am nächsten Morgen zwischen sechs und neun Uhr gewesen sind.«

Tommy blickte sich um und wartete auf Reaktionen. Robert Frieze war offenbar außer sich vor Wut. Die Haut oberhalb seiner hohen Wangenknochen rötete sich; seine Lippen waren zu einem schmalen, zornigen Strich zusammengepresst. Er hatte behauptet, er habe an jenem Morgen an seinen Blumenbeeten gearbeitet. Seine Frau habe geschlafen. Wegen der hohen Hecken rings um das Haus hatte ihn niemand sehen können, um sein Alibi zu bestätigen. Mr. McGregor in seinem Kohlfeld. Tommy wusste nicht, warum er immer an die Figur von Beatrix Potter denken musste, wenn er sich Robert Frieze in seinem Garten vorstellte. Aber so war es nun mal. Er war machtlos dagegen.

Dennis und Isabelle Hughes, die Nachbarn der Lawrences, runzelten nachdenklich die Stirn. Offenbar wollten die beiden unbedingt helfen. Isabelle war ziemlich gesprächig. Vielleicht würde ihr ja etwas einfallen, wenn sie alle hier zusammen sah.

Ein Mitarbeiter des Partyservice, der stellvertretende Geschäftsführer Reed Turner, war Tommy schon immer ein wenig zweifelhaft erschienen. Er war um die vierzig, recht attraktiv und hielt sich viel auf seinen Erfolg bei Frauen zugute. Tommy stellte fest, dass er ein wenig besorgt wirkte. Warum?

Dr. Wilcox verbarg sich hinter Gleichmütigkeit, wie immer, wenn Tommy ihn in den letzten viereinhalb Jahren befragt hatte. Er hatte zugegeben, an jenem Morgen einen langen Spaziergang unternommen zu haben. Allerdings nicht auf der Strandpromenade, sondern in der Stadt. Vielleicht stimmte das. Vielleicht auch nicht.

Mrs. Wilcox. Eine Brunhilde. Mir der möchte ich mich nicht gern anlegen, dachte Tommy. Eindeutig eine harte Nuss. Die Miene, die sie in diesem Moment zur Schau trägt, lässt einem das Blut in den Adern gefrieren. Sie erinnert mich an Mrs. Orbach. Mrs. Orbach war in der fünften Klasse seine Lehrerin gewesen. Ein richtiger Dragoner, sagte er sich.

Will Stafford. Gut aussehend. Allein stehend. Beliebt bei der Damenwelt. Natalie Frieze hatte ihm beim Hereinkommen einen ziemlich langen Kuss gegeben. In Gegenwart ihres Ehemannes. Hatte sich Martha Lawrence ebenfalls von ihm angezogen gefühlt?, überlegte Tommy.

Es waren noch vier weitere Paare anwesend. Jede Frau erinnerte sich genau, dass ihr Mann an jenem frühen Morgen das Haus nicht verlassen hatte. Würden sie lieber lügen als Gefahr laufen, dass ihre Männer unter Verdacht gerieten? Durchaus möglich.

Tommy konnte sich gut vorstellen, wie jeder dieser Männer zu seiner Frau sagte: »Nur weil ich früh am Morgen zehn Minuten lang spazieren gegangen bin, braucht sich doch nicht die ganze Stadt zu fragen, ob ich vielleicht einen Mord auf dem Gewissen habe. Ich bin niemandem begegnet. Also behaupten wir einfach, ich wäre den ganzen Vormittag lang bei dir gewesen.«

Mrs. Joyce. Ende siebzig. Langjährige Freundin der Großeltern Lawrence. Nach der ersten Befragung hatte er kaum noch Gelegenheit gehabt, mir ihr zu sprechen. Sie hatte ihr Haus in Spring Lake verkauft und verbrachte jeden Sommer etwa einen Monat im Hotel Breakers. Sie war eigens zum Gedenkgottesdienst angereist.

»Warum fange ich nicht bei Ihnen an, Mr. Turner?«, fragte Tommy und wandte sich dann an Pete Walsh. »Fertig?«

Zuvor hatten sie miteinander abgesprochen, wie sie die Vernehmungen durchführen wollten. Sie beabsichtigten zwar nicht, sich auf die Rollen guter Polizist/böser Polizist festzulegen, doch Pete würde sich, die Protokolle der früheren Aussagen in der Hand, hinter jeden Zeugen setzen und sofort unterbrechen, sobald er einen Widerspruch feststellte.

Diese Methode verwirrte jeden, der versuchte, etwas zu verbergen.

Tommy wollte jedem der Anwesenden zwei Fragen stellen. Die erste lautete: »Erinnern Sie sich, ob eine der Frauen auf der Party an jenem Abend einen silbrigen Schal mit Metallperlen am Saum trug?« Und die zweite: »Waren Sie je Patient bei Dr. Lillian Madden oder haben Sie schon einmal mit ihr ein Beratungsgespräch geführt?«

Als Tommy quer durch den Raum auf die Tür des Arbeitszimmers zusteuerte, hielt Robert Frieze ihn zurück. »Ich muss darauf bestehen, dass Sie mich vor den anderen befragen. Schließlich habe ich ein Restaurant zu leiten, und am Samstagabend herrscht dort Hochbetrieb. Ich glaube, darauf habe ich Sie bereits letztens am Telefon hingewiesen.«

»Ich denke schon.« Am liebsten hätte Tommy Frieze abblitzen lassen. *Es handelt sich hier um die Ermittlungen in einem Mordfall. Außer Ihnen weigert sich niemand so beharrlich, mit uns zusammenzuarbeiten. Was haben Sie zu verbergen?*

Doch stattdessen sagte er nur: »Ich werde Sie gerne als Ersten vernehmen, Mr. Frieze.« Nach einer kurzen Pause fügte er hinzu: »Ich kann keinen von Ihnen zwingen zu bleiben. Aber es ist sehr wichtig für unsere Untersuchung, dass alle warten, bis die letzte Vernehmung abgeschlossen ist. Möglicherweise möchten wir einige von Ihnen noch einmal aufrufen, nachdem wir mit allen gesprochen haben.«

Die erste Stunde schleppte sich dahin. Keiner der Befragten wich von der Geschichte ab, die er schon seit viereinhalb Jahren erzählte.

Von einem Schal wusste niemand etwas ... Martha hatte keine Pläne für den nächsten Tag erwähnt ... Sie war auch nicht dabei beobachtet worden, wie sie ein Handy benutzte.

Dann war Rachel Wilcox an der Reihe. Jeder Zentimeter ihrer stattlichen Gestalt verriet, wie sehr sie diese Angelegenheit empörte und anwiderte. Ihre Antworten fielen dementsprechend barsch und abweisend aus.

»Ich habe mit Martha über ihr Studium gesprochen, da ich wusste, dass sie bald ihren Abschluss machen wollte. Martha meinte, sie habe Zweifel, ob ein Magister wirklich nötig sei. Sie hatte als Empfangsdame im Chillingsworth gearbeitet, einem sehr eleganten Restaurant in Cape Cod, und großen Spaß daran gehabt. Sie sagte mir, sie frage sich, ob sie nicht ein Freisemester einlegen und ihre Entscheidung noch einmal überdenken sollte.«

»Das haben Sie bis jetzt noch nie erwähnt, Mrs. Wilcox«, wandte Tommy ein.

»Wenn man jedem Wort, das die Leute bei geselligen Zusammenkünften miteinander wechseln, Bedeutung beimessen würde, würde die Welt in Banalitäten ertrinken«, entgegnete Rachel Wilcox und fügte dann hinzu: »Brauchen Sie mich noch?«

»Nur noch eine Frage. Wissen Sie, ob jemand an diesem Abend einen silbergrauen Chiffonschal mit Metallperlen trug?«

»Ich selbst war es. Ist er etwa gefunden worden?«

Tommy spürte, wie seine Handflächen feucht wurden. *Clayton Wilcox*, dachte er. War er wirklich so dumm, Martha mit dem Schal seiner eigenen Frau umzubringen?

»Sie haben sich erkundigt, ob der Schal gefunden wurde, Mrs. Wilcox? Wann genau haben Sie denn bemerkt, dass er weg war?«

»An diesem Abend war es ziemlich warm. Also habe ich den Schal abgenommen. Ich habe meinen Mann aufgefordert, ihn einzustecken, und erst am folgenden Nachmittag wieder an ihn gedacht. Als ich Clayton bat, ihn mir zurückzugeben, hatte er ihn nicht mehr. Ist er wieder aufgetaucht?«

»Jemand meinte, ein Schal sei verloren gegangen«, erwiderte Tommy ausweichend. »Haben Sie oder Dr. Wilcox danach gesucht?«

»Mein Mann hatte mich missverstanden und glaubte, ich hätte ihn gebeten, ihn in neben meine Handtasche zu legen. Er rief die Lawrences an, um sich danach zu erkundigen. Aber der Schal blieb verschollen.«

»So, so.« Lass es gut sein, sagte sich Tommy. Zuerst muss ich die Version des Ehemannes hören. Er hoffte, dass die Anwesenden, die direkt von den Lawrences zu diesem Treffen gekommen waren, noch nicht von dem Mord in Belmar erfahren hatten. »Mrs. Wilcox, kennen Sie eine Dr. Lillian Madden?«, fragte er.

»Der Name ist mir vertraut.«

»Sie ist Psychologin und wohnt in Belmar.«

»Sie unterrichtet doch ein Seminar in Reinkarnation am Monmouth Community College.«

»Ja, richtig.«

»Eine größere Zeitverschwendung kann ich mir gar nicht vorstellen.«

Als Mrs. Wilcox das Zimmer verließ, wechselten Tommy Duggan und Pete Walsh Blicke. »Holen Sie Wilcox rein, bevor sie Gelegenheit hat, mit ihm zu reden«, meinte Duggan.

»Bin schon unterwegs.«

Äußerlich betrachtet wirkte Dr. Wilcox ruhig und gelassen. Dennoch fragte sich Tommy, ob ihm nun endlich der Geruch in die Nase stieg, auf den er schon den ganzen Tag gewartet hatte. Der Geruch der Angst. Sie hatte ihren eigenen, unverwechselbaren Duft, der nichts mit Schweiß zu tun hatte. Und Clayton Wilcox hatte nicht einfach nur Angst – er stand kurz davor, in Panik zu geraten.

»Setzen Sie sich, Dr. Wilcox. Ich muss zuvor noch ein paar Punkte durchgehen, die ich gern mit Ihnen besprechen würde.«

Der alte Trick, dachte Tommy. Lass sie schmoren und darüber nachgrübeln, was du sie gleich Schreckliches fragen könntest. Und wenn du sie dir dann vornimmst, sitzen sie da wie ein Häufchen Elend.

Er erkundigte sich bei Wilcox nach möglichen Gesprächen mit Martha Lawrence während der Party.

»Wir haben geplaudert, wie es bei derartigen Gelegenheiten üblich ist. Sie wusste, dass ich im Universitätsbetrieb tätig gewesen bin, und fragte mich, ob ich vielleicht jemanden am Institut für Betriebswirtschaft der Tulane University kennen würde, wo sie studierte.« Er hielt inne. »Aber das haben wir doch sicher schon erörtert, Mr. Duggan.«

»Das stimmt mehr oder weniger, Dr. Wilcox. Und am nächsten Morgen haben Sie einen langen Spaziergang unternommen, sind dabei jedoch weder in die Nähe der Strandpromenade gekommen noch Martha begegnet?«

»Ich glaube, diese Frage habe ich bereits mehrfach beantwortet.«

»Dr. Wilcox, hat Ihre Frau während der Party einen Seidenschal verloren?«

»Ja, das ist richtig.«

Tommy Duggan sah, dass Dr. Clayton Wilcox Schweißperlen auf der Stirn standen. »Hatte Ihre Frau Sie gebeten, den Schal für sie aufzubewahren?«

»Meine Frau erinnert sich, sie habe mich aufgefordert, den Schal in meine Tasche zu stecken«, erwiderte Wilcox nach einer kurzen Pause gedehnt. »Ich hingegen hatte verstanden, ich sollte ihn neben ihre Handtasche legen, die auf einem Tisch in der Vorhalle stand. Und genau das habe ich auch getan und keinen Gedanken mehr daran verschwendet.«

»Und als Sie beide am folgenden Nachmittag bemerkten, dass der Schal verschwunden war, haben Sie bei den Lawrences angerufen, um sich danach zu erkundigen.«

»Nein, das habe ich nicht.«

Ein direkter Widerspruch zur Aussage seiner Frau, dachte Tommy. »Wäre es nicht die übliche Vorgehensweise gewesen, die Lawrences zu fragen, ob sich der Schal in ihrem Haus aufgefunden habe?«

»Mr. Duggan, als wir den Schal vermissten, war uns bereits bekannt, dass Martha verschwunden war. Trauen Sie mir ernsthaft zu, eine besorgte Familie wegen eines Schals zu behelligen?«

»Haben Sie Ihrer Frau gesagt, Sie hätten angerufen?«

»Ja, um des lieben Friedens willen.«

»Noch eine letzte Frage, Dr. Wilcox: War Ihnen Dr. Lillian Madden persönlich bekannt?«

»Nein.«

»Waren Sie je Patient bei ihr, haben Sie um Rat gebeten oder auf sonst eine Weise Kontakt mit ihr gehabt?«

Wilcox schien zu zögern. Dann erwiderte er mit offensichtlicher Anspannung in der Stimme: »Nein, ich war nie ihr Patient, und ich erinnere mich nicht, ihr je begegnet zu sein.«

Er lügt, dachte Tommy.

Sonntag, 25. März

Fünfunddreißig

Um Viertel nach neun am Sonntagmorgen rief Nicholas Todd Emily an. »Ich hoffe, unsere Verabredung gilt noch«, meinte er.

»Aber natürlich. Im Old Mill gibt es angeblich einen phantastischen Brunch. Ich habe einen Tisch für ein Uhr reserviert.«

»Ausgezeichnet. Wenn es Ihnen recht ist, bin ich um halb eins bei Ihnen. Hoffentlich habe ich Sie nicht zu früh angerufen. Habe ich Sie etwa geweckt?«

»Ich bin schon zu Fuß zur Kirche und wieder zurück gegangen, und die ist fast zwei Kilometer entfernt. Beantwortet das Ihre Frage?«

»Angeberin. Und jetzt müssen Sie mir nur noch erklären, wie ich zu Ihnen komme.«

Nach dem Telefonat mit Nick beschloss Emily, sich ein oder zwei gemütliche Stunden mit den Morgenzeitungen zu gönnen. Am Vortag hatte Will Stafford sie nach dem Mittagessen bei den Lawrences nach Hause gefahren, wo sie den restlichen Nachmittag und den Abend mit Dr. Wilcox' Büchern verbracht hatte. Sie wollte ihm die Sachen so bald wie möglich zurückbringen.

Dass Dr. Wilcox ihr eine Tasche des Enoch College geliehen und sie gebeten hatte, die Bücher alle gemeinsam darin aufzubewahren, deutete sie als Hinweis darauf, dass er sie möglichst bald zurückhaben wollte.

Außerdem musste sie sich eingestehen, dass sie Zeit brauchte, um die angehäuften Informationen in ihrem Kopf zu ordnen. Gestern hatte sie erfahren, dass Phyllis Gates, Autorin von »Eindrücke eines jungen Mädchens«, Douglas Carter für Madelines Mörder gehalten hatte.

Das konnte einfach nicht stimmen, dachte Emily. Douglas Carter hatte schließlich Selbstmord begangen, *bevor* Letitia Gregg und Ellen Swain verschwanden. Hatte Carolyn Taylor, Phyllis Gates' entfernte Kusine, ihn vielleicht mit *Alan* Carter verwechselt? Das war der Cousin, der »sehr für Madeline schwärmte, obwohl sie im Begriff war, sich mit Douglas zu verloben«.

Hatte er sie so sehr geliebt, dass er sie lieber umgebracht hatte, als sie an seinen Cousin zu verlieren?, überlegte Emily.

Lass es für heute Morgen gut sein, sagte sie sich, als sie mit der Kaffeetasse ins Arbeitszimmer ging, wo sie sich inzwischen am liebsten aufhielt. Vormittags war der Raum lichtdurchflutet. Und wenn abends die Rollläden heruntergelassen waren und das Gasfeuer brannte, herrschte eine behagliche, kuschelige Atmosphäre.

Emily ließ sich in dem großen Sessel nieder, schlug die *Ashbury Park Press* auf und sah sofort die Schlagzeile: *Psychologin in Belmar ermordet.*

Das Wort »Reinkarnation« im ersten Absatz des Artikels stach Emiliy ins Auge.

Dr. Lillian Madden, langjährige Einwohnerin von Belmar und berühmt für ihre Vorträge zum Thema Reinkarnation, wurde brutal erdrosselt in ihrer Praxis aufgefunden …

Entsetzt las Emily den Rest der Geschichte. Der letzte Satz lautete: *Die Polizei vermutet einen Zusammenhang zwischen Dr. Maddens Tod und dem so genannten ›wiedergeborenen Serienmörder von Spring Lake‹.*

Emily legte die Zeitung weg und erinnerte sich an das Seminar in Parapsychologie, das sie als Jurastudentin in New York an der Fachakademie besucht hatte. Der Professor hatte eine der Studentinnen, eine schüchterne Einundzwanzigjährige, in ein früheres Leben zurückversetzt.

Die Versuchsperson hatte sich offensichtlich in hypnotischer Trance befunden. Der Professor begleitete sie durch einen »warmen Tunnel« in die Zeit vor ihrer Geburt und versicherte ihr, es werde eine angenehme Reise werden.

Dann versuchte er, die Epoche zu finden, in der die junge Frau schon einmal gelebt hatte, dachte Emily. »Wir haben Mai 1960«, sagte er zu ihr. »Entsteht dabei ein Bild in Ihrem Kopf?«

»Nein«, flüsterte die Frau mit leiser, kaum hörbarer Stimme.

Diese Erfahrung hatte bei Emily einen derart lebhaften Eindruck hinterlassen, dass ihr noch heute jedes Detail deutlich vor Augen stand.

Der Professor hatte die Befragung fortgesetzt. »Wir haben Dezember 1952. Entsteht dabei ein Bild in Ihrem Kopf?«

»Nein.«

»Es ist September 1941. Entsteht dabei ein Bild in Ihrem Kopf?«

Und dann, so erinnerte sich Emily, hatte zum Schrecken aller eine deutliche, befehlsgewohnte Männerstimme mit »Ja« geantwortet.

In derselben Stimme hatte die Person ihren Namen genannt und ihre Kleidung beschrieben. »Ich bin Lieutenant David Richards von der Kriegsmarine der Vereinigten Staaten. Ich trage meine Marineuniform, Sir.«

»Woher stammen Sie?«

»Aus der Nähe von Sioux City, Iowa.«

»Siuox City?«

»Aus der Nähe von Sioux City, Sir.«

»Wo sind Sie jetzt?«

»In Pearl Harbor, Hawaii, Sir.«

»Warum sind Sie dort?«

»Wir glauben, es wird Krieg mit Japan geben.«

»Sechs Monate sind vergangen. Wo sind Sie jetzt, Lieutenant?«

Emily erinnerte sich, dass seine Stimme nicht mehr so selbstbewusst geklungen hatte. Er beschrieb seinen Aufenthalt in San Francisco, wo sein Schiff repariert wurde. Der Krieg hatte begonnen.

Dann schilderte Lieutenant David Richards detailgetreu sein Leben im Krieg in den nächsten drei Jahren – und seinen Tod, als ein japanischer Zerstörer seinen Truppentransporter rammte.

»Oh, Gott, sie haben uns gesichtet!«, rief er. »Sie machen kehrt. Sie werden uns rammen.«

»Lieutenant, es ist der nächste Tag«, unterbrach der Professor. »Sagen Sie mir, wo Sie sind.«

Emily fand, dass die Stimme sich verändert hatte. Sie klang ruhig und schicksalsergeben, und Emily konnte sich noch genau an die Antwort erinnern: »Es ist dunkel, grau und kalt. Ich liege im Wasser. Um mich herum schwimmen Wrackteile. Ich bin tot.«

War es möglich, dass ein Patient während der Regression in Dr. Maddens Büro auf sein früheres Leben in Spring Lake am Ende des 19. Jahrhunderts gestoßen war? Wusste jemand durch eine Hypnosesitzung von den Ereignissen, die sich damals zugetragen hatten?

Und hatte Lillian Madden sterben müssen, damit sie die Aufzeichnungen dieser Hypnosesitzung und den Namen des Patienten nicht an die Polizei weitergab?

Emily legte die Zeitung auf den Boden und erhob sich.

Sei nicht albern, sagte sie sich. Noch nie hat sich jemand in die Gedanken eines Mörders hineinversetzt, der vor über hundert Jahren lebte.

Pünktlich um halb eins läutete es an der Tür. Als Emily öffnete, wurde ihr klar, dass sie sich schon seit Nicks Anruf am Freitag auf seinen Besuch freute. Er hatte ein freundliches Lächeln und einen kräftigen Händedruck. Zu ihrer Erleichterung war er lässig gekleidet und trug unter seinem Jackett einen Rollkragenpullover.

Nachdem sie ihn begrüßt hatte, meinte sie: »Ich habe mir geschworen, dass ich erst wieder einen Rock und hohe Absätze anziehen werde, wenn ich ins Büro komme, sofern es sich vermeiden lässt.« Sie trug hellbraune Jeans, einen dazu passenden Pullover und eine braune Tweedjacke, die schon so lange ihr Lieblingsstück war, dass sie sich inzwischen wie eine zweite Haut anfühlte.

Eigentlich hatte sie ihr Haar aufstecken wollen, dann aber beschlossen, es einfach nur offen über den Kragen fallen zu lassen.

»Die Freizeitkleidung steht Ihnen ausgezeichnet«, sagte Nick. »Aber nehmen Sie einen Ausweis mit. Vielleicht wollen sie im Restaurant wissen, wie alt Sie sind, bevor sie Ihnen Wein servieren. Schön, Sie zu sehen, Emily. Es ist schon mindestens einen Monat her.«

»Stimmt. Die letzten Wochen in Albany habe ich rund um die Uhr gearbeitet, um alles zu erledigen. Am Dienstagabend, während der letzten hundertfünfzig Kilometer auf der Fahrt hierher, war ich deshalb so müde, dass mir unterwegs fast die Augen zugefallen sind.«

»Und seit Sie dieses Haus übernommen haben, sind Sie offenbar auch nicht zur Ruhe gekommen.«

»Das ist noch milde ausgedrückt. Möchten Sie sich kurz umsehen? Wir haben genug Zeit.«

»Gerne. Aber ich muss gestehen, dass ich bereits schwer beeindruckt bin. Es ist ein tolles Haus.«

In der Küche ging Nick zum Fenster und blickte hinaus. »Wo hat man die Leiche gefunden?«, fragte er.

Sie deutete nach rechts in den Garten. »Gleich da drüben.«

»Wollten Sie einen Swimmingpool anlegen lassen?«

»Mit den Arbeiten war bereits begonnen worden, bevor ich das Haus gekauft habe. Es macht mir Angst, wenn ich daran denke, dass ich das Projekt schon fast absagen und den Bauunternehmer ausbezahlen wollte.«

»Wünschten Sie, Sie hätten es getan?«

»Nein. Denn in diesem Fall wären die Leichen nicht gefunden worden. Es ist gut, dass die Familie Lawrence jetzt trauern kann. Und da ich inzwischen weiß, dass meine Urgroßtante ermordet wurde, werde ich rauskriegen, wer der Täter war und in welcher Verbindung er zu Martha Lawrences Mörder stand.«

Nick drehte sich um. »Emily, der Mensch, der Martha Lawerence umgebracht hat und so wahnsinnig war, ihr den Finger Ihrer Urgroßtante in die Hand zu legen, ist ein gefährlicher Geisteskranker. Hoffentlich erzählen Sie hier nicht überall herum, dass sie ihn unbedingt schnappen wollen.«

Genau das habe ich getan, dachte Emily. Da sie ahnte, dass Nick damit nicht einverstanden sein würde, legte sie sich ihre Worte sorgfältig zurecht. »Es wurde schon immer vermutet, dass Madeline Shapley einem Verbrechen zum Opfer gefallen ist. Doch bis vor vier Tagen konnte man es nicht beweisen. Man ging davon aus, dass sie ihren Mörder gekannt haben muss. Doch während sie auf ihren Verlobten wartete, hätte sie genauso gut beschließen können, einen kleinen Spaziergang zu machen, und dabei wurde sie möglicherweise von einem völlig Fremden in eine vorbeifahrende Kutsche gezerrt.

Allerdings kann ein Fremder sie unmöglich in ihrem eigenen Garten vergraben haben, Nick. Der Täter muss also jemand gewesen sein, der Madeline kannte und der ihr nah stand. Ich versuche herauszufinden, mit wem sie befreundet war und wie diese Leute hießen. Dann kann ich vielleicht eine Verbindung zwischen ihrem Mörder und dem Mann herstellen, der vor viereinhalb Jahren Martha Lawrence getötet hat. Irgendwo muss etwas Schriftliches existieren, vielleicht sogar ein ausführliches Geständnis. Und ein Mensch aus unserer Zeit, ein Nachfahre von Madelines Mörder, hat es gelesen. Möglicherweise hat er es gefunden, als er alte Unterlagen durchsah. Es gibt einen Zusammenhang, und ich bin fest entschlossen, ihn zu finden. Außerdem habe ich momentan die Zeit dazu.«

Seine missbilligende Miene wurde von einem anderem Gesichtsausdruck abgelöst. War es Besorgnis?, fragte sich Emily. Aber nein, das stimmt nicht. Ich könnte schwören, dass er *enttäuscht* aussieht. Warum?

»Beenden wir die Hausbesichtigung und fahren wir ins Old Mill«, schlug sie vor. »Ich weiß nicht, wie es Ihnen geht, aber ich habe Hunger. Und ich habe genug von meinen eigenen Kochkünsten.« Schmunzelnd fügte sie hinzu: »Obwohl ich eine ausgezeichnete Köchin bin.«

»Diesen Beweis sind Sie mir noch schuldig«, witzelte Nick Todd, während er ihr durch die Küche zum Ausgang folgte.

Der Tisch im Old Mill hatte Blick auf einen Teich, wo die Schwäne ruhig durchs Wasser glitten. Nachdem die

Kellnerin ihnen Bloody Marys serviert hatte, brachte sie die Speisekarten. »Wir warten noch ein wenig«, meinte Nick zu ihr.

In den drei Monaten, seit Emily sich entschieden hatte, die Stelle in der Kanzlei anzunehmen, war sie drei- oder viermal mit Nick und Walter Todd in Manhattan essen gewesen. Doch noch nie hatte sie sich mit Nick allein getroffen.

Anfangs war sie aus ihm nicht schlau geworden. Er war mit seinem Vater nach Albany gekommen und hatte dort übernachtet, um sich anzusehen, wie sie einen prominenten Politiker verteidigte, der wegen eines Verkehrsunfalls mit Todesfolge angeklagt war.

Nachdem die Geschworenen ihren Mandanten vom Vorwurf der fahrlässigen Tötung freigesprochen hatten, war Emily mit den beiden Todds zum Mittagessen gegangen. Walter Todd hatte ihre Arbeit an dem Fall überschwänglich gelobt. Nick hingegen war schweigsam gewesen, und die wenigen Komplimente, die sein Vater ihm hatte entlocken können, waren bestenfalls als höflich zu bezeichnen. Damals hatte Emily sich gefragt, ob er unsicher war und sie möglicherweise als zukünftige Rivalin betrachtete.

Doch das passte nicht zu der Tatsache, dass er sie, seit sie beschlossen hatte, die Stelle anzutreten, herzlich und freundlich behandelte.

Auch heute strahlte er widersprüchliche Signale aus. Er schien sich unwohl zu fühlen. Lag das an ihr oder beschäftigten ihn vielleicht persönliche Probleme? Sie wusste, dass er nicht verheiratet war, aber er hatte sicher eine Freundin.

»Ich wünschte, ich könnte Ihre Gedanken lesen, Emily.« Nicks Stimme riss sie aus ihren Grübeleien. »Sie wirken so geistesabwesend.«

»Das hat mir bis jetzt noch niemand gesagt.«

»Offenbar bedrückt Sie etwas.«

Sie beschloss, ehrlich zu sein. »Ich erzähle Ihnen gerne, worüber ich nachgedacht habe. Anscheinend haben Sie Sorgen, und ich würde mich freuen, wenn Sie die Karten auf den Tisch legen würden. Wollen Sie wirklich, dass ich in Ihrer Kanzlei arbeite? Finden Sie, dass ich für diese Stelle geeignet bin? Da ist doch etwas im Busch? Worum geht es?«

»Sie nehmen kein Blatt vor den Mund.« Nick zog die Selleriestange aus seinem Glas und biss hinein. »Ob ich möchte, dass Sie bei uns anfangen? Aber natürlich. Offen gestanden, könnten Sie schon morgen loslegen. Und das ist übrigens der Grund, warum ich heute hier bin.«

Er stellte sein Glas weg und erzählte ihr von seiner Entscheidung.

Als er ihr anvertraute, wie sehr er sich danach sehnte, der Kanzlei den Rücken zu kehren, stellte Emily zu ihrer Überraschung fest, dass sie enttäuscht war. Ich habe mich schon darauf gefreut, mit ihm zusammenzuarbeiten, sagte sie sich.

»Wo werden Sie sich bewerben?«, fragte sie.

»Bei der Generalstaatsanwaltschaft. Dorthin zieht es mich schon länger. Ich bin sicher, dass ich nach Boston zurückkönnte. Ich war dort als stellvertretender Staatsanwalt tätig. Als ich ging, meinte der leitende Staatsanwalt, ich sei jederzeit willkommen, falls es mir in der Kanzlei nicht gefiele. Eigentlich würde ich lieber in New York bleiben. Aber vermutlich kann ich Sie nicht überreden, bereits in der nächsten Woche bei uns anzufangen, oder?«

»Ich fürchte, das geht nicht. Wird Ihr Vater sehr verärgert sein?«

»Vermutlich dämmert ihm allmählich die kalte, nackte Wahrheit, dass ich auf jeden Fall gehen werde, und gewiss wünscht er mich in diesem Augenblick zum Teufel. Und wenn ich ihm melde, dass Sie erst am 1. Mai antreten können, kommen Sie sicher mit auf die schwarze Liste.«

»Dann hängen wir eben gemeinsam.« Emily schmunzelte.

»Geteiltes Leid ist halbes Leid.« Nick Todd griff nach der Speisekarte. »Das Geschäftliche wäre hiermit erledigt«, sagte er. »Was möchten Sie essen?«

Es war kurz vor vier Uhr, als er sie zu Hause absetzte. Er begleitete sie zur Veranda und wartete, bis sie die Tür aufgeschlossen hatte. »Haben Sie eine gute Alarmanlage?«, fragte er.

»Ja. Und morgen kommt ein alter Freund aus Albany und bringt Überwachungskameras an.«

Nick zog die Augenbrauen hoch. »Da Sie in Albany verfolgt worden sind, verstehe ich, warum Sie das nötig finden.«

Als Emily die Tür öffnete, sahen sie und Nick es gleichzeitig: Auf dem Boden in der Vorhalle lag, mit der Lasche nach oben, ein Kuvert.

»Offenbar hat Ihnen jemand eine Nachricht hinterlassen«, meinte Nick und bückte sich, um den Briefumschlag aufzuheben.

»Fassen Sie ihn an der Ecke an. Vielleicht sind Fingerabdrücke drauf.« Emily erkannte ihre eigene Stimme nicht, die eher wie ein Flüstern klang.

Nick warf ihr einen fragenden Blick zu, aber er gehorchte. Als er sich aufrichtete, klappte die Lasche des Umschlags auf, und ein Foto fiel heraus. Es zeigte Emily während des Gedenkgottesdienstes in der Kirche.

Am unteren Rand standen vier Worte: »Beten Sie für Ihre Seele.«

Montag, 26. März

Sechsunddreißig

Ich freue mich unbändig auf all das, was sich heute aller Voraussicht noch ereignen wird.

Außerdem bin ich sehr zufrieden mit mir, weil ich meine Pläne geändert und Emily Graham zur Adressatin meiner Botschaften gemacht habe.

Bald wird ihre Post zugestellt.

Wie erwartet, hat es Fragen zu dem Schal gegeben, aber ich bin überzeugt davon, dass niemand beweisen kann, wer ihn in jener Nacht zuletzt hatte.

Martha hat ihn bewundert. Ich hörte, wie sie zu Rachel sagte, er sei sehr hübsch.

Ich erinnere mich, wie mir in diesem Moment durch den Kopf schoss, dass Martha sich damit die Waffe, durch die sie den Tod finden sollte, selbst ausgesucht hat.

Ein Schal, so dachte ich mir, ist schließlich fast so gut wie die Schärpe, die Madeline die Kehle zugeschnürt hat.

Wenigstens muss ich mir wegen der Psychologin jetzt keine Sorgen mehr machen. Es braucht mich nicht einmal zu interessieren, ob die Polizei es schafft, ihre Computerdateien zu rekonstruieren.

Als ich mich damals an Dr. Madden wandte, war es

Abend. Die Empfangssekretärin war nicht da. Also hat mich außer Dr. Madden selbst niemand gesehen.

Und an dem Namen und der Adresse, die ich angab, wird sich die Polizei die Zähne ausbeißen.

Denn keiner wird begreifen, dass wir eins sind.

Nur ein einziger Mensch könnte Verdacht schöpfen, wenn er diesen Namen und diese Adresse hört. Aber das spielt keine Rolle.

Auch in dieser Hinsicht habe ich nämlich nicht die geringsten Befürchtungen. Emily Graham wird am Samstag sterben. Sie wird neben Ellen Swain zur letzten Ruhe gebettet.

Und danach werde ich, wie schon zuvor, den Rest meines Lebens als angesehener und ehrenwerter Bürger von Spring Lake verbringen.

Siebenunddreißig

Als Emily Graham am Sonntagnachmittag anrief, hatte Tommy Duggan gerade sein Büro verlassen wollen. Sofort fuhr er auf schnellstem Wege nach Spring Lake und ließ sich von ihr Umschlag und Foto geben.

Am Montagmorgen saßen er und Pete Walsh im Büro des Staatsanwalts und berichteten ihrem Vorgesetzten, was am Wochenende geschehen war. Osborne hatte sich seit Freitagabend in Washington aufgehalten.

Tommy erzählte ihm von dem Mord an Lillian Madden und von der Zeugenbefragung nach dem Gedenkgottesdienst.

»Es ist Mrs. Wilcox' Schal, und sie trug ihn in jener Nacht. Sie behauptet, sie habe ihren Mann gebeten, ihn einzustecken. Er hingegen bleibt dabei, sie habe ihn aufgefordert, ihn neben ihre Handtasche zu legen.«

»Die Wilcox' sind an jenem Abend mit dem Auto zu den Lawrences gefahren«, ergänzte Walsh. »Der Wagen war eine Straße weiter geparkt. Wenn Dr. Wilcox den Schal in die Tasche gesteckt hat, ist es möglich, dass er entweder im Haus oder auf der Straße herausgefallen ist. Dann hätte ihn jeder X-Beliebige aufheben können. Und falls der Schal wirklich neben der Handtasche lag, wäre es für den Täter ein Leichtes gewesen, ihn an sich zu nehmen.«

Osborne klopfte mit dem Zeigefinger auf die Schreibtischplatte. »Nach den Überresten zu urteilen, war dieser Schal ziemlich lang. Er wäre vermutlich zu dick gewesen, um ihn zusammenzufalten und in der Tasche eines Sommersakkos zu verstauen.«

Tommy nickte. »Das dachte ich auch. Allerdings wurde Martha nur mit einem Teil des Schals erdrosselt, die andere Hälfte fehlt. Und Wilcox hat seiner Frau vorgelogen, er habe sich bei den Lawrences telefonisch erkundigt, ob der Schal gefunden worden sei. Er sagt, dass zu diesem Zeitpunkt bereits alle von Marthas Verschwinden wussten. Deshalb habe er die Familie nicht wegen eines Schals belästigen wollen.«

»Er hätte doch mit der Haushälterin sprechen können«, stellte Osborne fest.

»Und da wäre noch etwas«, meinte Tommy. »Wir glauben, dass Wilcox nicht die Wahrheit sagte, als er behauptete, Dr. Madden nicht zu kennen.«

»Was wissen wir eigentlich über Wilcox?«

Tommy Duggan sah Walsh an. »Pete, bitte übernehmen Sie. Schließlich haben Sie ihn überprüft.«

Pete Walsh holte seine Notizen heraus. »Eine gradlinige akademische Karriere. Zuletzt Rektor des Enoch Colleges. Das ist ein kleines, aber elitäres Institut. Vor zwölf Jahren in den Ruhestand gegangen. Da er als Kind die Sommerferien in Spring Lake verbrachte, hat er sich hier niedergelassen. Er veröffentlicht regelmäßig in wissenschaftlichen Fachzeitschriften. Die zahlen zwar nicht genug, dass es zum Überleben reicht, doch es ist sehr gut fürs Prestige. Seit er hier ist, hat er einige historische Abhandlungen über New Jersey verfasst, vor allem über Monmouth County. In Spring Lake ist er so etwas wie der Stadthistoriker.«

»Und das passt zu Emily Grahams Theorie, Martha Lawrences Mörder müsse Zugang zu den Unterlagen über die Frauen haben, die im späten 19. Jahrhundert verschwunden sind«, merkte Tommy an. »Ich schwöre, der Kerl hat gelogen, als er sagte, er kenne Dr. Madden nicht. Deshalb möchte ich ihn gern noch einmal gründlicher unter die Lupe nehmen. Ich wette, wir werden einige schmutzige Geheimnisse zutage fördern.«

»Etwas Neues im Fall Carla Harper?«, erkundigte sich Osborne.

»Die Augenzeugin weicht nicht von ihrer Geschichte ab, sie habe Carla an einer Raststätte in Pennsylvania gesehen. Damals gab sie jedem Journalisten, der mit ihr reden wollte, ein Interview. Die Polizei in Pennsylvania räumt ein, dass es ein Fehler war, der Frau zu glauben. Doch als einige Tage später Carlas Handtasche in der Nähe der Raststätte gefunden wurde, schien das die Aussage der Zeugin zu bestätigen. Vermutlich hat sich der Mörder halb totgelacht, als er die Tasche aus dem Autofenster warf. Jetzt ist die Spur längst erkaltet, insbesondere auch, weil das Hotel Warren im letzten Jahr geschlossen wurde. Dort hatte Carla Harper am Wochenende vor ihrem Verschwinden übernachtet.« Er zuckte die Achseln. Es war eine Sackgasse.

Zu guter Letzt berichteten Tommy und Pete Elliot Osborne von Emily Grahams Anruf am Sonntagnachmittag.

»Sie hat Mut«, meinte Tommy. »Bei unserer Ankunft war sie zwar leichenblass, aber sehr gefasst. Sie geht davon aus, dass es sich um einen Nachahmungstäter handelt. Und die Polizei von Spring Lake tendiert auch in diese Richtung. Ich habe mit Marty Browski gesprochen, dem Kollegen, der in Albany für ihren Fall zuständig war.«

»Und was denkt dieser Browski?«, fragte Osborne.

»Er ist der Meinung, dass der Falsche hinter Gittern sitzt. Also hat er die Ermittlungen wieder aufgenommen und kann mit zwei Verdächtigen aufwarten: Emily Grahams Ex-Mann Gary White und Joel Lake, ein Kleinkrimineller, den sie erfolgreich in einer Mordsache verteidigt hat.«

»Was glauben Sie?«

»Die beste Möglichkeit wäre ein Nachahmungstäter. Ein oder mehrere Teenager, die rausgekriegt haben, dass Emiliy in Albany verfolgt wurde, und die jetzt kranke Spielchen mit ihr treiben. Zweitbeste Möglichkeit: Gary White oder Joel Lake. Schlimmste Möglichkeit: Der Typ, der Martha Lawrence umgebracht hat, hat es jetzt auf Emily Graham abgesehen.«

»Und was finden Sie am wahrscheinlichsten?«

»Dass es ein Nachahmungstäter ist. Lillian Madden, die ermordete Psychologin, hat dagegen eindeutig etwas mit dem Fall Lawrence zu tun. Ich würde alles darauf wetten, dass Marthas Mörder Patient bei Dr. Madden war und nicht riskieren durfte, dass sie mit uns über ihn spricht. Andererseits halte ich ihn nicht für so dumm, sich um Emily Grahams Haus herumzudrücken, wo jeder ihn sehen kann. Er hat zu viel zu verlieren.«

»Wissen Sie, wo die Person, die Emily Graham in der Kirche fotografiert hat, gesessen haben könnte?«

»Auf der anderen Seite des Ganges. In einer Bankreihe links von ihr.«

»Gehen wir mal davon aus, dass dieser Browski – so heißt er doch, oder? – richtig liegt: Der Mann, der die Graham damals verfolgte, treibt sich inzwischen in Spring Lake herum. Wenn der Kerl so durchgedreht ist, dass er eigens aus Albany hierher kommt, schwebt Ms. Graham meiner Ansicht nach in großer Gefahr.«

»Falls es sich wirklich um denselben Mann handelt, haben Sie Recht. Emilys Leben ist bedroht«, erwiderte Tommy Duggan ernst.

Elliot Osbornes Sekretärin meldete sich über die Gegensprechanlage. »Entschuldigen Sie die Störung, aber Ms. Emily Graham ist am Telefon. Sie besteht darauf, sofort mit Detective Duggan zu sprechen.«

Tommy Duggan hob ab. »Hier ist Duggan, Ms. Graham.«

Der Staatsanwalt und Pete Walsh bemerkten, dass sie die Falten auf Duggans Gesicht vertieften. »Wir sind sofort da, Ms. Graham.«

Er legte auf und sah Osborn an. »Emily Graham hat mit der Morgenpost eine Postkarte erhalten, die ihr Angst macht.«

»Der Verfolger? Wieder ein Foto von ihr?«

»Nein. Diesmal ist es eine Zeichnung, die zwei Grabsteine darstellt. Auf dem einen steht der Name Carla Harper, auf dem anderen Letitia Gregg. Wenn die Abbildung korrekt ist, sind die beiden gemeinsam im Garten des Hauses Ludlam Avenue 15 in Spring Lake begraben.«

Achtunddreißig

Für Eric Bailey begann der Montagmorgen ziemlich früh, denn er war als Interviewgast zu der Nachrichtensendung einer lokalen Fernsehstation in Albany eingeladen.

Bailey war zierlich und knapp mittelgroß. Er hatte einen zerzausten Haarschopf und trug eine randlose Brille, die sein schmales Gesicht dominierte. Weder sein Äußeres noch sein Verhalten wirkten sehr einnehmend. Außerdem hatte er eine zittrige, schrille Fistelstimme.

Der Nachrichtensprecher war nicht erfreut gewesen, Baileys Namen auf der Gästeliste zu entdecken. »Immer, wenn dieser Typ auftritt, hört man die Fernbedienungen in ganz Albany klicken, weil die Zuschauer dann einfach umschalten«, beklagte er sich.

»Viele Leute in dieser Gegend haben Geld in seine Firma investiert. Seine Aktie verliert seit anderthalb Jahren an Wert. Jetzt behauptet Bailey, er hätte eine neue Software entwickelt, die die Computerindustrie revolutionieren wird«, entgegnete der Finanzredakteur unwirsch. »Auch wenn er sich anhört wie ein Murmeltier, er hat etwas Wichtiges zu sagen.«

»Danke für das Kompliment. Ich danke Ihnen beiden.«

Eric Bailey hatte lautlos das Studio betreten, sodass keiner der beiden Männer ihn bemerkt hatte. Nun schmunzelte er, als bereite ihm ihre Verlegenheit Vergnügen. »Vielleicht sollte ich in der Garderobe warten, bis Sie Zeit für mich haben«, meinte er.

Die hochmodernen Kameras, die Eric Bailey in Emilys Haus installieren wollte, lagen bereits verpackt im Wagen. Deshalb konnte er sich gleich nach dem Fernsehinterview auf den Weg nach Spring Lake machen.

Er wusste, dass er darauf achten musste, nicht zu schnell zu fahren. Denn die Wut über die soeben erlittene Demütigung löste in ihm den Wunsch aus, das Gaspedal bis zum Anschlag durchzutreten, ständig die Spur zu wechseln und die anderen Autofahrer zu erschrecken, indem er sie schnitt.

Seine Antwort auf jede Art der Zurückweisung, Beleidigung und Schmähung war, seinen Mitmenschen Angst einzujagen.

Schon mit sechzehn hatte er gelernt, die Angst als Waffe einzusetzen. Drei Mädchen hatte er nacheinander gebeten, ihn zum Schuljahresabschlussball zu begleiten. Aber sie hatten alle abgelehnt. Kurz darauf hatten das Gekicher und die Hänseleien begonnen.

Wie weit würde Eric Bailey gehen, damit sich ein Mädchen für ihn interessiert?

Karen Fowlers Wiedergabe der Szene, als er versucht hatte, sie einzuladen, galt als die allerkomischste. Eric hatte mitgehört, wie sie ihn nachahmte.

»*Karen, ich würde gerne ... ich meine, würdest du ... es wäre schön, wenn ...* Und dann hat er zu niesen angefangen«. Karen Fowler lachte so laut, dass ihr fast die Luft wegblieb. »Der arme Trottel hat zu niesen angefangen, könnt ihr das glauben?«

Er war der beste Schüler der Schule, und sie hatte ihn einen armen Trottel genannt.

Am Abend des Abschlussballs hatte Eric mit seiner Kamera vor der Kneipe gewartet, wo alle sich versammelt hatten, nachdem die Band nicht mehr spielte. Während die anderen tranken und Gras rauchten, hatte er heimlich Fotos von Karen geknipst, wie sie sich mit glasigen Augen, verschmiertem Lippenstift und verrutschtem Kleid ihrem Tanzpartner an den Hals warf.

Ein paar Tage später in der Schule zeigte er ihr die Bilder. Er sah noch vor sich, wie sie erbleichte. Dann hatte sie ihn unter Tränen angebettelt, ihr die Fotos zu geben. »Mein Vater wird mich umbringen«, jammerte sie. »Bitte, Eric.«

Doch Eric hatte die Bilder wieder eingesteckt. »Vielleicht willst du mich jetzt noch mal nachmachen?«, fragte er mit kalter Stimme.

»Es tut mir Leid. Bitte, Eric. Es tut mir wirklich Leid.«

Sie war völlig verzweifelt gewesen. Denn schließlich konnte sie nicht wissen, ob er nicht eines Abends an der Tür läuten und die Fotos ihrem Vater überreichen würde. Oder vielleicht würden sie irgendwann mit der Post kommen ...

Nach diesem Vorfall hatte sie ihm bei jeder Begegnung auf dem Flur einen verängstigten, flehenden Blick zugeworfen. Und zum ersten Mal im Leben hatte Eric Bailey sich mächtig gefühlt.

Als er an dieses Erlebnis dachte, beruhigte er sich wieder. Er würde einen Weg finden, die beiden Männer zu bestrafen, die heute Morgen über ihn gelästert hatten. Es würde nicht weiter schwer sein, sich etwas einfallen zu lassen.

Wenn der Verkehr nicht zu dicht war, würde er zwischen eins und zwei in Spring Lake sein.

Inzwischen kannte er die Streckte ziemlich gut, seit Mittwoch fuhr er sie zum dritten Mal.

Neununddreißig

Reba Ashby, Reporterin beim *National Daily*, hatte sich für eine Woche im Hotel Breakers eingemietet. Sie war eine kleine Frau Ende dreißig mit markanten Gesichtszügen. Und sie war fest entschlossen, die Geschichte vom wiedergeborenen Serienmörder bis zum Letzten auszuschlachten.

Am Montagmorgen verzehrte sie in aller Seelenruhe ihr Frühstück im Speisesaal des Hotels und hielt dabei ständig Ausschau nach jemandem, mit dem sie ein Gespräch anknüpfen konnte. Doch an den Nachbartischen waren nur Geschäftsleute zu entdecken, und Reba wusste, dass es zwecklos wäre, sie anzusprechen. Sie brauchte einen Einheimischen, der bereit war, sich über die Morde zu unterhalten.

Ihr Chefredakteur bedauerte es ebenso wie sie, dass es ihr nicht gelungen war, Dr. Lillian Madden vor deren Ermordung zu interviewen. Reba hatte den ganzen Tag lang versucht, Dr. Madden zu erreichen, aber die Sekretärin hatte sich geweigert, sie durchzustellen. Schließlich war es ihr gelungen, eine Eintrittskarte zu Dr. Maddens Vortrag am Freitagabend zu ergattern. Doch auch dort hatte sie nicht unter vier Augen mit ihr sprechen können.

Reba glaubte ebenso wenig an die Reinkarnation wie sie einem Elefanten das Fliegen zugetraut hätte. Doch Dr. Maddens Vortrag war spannend und anregend gewesen. Außerdem waren die Vorgänge in Spring Lake so merkwürdig, dass man sich fragte, ob es so etwas wie einen wiedergeborenen Serienmörder vielleicht tatsächlich geben könnte.

Außerdem war Reba aufgefallen, wie sehr Dr. Madden

bei der Frage von Chip Lucas, einem Reporter bei der *New York Daily News*, erschrocken war. Der Journalist hatte sich erkundigt, ob je ein Patient darum gebeten habe, ins späte 19. Jahrhundert zurückversetzt zu werden. Danach war die Diskussionsrunde beendet worden.

Obwohl Dr. Madden nicht vor halb elf Uhr nachts zu Hause gewesen sein konnte, hatte sie in ihrem Büro gesessen, als der Mörder erschien. Hatte sie etwas in einer Patientenakte nachgeschlagen?, fragte sich Reba. Vielleicht in der Akte eben desjenigen Patienten, der sich auffällig für das späte 19. Jahrhundert interessiert hatte? Das wäre nämlich ein guter Aufhänger für einen Artikel über den Serienmörder von Spring Lake gewesen.

Obwohl Reba schon von Berufs wegen nicht leicht zu schockieren war, hatte sie der kaltblütige Mord an Dr. Madden bis ins Mark erschüttert. Sie hatte kurz nach dem Gedenkgottesdienst für Martha Lawrence davon erfahren und über beide Ereignisse ausführlich in der nächsten Ausgabe des *National Daily* berichtet.

Nun hatte sie es auf ein Exklusivinterview mit Emily Graham abgesehen. Als sie ihr am Sonntagnachmittag einen Besuch hatte abstatten wollen, hatte niemand aufgemacht. Und als Reba eine Stunde später wieder an Emilys Haus vorbeikam, hatte sie auf der Veranda eine Frau beobachtet, die sich bückte, als wolle sie etwas unter der Tür durchschieben.

Rebas Miene erhellte sich, als sie feststellte, dass der Tisch neben ihr abgeräumt worden war und die Empfangsdame eine Frau von schätzungsweise Ende siebzig zu diesem Platz führte.

»Sie werden sofort bedient, Mrs. Joyce«, sagte die Empfangsdame.

Fünf Minuten später waren Reba und Bernice Joyce ins Gespräch vertieft.

Dass Mrs. Joyce eine Freundin der Familie Lawrence war, war allein schon ein erfreulicher Zufall. Aber die Tatsache, dass alle Gäste der Party, die am Abend von Marthas Verschwinden stattgefunden hatte – einschließlich Mrs. Joyce –, zusammengerufen und befragt worden waren, gehörte zu der Art Information, für die ein Boulevardjournalist alles gibt.

Auf Rebas geschickte Fragen hin erklärte Mrs. Joyce, sie seien nacheinander einzeln von den beiden Detectives vernommen worden. Es habe sich fast nur um allgemeine Fragen gehandelt. Doch die Beamten hätten außerdem wissen wollen, ob ihr ein silbriger Schal mit Metallperlen aufgefallen sei.

»Und?«, hakte Reba nach.

»Rachel Wilcox trug einen. Nach den Einzelvernehmungen stellten die Detectives dieselbe Frage noch einmal vor versammelter Runde. Offenbar wurde der Schal vermisst. Mir tat der arme Dr. Wilcox Leid. In Anwesenheit aller hat Rachel ihn ziemlich heftig abgekanzelt, weil er den Schal nicht wie aufgefordert in seine Tasche gesteckt hatte.«

»Können Sie den Schal beschreiben?«

»Ich erinnerte mich recht gut an ihn, da ich neben Rachel stand, als die arme, liebe Martha ihn ausführlich bewunderte. Er bestand aus silbrig glänzendem Chiffon und hatte Perlen an den Kanten. Ziemlich gewagt für Rachel Wilcox, wie ich finde. Normalerweise kleidet sie sich eher konservativ. Vielleicht hat sie ihn deshalb kurz darauf abgenommen.«

Als Reba an ihren nächsten Artikel dachte, lief ihr das Wasser im Mund zusammen. Laut Polizei war Martha erdrosselt worden. Gewiss hätten sich die Beamten nicht für den Schal interessiert, wenn er nicht in Zusammenhang mit dem Mord gestanden hätte.

Sie war so damit beschäftigt, im Geiste die Schlagzeile zu formulieren, dass sie gar nicht bemerkte, wie still die alte Dame am Nebentisch geworden war.

Ich bin sicher, dass ich Rachels Handtasche auf dem Tisch in der Vorhalle gesehen habe, dachte Bernice. Von meinem Platz im Wohnzimmer aus hatte ich sie gut im Blick.

Aber habe ich nicht auch mitbekommen, wie jemand die Tasche anhob und einen Gegenstand wegnahm, der sich darunter befand?

Sie versuchte, der Gestalt ein Gesicht zuzuordnen.

Oder bilde ich mir das wegen des ganzen Geredes nur ein?

Wenn man alt ist, macht man sich leicht lächerlich, sagte sich Bernice. Ich werde niemandem gegenüber etwas erwähnen, bevor ich nicht sicher bin.

Vierzig

»Ich habe nicht damit gerechnet, Sie so bald wiederzusehen«, meinte Emily zu Tommy Duggan und Pete Walsh, als sie ihnen die Tür öffnete.

»Wir haben auch nicht erwartet, Ihnen so rasch einen erneuten Besuch abstatten zu müssen«, erwiderte Duggan und musterte sie prüfend. »Wie haben Sie letzte Nacht geschlafen?«

Emily zuckte die Achseln. »Das heißt wohl, Sie sehen mir an, dass ich mich stundenlang herumgewälzt habe. Ich fürchte, das Foto gestern ist mir ziemlich an die Nieren gegangen. Ist es nicht so, dass sich ein Verfolgter im Mittelalter in eine Kirche begeben und dort um Kirchenasyl bitten konnte? Und dass ihm nichts geschehen konnte, solange er dort blieb?«

»So ähnlich«, entgegnete Duggan.

»Offenbar klappt das bei mir nicht. Nicht einmal in der Kirche fühle ich mich sicher. Ich muss zugeben, dass ich schreckliche Angst habe«, meinte sie.

»Sie leben allein, vielleicht wäre es besser …«

»Ich ziehe nicht aus«, unterbrach sie ihn. »Die Postkarte liegt im Arbeitszimmer«, fuhr sie fort. Gefunden hatte sie sie, als sie in der Küche die Post sortierte, sie hatte zwischen dem Werbeflugblatt eines Landschaftsgärtners und einem Spendenaufruf gelegen.

Nachdem sie begriffen hatte, was die Karte ihr sagen wollte, war sie wie benommen ans Fenster gegangen und hatte in den Garten hinausgeblickt. An einem bewölkten Tag wie heute wirkte er trostlos und bedrückend. Wie ein Friedhof. Wie der Friedhof, der er seit über einem Jahrhundert gewesen war.

Die Postkarte in der Hand, war sie ins Arbeitszimmer gestürzt, um die Staatsanwaltschaft anzurufen.

»Die Post, die seit meinem Einzug hier zugestellt wurde, war entweder an die Kiernans oder an ›alle Haushalte‹ adressiert«, erklärte sie den Detectives. Dann wies sie auf die Postkarte, die sie auf den Schreibtisch gelegt hatte. »Doch auf der da stehen mein Name und meine Adresse.«

Die Postkarte sah genauso aus, wie sie sie am Telefon beschrieben hatte.

Es handelte sich um die unbeholfene Skizze eines Hauses und des umliegenden Grundstücks. Die Adresse Ludlam Avenue 15 war zwischen die Linien gekritzelt, die den Gehweg darstellen sollten. In der linken Ecke des Gartens hinter dem Haus waren zwei Grabsteine eingezeichnet. Der eine trug den Namen Letitia Gregg, auf dem anderen stand Carla Harper.

Tommy holte einen Plastikbeutel aus der Tasche, nahm die Postkarte an den Ecken und verstaute sie darin. »Diesmal bin ich vorbereitet«, meinte er. »Ms. Graham, vielleicht will ihnen jemand einen üblen Streich spielen. Doch es könnte auch mehr dahinter stecken. Wir haben das Haus in der Ludlam Avenue Nummer 15 überprüft. Es gehört einer alten Witwe, die dort allein lebt. Hoffentlich ist sie einverstanden, dass wir den Garten oder wenigstens den hier bezeichneten Teil umgraben, wenn wir ihr den Sachverhalt erklären.«

»Halten Sie die Karte denn für glaubwürdig?«, erkundigte sich Emily.

Tommy Duggan betrachtete sie nachdenklich und antwortete dann: »Wenn man davon ausgeht, was wir hier gefunden haben« – er wies mit dem Kopf auf Emilys Garten – »ist die Wahrscheinlichkeit ziemlich hoch. Aber solange wir keine Gewissheit haben, möchte ich Sie bitten, mit niemandem darüber zu sprechen.«

»Ich kenne sowieso keinen Menschen, mit dem ich so etwas gern erörtern würde«, erwiderte Emily.

Ganz bestimmt werde ich weder meine Eltern noch meine Großmutter anrufen, sie würden sich zu Tode erschrecken, sagte sie sich. Aber wenn meine großen Brüder nebenan wohnen würden, würde ich sie sicher um Hilfe bitten. Leider leben sie mehr als fünfzehnhundert Kilometer entfernt.

Sie dachte an Nick Todd. Er hatte angerufen, kurz nachdem die Post zugestellt worden war. Doch auch ihm hatte sie die Postkarte verschwiegen. Als sie gestern beim Nachhauskommen vom Brunch das Foto auf dem Boden gefunden hatten, hatte er sie angefleht, nach Manhattan zu fahren und in ihrer dortigen Wohnung zu übernachten.

Aber Emily hatte beharrt, die Kameras, die Eric einbauen wollte, seien die beste Möglichkeit, um herauszufinden, wer dieses üble Spiel mit ihr treibe. Sie erklärte Nick, dass Ned Koehler mit Hilfe von Erics versteckter Kamera beim versuchten Einbruch ertappt worden sei. Wenn die Kameras erst mal an Ort und Stelle hängen, werden wir bestimmt bald wissen, wer es auf mich abgesehen hat, versicherte sie ihm.

Kühne Worte, schoss es ihr nun durch den Kopf, während sie Tommy Duggan und Pete Walsh zur Tür begleitete und diese hinter ihnen schloss und verriegelte. Doch in Wahrheit habe ich Todesangst.

In den wenigen Stunden, die sie geschlafen hatte, war sie von Albträumen gequält worden. In einem wurde sie gejagt. In einem anderen stand sie an einem Fenster und versuchte, es zu öffnen, aber ein Unbekannter hielt es von außen zu.

Hör auf damit!, befahl sich Emily. Beschäftigte dich sinnvoll! Ruf Dr. Wilcox an und frage ihn, ob du ihm die Bücher zurückbringen kannst. Dann geh ins Museum und recherchiere. Versuch herauszufinden, wo und in welcher Entfernung zueinander die Bekannten von Madeline Shapley wohnten.

Sie war neugierig, in welchen Häusern die Freunde von Phyllis und Madeline gelebt hatten. Der Bekanntenkreis, den Mrs. Gates in ihrem Buch immer wieder erwähnte.

Phyllis Gates schrieb, ihre Familie habe das Haus nur für die Sommerferien gemietet. Die anderen Familien hingegen waren offenbar Besitzer der Häuser gewesen. Also muss es Grundbucheintragungen geben, in denen die Adressen verzeichnet sind, sagte sich Emily.

Außerdem existiert bestimmt noch eine Karte der Stadt, wie sie damals aussah. Ich brauche Zeichenutensilien. Und gewiss kann man hier irgendwo ein Monopolyspiel kaufen. Die kleinen Häuser eignen sich vorzüglich für meine Zwecke.

Emily plante, auf ein ein Meter fünfzig mal ein Meter fünfzig großes Stück Pappe, wie es Kunststudenten benutzten, einen Stadtplan von Spring Lake im späten 19. Jahrhundert zu zeichnen, die Straßennamen einzutragen und dann die Häuschen auf die Grundstücke zu stellen, wo Madelines Freunde gewohnt hatten.

Dann werde ich mir im Bürgermeisteramt die Grundbucheintragungen aus jener Zeit ansehen, beschloss Emily.

Aber vermutlich ist das alles vergebliche Liebesmüh, überlegte sie weiter, als sie zum Schrank ging, um ihre Burberry-Jacke zu holen.

Doch je besser es ihr gelang, sich in Madelines Welt hineinzuversetzen, desto mehr wuchsen ihre Chancen herauszufinden, was ihr zugestoßen war. Ihr, Letitia Gregg und Ellen Swain.

Einundvierzig

Die Türglocke schrillte laut und aufdringlich. Rachel war mit dem Auto nach Rumson gefahren, um Freunde zum Mittagessen zu treffen. Clayton Wilcox hatte seinen Computer eingeschaltet und freute sich darauf, einige Stunden lang ungestört an seinem Roman arbeiten zu können.

Seit der Zusammenkunft in Will Staffords Haus am Samstag schimpfte Rachel wegen der Fragen, die man ihnen gestellt hatte. Außerdem argwöhnte sie mehr und mehr, Detective Duggan habe sich aus ganz bestimmten Gründen nach dem verlorenen Schal erkundigt.

»Du glaubst doch nicht etwa, dass der Schal etwas mit

Marthas Tod zu tun hat, Clayton?«, wollte sie wiederholt wissen und antwortete sich selbst, indem sie diese Möglichkeit barsch als lächerlich abtat.

Clayton hatte ihr nicht widersprochen. Offenbar hat dein verlorener Schal eine Menge mit Marthas Tod zu tun, hätte er am liebsten gesagt. Und du hast den Verdacht auf mich gelenkt, weil du herumposaunt hast, du hättest mich gebeten, den Schal einzustecken. Allerdings hatte er sich diese Bemerkung verkniffen.

Als er die Tür öffnete, wurde ihm klar, dass er damit gerechnet hatte, Detective Duggan auf der Veranda stehen zu sehen. Doch es war eine Fremde, eine zierliche Frau mit geschürzten Lippen und forschend dreinblickenden grauen Augen.

Schon bevor sie das Wort ergriff, war er sicher, eine Reporterin vor sich zu haben. Dennoch verblüffte ihn ihre Frage. »Dr. Wilcox, der Schal Ihrer Frau wird seit der Party bei den Lawrences am Abend vor Marthas Verschwinden vermisst. Warum interessiert sich die Polizei so dafür?«

Clayton Wilcox griff hastig nach dem Türknauf und wollte die Tür schließen.

Rasch sprach die Frau weiter: »Dr. Wilcox, ich bin Reba Ashby und schreibe für den *National Daily*. Es wäre nur zu Ihrem Vorteil, wenn Sie mir ein paar Fragen beantworteten, bevor ich mich an den Artikel über den vermissten Schal setze.«

Wilcox überlegte kurz und öffnete die Tür dann wieder einen Spalt, ließ die Reporterin jedoch nicht herein. »Ich habe keine Ahnung, warum die Polizei sich nach dem Schal meiner Frau erkundigt hat«, meinte er lässig. »Genauer gesagt, wollten die Beamten wissen, wie es dazu kam, dass der Schal verloren ging. Meine Frau hatte den Schal abgenommen und mich gebeten, ihn neben ihre

Handtasche zu legen, die auf einem Beistelltisch in der Vorhalle stand.«

»Soweit ich informiert bin, hat Ihre Frau der Polizei erzählt, sie habe Sie aufgefordert, ihn einzustecken«, entgegnete Ms. Ashby.

»Meine Frau hat mich gebeten, ihn neben ihre Handtasche zu legen, und das habe ich auch getan.« Wilcox spürte, dass ihm Schweißperlen auf die Stirn traten. »Er lag offen herum, sodass jeder ihn im Laufe des Abends hätte mitnehmen können.«

Auf dieses Stichwort hatte Reba gewartet. »Aber warum hätte ihn jemand mitnehmen sollen? Wollen Sie damit andeuten, dass er gestohlen wurde?«

»Ich deute überhaupt nichts an. Vielleicht hat ihn jemand unter der Handtasche meiner Frau herausgeholt und ihn anderswo hingeräumt.«

»Warum sollte das jemand tun außer in der Absicht, ihn zu stehlen?«

»Ich habe keine Ahnung. Wenn Sie mich jetzt bitte entschuldigen wollen …« Diesmal knallte Clayton Wilcox die Tür zu, ohne darauf zu achten, dass Reba Ashbys mit lauter Stimme weiterredete.

»Dr. Wilcox, kannten Sie Dr. Lillian Madden?«, rief sie durch die geschlossene Tür.

Wieder an seinem Schreibtisch, starrte Wilcox auf den Bildschirm. Die Worte, die er bis jetzt geschrieben hatte, ergaben plötzlich keinen Sinn mehr. Er zweifelte nicht daran, dass Reba Ashby einen reißerischen Artikel über den Schal verfassen würde. Und dadurch würde er ganz gewiss ins Licht der Öffentlichkeit geraten. Wie gründlich würde das Schmierblatt, für das sie arbeitete, in seiner Vergangenheit herumwühlen? Wie eingehend befasste sich die Polizei bereits mit seiner Biografie?

In den Zeitungen hieß es, die Unterlagen in Dr. Maddens Praxis seien zerstört worden.

Wirklich *alle*?

Hätte er zugeben sollen, dass er bei ihr gewesen war?

Das Telefon läutete. Ganz ruhig, sagte sich Wilcox. Du darfst dir nichts anmerken lassen.

Es war Emily Graham, die anfragte, ob sie vorbeikommen könne, um ihm die Bücher zurückzugeben.

»Natürlich«, erwiderte er gelassen. »Es ist mir ein Vergnügen, Sie wiederzusehen. Ich erwarte Sie.«

Nachdem er aufgelegt hatte, lehnte er sich in seinem Sessel zurück. Emily Grahams Bild stand ihm vor Augen.

Eine dunkelbraune Haarmähne, am Hinterkopf mit einer Spange zusammengefasst. Kleine Löckchen fielen ihr in Stirn und Nacken ...

Ebenmäßige Adlernase ...

Lange, dichte Wimpern über großen, forschenden Augen ...

Seufzend legte Clayton Wilcox die Hände auf die Tastatur und begann zu tippen. *Seine Sehnsucht war so groß, dass selbst die unaussprechlichen Folgen dessen, was er zu tun plante, ihn nicht abschrecken konnten.*

Zweiundvierzig

Für Robert Frieze begann die Woche am Montagmorgen mit einem Streit. Grund der heftigen Auseinandersetzung mit Natalie war das Treffen, das er mit Dominic Bonetti, dem Kaufinteressenten für das Restaurant, vereinbart hatte.

Da er wie immer nicht hatte schlafen können, war er

um halb sieben Uhr joggen gegangen, um die Nervosität loszuwerden, die sich in ihm aufstaute. Er wusste, dass er bei der Besprechung mit Bonetti selbstbewusst auftreten musste.

Auf dem Rückweg vom North Pavillon bemerkte er Susan, seine Ex-Frau, die auf ihn zugejoggt kam. Er verließ die Strandpromenade, weil er ihr nicht begegnen wollte. Am Ende des Monats war die halbjährliche Alimentezahlung fällig, und heute war nicht der richtige Tag, um darüber nachzugrübeln, wie er das Geld dafür auftreiben sollte.

Als er nach Hause kam, hatte sich seine innere Anspannung eher gesteigert. Zu seiner Enttäuschung saß Natalie bereits am Frühstückstisch. Er hatte gehofft, in Ruhe eine Tasse Kaffee trinken und die Zahlen noch einmal durchgehen zu können, die er gestern Abend zusammengestellt hatte.

»Hast du deine Gewohnheiten geändert?«, fragte er mürrisch. »Seit drei Tagen stehst du schon mit den Hühnern auf. Was ist denn mit deinem angeblich so dringend nötigen Schönheitsschlaf passiert?«

Verärgert stellte er fest, dass die Bilanzen, an denen er bis fast zum Morgengrauen gearbeitet hatte, auf dem Tisch ausgebreitet waren.

»Es ist ziemlich schwierig, zu schlafen, wenn man keinen Grund hat, müde zu sein«, zischte sie. Mit dieser Bemerkung wollte Natalie ihn daran erinnern, dass sie die Sonntagabende allein verbrachte, seit das Restaurant um diese Zeit zum Abendessen geöffnet war.

»Bob«, fragte sie dann drohend. »Könntest du mir erklären, was diese Zahlen zu bedeuten haben? Insbesondere die auf der letzten Seite. Du hast doch nicht etwa vor, das Restaurant so billig zu verkaufen. Dann kannst du es ja gleich *verschenken.*«

»Besser, ich verschenke es, als dass ich Konkurs anmelden muss«, erwiderte Bob kühl. »Bitte, Natalie, ich versuche, mich auf eine Besprechung vorzubereiten, bei der ich mit ein wenig Glück ein Geschäft abschließen und dieses Damoklesschwert endlich loswerden kann. Dom Bonetti ist in der besseren Verhandlungsposition, und das weiß er ganz genau. Also muss ich ihm ein Angebot machen, das er einfach nicht ausschlagen kann.«

»Tja, es sieht eher danach aus, als ob wir nach deinem letzten Angebot ohne einen Penny dastehen – außer ich kann weder addieren noch subtrahieren. Als du beschlossen hast, deinen Traum von einem eigenen Restaurant in die Tat umzusetzen, habe ich dir geraten, die Aktien zu verkaufen, anstatt sie zu beleihen. Jetzt wirst du gezwungen sein, die Aktien abzustoßen, um die Kredite zu bedienen, wenn du keinen hohen Preis für das Restaurant erzielst. Und ein Blick auf diese Zahlen zeigt mir, dass das gewiss nicht der Fall sein wird.«

Natalie hielt kurz inne und fuhr dann in höhnischem Ton fort: »Ich brauche dich wohl nicht darauf hinzuweisen, dass der Wert dieser Aktien inzwischen um fünfzig Prozent gesunken ist.«

Bob spürte, wie sich ihm der Magen zusammenkrampfte und sich ein Brennen in seiner Brust ausbreitete. »Gib mir die Papiere.«

»Hol sie dir doch.« Natalie warf die Papiere vom Tisch auf den Boden und trat dann absichtlich darauf, als sie aus dem Raum stolzierte.

Fünf Stunden später betrachtete Bob mit einem Kopfschütteln die Papiere in seiner Hand. Eines davon hatte ein kleines ovales Loch. Dann fiel es ihm wieder ein – der Stilettoabsatz von Natalies Sandalette hatte sich beim Drauftreten durch das Blatt gebohrt.

Danach erinnerte er sich an nichts mehr. Nur noch an ihren Streit und daran, dass er im Jogginganzug in der Küche gestanden und gehört hatte, wie oben die Schlafzimmertür zugeknallt wurde. Kurz schloss er die Augen.

Dann machte er sie wieder auf und sah sich langsam um. Inzwischen befand er sich in seinem Büro im ersten Stock des Restaurants und trug ein dunkelblaues Sakko und eine graue Hose.

Er warf einen Blick auf die Uhr. Es war fast eins. Schon ein Uhr! Dominic Bonetti würde jede Minute eintreffen. Sie hatten geplant, beim Mittagessen zu verhandeln.

Panisch versuchte Bob, sich auf seine Zahlenaufstellung zu konzentrieren. Das Telefon läutete. Es war der Oberkellner. »Mr. Bonetti ist hier. Soll ich ihn an Ihren Tisch setzen?«

»Ja. Ich komme sofort runter.«

Bob Frieze ging in sein Privatbadezimmer und spritzte sich kaltes Wasser ins Gesicht. Weil Natalie darauf bestanden hatte, hatte er sich im vergangenen Jahr von einem Schönheitschirurgen, für den ihre Freundinnen schwärmten, die Augen operieren lassen. Nun waren seine Lider straffer und die Tränensäcke, die sich allmählich unter den Augen gebildet hatten, waren verschwunden. Doch er wusste, dass ihm das Ergebnis nicht schmeichelte. Als er in den Spiegel blickte, hatte er den Eindruck, dass seine obere Gesichtshälfte nicht zur unteren passte, was er als merkwürdig und beunruhigend empfand. Er war immer stolz auf sein gutes Aussehen gewesen. Inzwischen nicht mehr.

Allerdings war jetzt nicht der richtige Zeitpunkt, um über eine solche Banalität nachzugrübeln, dachte er, während er sich mit dem Kamm durchs Haar fuhr. Dann eilte er die Treppe hinunter.

Er wusste, dass montags nicht viele Tische zum Mittagessen reserviert waren. Aber er hoffte, dass genug Laufkundschaft da sein würde, damit das Restaurant verhältnismäßig gut besucht wirkte. Als er beim Betreten des Gastraums feststellte, dass nur sechs Tische besetzt waren, spürte er, wie seine Hände feucht wurden. Dominic Bonetti saß, ein aufgeschlagenes Notizbuch vor sich, am Tisch.

War das ein gutes Zeichen?

Er hatte Bonetti bei einer Golfveranstaltung kennen gelernt. Der Mann war kräftig gebaut und mittelgroß und hatte dichtes, dunkles Haar und schlaue dunkle Augen. Seine Art war offen und leutselig, und er strahlte, auch wenn er schwieg, Selbstbewusstsein aus.

Erst nachdem der gedünstete Lachs – er war trocken und nicht sehr appetitlich – verzehrt war, kamen sie aufs Geschäftliche zu sprechen. Bob hatte es geschafft, die Konversation nicht erlahmen zu lassen, obwohl das ziemlich mühsam gewesen war.

Als der Espresso serviert wurde, ergriff Bonetti das Wort. »Sie wollen den Laden loswerden, und ich will ihn haben. Fragen Sie mich nicht nach dem Grund. Ich brauche ihn nicht. Ich bin neunundfünfzig Jahre alt und besitze mehr Geld, als ich je ausgeben könnte. Aber ich vermisse es, ein Restaurant zu betreiben. Vermutlich liegt es mir im Blut. Und die Lage Ihres Lokals ist ausgezeichnet.«

Allerdings erfuhr Bob in der nächsten halben Stunde auch, was mit seinem Restaurant alles im Argen lag – und das war eine ganze Menge.

Zum Beispiel missfiel Bonetti die Inneneinrichtung: »Ich weiß, dass Sie ein Vermögen dafür ausgegeben haben, aber der Gastraum wirkt abweisend. Er macht ein kalten und ungemütlichen Eindruck, weil ... Außerdem ist die Küche ungenügend ausgestattet ...«

Natalie hatte den teuren Innenarchitekten ausgesucht. Und Bobs erster Küchenchef, – ein sehr gefragter Mann von einer noblen Adresse in Manhattan –, hatte die Einrichtung der Küche bestimmt.

Dominic Bonetti bot eine halbe Million Dollar weniger als den absoluten Mindestpreis, mit dem Bob Frieze gerade noch hätte leben können.

»Das ist sicher nur Ihr erstes Angebot«, meinte Bob deshalb mit einem abfälligen Lächeln. »Ich würde gern weiter verhandeln.«

Bonettis lässige Art war auf einmal wie weggeblasen. »Wenn ich diesen Laden kaufe, wird es mich eine Stange Geld kosten, ihn nach meinen Vorstellungen umzubauen und die besten Leute einzustellen«, entgegnete er ruhig. »Ich habe Ihnen meinen Preis genannt. Das ist mein letztes Wort.«

Als er sich erhob, stand wieder ein freundliches Lächeln auf seinem Gesicht. »Überlegen Sie es sich, Bob. Wenn man berücksichtigt, was hier noch alles getan und in Ordnung gebracht werden muss, ist es ein sehr fairer Preis. Ich bin Ihnen nicht böse, wenn Sie ablehnen. Meine Frau wird sicher begeistert sein.«

Er hielt Bob die Hand hin. »Geben Sie mir Bescheid.«

Bob wartete, bis Bonetti den Gastraum verlassen hatte. Dann warf er dem Kellner einen Blick zu und hielt sein leeres Weinglas hoch.

Kurz darauf kehrte der Kellner mit dem Wein und einem Handy zurück. »Ein dringender Anruf von Mrs. Frieze, Sir.«

Zu Bobs Erstaunen erkundigte sich Natalie nicht nach dem Treffen mit Bonetti. Stattdessen sagte sie: »Ich habe gerade gehört, dass der Garten des Hauses Ludlam Avenue 15 aufgebaggert wird. Es heißt, sie suchen nach der Leiche von Carla Harper, dem Mädchen, das vor zwei

Jahren verschwunden ist. Mein Gott, Bob, Ludlam Avenue 15. Ist das nicht dein Elternhaus gewesen?«

Dreiundvierzig

»Ihr Vater ist hier und möchte Sie sehen, Mr. Stafford.« Die Stimme der Empfangssekretärin verriet Erstaunen. Es war fast, als würde sie sagen: »Ich wusste gar nicht, dass Ihr Vater noch lebt.«

»Mein Vater!« Will Stafford warf seinen Bleistift hin. Da er verärgert war, wartete er ab, bis seine Stimme wieder ruhiger klang. »Schicken Sie ihn rein.«

Will sah zu, wie der Türknauf sich langsam drehte. Er hat Angst, mir gegenüber zu treten, dachte er. Denn er befürchtet, ich könnte ihn rauswerfen. Will stand nicht auf, sondern blieb kerzengerade an seinem Schreibtisch sitzen und bemühte sich um eine Körperhaltung, die so abweisend wie möglich wirkte.

Stück für Stück öffnete sich die Tür. Der Mann, der hereinkam, war nur noch ein Schatten seiner selbst. Seit ihrer letzten Begegnung vor einem Jahr hatte sein Vater mindestens fünfundzwanzig Kilo abgenommen. Seine Haut hatte eine blasse, gelbliche Färbung und spannte sich straff über die Wangenknochen. Das volle, grau melierte, blonde Haar, an das Will sich erinnerte und das er von ihm geerbt hatte, hatte sich in schlaffe, schmutzig graue Strähnen verwandelt.

Er ist erst vierundsechzig und sieht aus wie vierundachtzig, dachte Will. Verlangt er etwa von mir, dass ich ihn bemitleide und ihn mit offenen Armen empfange? »Mach die Tür zu«, befahl er.

Willard Stafford senior gehorchte nickend. Keiner der beiden Männer bemerkte, dass die Tür nicht ins Schloss gefallen und wieder ein paar Zentimeter aufgesprungen war.

Langsam stand Will auf. »Warum lässt du mich nicht in Ruhe?«, fragte er mit erhobener Stimme. »Begreifst du denn nicht, dass ich nichts mit dir zu tun haben will? Ich soll dir verzeihen? Gut, ich verzeihe dir. Und jetzt verschwinde.«

»Will, ich habe Fehler begangen. Das gebe ich zu. Ich habe nicht mehr lange zu leben und möchte den Schaden wieder gutmachen.«

»Das kannst du nicht. Und jetzt hau ab und lass dich nie wieder hier blicken.«

»Ich hätte mehr Verständnis für dich aufbringen müssen. Du warst noch ein Jugendlicher ...« Die Stimme des alten Mannes wurde lauter.

»Halt den Mund!« Mit zwei Schritten umrundete Will Stafford seinen Schreibtisch und baute sich vor seinem Vater auf. Seine beiden Händen umfassten dessen magere, bebende Schultern.

»Ich habe für die Schuld eines anderen Menschen bezahlt. Du hast mir nicht geglaubt. Du hättest dir eine ganze Mannschaft von Anwälten leisten können, damit ich richtig verteidigt werde. Aber du hast mich fallen lassen. Mich, deinen einzigen Sohn. Du hast mich öffentlich verstoßen. Doch inzwischen ist mein Jugendstrafregister verjährt. Ich will nicht, dass du herkommst und alles zerstörst, was ich mir in dreiundzwanzig Jahren aufgebaut habe. Hau einfach ab. Steig wieder ins Auto. Fahr zurück nach Princeton und bleib dort.«

Will Stafford senior nickte. Mit tränenfeuchten Augen drehte er sich um und tastete nach dem Türknauf. Dann hielt er inne. »Ich verspreche dir, dass ich nicht wiederkommen werde. Ich wollte nur noch ein letztes Mal dein Gesicht sehen und dich um Verzeihung bitten. Ich weiß, dass ich dich im Stich gelassen habe. Ich dachte bloß, du würdest vielleicht verstehen …« Seine Stimme erstarb.

Will antwortete nicht.

Seufzend öffnete sein Vater die Tür. »Es ist nur«, murmelte er, mehr zu sich selbst als an Will gewandt, »dass ich gelesen habe, was in dieser Stadt vor sich geht. Ich meine das Mädchen, dessen Leiche gefunden wurde. Ich habe mir Sorgen gemacht. Weißt du …«

»Du hast den Nerv herzukommen und mir so etwas zu sagen? Raus! Hast du kapiert? Verschwinde!«

Es kümmerte Will Stafford nicht, dass er schrie und dass die Empfangssekretärin gewiss jedes Wort mithörte. Seine größte Sorge war, es könnte ihm nicht gelingen, seine blinde Wut zu zügeln. Denn dann hätte er die Hände um den mageren Hals des Mannes gelegt, der ihn gezeugt hatte, und zugedrückt, bis ihm das Genick brach.

Vierundvierzig

Ned Koehlers Anwalt Hal Davis war nicht erfreut, sich am Montag um drei Uhr nachmittags erneut mit Marty Browski im Gray Manor Hospital treffen zu müssen.

»Der Staat bezahlt mir zu wenig, als dass ich Lust hätte, Ihnen bei einer Hexenjagd zu helfen«, beschwerte er sich, während sie zusammen darauf warteten, dass Koehler ins Besprechungszimmer gebracht wurde.

»Mich bezahlt der Staat dafür, dass ich Verbrecher ihrer gerechten Strafe zuführe«, entgegnete Browski.

»Und wie ich Ihnen heute Morgen bereits erklärt habe, haben wir die Ermittlungen im Fall Ruth Koehler wieder aufgenommen. Ihr Mandant steht unter Mordverdacht.«

Davis sah ihn missbilligend an. »Das ist doch ein Scherz. Sie konnten Joel Lake, dem Mörder von Ruth Koehler, nichts nachweisen und mussten ihn laufen lassen. Und nun wollen Sie Ihre Scharte offenbar wieder auswetzen, indem Sie den armen Koehler zum Sündenbock erklären. Nach Ihrem Anruf bin ich auf schnellstem Wege hierher gefahren und habe mit Ned gesprochen. Ich habe ihm geraten, kein Wort mit Ihnen zu wechseln. Aber er beharrt auf seiner Unschuld und besteht darauf, mit Ihnen zu reden.«

»Vielleicht ist er klüger, als Sie glauben«, erwiderte Browski. »Wir alle dachten, Koehler hätte in seinem Schock und seiner Trauer die Spuren am Tatort vernichtet. Doch man könnte es auch so sehen, dass er schlau genug war, einen Grund für das Vorhandensein seiner Fingerabdrücke auf dem Messer und das Blut an seinen Kleidern zu schaffen.«

»Er hat sie vom Boden aufgehoben. Er wusste nicht, dass sie tot war. Er ist losgelaufen, um Hilfe zu holen.«

»Vielleicht.«

Die Tür ging auf. Ned Koehler wurde von einem Pfleger zu einem Stuhl geführt. »Ned ist heute ein wenig aufgeregt«, meinte der Pfleger. »Ich warte draußen, falls Sie mich brauchen.«

»Warum tun Sie mir das an?«, wollte Ned Koehler von Marty wissen. »Ich habe meine Mutter geliebt. Ich vermisse sie.«

»Ich habe nur ein paar Fragen«, entgegnete Marty beruhigend. »Aber ich muss Sie darauf hinweisen, dass Sie des Mordes an Ihrer Mutter verdächtigt werden. Also kann alles, was Sie sagen, gegen Sie verwendet werden.« Rasch klärte er Ned über seine verfassungsmäßigen Rechte auf.

»Ned, verstehen Sie, dass Sie keine seiner Fragen zu beantworten brauchen.« Hal Davis beugte sich vor, als könne er Koehler durch körperliche Nähe besser erreichen.

»Ned, ich habe mit Ihrer Tante gesprochen«, begann Marty ruhig. »Sie hat sich nicht geirrt. Sie hat wirklich mit Ihrer Mutter telefoniert, nachdem Joel Lake beim Verlassen des Gebäudes beobachtet wurde.«

»Meine Tante spinnt doch. Wenn meine Mutter mit ihr geredet hätte, als der Kerl schon weg war, hätte sie ihr doch von dem Einbruch erzählt.«

»Möglicherweise hatte sie es noch nicht bemerkt. Ned, war Ihre Mutter je böse auf Sie?«

»Meine Mutter hat mich geliebt. Sehr geliebt.«

»Das glaube ich Ihnen gern. Aber sie hat doch sicher manchmal mit Ihnen geschimpft.«

»Nein, nie.«

»Besonders ärgerlich war sie, weil Sie beim Weggehen nie darauf achteten, ob die Tür richtig ins Schloss gefallen war. Stimmt das nicht?«

»Wenn ich weggegangen bin, habe ich immer abgeschlossen.«

»Immer? Joel Lake behauptet, die Tür sei nur angelehnt gewesen. Deshalb habe er die Wohnung ja auch betreten.«

Ned Koehlers Augen verengten sich zu Schlitzen. Seine Kiefer mahlten.

»Ist es nicht so, Ned, dass das eine Woche vor dem Tod Ihrer Mutter schon einmal geschehen war? Dass sie Sie angeschrien und geschimpft hat, jemand hätte hereinkommen und sie erstechen können? Die Nachbarn haben berichtet, das habe sie stets gesagt, wenn Sie die Tür nicht richtig zugemacht hatten.«

»Ned, ich möchte, dass Sie jetzt schweigen«, mischte sich Davis ein.

Ned sah seinen Anwalt an und schüttelte den Kopf. »Lassen Sie mich in Ruhe, Hal. Ich will reden.«

»Ned, woher wollen Sie wissen, welche Angst Ihre Mutter hatte, als sie das Messer sah und ihr klar wurde, dass sie sterben musste?« Marty schleuderte die Frage Ned Koehler entgegen.

Er wartete die Antwort nicht ab. »Hat sie Sie angefleht, ihr nichts zu tun? Hat sie sich dafür entschuldigt, dass sie mit Ihnen geschimpft hat? Sie saß am Küchentisch und hatte gerade bemerkt, dass in die Wohnung eingebrochen worden war. Wahrscheinlich war sie sehr böse. Das Messer hing an einer Leiste an der Wand. Hat sie darauf gezeigt und Ihnen erklärt, der Einbrecher hätte sie damit angreifen können? Hat sie gesagt, das wäre dann Ihre Schuld gewesen?«

Ein Geräusch – eine Mischung aus einem Schrei und einem Wimmern – drang aus Ned Koehlers Kehle, sodass die beiden Männer erschrocken zusammenfuhren. Die Tür sprang auf, und der Pfleger stürmte herein.

Ned Koehler schlug die Hände vors Gesicht. »Sie sagte: ›Nicht, Ned. Es tut mir Leid, Ned. Ned, bitte.‹ Aber es war zu spät. Ich wusste nicht, dass ich das Messer in der Hand hatte. Und dann steckte es plötzlich in ihrer Brust.«

Sein Körper wurde von Schluchzern erschüttert, als er rief: »Es tut mir Leid, Mama! Es tut mir so Leid!«

Fünfundvierzig

Als Emily nach Hause kam, wurde sie von Eric Bailey auf der Veranda erwartet. Sie hatte Dr. Wilcox die Bücher zurückgegeben, im Museum vorbeigeschaut und anschließend alles gekauft, was sie brauchte, um ihr Vorhaben in die Tat umzusetzen.

»Kein Problem«, erwiderte Eric, als Emily sich entschuldigen wollte. »Ich bin zu früh dran. Aber ich habe Hunger. Was hast du zu essen im Haus?«

Emily hatte Zutaten für Sandwiches besorgt – Schinken, Schweizer Käse, Salat, Tomaten und frisches italienisches Brot. Während sie die Mahlzeit vorbereitete, begann er, die Kameraausrüstung auszupacken.

Sie aßen in der Küche. »Außerdem gibt es noch den Rest von der Hühnersuppe«, sagte sie. »Ich habe sie vorgestern Abend gekocht und eingefroren, was übrig geblieben ist. Sie ist gut, ich schwöre.«

»Das erinnert mich an unsere Zeit in dem heruntergekommenen Büro in Albany«, entgegnete Eric, während er den letzten Tropfen Suppe aus der Schale kratzte. »Ich bin losgezogen, um Sandwiches zu besorgen, und du hast deine hausgemachte Suppe aufgewärmt.«

»Es war schön«, meinte Emily.

»Stimmt. Und ich hätte keine Firma mehr, wenn du mich nicht in diesem Prozess verteidigt hättest.«

»Dafür hast du mich reich gemacht. Also sind wir quitt.«

Über den Tisch hinweg lächelten sie sich an. Eric ist drei Tage älter als ich, dachte Emily. Aber ich fühle mich immer, als wäre er mein kleiner Bruder.

»Ich habe mir Sorgen gemacht, als ich sah, dass der Wert deiner Firmenaktien gesunken ist«, sagte sie.

Er zuckte die Achseln. »Der steigt schon wieder. Du hast zwar eine Menge verdient, aber du wirst es noch bedauern, dass du so früh verkauft hast.«

»Meine ganze Kindheit lang habe ich ständig die Geschichte gehört, wie mein Großvater beim Börsenkrach 1929 sein gesamtes Vermögen verloren hat. Wahrscheinlich war mir deshalb der Gedanke nicht geheuer, die Aktien zu behalten. Ich hätte ständig Angst gehabt, dass etwas schief gehen könnte. Jetzt brauche ich mir für den Rest meines Lebens keine Gedanken mehr über Geld zu machen. Und das habe ich nur dir zu verdanken.«

»Falls du sonst noch etwas brauchen solltest ...« Eric beendete den Satz nicht. Emily schüttelte den Kopf.

»Warum sollten wir eine wunderschöne Freundschaft gefährden?«, fragte sie.

Er half ihr, die Geschirrspülmaschine einzuräumen. »Das ist doch meine Aufgabe«, protestierte sie.

»Ich helfe dir gern.«

»Da du ja leider heute Abend unbedingt nach Albany zurückwillst, wäre es vielleicht besser, mit den Kameras anzufangen.«

Kurz darauf schloss sie mit einem nachdrücklichen Geräusch die Geschirrspülmaschine. »Okay, alles fertig. Wenn du das eine Ende des Esstisches zum Arbeiten benützt, nehme ich das andere.« Sie erklärte ihm, was sie mit den Kopien der Karten und Grundbuchunterlagen vorhatte.

»Ich will mich in das Leben dieser Leute einfühlen«, sagte sie. »Ich möchte wissen, wo Madelines Freunde wohnten. Denn ich bin überzeugt davon, dass sie von jemandem, den sie kannte, ermordet und hier begraben wurde. Aber wie ist der Täter unentdeckt geblieben? Bestimmt hat die Polizei zumindest in den ersten Tagen nach ihrem Verschwinden das Haus und die ganze Umgebung durchsucht. Wo wurde sie gefangen gehalten? Oder wo war ihre Leiche versteckt? Hat der Mörder sie vielleicht noch am selben Tag nach Dunkelwerden vergraben? Wegen der Stechpalme war dieser Teil des Gartens nämlich nicht einsehbar.«

»Bist du sicher, dass dieses Verbrechen bei dir nicht zur fixen Idee wird, Emily?«

Sie sah ihn eindringlich an. »Ich muss unbedingt den Zusammenhang zwischen der Mordserie damals und den jüngsten Morden in dieser Stadt finden. In diesem Augenblick gräbt die Polizei wieder einen Garten um, und zwar nur ein paar Häuserblocks entfernt von hier. Man glaubt, dass dort die Leiche einer jungen Frau liegt, die seit zwei Jahren vermisst wird.«

»Emily, bleib nicht allein in diesem Haus. Du hast mir erzählt, du seist in den fünf Tagen, die du nun in der Stadt bist, schon zweimal belästigt worden. Du wolltest doch eine Pause einlegen und dich erholen. Wenn ich dich so anschaue, habe ich meine Zweifel, dass dir das hier gelingt.«

Als plötzlich das Telefon läutete, schnappte Emily nach Luft und packte Eric am Arm. Sie zwang sich zu einem zittrigen Lachen, bevor sie ins Arbeitszimmer lief, um den Anruf entgegenzunehmen.

Es war Detective Browski, der keine Zeit mit Begrüßungsfloskeln verschwendete. »Emily, auch wenn Ihr Mandant im Fall Koehler ein mieser Dreckskerl ist, freut es Sie vielleicht zu hören, dass er den Mord nicht begangen hat. Ich war gerade bei Ned Koehler. Wollen Sie wissen …«

Eine Viertelstunde später kehrte Emily ins Esszimmer zurück.

»Das war aber ein ziemlich langes Gespräch«, stellte Eric lässig fest. »Ein neuer Freund?«

»Detective Browski. Du hast ihn kennen gelernt. Er spricht sehr freundlich über dich.«

»Schieß los. Und lass ja nichts weg.«

»Seiner Ansicht nach hast du mir das Leben gerettet, Eric. Wäre Ned Koehler nicht dank deiner Überwachungskamera geschnappt worden, hätten wir nie erfahren, wer mich verfolgt.«

»Dein Nachbar hat Geräusche gehört und die Polizei verständigt.«

»Ja, aber Koehler hatte rausgekriegt, wie man die Alarmanlage außer Gefecht setzt. Und er ist geflohen, bevor die Polizei eintraf. Wenn wir ihn nicht auf dem Film gehabt hätten, hätten wir nicht gewusst, wer versucht hat, in mein Haus einzudringen. Und beim nächsten Mal hätte es übel für mich ausgehen können.«

Emily bemerkte, dass ihre Stimme zitterte. »Heute hat er gestanden, dass er geplant hatte, mich umzubringen. Marty Browski sagt, Koehler habe sich in seinem kranken Gehirn zurechtgelegt, Joel Lake wäre verantwortlich für den Tod seiner Mutter. Er meinte zu Browski, seine Mutter würde heute noch leben, wenn Joel nicht in die Wohnung eingebrochen wäre. Und deshalb sei Joel der wirkliche Mörder.«

»Eine ziemlich verquere Logik, würde ich sagen.« Geschickt setzte Eric Bailey die Kameras zusammen, die er nach Spring Lake mitgebracht hatte.

»Verquer, aber in gewisser Hinsicht verständlich. Ich bin sicher, dass er seine Mutter nicht töten wollte. Und ich weiß, er kann den Gedanken nicht ertragen, schuld an ihrem Tod zu sein. Wenn Joel Lake verurteilt worden wäre, hätte er seine Gewissensbisse auf ihn übertragen können. Dann habe ich Joels Freispruch erwirkt und bin so in Koehlers Augen zur Verbrecherin geworden.«

»Du bist aber keine Verbrecherin«, sagte Eric Bailey

mit Nachdruck. »Was mich ängstigt, ist, dass Browski sich Sorgen wegen des neuen Verfolgers macht. Hat er schon einen Verdacht?«

»Er hat meinen Ex-Mann überprüft. Aber Gary mag sein, wie er will, er verfolgt keine Frauen. Außerdem hat er für Dienstagnacht und Samstagmorgen, als die letzten Fotos geknipst wurden, ein wasserdichtes Alibi. Joel Lake hat Browski noch nicht ausfindig machen können.«

»Hast du Angst vor Lake?«

»Auch wenn es dich erstaunt, bin ich wirklich erleichtert, dass er es nicht war. Erinnerst du dich noch, wie Ned Koehler mich angegriffen hat, nachdem Lake von den Geschworenen freigesprochen worden war?«

»Da kannst du Gift drauf nehmen. Schließlich war ich dabei.«

»Während die Gerichtsdiener Koehler von mir weggezogen haben, half Joel Lake mir wieder auf die Beine. Er war genau neben mir, weil wir gemeinsam aufgestanden waren, um das Urteil zu hören. Und weißt du, Eric, was er mir zugeflüstert hat?«

Als Eric Bailey Emilys Tonfall hörte, hielt er in seiner Arbeit inne und sah sie eindringlich an.

»Er meinte: ›Vielleicht hat Koehler Recht, Emily. Vielleicht habe ich die alte Dame ja doch umgebracht. Und wie fühlen Sie sich jetzt?‹

Ich habe das noch niemandem erzählt, aber es verfolgt mich seitdem. Und trotzdem habe ich nicht geglaubt, dass Lake der Mörder war. Verstehst du das? Dieser Kerl ist einfach der letzte Dreck. Anstatt mir dankbar zu sein, weil er nicht lebenslänglich ins Gefängnis musste, hat er mich noch verhöhnt.«

»Weißt du, was ich glaube, Emily? Möglicherweise war er verliebt in dich und sich darüber im Klaren, dass er nie bei dir landen würde. Menschen, die zurückgewiesen werden, sind manchmal zu schrecklichen Dingen fähig.«

»Tja, falls er es ist, der mich belästigt, hoffe ich bei Gott, dass wir ihn mit deinen Kameras schnappen.«

Als Eric kurz vor sieben Uhr abends abfuhr, hingen die Kameras an allen Seiten des Hauses. Allerdings hatte Eric Emily verschwiegen, dass er weitere Kameras im Haus installiert und an einem Speicherfenster eine Abhörantenne angebracht hatte. Nun konnte er innerhalb eines Radius von einem Dreiviertelkilometer alle ihre Bewegungen auf dem Fernsehbildschirm in seinem Transporter mitverfolgen und auch ihre Gespräche in Wohnzimmer, Küche und Arbeitszimmer belauschen.

Nachdem er sich mit einem freundschaftlichen Kuss auf die Wange von ihr verabschiedet hatte, machte er sich auf die Rückfahrt nach Albany. Dabei plante er bereits seinen nächsten Besuch in Spring Lake.

Er schmunzelte, als er daran dachte, wie sie zusammengezuckt war, als das Telefon läutete. Sie war viel verängstigter, als sie sogar sich selbst eingestehen wollte.

Angst war die beste Rache. Emily hatte ihre Aktien zum Höchstkurs verkauft. Kurz danach hatten weitere Verkäufe eine Kettenreaktion ausgelöst. Inzwischen stand seine Firma vor dem Bankrott.

Selbst das hätte er ihr verziehen, hätte sie ihn nicht als Mann zurückgewiesen. »Wenn du mich nicht lieben willst, Emily«, sagte er sich, »wirst du den Rest deines Lebens in Angst verbringen. Jeden Augenblick wirst du damit rechnen müssen, dass sich in der Dunkelheit jemand auf dich stürzt und dass es für dich dann kein Entrinnen gibt.«

Dienstag, 27. März

Sechsundvierzig

Am Montagnachmittag hatte der an die Adresse Ludlam Avenue 15 gelieferte Bagger gerade einmal eine Schaufel Erde umgedreht, als er schon den Geist aufgab. Zu ihrem Bedauern erfuhren die Experten von der Spurensicherung, dass ein neuer Bagger erst am nächsten Morgen zur Verfügung stehen würde.

Also fügten sie sich in das Unvermeidliche, sperrten den Garten mit Bändern ab und beauftragten einen Polizisten damit, das Grundstück zu bewachen.

Um acht Uhr am Dienstagmorgen hatten sich schon vor Eintreffen des neuen Baggers die Medienvertreter versammelt. Transporter, die die Embleme von Fernsehsendern trugen, säumten die ruhigen Straßen. Helikopter schwebten über dem Gebiet, während Kameraleute Luftaufnahmen vom Garten machten. Reporter mit Mikrofonen warten darauf, dass das Spurensicherungsteam anfing, jede Schaufel voll Erde zu durchsieben.

Emily, die einen Jogginganzug und eine Sonnenbrille trug, mischte sich unter die Leute, die grüppchenweise still und ernst auf dem Gehweg standen, und belauschte ihre Gespräche.

Jeder wusste, dass die Polizei nach einer weiteren Leiche

suchte. Aber wessen? Ganz sicher handelte es sich um Carla Harper, das junge Mädchen, das vor zwei Jahren verschwunden war, flüsterten die Menschen einander zu. Soweit man im Bilde war, zweifelte die Polizei inzwischen ernsthaft daran, dass Carla Spring Lake je verlassen hatte.

Vor allem zwei Fragen beschäftigten die Einwohner von Spring Lake: »Warum hatte man beschlossen, ausgerechnet hier zu suchen?« Und: »Lag es daran, dass jemand das Verbrechen gestanden hatte?«

Emily hörte zu, als eine jugendlich wirkende Großmutter, die einen Kinderwagen schob, mit finsterer Miene meinte: »Wir sollten alle beten, dass sich der Täter bereits in Haft befindet. Der Gedanke, dass sich ein Mörder in unserer Stadt herumtreiben könnte, ist einfach zu schrecklich. Meine Tochter ist nur ein paar Jahre älter als Martha Lawrence und Carla Harper.«

Emily erinnerte sich an eine Passage aus Phyllis Gates' Buch: *Mutter bewacht mich wie ein Schießhund und lässt mich nicht einmal allein auf der Straße spazieren gehen.*

Mutter hatte Recht, Phyllis, sagte sich Emily. Am Montagabend hatte sie bis lange nach Mitternacht an ihrem Modell der Stadt gearbeitet und die Straßen so beschriftet, wie sie im 19. Jahrhundert geheißen hatten. Die Monopolyhäuschen standen auf dem Stadtplan aus Pappe und markierten die Wohnhäuser der Shapleys, der Carters, der Greggs und der Swains.

Als Emily die Reporterin vom *National Daily* dicht neben sich erkannte, drehte sie sich rasch um und beschloss, nach Hause zu gehen. Ich will nicht, dass gerade sie mich abfängt, dachte sie. Und nach dem, was letzte Woche geschehen ist, möchte ich nicht dabei sein, falls weitere Leichen gefunden werden. Ich besitze bereits alle nötigen Informationen über dieses Haus.

Aber sie konnte immer noch kein Schema erkennen, das darauf hinwies, wer die Morde vor über hundert Jahren begangen hatte.

Reba Ashby war bereits am Montag an der Ausgrabungsstelle gewesen und kam am Dienstag wieder. Hastig schrieb sie ihre Eindrücke auf. Es war die sensationellste Story ihrer ganzen Karriere, und Reba war fest entschlossen, alles aus ihr rauszuholen.

Neben ihr sprach Irene Cornell vom Radiosender *CBS* live ins Mikrofon: »Entsetzen und Unglaube malen sich auf den Gesichtern der Einwohner dieses ruhigen viktorianischen Städtchens, während sie abwarten, ob man wieder die Leiche einer vermissten jungen Frau finden wird«, begann sie in dramatischem Tonfall.

Um halb zehn, fast anderthalb Stunden nach Beginn der Grabungsarbeiten, bemerkten die Zuschauer, dass der Bagger plötzlich angehalten wurde und das Spurensicherungsteam zu dem Loch stürzte.

»Sie haben etwas entdeckt!«, rief jemand.

Die Reporter standen mit dem Rücken zum Haus auf dem Rasen, hatten die Kameras auf den Bagger gerichtet und fingen an, hastig in ihre Mikrofone zu sprechen.

Die Einwohner der Stadt, von denen einige nach der Hand eines Freundes griffen, verharrten schweigend. Die Ankunft des Leichenwagens verriet, dass die Leiche eines Menschen gefunden worden war. Der Staatsanwalt traf in einem Streifenwagen ein und versicherte, er werde in Kürze eine Erklärung abgeben.

Eine halbe Stunde später trat Elliot Osborne vor die Mikrofone. Er bestätigte, man sei auf ein vollständiges menschliches Skelett gestoßen, das in dieselbe dicke Plastikplane gehüllt gewesen sei wie Martha Lawrences Leiche. Nur wenige Zentimeter darunter habe man einen menschlichen Schädel und einige lose Knochen gefunden. Weiter werde er sich erst äußern, nachdem der Leichenbeschauer Gelegenheit zu einer vollständigen Untersuchung gehabt und einen Bericht verfasst habe.

Osborne lehnte es ab, auf die vielen Fragen zu antworten, die ihm entgegengeschrien wurden. »Beweist das nicht *eindeutig*, dass ein wiedergeborener Mörder in dieser Stadt sein Unwesen treibt?«, wollte der lauteste Rufer wissen.

Tommy Duggan und Pete Walsh hatten geplant, dem Leichenwagen vom Fundort bis zum Leichenschauhaus zu folgen. Doch dann beschlossen sie, zuerst mit Margo Thaler, der zweiundachtzigjährigen Besitzerin des Hauses zu sprechen.

Die sichtlich erregte alte Dame saß in ihrem Wohnzimmer und trank eine Tasse Tee, die eine Nachbarin ihr gebracht hatte.

»Ich weiß nicht, ob ich es je wieder über ertragen werde, den Garten zu betreten«, sagte sie zu Tommy. »Dort, wo das Skelett gefunden wurde, hatte ich meine Rosenbüsche. Ich habe genau an dieser Stelle auf den Knien gelegen, um das Unkraut zu jäten.«

»Mrs. Thaler, wir werden Sorge dafür tragen, dass sämtliche Teile des Skeletts restlos entfernt werden«, erwiderte Tommy beruhigend. »Sie können Ihre Rosenbüsche wieder einpflanzen. Ich möchte Ihnen nur ein paar Fragen stellen, dann sind Sie uns wieder los. Wie lange wohnen Sie schon hier?«

»Seit vierzig Jahren. Ich bin die dritte Besitzerin des Hauses. Ich habe es von Robert Frieze senior gekauft. Er hatte es dreißig Jahre lang.«

»Ist das nicht der Vater von Robert Frieze, dem Wirt des Seasoner?«

Margo Thaler verzog abfällig das Gesicht. »Ja, aber Bob ist seinem Vater nicht im Mindesten ähnlich. Er hat sich von seiner reizenden Frau scheiden lassen und diese Natalie geheiratet. Dann hat er das Restaurant eröffnet. Ich habe es mit Freunden ausprobiert. Hohe Preise und schlechtes Essen.«

Offenbar hat Bob Frieze nicht viele Freunde in dieser Stadt, dachte Tommy und begann dann nachzurechnen.

Frieze war ungefähr sechzig. Mrs. Thaler besaß das Haus seit vierzig Jahren. Davor hatte es dreißig Jahre lang der Familie Frieze gehört. Das hieß, dass Bob Frieze zehn Jahre, nachdem sein Vater das Haus gekauft hatte, geboren war und seine ersten zwanzig Lebensjahre hier verbracht hatte. Tommy legte diese Information in seinem Gedächtnis ab, um sich später weiter damit zu befassen.

»Mrs. Thaler, unserer Ansicht nach handelt es sich bei dem Skelett vermutlich um die sterblichen Überreste einer jungen Frau, die vor knapp zwei Jahren, am 5. August, verschwunden ist. Es hätte Ihnen doch auffallen müssen, wenn jemand um diese Jahreszeit in Ihrem Garten ein Loch gegraben hätte.«

»Ganz sicher wäre mir das aufgefallen.«

Und das hieß, dass die Leiche anderswo versteckt worden war, bis sich eine Gelegenheit ergab, sie unbemerkt hier zu verscharren, sagte sich Tommy.

»Mrs. Thaler, ich war acht Jahre lang Polizist hier«, meinte Pete Walsh.

Sie sah ihn prüfend an. »Ach, natürlich. Verzeihen Sie. Ich hätte Sie erkennen müssen.«

»Soweit ich mich erinnere, sind Sie immer im Oktober nach Florida geflogen und erst im Mai wiedergekommen. Halten Sie das immer noch so?«, erkundigte sich Pete.

»Ja.«

Das erklärt alles, überlegte Tommy. Carlas Mörder hat die Leiche irgendwo aufbewahrt – vielleicht in einer Gefriertruhe -, bis er sie heimlich hier vergraben konnte.

Er stand auf. »Sie waren uns eine große Hilfe, und es war sehr freundlich von Ihnen, dass Sie sofort bereit waren, mit uns zu sprechen, Mrs. Thaler.«

Die alte Dame nickte und sagte dann nach einer Pause: »Mir ist klar, wie selbstsüchtig es klingt, dass ich zuerst daran dachte, wie ich auf einem Grab gekniet habe. Vermutlich werden meine Kinder und Enkel über kurz oder lang vor meinem Grab knien. Die Rosen waren wunderschön. Wenn sie das Umsetzen nicht überstehen, werde ich mir eben neue zulegen. Vielleicht war es gar nicht das Schlechteste, dass sie das Grab des armen Mädchens geschmückt haben.«

Tommy stand schon in der Tür, als ihm noch eine Frage einfiel. »Mrs. Thaler, wie alt ist dieses Haus?«

»Es wurde 1874 gebaut.«

»Wissen Sie, wer der erste Besitzer war?«

»Die Familie Alan Carter. Es gehörte ihnen ungefähr fünfzig Jahre lang. Dann haben sie es an Robert Frieze senior verkauft.«

Dr. O'Brien war immer noch mit der Autopsie beschäftigt, als Tommy Duggan und Pete Walsh im Leichenschauhaus eintrafen.

Ein Assistent schrieb die Daten auf, die O'Brien ihm diktierte.

Während Tommy lauschte, dachte er an Carla Harpers Beschreibung, die auf seinem Schreibtisch lag. *Einen Meter achtundsechzig groß, fünfzig Kilo schwer, blaue Augen, dunkles Haar.*

Das Foto in der Akte zeigte eine attraktive, lebhafte junge Frau mit schulterlangem Haar. Als Tommy nun zuhörte, wie der Pathologe schonungslos das Gewicht ihrer Knochen und die Größe ihrer Zähne schilderte, dachte er, dass er wohl nie abgebrüht genug sein würde, um sich an diesen Teil seiner Arbeit zu gewöhnen.

Das Untersuchungsergebnis glich nahezu dem, was man ihnen am Donnerstag mitgeteilt hatte. Es handelte sich um das Skelett einer jungen Frau. Der Tod war durch Strangulieren eingetreten.

»Schauen Sie sich das an«, sagte O'Brien. Mit seiner behandschuhten Hand hielt er Stofffetzen hoch. »Sehen Sie diese Metallperlen? Das ist ein Stück desselben Schals, den wir um Martha Lawrences Hals gefunden haben.«

»Soll das heißen, dass der Mensch, der vermutlich während der Party den Schal gestohlen hat, damit nicht nur Martha tötete, sondern ihn sogar zerteilte, damit er ihn mehrmals verwenden konnte?«, fragte Pete Walsh ungläubig.

Duggan warf ihm einen forschenden Blick zu. »Gehen Sie raus und schnappen Sie frische Luft. Schließlich will ich nicht, dass Sie mir hier umkippen.«

Walsh nickte und gab ein würgendes Geräusch von sich, als er hinauseilte.

»Ich kann es ihm nicht verdenken, dass ihm übel geworden ist«, knurrte Tommy Duggan. »Verstehen Sie, was das bedeutet, Doktor? Der Mörder hält sich an den Zeitplan aus dem 19. Jahrhundert. Womöglich hat er weder Martha Lawrence noch« – er betrachtete die Gestalt auf dem Tisch – »Carla Harper, falls sie es ist, aus persönlichen Motiven umgebracht. Offenbar hat er sie nur deshalb ausgesucht, weil sie dem Alter nach den beiden Frauen entsprachen, die damals verschwanden.«

»Ein Vergleich der zahnärztlichen Unterlagen wird bestätigen, ob es sich um Carla Harper handelt.« Dr. O'Brien rückte seine Brille zurecht. »Der zweite Schädel, den wir gefunden haben, lag schon viel länger unter der Erde als das vollständige Skelett. Wir können das Gesicht rekonstruieren, doch das wird eine Weile dauern. Aber ich gehe davon aus, dass er zum Körper einer jungen Frau gehörte, die nicht älter als zwanzig Jahre war.«

»Carla Harper und Letita Gregg«, meinte Tommy Duggan leise.

»Nach den Namen auf der Postkarte zu urteilen, ist das wahrscheinlich«, stimmte Dr. O'Brien zu. »Und ich habe da noch etwas, das Sie interessieren dürfte.«

Er hielt einen kleinen Plastikbeutel hoch, damit Duggan ihn betrachten konnte.

»Meiner Meinung nach ist das ein Paar altmodischer Ohrringe«, fuhr O'Brien fort. »Granate, in Silber gefasst, mit einer herabhängenden, tränenförmigen Perle. Die Großmutter meiner Frau hatte ganz ähnliche.«

»Wo haben Sie sie gefunden?«

»Wie beim ersten Mal: in der Hand des Skeletts. Anscheinend stand dem Mörder kein Fingerknochen zur Verfügung, aber er wollte, dass Sie einen Zusammenhang zwischen diesen beiden Leichenfunden erkennen.«

»Glauben Sie, er hat diese Ohrringe unter der Erde entdeckt?«

»Diese Frage kann niemand mit Gewissheit beantworten. Allerdings hätte der Täter meiner Ansicht nach großes Glück haben müssen, um auf beide Ohrringe gleichzeitig zu stoßen. Selbst wenn das Opfer den Schmuck trug und dieser noch intakt war, wäre er an den Ohrläppchen befestigt gewesen, und die sind natürlich längst zerfallen. Wann genau ist das dritte Mädchen damals denn verschwunden?«

»Ellen Swain wurde seit dem 31. März 1896 vermisst, einunddreißig Monate und sechsundzwanzig Tage nach Letitia Greggs Verschwinden am 5. August. Carla Harper ist ebenfalls seit dem 5. August verschwunden. An diesem Samstag, dem 31. März, ist es genau einunddreißig Monate und sechsundzwanzig Tage her.« Tommy wusste, dass er eher laut überlegte, als die Frage zu beantworten.

»Madeline und Martha am 7. September. Letitia und Carla am 5. August. Und am Samstag haben wir den nächsten Jahrestag«, meinte Dr. O'Brien nachdenklich. »Ob der Mörder vorhat, sich wieder ein Opfer zu suchen und es neben Ellen Swain zu begraben?«

Tommy Duggan wurde von Erschöpfung ergriffen. Er wusste, dass die Reporter genau dieselbe Frage stellen würden. »Dr. O'Brien, ich hoffe und bete, dass es nicht dazu kommen wird. Aber wie ich Ihnen versichere, geht jeder Polizeibeamte in dieser Gegend von der Annahme aus, dass ein Geisteskranker plant, in vier Tagen eine weitere junge Frau in unserer Stadt zu überfallen und zu töten.«

»Ich an Ihrer Stelle würde das auch vermuten«, entgegnete der Mediziner knapp, während er seine Handschuhe auszog. »Und bei allem Respekt vor dem Arm des Gesetzes werde ich meine beiden Töchter über das Wochenende zu ihrer Großmutter nach Connecticut schicken.«

»Das kann ich Ihnen nicht verdenken, Doktor«, erwiderte Tommy. »Ich habe vollstes Verständnis dafür.«

Und ich werde mir Dr. Clayton Wilcox vorknöpfen. Seine eigene Frau hat ausgesagt, sie habe ihm den Schal auf der Party bei den Lawrences anvertraut, dachte er, und er spürte, wie Wut in ihm aufstieg.

Pete und ich haben beide geahnt, dass Wilcox uns vorgestern bei Will Stafford angelogen hat, sagte er sich. Jetzt ist der Zeitpunkt gekommen, die Wahrheit aus ihm herauszupressen.

Mittwoch, 28. März

Siebenundvierzig

Endlich glauben sie an mich, sagte er sich. Heute Vormittag war das Interview mit Dr. Nehru Patel der Höhepunkt der *Today*-Show. Patel ist ein angesehener Philosoph und Verfasser einiger psychologischer Werke. Er ist davon überzeugt, dass ich die Wiedergeburt des Serienmörders aus dem späten 19. Jahrhundert bin!

Den guten Dr. Patel verwundert lediglich, dass ich gegen die Gesetze des Karma handle.

Laut Patel beschließen einige Menschen, in die Nähe des Ortes zurückzukehren, wo sie ihr früheres Leben verbracht haben. Denn sie haben das Bedürfnis, die Menschen wiederzusehen, die sie in einer vorangegangen Inkarnation kannten. Möglicherweise wollen sie bei ihnen ihre karmischen Schulden begleichen. Allerdings sind diese karmischen Handlungen stets gut, nicht böse. Und deshalb war Dr. Patel auch so erstaunt.

Seiner Ansicht nach ist es möglich, dass Martha Lawrence in einem früheren Leben Madeline Shapley gewesen ist – und Carla Harper Letitia Gregg.

Das stimmt zwar nicht, ist aber eine sehr interessante Theorie.

Dr. Patel meinte, ich versetze dem Karma einen Schlag

ins Gesicht, indem ich die Verbrechen aus dem 19. Jahrhundert wiederholte. Deshalb würde ich bei meiner nächsten Inkarnation viel abzubüßen haben.

Vielleicht. Vielleicht auch nicht.

Zu guter Letzt wurde er gefragt, ob er es für möglich halte, dass Ellen Swain heute in einem anderen Körper lebt und dass ich sie erkannt haben und am nächsten Samstag umbringen könnte.

Tja, mein nächstes Opfer steht bereits fest. Sie ist nicht Ellen, aber sie wird neben Ellen die letzte Ruhe finden.

Und mir ist schon wieder etwas Neues eingefallen, um die Polizei zu verwirren.

Es ist wirklich ein Heidenspaß.

Achtundvierzig

Als um halb zehn das Telefon läutete, saß Clayton Wilcox in seinem Arbeitszimmer und hatte die Tür geschlossen. Rachel war beim Frühstück unerträglich gewesen. Eine Freundin, die das Skandalblatt *National Daily* gekauft hatte, hatte angerufen und sie gewarnt, auf der Titelseite stünde ein reißerischer Artikel über ihren verlorenen Schal.

Ängstlich hob Clayton Wilcox den Hörer ab, denn er war sicher, dass es die Polizei war, die ihn wieder befragen wollte.

»Dr. Wilcox?« Die Stimme klang seidenglatt.

Obwohl Clayton Wilcox sie seit mehr als zwölf Jahren nicht gehört hatte, erkannte er sie sofort. »Wie geht es dir, Gina?«, fragte er leise.

»Ausgezeichnet, Doktor. Aber ich habe eine Menge

über Spring Lake gelesen und über das, was sich dort so tut. Ich bedaure, dass die arme Martha Lawrence mit dem Schal deiner Frau erwürgt wurde.«

»Wovon redest du?«

»Von Reba Ashbys Artikel im *National Daily*. Hast du ihn gelesen?«

»Nur davon gehört. Es ist Unsinn. Niemand hat offiziell bestätigt, dass der Schal meiner Frau die Mordwaffe war.«

»In dem Artikel heißt es, deine Frau schwöre, sie habe dich gebeten, den Schal einzustecken.«

»Gina, was willst du?«

»Doktor, ich habe schon lange das Gefühl, dass es ein Fehler von mir war, mich nach dem, was du mir angetan hast, mit so wenig Geld zufrieden zu geben.«

Clayton Wilcox versuchte zu schlucken, doch die Muskeln in seiner Kehle gehorchten ihm nicht. »Gina, ich habe dir nichts weiter ›angetan‹ – wie du es ausdrückst –, als auf deine Annäherungsversuche zu reagieren.«

»Doktor ...« Ihre Stimme klang kokett. Doch dann wurde ihr Tonfall hart. »Ich hätte dich und das College verklagen und eine sehr große Abfindung bekommen können. Stattdessen habe ich mir von dir jämmerliche hunderttausend Dollar aufschwatzen lassen. Jetzt brauche ich mehr Geld. Was, glaubst du, würde Reba Ashbys Zeitung mir für meine Geschichte bezahlen?«

»Das würdest du nicht tun!«

»Doch. Inzwischen habe ich nämlich ein siebenjähriges Kind und bin geschieden. Ich glaube, meine Ehe ist daran gescheitert, dass ich die Vorfälle am Enoch College noch immer nicht verkraftet habe. Schließlich war ich damals erst zwanzig. Allerdings weiß ich, dass es heute zu spät ist, das College zu verklagen.«

»Wie viel willst du, Gina?«

»Ach, ich glaube, gegen weitere hunderttausend hätte ich nichts einzuwenden.«

»So eine hohe Summe kann ich wirklich nicht auftreiben.«

»Beim letzten Mal ging es doch auch. Also wirst du es jetzt wieder schaffen. Ich werde am Samstag nach Spring Lake kommen, um mich dort entweder mit dir oder mit der Polizei zu treffen. Wenn du mir das Geld nicht gibst, werde ich mich erkundigen, wie viel der *National Daily* mir für eine heiße Geschichte über den ehemaligen Rektor des Enoch College bezahlt, der zufällig den Schal seiner Frau verlor, bevor er benutzt wurde, um eine junge Frau zu töten. Vergiss nicht, Doktor, ich habe auch lange, blonde Haare.«

»Hast du am College denn nicht gelernt, was das Wort ›Erpressung‹ bedeutet, Gina?«

»Ja, aber ich habe auch noch andere nützliche Begriffe aufgeschnappt. ›Sexuelle Belästigung‹ zum Beispiel und ›unerwünschte Aufmerksamkeiten‹. Ich rufe dich am Samstagvormittag an. Tschüss, Doktor.«

Neunundvierzig

Am Montag und am Dienstag hatte Nick Todd mindestens ein Dutzend Mal zum Hörer gegriffen, um Emily anzurufen. Doch er hatte immer wieder aufgelegt. Er wusste, dass er am Sonntagabend zu beharrlich darauf gedrängt hatte, dass sie in ihrer Wohnung in Manhattan übernachten sollte, bis der Mann, der sie verfolgte, verhaftet worden war.

»Hören Sie, Nick«, hatte sie schließlich verärgert

gesagt. »Ich weiß, dass Sie es gut meinen. Aber ich bleibe hier und damit basta. Am besten wechseln wir das Thema.«

Gut meinen, dachte Nick. Es gibt keine lästigeren Menschen als die, die es nur »gut meinen«.

Sein Vater war nicht sehr erfreut gewesen, als er ihm eröffnet hatte, Emily habe sich rundheraus geweigert, vor dem 1. Mai die Arbeit in der Kanzlei aufzunehmen – außer natürlich, es gelänge ihr, schon vor diesem Termin, den Mörder ihrer Urgroßtante zu finden.

»Glaubt sie wirklich, sie könnte eine Verbrechensserie aufklären, die sich im späten 19. Jahrhundert zugetragen hat?«, fragte Walter Todd ungläubig. »Vielleicht sollte ich es mir noch einmal überlegen, bevor ich diese junge Frau einstelle. Mit so einem Hirngespinst ist mir seit fünfzig Jahren niemand mehr gekommen.«

Nach dieser Äußerung beschloss Nick, seinem Vater zu verschweigen, dass der Mann, der Emily in Albany verfolgt hatte – oder ein Nachahmungstäter –, sie nun in Spring Lake belästigte. Denn er wusste, sein Vater würde genau so reagieren wie er selbst: *Verlassen Sie sofort dieses Haus. Sie sind dort nicht sicher.*

Nachdem Nick am Mittwoch die Berichte in der Morgenzeitung gelesen hatte, die die grausige Entdeckung zweier weiterer Mordopfer – eines aus der Gegenwart, eines aus der Vergangenheit – behandelten, war er nicht überrascht, als sein Vater in sein Büro gestürmt kam. In seinem Gesicht malte sich dieselbe Wut, die für gewöhnlich neue Mitarbeiter der Kanzlei das Fürchten lehrte.

»Nick!«, schimpfte er. »Dort treibt offenbar ein Geisteskranker sein Unwesen. Und wenn er bemerkt, dass Emily Graham versucht, eine Verbindung zwischen ihm und dem Täter im 19. Jahrhundert herzustellen, könnte sie in Gefahr schweben.«

»Daran habe ich auch schon gedacht«, erwiderte Nick ruhig. »Ich habe sogar mit Emily darüber gesprochen.«

»Woher wusste man, wo man nach den gestern gefundenen Leichen graben soll?«

»Der Staatsanwalt sagte nur, es handle sich um einen anonymen Hinweis.«

»Ich kann nur hoffen, dass Emily vorsichtig ist. Möglicherweise ist sie bei ihren Nachforschungen auf eine heiße Spur gestoßen. Nick, ruf sie an. Biete ihr an, sich einen Leibwächter zu nehmen. Ich kenne ein paar Burschen, die auf sie aufpassen würden. Oder möchtest du, dass ich sie anrufe?«

»Nein, schon in Ordnung. Ich wollte mich sowieso bei ihr melden.« Während sein Vater das Büro verließ, dachte Nick an Lindy, die Moderedakteurin, mit der er einige Jahre lang eine lockere Beziehung gehabt hatte. Als er sie vor einem halben Jahr zu Hause abgesetzt hatte, hatte er zu ihr gesagt, er werde sie bald anrufen.

»Gut, aber es wäre nett, wenn wir mal über dieses Stadium hinauskämen.«

Beim Anblick seiner verdatterten Miene hatte Lindy aufgelacht. »Nick, ich finde, es ist an der Zeit, dass wir beide uns Gedanken über unsere Zukunft machen. Unsere Beziehung steckt in einer Sackgasse, und ich werde nicht jünger. Also tschüss.«

Ich weiß nicht, ob Emily sich über einen Anruf von mir freuen würde, geschweige denn, ob ihr an mehr gelegen wäre, dachte Nick, während er ihre Nummer wählte.

Fünfzig

Am Mittwochmorgen stand Emily um sechs Uhr auf und ging, die unvermeidliche Kaffeetasse in der Hand, sofort ins Arbeitszimmer, um sich ihrem Projekt zu widmen.

Seit der Entdeckung des Skeletts und des Schädels in der Ludlam Avenue war sie mehr denn je entschlossen, weiter nach einer Verbindung zwischen der längst vergangenen und der aktuellen Mordserie zu suchen.

Sie fühlte sich, als plane sie eine Verteidigungsstrategie für einen ihrer Mandanten, denn sie war sicher, auf dem richtigen Weg zu sein. Gewiss würde sie über kurz oder lang auf die Fakten stoßen, die ihre Theorie untermauerten.

Außerdem war Emily überzeugt davon, dass der Mörder am Samstag, dem 31. März, erneut zuschlagen würde, wenn sie ihm nicht das Handwerk legte.

Um neun Uhr rief George Lawrence an. »Emily, meine Mutter und ich haben alle Fotoalben und Erinnerungsstücke durchgesehen, die bei ihr auf dem Speicher liegen. Wir wollten Ihnen nicht zumuten, sich durch den gesamten Berg zu wühlen, und deshalb haben wir alles aussortiert, was uns unwichtig erschien. Wenn es Ihnen passt, bringe ich Ihnen den Rest in etwa einer halben Stunde vorbei.«

»Das wäre sehr nett.« Emily rannte nach oben, um zu duschen. Gerade hatte sie sich fertig angezogen, als es auch schon an der Tür läutete.

George Lawrence kam mit zwei schweren Kartons herein. Er trug eine Windjacke und eine Freizeithose und machte auf Emily einen weniger unnahbaren Eindruck als bei ihrer ersten Begegnung am Samstag.

George schleppte die Kartons ins Esszimmer und stellte sie auf den Boden. »Sie können sich ruhig Zeit damit lassen«, meinte er.

Er sah sich im Esszimmer um und betrachtete die Papierstapel auf den Stühlen und das Zeichenbrett auf dem Tisch.

»Offenbar sind Sie ziemlich beschäftigt. Hetzen Sie sich also nicht mit diesen Sachen. Mutter hat sie sich seit mindestens zwanzig Jahren nicht angeschaut. Wenn Sie damit durch sind, rufen Sie sie einfach an. Dann holt der Mann ihrer Haushälterin alles ab.«

»Prima. Wenn Sie möchten, zeige ich Ihnen, was ich vorhabe«, bot Emily an.

Aufmerksam beugte sich George Lawrence über den Tisch, während sie ihm ihr Modell der Stadt erklärte, so wie sie im späten 19. Jahrhundert ausgesehen hatte.

»Damals standen hier viel weniger Häuser als heute, aber das wissen Sie vermutlich besser als ich«, sagte sie. »Außerdem sind die Grundbucheintragungen unvollständig. Bestimmt werde ich eine Menge Neues aus Ihren Papieren erfahren.«

»Ist das Ihr Haus?«, fragte er und tippte auf eines der Monopolyhäuschen.

»Ja.«

»Und das da ist unseres?«

»Richtig.«

»Und was genau beabsichtigen Sie?«

»Herauszukriegen, wie drei junge Frauen einfach spurlos verschwinden konnten. Ich suche nach dem Haus eines ihrer Freunde – eines jungen männlichen Freundes vielleicht –, in das sie möglicherweise gelockt worden sind. Vorgestern bei habe ich bei Ihnen Carolyn Taylor kennen gelernt. Sie erzählte mir zum Beispiel, ihre Verwandte, Phyllis Gates, die eine Freundin meiner Urgroßtante Madeline und Ihrer Urgroßmutter Julia

Gordon war, habe Madelines Verlobten Douglas Carter für den Mörder gehalten.«

Emily deutete mit dem Finger. »Überlegen Sie mal. Hier haben wir das Haus der Shapleys. Und hier, gleich auf der anderen Straßenseite, sehen wir das der Carters. Angeblich hat Douglas am Tag von Madelines Verschwinden den Zug verpasst. Aber stimmt das wirklich?«

»Das wurde doch damals gewiss überprüft.«

»Man hat mir Einblick in die Polizeiakten zugesichert. Ich bin gespannt, was drinsteht. Stellen Sie sich den Tag vor. Madeline saß auf der Veranda und wartete auf Douglas. Ich glaube nicht, dass sie einfach aufgestanden und spazieren gegangen ist, ohne ihrer Mutter Bescheid zu geben. Aber was wäre, wenn Dougals plötzlich auf seiner Veranda erschienen und sie hingelaufen wäre, um ihn zu begrüßen?«

»Und dann hat er sie ins Haus gezerrt, sie getötet und ihre Leiche versteckt, bis er die Gelegenheit hatte, sie in ihrem eigenen Garten zu vergraben?« George Lawrences Miene war zweifelnd. »Was für ein Motiv hätte er haben können?«

»Das weiß ich nicht. Und offen gestanden ist diese Theorie ziemlich an den Haaren herbeigezogen. Andererseits habe ich Hinweise darauf entdeckt, dass sein Cousin Alan Carter ebenfalls in Madeline verliebt war. Seine Familie bewohnte das Haus in der Ludlam Avenue, wo gestern die Leichen gefunden wurden. Möglicherweise ist er in einer geschlossenen Kutsche vorgefahren und hat Madeline weisgemacht, Douglas hätte einen Unfall gehabt.«

»Wir haben natürlich von der gestrigen Entdeckung gehört. Jetzt muss die Familie Harper dasselbe durchmachen wie wir letzte Woche. Sie kommen aus der Nähe von Philadelphia. Wir kennen sie zwar nicht persönlich, aber wir haben gemeinsame Freunde.«

Emily spürte deutlich, wie sehr George Lawrence litt, als er traurig und verbittert hinzufügte: »Vielleicht können die Harpers, Amanda und ich ja eine Selbsthilfegruppe gründen.«

»Wie geht es Amanda?«, erkundigte sich Emily. »Ich habe sie am Samstag sehr bewundert. Es muss ziemlich schwer für sie gewesen sein – für Sie alle.«

»Das ist richtig. Und wie Sie selbst gesehen haben, hat Amanda sich wacker geschlagen. Doch am Sonntag sind Christine und Tom mit dem Baby nach Hause gefahren. Als wir gestern auf dem Friedhof waren, ist Amanda zusammengebrochen. Vermutlich war es das Beste so, schließlich musste sie ihrer Trauer ja irgendwann Luft machen. Tja, ich gehe jetzt lieber. Wir kehren heute Nachmittag nach Hause zurück. Mutter lässt ausrichten, Sie sollen sie anrufen, falls Sie noch Fragen haben.«

Als Emily die Tür hinter George Lawrence schloss, läutete das Telefon. Es war Nick Todd.

Zu ihrem Bedauern stellte Emily fest, dass sie gemischte Gefühle hatte, als sie seine Stimme erkannte. Einerseits war sie froh darüber, dass er sich meldete, doch andererseits auch enttäuscht, denn er ließ seit dem Wochenende zum ersten Mal wieder von sich hören. Offenbar interessierte er sich doch nicht so dafür, ob sie erneut belästigt worden war.

Aber seine schüchtern vorgebrachte Erklärung versöhnte sie wieder. »Emily, mir ist klar, dass es ziemlich unverschämt von mir war, Sie vorgestern mehr oder weniger aus Ihrem eigenen Haus treiben zu wollen. Ich habe mir nur schreckliche Sorgen gemacht, als mir klar wurde, dass das Foto von dem Mann stammte, der Sie verfolgt. Eigentlich hätte ich schon früher anrufen sollen, doch ich wollte Ihnen nicht auf die Nerven fallen.«

»Keine Angst, das können Sie gar nicht.«

»Ich hoffe, dass sich der Kerl nicht wieder gemeldet hat.«

»Hat er nicht. Außerdem war am Montag mein Freund Eric Bailey aus Albany hier, um überall draußen am Haus Überwachungskameras anzubringen. Wenn wieder jemand versucht, etwas unter der Tür durchzuschieben, kann er sein Konterfei bald auf einem Steckbrief bewundern.«

»Schalten Sie die Alarmanlage auch an, wenn Sie allein zu Hause sind?«

Jetzt ist sie nicht an, dachte Emily. »Nachts immer.«

»Wahrscheinlich wäre es nicht schlecht, sie auch tagsüber zu aktivieren.«

»Vermutlich nicht. Aber ich habe keine Lust, in einem Käfig zu leben. Und ich will nicht, dass ein Getöse losbricht, wenn ich auf die Veranda gehe, um frische Luft zu schnappen, nur weil vergessen habe, das Ding abzustellen.« Ihre Stimme klang leicht gereizt.

»Tut mir Leid, Emily. Ich weiß nicht, warum ich mir das Recht herausnehme, mich als Ihr Beschützer aufzuspielen.«

»Sie brauchen sich nicht zu entschuldigen. Für mich sind Sie ein sehr netter, besorgter Freund. Ich werde auf der Hut sein. Doch ab einem gewissen Punkt kriege ich das Gefühl, dass der Mensch, der mir das antut, Macht über mich gewinnt. Und das möchte ich auf keinen Fall zulassen.«

»Auch wenn Sie es nicht glauben, ich verstehe Sie. Die Zeitungen sind voll von dem, was gestern in Spring Lake passiert ist.«

»Ja, die Medien machen eine Sensation daraus. Ich bin gestern beim Joggen an dem Garten vorbeigekommen, in dem gerade gegraben wurde.«

»In den Artikeln ist von einem anonymen Hinweis die

Rede. Haben Sie einen Verdacht, von wem der stammen könnte?«

»Von mir«, erwiderte Emily und hätte die Worte im nächsten Moment am liebsten wieder zurückgenommen. Denn nun musste sie Nick auch von der Postkarte erzählen.

Als sie sein entsetztes Schweigen am anderen Ende der Leitung bemerkte, wurde ihr klar, dass ihre Eltern auf diese Eröffnung vermutlich ähnlich reagiert hätten.

»Emily, besteht Ihrer Ansicht nach auch nur die geringste Möglichkeit, dass der Mörder in Spring Lake derselbe Mann ist, der Sie in Albany verfolgt hat?«, erkundigte er sich schließlich.

»Nein, das glaube ich nicht. Und Detective Browski ist derselben Meinung.«

Da sie den Polizisten aus Albany nun einmal erwähnt hatte, war sie jetzt gezwungen, Nick auch von Ned Koehlers Geständnis zu berichten.

Allerdings weigerte Emily sich standhaft, auf Walter Todds Angebot einzugehen, ihr einen Leibwächter zu schicken. Nicks Einladung zu einem erneuten Brunch am Sonntag im Old Mill nahm sie hingegen gern an.

»Hoffentlich ist bis dahin nicht wieder ein Mord geschehen«, sagte sie.

Lange, nachdem sie sich verabschiedet hatten, saß Nick Todd noch immer mit verschränkten Händen an seinem Schreibtisch. Emily, dachte er, warum bist du so klug und dennoch so schwer von Begriff? Ist dir je in den Sinn gekommen, dass der Mörder es als Nächstes auf dich abgesehen haben könnte?

Einundfünfzig

Für Tommy Duggan und Pete Walsh begann der Morgen in Elliot Osbornes Büro. Auf dem Schreibtisch stapelten sich Zeitungen. »Sie sind nicht sonderlich fotogen, Tommy«, stellte Osborne fest.

»Das da kenne ich noch gar nicht«, murmelte Tommy. Das am Vortag aufgenommene Bild zeigte ihn beim Verlassen des Hauses in der Ludlam Avenue. Nachdem er es betrachtet hatte, beschloss er, in Zukunft mehr auf seine Figur zu achten.

Natürlich sah Walsh auf den Fotos aus wie ein Profisportler. »Sie sollten sich als Schauspieler bei einem Fernsehkrimi bewerben«, spöttelte Tommy, während er das Foto seines Partners musterte.

»Gute Idee. Schließlich habe ich schon als Kind bei Schulaufführungen auf der Bühne gestanden«, entgegnete Pete. »Sogar in der Hauptrolle.«

»Schon gut, lassen wir das«, meinte Osborne.

Die heitere Stimmung verflog schlagartig. Osborne nickte Duggan zu. »Sie zuerst.«

Tommy klappte sein Notizbuch auf. »Wie Sie wissen, haben wir das gestern gefundene Skelett aller Wahrscheinlichkeit nach identifiziert. Die zahnärztlichen Unterlagen bestätigen, dass es sich um die Leiche von Carla Harper handelt. Das Stoffstück, mit dem sie offenbar erdrosselt wurde, stammt von demselben Schal, mit dem auch Martha Lawrence erwürgt worden ist. Der Mörder hat ein Endstück bei Martha und das Mittelstück bei Carla verwendet. Das dritte Stück fehlt noch.«

»Was heißt, dass der Täter anscheinend nach einem festen Schema vorgeht. Und wenn das stimmt, wird er den Schal am Samstag wieder zum Einsatz bringen.«

Osborne runzelte die Stirn und kippte seinen Stuhl zurück. »Ganz gleich, wie viele Polizisten wir auch in Spring Lake auf Streife schicken, wir können nicht jede Straße und jeden Garten überwachen. Wie kommen Sie mit der Überprüfung von Wilcox voran?«

»Bis jetzt sind wir nicht viel schlauer als zuvor. Kurz zusammengefasst, er ist ein Einzelkind und wuchs in Long Island auf. Der Vater starb, als Wilcox noch ein Baby war. Er stand seiner Mutter, einer Lehrerin, sehr nah. Vermutlich hat sie ihm bei den Hausaufgaben geholfen, denn er war immer Klassenbester.

Die Schwester seines Vaters wohnte in Spring Lake, was seine Verbindung zu dieser Stadt ist. Jahrelang hat er sie jeden Sommer besucht. Seine Mutter starb, als er achtunddreißig war. Wenige Jahre später heiratete er Rachel.« Tommy hielt inne. »Chef, wenn sie meine Frau wäre, würde ich mir einen Job als Handlungsreisender suchen.

Er hat die übliche Universitätslaufbahn hinter sich und wurde schließlich zum Rektor des Enoch College in Ohio berufen. Vor zwölf Jahren, mit fünfundfünfzig also, hat er sich zur Ruhe gesetzt. Er schreibt für wissenschaftliche Fachzeitschriften. Außerdem hat er sich eingehend mit der Geschichte dieser Gegend beschäftigt und Artikel zu diesem Thema in Lokalzeitungen veröffentlicht. Der Bibliothekarin in Spring Lake hat er kürzlich erzählt, er arbeite an einem Roman, der im alten Hotel Monmouth spielt.«

»Also nichts Verdächtiges«, stellte Osborne fest.

»Wenn Emily Graham Recht hat, könnte er dennoch Dreck am Stecken haben. Ihrer Ansicht nach haben wir es mit einem Nachahmungstäter zu tun, der auf eine detaillierte Schilderung der Morde aus dem 19. Jahrhundert gestoßen ist und diese nun als Vorlage verwendet.

Und da wäre noch etwas: Wir haben erfahren, dass Wilcox ziemlich überraschend als Rektor des Enoch College zurückgetreten ist. Damals war sein Vertrag gerade verlängert worden. Er hatte alle möglichen Erweiterungspläne und wollte zum Beispiel eine Vorlesungsreihe mit angesehenen Wissenschaftlern veranstalten.«

»Gibt es dafür eine Erklärung?«

»Offiziell sprach man von gesundheitlichen Gründen. Offenbar eine schwere Herzkrankheit. Man hat ihn feierlich und unter Tränen verabschiedet. Es ist sogar ein Gebäude nach ihm benannt worden.«

Tommy lächelte verkniffen. »Dreimal dürfen Sie raten, was ich denke.«

Elliot Osborne wartete ab, denn er wusste, dass Tommy Duggan es liebte, die Spannung zu steigern, wenn er wichtige Informationen auf Lager hatte.

Als wolle er ein Kaninchen aus einem Hut zaubern, dachte Osborne.

»Schießen Sie los, Tommy«, meinte er deshalb barsch. »Sie haben doch eine heiße Spur.«

»Mag sein. Es ist eher ein Verdacht als etwas Konkretes. Aber ich fresse einen Besen, wenn Wilcox' Herz schwächer ist als Ihres, meines oder Petes. Meiner Vermutung nach hat man ihm nahe gelegt zu kündigen. Oder er hat selbst den Hut genommen, weil er in großen Schwierigkeiten steckte, die er auf keinen Fall publik machen wollte. Unsere Aufgabe ist es jetzt, aus ihm rauszukitzeln, was es war.«

»Wir sind um drei mit ihm verabredet«, ergänzte Pete Walsh. »Und wir dachten, wir lassen ihn erst mal eine Weile schmoren, damit er so richtig nervös wird.«

»Eine gute Idee.« Osborne wollte aufstehen, doch Pete Walsh war noch nicht fertig.

»Nur, um Sie auf dem Laufenden zu halten, Sir. Gestern

Abend habe ich mir die Ermittlungsakten der drei verschwunden Mädchen aus dem 19. Jahrhundert angesehen.«

Osborne war klar, dass sein neuester Mitarbeiter ihn beeindrucken wollte. »Und sind Sie auf etwas gestoßen, das uns weiterbringt?«

»Nicht, soweit ich feststellen konnte. Anscheinend waren die Mädchen plötzlich wie vom Erdboden verschluckt.«

»Werden Sie Emily Graham eine Kopie dieser Akten aushändigen?«, erkundigte sich Osborne.

Pete machte ein besorgtes Gesicht. »Ich habe es mit Ihrem Stellvertreter abgeklärt.«

»Das weiß ich. Im Allgemeinen befürworte ich es nicht, Akten, und seien sie über hundert Jahre alt, außerhalb des Dienstweges herauszugeben. Doch da Sie eine Zusage gemacht haben, werde ich es gestatten.«

Entschlossen stand Elliot Osborne auf, ein Hinweis darauf, dass die Besprechung zu Ende war.

Auch Duggan und Walsh erhoben sich. »Ich habe noch eine gute Nachricht«, sagte Tommy auf dem Weg zur Tür. »Dr. Maddens Mörder hat beim Strangulieren offenbar ein geschickteres Händchen als beim Zerstören von Computern. Unsere Fachleute befürchteten schon, er hätte die Festplatte endgültig beschädigt, doch sie haben sie wieder aktivieren können. Wenn wir Glück haben, können wir Dr. Maddens Dateien wieder aufrufen – und so möglicherweise dahinterkommen, ob einer der Partygäste Patient bei ihr war.«

Zweiundfünfzig

»Bob, was für Spielchen treibst du mit mir?«

»Soweit ich weiß, überhaupt keine.«

»Wo warst du letzte Nacht?«

»Ich konnte nicht schlafen. Deshalb bin ich wie immer runtergegangen und habe gelesen. Etwa um fünf Uhr kam ich wieder nach oben und habe eine Schlaftablette geschluckt, die ausnahmsweise mal gewirkt hat.«

Es war kurz vor zwölf Uhr mittags. Als Robert Frieze das Wohnzimmer betrat, traf er dort seine Frau Natalie an, die offenbar auf ihn gewartet hatte.

»Du siehst sehr hübsch aus«, stellte er fest. »Gehst du noch weg?«

»Ich bin zum Mittagessen verabredet.«

»Eigentlich wollte ich dich heute zum Mittagessen einladen.«

»Spar dir die Mühe. Zieh lieber los und schmier deinen Gästen im Four Seasons Honig um den Mund – das heißt, falls du überhaupt noch Gäste hast.«

»Mein Restaurant heißt Seasoner, nicht Four Seasons.«

»Der Name wäre auch etwas zu hoch gegriffen, da hast du Recht.«

Bob Frieze betrachtete seine schöne Frau und musterte ihr glänzendes blondes Haar, ihre fast makellosen Gesichtszüge und ihre türkisblauen Katzenaugen. Ihm fiel ein, wie sehr sie ihn früher einmal angezogen hatte. Doch er musste zu seiner Verwunderung feststellen, dass sie ihm inzwischen fremd geworden war.

Mehr als fremd, überlegte er weiter. Ich habe sie satt. Ich habe die Nase endgültig voll von ihr.

Natalie trug einen auf Figur geschnittenen dunkelgrünen Hosenanzug, den er noch nie zuvor gesehen hatte.

Offenbar war er neu. Und sicher auch teuer gewesen. Bob fragte sich, wie sie in ihrem Kleiderschrank überhaupt noch Platz dafür gefunden hatte.

»Da du mich nicht mit deiner Gesellschaft beehrst, mache ich mich jetzt auf den Weg«, sagte er.

»Nein, du wartest noch einen Moment.« Rasch stand Natalie auf. »Ob du es glaubst oder nicht, ich schlafe in letzter Zeit auch ziemlich schlecht. Um zwei Uhr morgens bin ich runtergekommen, und du warst nicht da, Bobby. Dein Auto war auch weg. Würdest du mir jetzt bitte erklären, wo du gewesen bist?«

Das würde sie nie behaupten, wenn es nicht stimmte, dachte Frieze verzweifelt. Aber ich weiß nicht, wo ich war. »Natalie, weil ich so müde war, habe ich vergessen, dass ich noch mal spazieren gefahren bin. Ich brauchte frische Luft und musste mir über einiges klar werden.« Er rang nach Worten. »Es ist zwar kein gutes Geschäft, doch ich habe beschlossen, Bonettis Angebot anzunehmen, auch wenn es niedriger ist als erwartet. Wir verkaufen dieses Haus und ziehen nach Manhattan, vielleicht in eine kleinere Wohnung als geplant, und ...«

Natalie fiel ihm ins Wort. »Als du gestern spazieren gefahren bist, um einen klaren Kopf zu kriegen, bist du offenbar auf die Idee gekommen, mit einem Drink nachzuhelfen. Und zwar in Gesellschaft einer Freundin. Das da habe ich in deiner Tasche gefunden.« Sie warf ihm ein Stück Papier zu.

Er las, was darauf stand. »Hallo, Süßer, meine Telefonnummer ist 555-1974. Vergiss nicht, mich anzurufen. Peggy.«

»Ich weiß nicht, woher ich das habe, Natalie«, erwiderte er.

»Aber ich, Bobby. Eine Frau namens Peggy hat es dir gegeben. Und jetzt sag ich dir was: Verkaufe das Restaurant, verkaufe dieses Haus, zahl die Anleihen auf deine Aktien zurück und mach den Rest zu Geld. Und anschließend rechne nach, wie viel du besessen hast, als ich deine junge Braut wurde.« Sie stand auf, ging auf ihn zu und näherte ihr Gesicht dem seinen.

»Ich will dir auch erklären, warum. Der Grund ist, dass ich vorhabe, die Hälfte deines Vermögens an besagtem Tag aus dieser Ehe mitzunehmen.«

»Du bist verrückt, Natalie.«

»Wirklich, Bobby? Ich habe viel über die Party bei den Lawrences nachgedacht. Du hattest diese Jacke mit den wattierten Schultern an, von der du glaubst, dass sie aussieht wie aus einem Modemagazin für Herren. Du hättest den Schal leicht darunter verstecken können. Und als ich am nächsten Morgen aufstand, hast du im Garten gebuddelt. Hast du vielleicht Marthas Leiche versteckt, bis du sie im Garten der Shapleys vergraben konntest?«

»Das glaubst du doch nicht im Ernst!«

»Vielleicht, vielleicht auch nicht. Du bist ein merkwürdiger Mensch, Bob. Manchmal schaust du mich an, als wäre ich eine Fremde. Außerdem hast du die Angewohnheit zu verschwinden, ohne mir zu sagen, wohin du gehst. Möglicherweise ist es meine Pflicht als Staatsbürgerin, Detective Duggan zu erzählen, dass dein Verhalten ziemlich merkwürdig ist und dass ich mir um deinetwillen und auch wegen der Sicherheit der jungen Frauen in dieser Stadt Sorgen mache.«

Die Venen an Robert Friezes Stirn traten hervor. Er packte Natalie am Handgelenk und drückte zu, bis sie vor Schmerz aufschrie. Sein Gesicht war rot vor Zorn.

»Wenn du Duggan oder sonst jemandem solche Märchen auftischst, solltest du dir besser Sorgen um deine eigene Sicherheit machen, kapiert?«, zischte er mit zusammengebissenen Zähnen.

Dreiundfünfzig

Am Mittwochmorgen um drei Uhr wurde Joel Lake endlich aufgegriffen. Er war gerade dabei, in ein Haus in Troy einzubrechen, als die Polizei – gerufen durch einen stillen Alarm – eintraf.

Sieben Stunden später fuhr Marty Browski in das Gefängnis, wo Joel hinter Schloss und Riegel saß, um ihn zu vernehmen.

»Wieder in Ihrer gewohnten Umgebung, was, Joel? Offenbar lernen Sie es nie.«

Joel Lakes für gewöhnlich herablassende Miene verfinsterte sich. »Und ob ich was gelernt habe. Ich halte mich von Häusern fern, in denen alte Damen wohnen.«

»Sie hätten noch viel mehr Ärger kriegen können, wenn Emily Graham Ihnen die Mordanklage nicht erspart hätte. Wir alle waren fest davon überzeugt, Sie hätten Ruth Koehler kalt gemacht.«

»Sie *waren* überzeugt? Haben Sie Ihre Meinung inzwischen etwa geändert?« Lake war verblüfft.

Der geborene Verbrecher, dachte Browski, während er Lake prüfend musterte. Achtundzwanzig Jahre alt und seit seinem zwölften Lebensjahr mit dem Gesetz in Konflikt. Sein Jugendstrafregister war so lang wie sein Arm. Vermutlich fanden einige Frauen sein billiges Machogehabe attraktiv, denn er war kräftig gebaut und hatte dunkle Locken, schmale Augen und volle Lippen.

Emily hatte Browski erzählt, Lake habe ihr gegenüber einige Male Annäherungsversuche unternommen. Er gehört zu der Sorte von Leuten, die sich mit einem »Nein« nicht abfinden können, sagte sich Browski, und er hoffte, den Burschen, der Emily verfolgte, nun endlich geschnappt zu haben.

Zeitlich hätte es gepasst. Joel Lake hatte gegen die Bewährungsauflagen verstoßen und sich verdrückt, als die Belästigungen gegen Emily begannen.

»Wir haben Sie schon vermisst, Joel«, meinte Browski freundlich. »Doch bevor wir auf den Punkt kommen, muss ich Sie zuerst über Ihre verfassungsmäßigen Rechte aufklären, obwohl ich mir die Mühe sparen könnte. Sie kennen den Spruch sowieso schon auswendig.«

»Ich habe den Jungs, die mich verhaftet haben, schon gesagt, dass ich im Vorbeigehen bemerkt habe, dass die Tür offen war. Also bin ich rein, um mich zu vergewissern, dass niemand in Schwierigkeiten steckte.«

Marty Browski lachte herzhaft auf. »Ach, verschonen Sie mich; fällt Ihnen denn nichts Besseres ein, Joel? Der Einbruch interessiert mich einen Dreck. Das ist Sache der Polizei von Troy. Ich möchte mich lieber darüber unterhalten, wo Sie sich in letzter Zeit rumgetrieben haben. Und ich will wissen, warum Sie sich für Emily Graham interessieren.«

»Was ist mit der Graham? Ich habe Sie seit der Gerichtsverhandlung nicht gesehen.« Joel grinste. »Ich habe ihr einen ganz schönen Schrecken eingejagt. Als ich ihr zuflüsterte, ich hätte die alte Dame vielleicht doch umgebracht, hätten Sie ihr Gesicht sehen sollen. Bestimmt beschäftigt sie das heute noch, und sie fragt sich, ob ich womöglich keinen Witz gemacht habe. Schließlich kann ich nicht zweimal wegen derselben Sache vor Gericht gestellt werden.«

Am liebsten hätte Marty Joel Lake in das herablassend verzogene Gesicht geschlagen, damit er aufhörte, so unverschämt zu grinsen.

»Waren Sie schon mal in Spring Lake, Joel?«, fragte er barsch.

»Spring Lake? Wo soll denn das sein?«

»In New Jersey.«

»Warum sollte ich da hinfahren?«

»Das müssen Sie mir erklären.«

»Na gut. Ich war noch nie im Leben dort.«

»Wo waren Sie am Samstagvormittag?«

»Hab ich vergessen. Wahrscheinlich in der Kirche.« Beim Sprechen setzte Lake eine scheinheilige Miene auf und grinste höhnisch.

»Genau das habe ich mir gedacht. Ich denke, Sie waren in der Kirche St. Catherine in Spring Lake, New Jersey.«

»Hören Sie mal, wollen Sie mir etwa was anhängen? Mit allem, was am letzten Samstag passiert ist, habe ich nichts zu tun. Seit anderthalb Jahren wohne ich nämlich in Buffalo, und dort hätte ich auch bleiben sollen.«

»Können Sie das beweisen?«

»Na klar. Um welche Uhrzeit geht es denn?«

»Gegen Mittag.«

»Könnte nicht besser sein. Ich habe mir mit meinen Kumpels ein Sandwich und ein paar Biere im Sunrise Café in der Coogan Street genehmigt. Sie kennen mich als Joey Pond. Verstanden? Schließlich heißt ›Pond‹ genauso See wie ›Lake‹. Ziemlich schlau, was?«

Marty schob seinen Stuhl zurück und erhob sich. Der Name stand auf dem Ausweis, den Lake bei seiner Verhaftung bei sich gehabt hatte. Das Alibi würde sich sicher bestätigen. Und eigentlich war dieser Bursche weder intelligent noch gerissen genug, um Psychoterror gegen Emily Graham auszuüben.

Nein, dachte Marty, der Dreckskerl hat sich an Emily für die Zurückweisung gerächt, indem er andeutete, er könnte Ruth Koehlers Mörder sein. Auf diese Weise hat er ihr Schuldgefühle eingeimpft, denn schließlich hatte er es ihr zu verdanken, dass er den Gerichtssaal als freier Mann verlassen konnte.

»Keine Fragen mehr, Browski?« Lake wirkte erstaunt. »Ich genieße nämlich Ihre Gesellschaft. Was ist denn eigentlich in Spring Lake passiert? Was wollten Sie mir da unterschieben?«

Browski beugte sich über den Tisch, der ihn von Lake trennte. »Jemand belästigt dort Emily Graham.«

»Belästigt? Meinen Sie, dass sie verfolgt wird? Nein, das ist nicht mein Stil«, erwiderte Joel.

»Sie haben eine Menge zwielichtiger Freunde, die Ihnen während des Prozesses die Stange gehalten haben«, meinte Browski mit leiser, drohender Stimme. »Wenn einer von ihnen Emily bei Gericht gesehen und eine Schwäche für sie entwickelt hat, sollten Sie jetzt den Mund aufmachen. Denn ich schwöre Ihnen, dass Sie im Gefängnis verschimmeln werden, falls Emily Graham etwas zustößt.«

»Sie können mir keine Angst einjagen, Browski«, höhnte Joel Lake. »Ich dachte, der Sohn der alten Koehler hätte die Graham verfolgt. Na, Browski, das war wohl ein Schuss in den Ofen. Sie haben sich in ihm geirrt, und mich haben Sie auch zu Unrecht verdächtigt. Sie sollten mal einen Fortbildungskurs für Detectives belegen.«

Nach seiner Rückkehr ins Büro rief Marty Emily an, um ihr zu berichten, dass Joel Lake aufgespürt worden sei. Er sei eindeutig nicht der Mann, der sie verfolgte. »Da wäre noch etwas«, fuhr Marty fort. »Er hat erwähnt, er habe Ihnen gegenüber angedeutet, er könnte Ruth Koehlers Mörder sein. Nur für den Fall, dass Sie auch nur die geringste Befürchtung hegen, Sie könnten einem Mörder zur Freiheit verholfen haben: Er hat gerade zugegeben, dass er es nur gesagt hat, um Sie zu quälen.«

»Als Sie mir erzählt haben, Ned Koehler habe gestanden, waren all meine Zweifel, was Lake anging, wie weggeblasen. Aber ich bin trotzdem froh, dass er reinen Tisch gemacht hat.«

»Hat sich der Verfolger wieder bei Ihnen gemeldet, Emily?«

»Nein, bis jetzt nicht. Meine Alarmanlage ist das allerneueste Modell. Allerdings muss ich zugeben, dass ich mitten in der Nacht häufig daran denke, wie Ned Koehler meine Alarmanlage in Albany außer Gefecht gesetzt hat. Aber seit Eric Bailey die Überwachungskameras installiert hat, fühle ich mich viel sicherer. Eigentlich ist es schade, dass Joel sich nicht als Täter entpuppt hat. Es wäre ein großer Trost für mich gewesen, dass er wieder hinter Gittern sitzt.«

Browski bemerkte, dass Emily Grahams Stimme immer wieder ängstlich zitterte. Er war wütend und enttäuscht, weil er, was die Belästigungen anging, wieder nicht mit einem Verdächtigen aufwarten konnte. Außerdem musste er sich eingestehen, dass er sich große Sorgen machte, Emily könne in Lebensgefahr schweben.

»Emily, wir haben im letzten Jahr den Großteil der Leute überprüft, die Grund haben, Ihnen wegen der von Ihnen erwirkten Freisprüche böse zu sein. Anscheinend sind sie alle sauber. Was ist mit dem Gebäude, wo Sie Ihre Kanzlei hatten? Hat Ihnen dort vielleicht jemand Avancen gemacht oder ist neidisch geworden, nachdem Sie zu so viel Geld gekommen waren?«

Emily war gerade dabei gewesen, sich in der Küche ein Sandwich zu machen, als Marty anrief. Nach dem Abheben war sie mit dem Telefon zum Fenster gegangen.

Die Wolken vom Vormittag hatten sich verzogen, und inzwischen schien die Sonne. Um die Bäume schwebte ein rosiger Dunst. Ich halte jedes Jahr Ausschau nach diesem Dunst, sagte sie sich. Er ist das erste Anzeichen des Frühlings.

Marty Browski war verzweifelt auf der Suche nach einem neuen Verdächtigen. Emily verstand seine Motive: Wie Eric und Nick befürchtete er, der unbekannte Verfolger könne irgendwann zuschlagen und ihr Schaden zufügen.

»Marty, ich habe eine Idee«, meinte sie. »Sie wissen doch, dass Eric Bailey einige Jahre lang in dem Büro neben meinem gearbeitet hat. Vielleicht fällt ihm der Name eines Mieters in unserem Gebäude oder vielleicht sogar eines Lieferanten ein, der auf ihn einen merkwürdigen Eindruck gemacht hat. Ich bin sicher, dass er Ihnen gern weiterhelfen wird. Er ruft mich alle paar Tage an, um sich zu erkundigen, ob es mir gut geht.«

Vermutlich eine weitere Sackgasse, dachte Marty. Aber man konnte nie wissen. »Danke für den Tipp, Emily«, erwiderte er und fügte dann hinzu: »Ich habe die Artikel über Spring Lake gelesen. Eine scheußliche Sache, dass gestern wieder zwei Leichen gefunden wurden. In den Zeitungen heißt es, dass am Samstag vielleicht noch ein Mord stattfindet, falls der Wahnsinnige nach einem festen Schema vorgeht. Also wäre es ratsam, wenn Sie …«

»Wenn ich Spring Lake verlassen und mich in meiner Wohnung in Manhattan verkriechen würde?«, entgegnete Emily. »Danke für Ihre Besorgnis, Marty, aber ich habe einige neue Unterlagen erhalten, die ich durcharbeiten muss. Ich mache bei meinen Nachforschungen eindeutig Fortschritte. Sie sind wirklich ein Schatz, aber ich bleibe hier.«

Als Marty protestierte, schnitt sie ihm mit einem nachdrücklichen »Tschüss« das Wort ab.

Der Empfang im sechs Häuserblocks entfernt geparkten Transporter war ausgezeichnet. In einem kleinen, aber bequemen Sessel saß Eric vor dem Fernsehschirm. Sehr gut, Emily, dachte er vergnügt. Danke für das Vertrauen, das du mir entgegen bringst. Eigentlich wollte ich noch einen Tag hier warten, aber jetzt muss ich zurück, weil dieser Mr. Browski morgen bei mir aufkreuzt. Jammerschade.

Er hatte ein wundervolles Foto von Emily geschossen, wie sie gerade George Lawrence die Tür öffnete, doch es wäre unklug gewesen, es ihr heute zu schicken. Also würde er am Freitagabend wiederkommen.

Vierundfünfzig

»Mr. Stafford bittet Sie, ein paar Minuten zu warten, Mrs. Frieze. Er muss noch einen Vertrag fertig machen.«

Die dreiundzwanzigjährige Pat Glynn, Will Staffords Empfangssekretärin, lächelte Natalie Frieze schüchtern an. In Gegenwart dieser Frau erstarrte sie stets vor Ehrfurcht.

Mrs. Frieze ist so elegant, dachte Pat. Wenn sie durch diese Tür spaziert, fühle ich mich immer wie ein hässliches Entlein.

Heute Morgen beim Anziehen war sie mit ihrem neuen Hosenanzug aus rotem Wollstoff sehr zufrieden gewesen. Inzwischen jedoch war sie nicht mehr so sicher, denn Natalie Friezes dunkelgrüne Kombination stellte ihn bei weitem in den Schatten.

Außerdem hatte Pat sich entschieden, ihre Frisur radikal zu verändern. Der kurze Pagenkopf bedeckte kaum ihre Ohren und war ihr noch vor zwei Tagen unbeschreiblich modisch erschienen. Doch als Pat nun Natalies lange, seidige blonde Mähne betrachtete, war sie überzeugt, dass sie einen schrecklichen Fehler gemacht hatte.

Natalie Friezes Gesicht wirkte völlig ungeschminkt – aber es war doch unmöglich, so hübsch zu sein, ohne ein wenig nachzuhelfen, dachte Pat wehmütig. »Sie sehen phantastisch aus, Mrs. Frieze«, sagte sie verlegen.

»Das ist aber nett von Ihnen.« Natalie lächelte. Dass Wills unscheinbare junge Sekretärin sie so vergötterte, amüsierte sie immer ein wenig. Außerdem hatte das unerwartete Kompliment, wie sie feststellte, eine aufmunternde Wirkung auf sie. »Es ist schön, ein freundliches Wort zu hören, Pat.«

»Fühlen Sie sich nicht wohl, Mrs. Frieze?«

»Nicht besonders. Mein Handgelenk tut mir schrecklich weh.« Als sie den Arm hob, rutschte ihr Ärmel zurück, sodass ein hässlicher, dunkelroter Bluterguss sichtbar wurde.

Will Stafford kam aus seinem Büro. »Tut mir Leid, dass Sie warten mussten. Was ist denn mit Ihrem Handgelenk passiert?«

Natalie küsste ihn. »Das erzähle ich Ihnen beim Mittagessen. Gehen wir.« Auf dem Weg zur Tür drehte sie sich noch einmal um und lächelte Pat höflich zu.

»Ich bin in einer Stunde zurück, Pat«, verkündete Will.

»Sagen wir lieber in anderthalb Stunden«, verbesserte Natalie.

Sie verließen das Büro, und Will zog die Tür hinter ihnen zu. »Will, ich hatte heute Morgen eine Todesangst vor Bobby«, hörte Pat Glynn Natalie noch zischen. »Ich glaube, er verliert allmählich den Verstand.«

Offenbar war sie wirklich kurz davor, in Tränen auszubrechen. »Beruhigen Sie sich«, meinte Will mitfühlend, als sie ins Auto stiegen. »Wir unterhalten uns beim Essen darüber.«

Sie hatten einen Tisch in Rob's Tavern im etwa drei Kilometer entfernten Nachbarstädtchen Sea Girt reserviert.

Nachdem sie das Essen bestellt hatten, sah Will Natalie fragend an. »Ist Ihnen klar, dass Pat Ihre Bemerkung über Bob wahrscheinlich mitgekriegt hat und dass sie gerne klatscht? Sicher ist sie schon am Telefon, um alles brühwarm ihrer Mutter zu berichten.«

Natalie zuckte die Achseln. »Das ist mir inzwischen ziemlich egal. Danke, dass Sie bereit waren, mich zu begleiten, Will. Ich glaube, Sie sind mein einziger wirklicher Freund in dieser Stadt.«

»In Spring Lake wohnen viele nette Leute, Natalie. Zugegeben, einige waren nicht damit einverstanden, dass Bob Ihretwegen Susan den Laufpass gegeben hat. Aber die Menschen hier sind nicht ungerecht. Sie alle wussten, dass es mit der Ehe nicht mehr zum besten stand, obwohl Susan sich redliche Mühe gab. Meiner Ansicht nach denken die meisten, dass sie ohne ihn besser dran ist.«

»Das ist tatsächlich eine gute Nachricht. Ich freue mich sehr für sie. Fünf Jahre meines Lebens habe ich Bob Frieze geopfert. Fünf wichtige Jahre, wie ich hinzufügen möchte. Und jetzt hat er nicht nur sein Vermögen in den Sand gesetzt, er wird außerdem verrückt.«

Will zog die Augenbrauen hoch. »Verrückt? Was genau meinen Sie damit?«

»Ich gebe Ihnen ein Beispiel. Es ist erst letzte Nacht passiert. Soweit ich weiß, hat Bobby Ihnen erzählt, dass er an Schlaflosigkeit leidet und oft die halbe Nacht lang liest.«

Will schmunzelte. »Wenn ich Sie so anschaue, finde ich, dass er diese Zeit besser nützen könnte.«

Natalie lächelte spöttisch. »Genau darum habe ich Sie

gebeten, mit mir zu Mittag zu essen. Ich habe mich so nach Ihren Schmeicheleien gesehnt.«

»Ich wusste gar nicht, dass das meine Stärke ist.«

»Ist es aber. Und jetzt zu letzter Nacht, Will. Um zwei Uhr bin ich nach unten gegangen und habe einen Blick in Bobs Arbeitszimmer geworfen: keine Spur von ihm. Als ich in die Garage sah, stellte ich fest, das sein Wagen weg war. Ich habe keine Ahnung, wo er hingefahren ist. Und heute Morgen habe ich in seiner Tasche einen Zettel von irgendeiner Frau gefunden, auf dem stand, er solle sie anrufen. Als ich ihn zur Rede stellte, war er erschrocken. Ich bin überzeugt, dass er sich nicht daran erinnerte, sie überhaupt getroffen zu haben. Er hat mir eine lahme Ausrede aufgetischt. Aber ich glaube, dass er eine Gedächtnislücke hatte. Offen gestanden, habe ich den Verdacht, dass das seit einiger Zeit häufiger passiert.«

Natalie sprach immer lauter. Will bemerkte, dass die älteren Frauen am Nebentisch schon unverhohlen die Ohren spitzten.

»Ein bisschen leiser, Natalie«, mahnte er.

»Warum sollte ich?«, entgegnete sie, fuhr aber dann mit gesenkter Stimme fort. »Will, ich muss ständig an die Party bei den Lawrences denken. Den Abend, bevor Martha verschwand.«

»Und?«

»Es ist komisch, aber Sie haben sicher auch schon erlebt, dass Sie sich an Kleinigkeiten erinnern, wenn Sie sich nur richtig konzentrieren. Ich hatte ganz vergessen, dass Bobby die dämliche Jacke mit den breiten Schultern trug, in der er seiner Ansicht nach jünger aussieht …«

»Junge, Junge, wenn Sie jemanden erst mal auf dem Kieker haben, lassen Sie mehr locker.«

Natalie lächelte ihm warnend zu, als die Kellnerin Bierkrüge vor sie hinstellte. »Heute habe ich ihm ziemlich zugesetzt«, räumte sie ein und fragte dann: »Warum habe ich eigentlich Bier bestellt?«

»Weil es gut zu einem Cornedbeef-Sandwich passt.«

»Ich bin sicher, dass Bobby zu einer Menge Geld gekommen wäre, wenn er ein Restaurant wie das hier aufgemacht hätte und kein Mausoleum.«

»Dieser Zug ist abgefahren, Natalie. Wollten Sie vorhin etwa andeuten, dass Bobby Rachel Wilcox' Schal gestohlen haben könnte?«

»Ich sage nur, dass ich den Schal auf einem Tisch bemerkte, als ich zur Toilette ging. Und als ich zurückkam, war er weg.«

»Hielt Bobby sich irgendwo in der Nähe auf?«

Der Schatten eines Zweifels huschte über Natalies Gesicht. »Ich bin ziemlich sicher.«

»Und warum haben Sie das nicht der Polizei mitgeteilt?«

»Weil ich erst gestern begriffen habe, wie wichtig dieser Schal ist. Seitdem grüble ich ständig über diese Nacht nach, versuche, mich zu erinnern, und hoffe, dass mir noch etwas einfällt«, meinte Natalie abschließend und biss genüsslich in ihr Sandwich.

Fünfundfünfzig

»Ich habe noch ein paar Bücher, die Sie vielleicht interessieren werden, Emily. Soll ich sie Ihnen in einer halben Stunde vorbeibringen?«

»Ich möchte Ihnen keine Umstände machen, Dr. Wilcox. Ich könnte sie genauso gut abholen.«

»Sie machen mir überhaupt keine Umstände. Ich muss sowieso los, um einiges zu erledigen.«

Emily legte auf und sah auf die Uhr. Zu ihrer Überraschung war es schon vier. Nach Marty Browskis Anruf hatte sie sich eine kurze Pause gegönnt und sich danach wieder mit ihren Unterlagen beschäftigt, die sie auf dem Esstisch ausgebreitet hatte. Sie war fest entschlossen herauszufinden, wer der Serienmörder aus dem 19. Jahrhundert war.

Inzwischen standen weitere Monopolyhäuschen auf ihrem Stadtplan. Alle waren ordentlich mit den Namen der damaligen Bewohner beschriftet. Emily hatte die Häuser der Mayers, der Allans, der Williams' und der Nesbitts hinzugefügt. Ihre Töchter und Söhne waren bei den meisten Treffen, Partys, Picknicks und Bällen dabei gewesen, welche auch Madeline Shapley, Letitia Gregg, Ellen Swain, Julia Gordon und Phyllis Gates besucht hatten.

Außerdem hatte Emily George Lawrences Kartons geöffnet und erfreut festgestellt, dass sie Tagebücher und Briefe enthielten. Begeistert machte sie sich ans Lesen, kam aber dann zu dem Schluss, dass sie sich zuerst mit dem Material aus dem Museum befassen musste.

Zu guter Letzt fand sie einen Kompromiss und arbeitete parallel mit beiden Quellen. Als sich die verschiedenen Lebensgeschichten vor ihr auftaten, fühlte sie sich wieder, als sei sie mitten ins späte 19. Jahrhundert zurückversetzt worden.

Gelegentlich ertappte sie sich bei dem Wunsch, sie hätte in jener Epoche gelebt. Denn der Alltag damals erschien ihr um so vieles weniger gefährlich und anstrengend als die moderne Zeit.

Bist du verrückt geworden?, schalt sie sich dann. Weniger gefährlich! Drei der Freundinnen, die einander alles anvertraut und sich gemeinsam bei geselligen Zusammenkünften, Picknicks und Bällen amüsiert hatten, hatten im Alter von neunzehn, achtzehn und zwanzig Jahren sterben müssen. Als eine geborgene Jugend konnte man das nicht gerade bezeichnen.

Ein Bündel Briefe, von dem Emily sich eine Menge Informationen versprach, war im Laufe einiger Jahre von Julia Gordon an Phyllis Gates geschrieben worden, nachdem die Familie Gates nach Philadelphia zurückgekehrt war. Offenbar hatte Phyllis Gates sie aufbewahrt und sie später an die Familie Lawrence übergeben.

Julia hatte sich im Herbst 1894 mit Henry Lawrence verlobt. In jenem Winter begleitete George seinen Vater auf eine Geschäftsreise nach Europa, und als er zurückkam, schrieb Julia ihrer Freundin:

Liebe Phyllis,

nach drei langen Monaten ist George endlich wieder da. Ich bin ja so glücklich. Um dir die Tiefe meines Gefühls deutlich zu machen, zitiere ich am besten aus der Briefesammlung, die ich kürzlich gelesen habe.

»Der Versuch, dir meine übergroße Freude zu schildern, als ich meinen Geliebten wiedersah, ist ohnehin zum Scheitern verurteilt. Wir verbrachten einen äußerst reizenden und angenehmen Abend miteinander.«

Jetzt planen George und ich unsere Hochzeit, die im Frühling stattfinden wird. Wenn nur Madeline und Letitia noch bei uns wären, um zusammen mit dir meine Brautjungfern zu sein. Was ist nur aus unseren lieben Freunden geworden? Madelines Familie ist weggezogen. Douglas Carter hat sich das Leben genommen. Edgar Newman bläst weiterhin Trübsal – ich glaube, er hat Letitia sehr geliebt. Uns bleibt nichts weiter, als sie alle – die Vermissten und die Toten – in unsere Gedanken und Gebete einzuschließen.

Deine dich liebende Freundin Julia

Mit tränenfeuchten Augen las Emily den Brief ein zweites Mal. Sie erwähnt Ellen Swain nicht, dachte sie. Doch dann fiel ihr ein, dass Ellen erst über ein Jahr später verschwunden war.

Ich frage mich, was in Julia vorgegangen wäre, wenn sie in die Zukunft hätte blicken können und gewusst hätte, dass man ihre Ururenkelin Martha vergraben neben Madeline auffinden würde.

Sie ließ den Brief auf den Schoß sinken und saß reglos da. Madeline und Martha, dachte sie. Letitia und Carla. Ellen und ...?

Falls nichts geschah, würde es am Samstag ein weiteres Opfer geben. Inzwischen war Emily überzeugt davon, dass es so kommen würde. Lieber Gott, hilf uns, einen Weg zu finden, diesem Mann das Handwerk zu legen, betete sie.

Eigentlich hatte sie beabsichtigt, vor George Wilcox' Eintreffen die Esszimmertür zu schließen und das Licht auszumachen. Doch als es an der Tür läutete, war sie so in die Briefe vertieft, dass sie ihr Vorhaben vergaß.

Beim Öffnen der Tür löste der Anblick von Dr. Wilcox' massiger Gestalt auf der Veranda nackte Angst in ihr aus. Was ist nur los mit mir?, fragte sie sich, während sie beiseite trat, um ihn hereinzulassen, und eine Begrüßung murmelte.

Sie hatte gehofft, dass er ihr nur eine Tasche mit Büchern überreichen und sofort wieder gehen würde. Doch statt dessen trat er an ihr vorbei und blieb in der Vorhalle stehen.

»Es ist ziemlich kalt geworden«, meinte er spitz.

»Richtig.« Emily wusste, dass ihr nichts anderes übrig blieb, als die Tür zuzuziehen. Sie bemerkte, dass ihr die Handflächen feucht wurden.

Die Büchertasche in der Hand, sah er sich in der Vorhalle um. Der Türbogen zum Wohnzimmer befand sich rechts. Im Zimmer dahinter war es bereits dunkel.

Von der Vorhalle ging auch eine Tür zum Esszimmer ab. Emily hatte in diesem Raum den Kronleuchter über dem Tisch eingeschaltet, der nun grell das Zeichenbrett mit den Monopolyhäuschen beleuchtete. Wilcox konnte deutlich erkennen, dass sich auf dem Tisch und auf den Stühlen Bücher und Papiere türmten.

»Wie ich sehe, arbeiten Sie hier«, meinte er. »Am besten lege ich diese Bücher zu den anderen.«

Bevor ihr etwas einfiel, wie sie ihn daran hindern konnte, stand er schon im Esszimmer, legte die Büchertasche mit der Aufschrift *Enoch College Book Store* auf den Boden und musterte neugierig das Zeichenbrett.

»Ich könnte Ihnen dabei helfen«, bot er an. »Ich weiß nicht, ob ich es erwähnt habe, aber ich schreibe gerade an einem Roman, der in den letzten fünfundzwanzig Jahren des 19. Jahrhunderts in Spring Lake spielt.« Er wies auf das Haus Ludlam Avenue 15, auf dem Alan Carters Name stand.

»Sie haben Recht«, bemerkte er. »Hier hat die Familie Carter seit 1893 viele Jahre lang gewohnt. Davor haben sie hier gelebt.« Er nahm ein Häuschen aus der Schachtel und stellte es genau hinter das von Emily.

»Alan hat direkt hinter diesem Haus gewohnt?«, fragte Emily verblüfft.

»Damals gehörte das Haus offiziell seiner Großmutter mütterlicherseits. Die Familie lebte bei ihr. Nach ihrem Tod verkauften sie das Haus und zogen in die Ludlam Avenue.«

»Sie haben sich ausgezeichnet über diese Stadt informiert, Dr. Wilcox.« Emilys Mund war trocken.

»Ja, das stimmt. Für mein Buch war das nötig. Darf ich mich setzen, Emily. Ich muss mit Ihnen reden.«

»Ja, natürlich.«

Rasch beschloss sie, ihn nicht ins Wohnzimmer zu bitten. Sie wollte, diesen Mann im Rücken, den dunklen Raum nicht betreten. Stattdessen nahm sie lässig auf dem Stuhl Platz, der am dichtesten neben der Tür zur Vorhalle stand. Wenn er sich seltsam benimmt, kann ich jederzeit rauslaufen und um Hilfe schreien, dachte sie.

Er ließ sich nieder und verschränkte die Arme. Selbst als er ihr am Tisch gegenüber saß, wirkte er Ehrfurcht gebietend.

Erstaunt hörte Emily, was er ihr zu sagen hatte.

»Emily, Sie sind Strafverteidigerin, und soweit ich informiert bin, eine sehr gute. Ich fürchte, dass ich inzwischen als Hauptverdächtiger in den Mordfällen Martha Lawrence und Carla Harper gelte. Und ich möchte, dass Sie mich juristisch vertreten.«

»Hat die Polizei Ihnen mitgeteilt, dass Sie unter Verdacht stehen, Dr. Wilcox?«, erkundigte sich Emily, um Zeit zu gewinnen. Sie fragte sich, ob er nur mit ihr spielte. Was war, wenn er die Tat gestand, und dann ... Sie zwang sich, den Gedanken nicht zu beenden.

»Noch nicht, aber es wird ihnen gelingen, schlagkräftige Beweise gegen mich zu sammeln. Ich werde Ihnen erklären, warum.«

»Bitte nicht, Dr. Wilcox«, fiel Emily ihm ins Wort. »Ich muss Ihnen erklären, dass ich Sie niemals verteidigen könnte. Denn wenn es im Fall Martha Lawrence zu einer Anhörung kommt, bin ich verpflichtet, als Zeugin auszusagen. Vergessen Sie nicht, dass ich dabei war, als ihre Leiche – oder besser ihr Skelett – gefunden wurde. Erzählen Sie mir also bitte nichts, ich könnte nämlich gezwungen sein, es unter Eid zu wiederholen. Denn da ich nicht als Ihre Anwältin tätig werden kann, fiele es nicht unter das Anwaltsgeheimnis.«

Er nickte. »Daran hatte ich gar nicht gedacht.« Langsam stand er auf. »Dann werde ich Sie natürlich nicht weiter mit meinen Problemen behelligen.« Er betrachtete das Zeichenbrett. »Glauben Sie an die Reinkarnation, Emily?«, fragte er.

»Nein.«

»Können Sie sich nicht vorstellen, dass Sie schon einmal gelebt haben – und zwar als Madeline Shapley?«

Kurz stand Emily das Bild des Fingerknochens mit dem Saphirring vor Augen. »Nein, beim besten Willen nicht, Dr. Wilcox.«

»Nach dem, was in der letzten Woche alles zum Thema Reinkarnation gesagt und geschrieben wurde, mache ich mir allmählich so meine Gedanken. Habe ich früher schon einmal in einem dieser Häuser gewohnt? Habe ich mich aus irgendeinem bestimmten Grund entschieden, hierher zurückzukehren. Was könnte ich in einem früheren Leben verbrochen haben, dass ich nun so viele psychische Wunden verarbeiten muss?«

Seine Miene wirkte mit einem Mal verängstigt. »Wenn man einen einzigen Moment der Schwäche nur rückgängig machen könnte«, murmelte er.

Emily hatte den Eindruck, dass Dr. Wilcox ihre Anwesenheit völlig vergessen hatte.

»Ich muss eine sehr schwere Entscheidung fällen«, seufzte er dann. »Doch einen anderen Weg gibt es nicht.«

Sie wich zurück, als er an ihr vorbeiging, und folgte ihm nicht zur Tür. Stattdessen stand sie fluchtbereit da, um aus dem Esszimmer auf die Veranda zu laufen, falls er sie angreifen sollte.

Zu ihrer Erleichterung marschierte er geradewegs zur Vordertür und öffnete sie. Dann blieb er stehen. »Ich würde Ihnen dringend raten, die Türen in den nächsten Nächten abzuschließen und zu verriegeln, Emily«, mahnte er.

Donnerstag, 29. März

Sechsundfünfzig

Man spürt, wie die Nervosität unter den Einwohnern von Spring Lake wächst.

Die Polizisten tragen finstere Mienen zur Schau und haben die Streifengänge auf den Straßen verstärkt.

Man sieht kaum noch eine Frau allein spazieren gehen, nicht einmal tagsüber.

Die Zeitungsberichte werden von Tag zu Tag reißerischer, die Medien sind bereit, die Sensationsgier ihrer Leserschaft mit allen Mitteln zu befriedigen.

»Der wiedergeborene Serienmörder von Spring Lake« hat es in die landesweiten, ja, sogar in die internationalen Nachrichten geschafft.

Die Talk-Shows wetteifern miteinander, wer mit der schlüssigsten Theorie zum Thema Regression und Reinkarnation aufwarten kann.

Heute Morgen in *Good Morning America* hat wieder einmal ein angesehener Wissenschaftler ernsthaft verkündet, dass viele Menschen die Reinkarnation als große Last betrachten, während andere glauben, dass sie ihnen unzählige neue Möglichkeiten zum Weiterleben eröffnet.

Die Hindus, so erklärte der Wissenschaftler, seien sich ihrer Wiedergeburt absolut sicher. Sie wünschen sich verzweifelt, den Kreislauf aus Geburt und Wiedergeburt zu durchbrechen und damit zum Stillstand zu bringen. Um endlich Erlösung zu finden, sind sie bereit, sich schwerste Entbehrungen aufzuerlegen und sich strengen spirituellen Praktiken zu unterwerfen.

Sehne ich mich nach Erlösung?

In zwei Tagen ist meine Aufgabe vollbracht. Ich werde wieder in die Normalität zurückkehren und in Zukunft ein ruhiges und friedliches Leben führen.

Aber ich werde weiterhin alles, was geschieht, in sämtlichen Einzelheiten schriftlich festhalten. So werde ich, wie in dem anderen Tagebuch, das »Wer«, »Was«, »Warum« und »Wann« ausführlich erläutern.

Vielleicht wird eines Tages ein vierzehnjähriger Junge dieses Tagebuch – die zwei Tagebücher – finden und den Kreislauf noch einmal durchleben wollen.

Wenn das passiert, werde ich wissen, dass ich zum dritten Mal nach Spring Lake zurückgekehrt bin.

Siebenundfünfzig

Bernice Joyce hatte beschlossen, das Wochenende in Spring Lake zu verbringen. »Wie Sie wissen, bin ich wegen des Gedenkgottesdienstes aus Florida angereist«, erklärte sie Reba Ashby bei einem gemeinsamen Frühstück am Donnerstagmorgen.

»Eigentlich wollte ich am Montagnachmittag nach Palm Beach zurückfliegen. Doch dann habe ich mir überlegt, dass das Unsinn wäre, da ich ja sowieso demnächst für den Sommer kommen wollte. Deshalb bleibe ich jetzt einfach gleich hier.«

Sie saßen an einem Tisch am Fenster. Bernice blickte hinaus. »Es ist ein richtiger Frühlingstag, finden Sie nicht?«, meinte sie wehmütig. »Gestern bin ich über eine Stunde lang an der Strandpromenade spazieren gegangen. Es hat so viele wunderschöne Erinnerungen geweckt. Anschließend habe ich mit den Lawrences bei einer anderen alten Freundin gegessen. Wir haben viel über die Vergangenheit gesprochen.«

Da Reba Mrs. Joyce weder am Dienstag noch am Mittwoch im Hotel begegnet war, hatte sie angenommen, die alte Dame wäre bereits abgereist. Also war es eine freudige Überraschung gewesen, sie an diesem Morgen auf dem Weg zum Speisesaal im Aufzug zu sehen.

Bei ihrem ersten Treffen hatte Reba sich als Journalistin eines landesweiten Nachrichtenmagazins vorgestellt und wohlweislich verschwiegen, dass sie für den *National Daily* schrieb. Obwohl ich mir diese Mühe eigentlich hätte sparen können, dachte sie, während sie mit routiniert mitfühlender Miene einer Anekdote aus dem Spring Lake der Dreißigerjahre lauschte. Sie war sicher, dass Bernice Joyce noch nie den *National Daily* gelesen und vermutlich auch niemals von diesem Blatt gehört hatte.

»Lasset uns darüber schweigen«, hieß es schon in den Epheserbriefen des heiligen Paulus. Zweifellos gab dieser Satz Bernice Joyces Einstellung gegenüber Boulevardzeitungen ziemlich korrekt wieder.

Reba wollte mehr über die anderen Gäste der Party erfahren, die am Abend vor Marthas Verschwinden bei den Lawrences stattgefunden hatte. Dabei beabsichtigte sie in erster Linie, den Verdacht gegen Dr. Wilcox auszuschlachten. Allerdings bestand auch die Möglichkeit, dass der Mann die Wahrheit sagte und den Schal tatsächlich neben der Handtasche seiner Frau abgelegt hatte, wo jeder ihn hätte stehlen können.

»Haben Sie schon mit einem der anderen Partygäste gesprochen, die am Samstag von der Polizei befragt worden sind, Mrs. Joyce?«

»Ja, ich habe mich tatsächlich mit zwei Ehepaaren unterhalten, die neben den Lawrences wohnen. Die meisten Gäste kenne ich ja nicht so gut. Robert Friezes erste Frau Susan habe ich sehr gern. Seine zweite Frau Natalie finde ich weniger sympathisch. Robert und Natalie waren auch auf der Party. Außerdem noch …«

Als die zweite Tasse Kaffee geleert war, verfügte Reba über eine Liste von Namen, mit der sie weiterarbeiten konnte. »Ich möchte ein einfühlsames Porträt von Martha schreiben, wie die Menschen sich an sie erinnern«, meinte sie. »Und dazu fange ich am besten bei den Leuten an, mit denen sie die letzten Stunden ihres Lebens verbracht hat.«

Reba überflog die Liste. »Ich lese Ihnen die Namen noch einmal vor, um sicherzugehen, dass ich niemanden vergessen habe.«

Während Bernice Joyce lauschte, stand ihr das Wohnzimmer der Lawrences deutlich vor Augen. In der vergangenen Woche hatte sie so viel über die Party nachgegrübelt, dass ihr immer mehr Details einfielen.

Der Schal lag wirklich auf dem Tisch in der Vorhalle, dachte sie. Ich sah Natalie Frieze, ihre Handtasche in der Hand, den Flur entlanggehen und nahm an, sie wolle sich frisch machen. Ich habe darauf gewartet, dass sie wiederkommt.

Mrs. Joyce erinnerte sich an das Gesicht eines anderen Gastes. Allmählich bin ich überzeugt davon, dass ich bemerkte, wie er Rachels Handtasche berührte. Der Schal befand sich darunter.

Soll ich das Detective Duggan mitteilen?, fragte sie sich. Habe ich das Recht, im Rahmen polizeilicher Ermittlungen einen Namen zu erwähnen, auch wenn ich nicht absolut sicher bin, ob mein Gedächtnis mich nicht trügt?

Sie wandte sich wieder der Frau zu, die ihr gegenüber saß. Reba Ashby war so reizend, und Mrs. Joyce hatte das Gefühl, mit einer alten Freundin zu plaudern. Außerdem war Ms. Ashby Journalistin und hatte deshalb sicher Verständnis für Gewissensfragen.

»Mrs. Ashby«, begann Bernice Joyce. »Darf ich Ihnen ein Problem anvertrauen? Ich glaube, ich habe beobachtet, wer den Schal während der Party vom Tisch genommen hat. Offen gestanden, bin ich ziemlich sicher.«

»Was sagen Sie da?« Reba Ashby war so verdattert, dass sie kurz vergaß, die mitfühlende, vertrauenswürdige Freundin zu spielen.

Wieder blickte Bernice aus dem Fenster und aufs Meer hinaus. Wenn ich nur tausend Prozent sicher sein könnte, dachte sie.

»Wen haben Sie an jenem Abend beim Diebstahl des Schals gesehen, Bernice? Ich meine natürlich, Mrs. Joyce.«

Bernice drehte sich um und betrachtete Reba Ashby, deren Augen funkelten. Ihre Körperhaltung erinnerte die alte Dame an die einer sprungbereiten Tigerin.

Schlagartig wurde Bernice Joyce klar, dass sie einen schweren Fehler gemacht hatte. Reba Ashby war mit Vorsicht zu genießen.

»Am besten rede ich nicht mehr darüber«, erwiderte sie mit Nachdruck und winkte dem Kellner zu, damit dieser ihr die Rechnung brachte.

Achtundfünfzig

Als Marty Browski am Donnerstagmorgen ins Büro kam, stellte er fest, dass Eric Bailey am Mittwochabend um sieben zurückgerufen hatte. Browski hatte sich bei ihm gemeldet, um einen Termin zu vereinbaren.

»Ich liebe dieses Hin-und-Her-Telefonieren«, brummte Browski, während er Baileys Nummer wählte. Baileys Sekretärin hob ab und stellte ihn sofort durch.

»Schade, dass ich Sie gestern verpasst habe«, meinte Eric freundlich. »Ich habe blaugemacht und mir einen freien Nachmittag gegönnt, um ein bisschen an meinem Golfspiel zu arbeiten.«

Er war sofort zu einem Treffen bereit. »Wenn Sie möchten, noch heute Vormittag. Um elf Uhr hätte ich Zeit.«

Das Büro lag an der Stadtgrenze von Albany. Auf der Fahrt dorthin dachte Marty daran, dass er Baily nur einmal persönlich begegnet war, und zwar im Gerichtssaal während der Verhandlung gegen Ned Koehler, den Mann, der Emily Graham belästigt hatte. Bailey hatte ausgesagt, er habe rund um ihr Haus Überwachungskameras installiert.

Marty erinnerte sich, dass Bailey zusammengesackt im Zeugenstand gesessen und nervös die Hände gerungen hatte. Er hatte eine leise und hohe Stimme. Der Richter hatte ihn einige Male auffordern müssen, lauter zu sprechen.

Seitdem hatte Marty Baileys Foto ab und zu in der Zeitung gesehen. Er war ein berühmter Mann in der Stadt, Albanys kleiner Bill Gates sozusagen.

Marty hatte Bailey angerufen und um einen Termin gebeten, weil er mit seinem Latein am Ende war. Vielleicht hatte Bailey ihm etwas Brauchbares mitzuteilen, das ihm helfen würde, den Mann zu schnappen, der Emily verfolgte. Marty wusste, dass er auch nicht die kleinste Gelegenheit ungenutzt lassen durfte.

Er fuhr durch ein Viertel, wo einige Firmenzentralen ansässig waren. Alle waren von kleinen Parks umgeben. Ihm fiel auf, dass keines der Gebäude höher als zwei Stockwerke war.

Marty fuhr langsam und behielt die Hausnummern im Auge. An der nächsten Kreuzung musste Baileys Büro liegen.

Eine lange Auffahrt führte zu einem hübschen einstöckigen Ziegelbau, dessen Fenster mit den getönten Scheiben bis zum Boden reichten. Wirklich nett, dachte Marty, als er den Wagen auf einem Besucherparkplatz abstellte.

Der Empfangstisch stand mitten in einer Vorhalle, die das gesamte Erdgeschoss einnahm. Teure rote Ledersofas und Sessel mit Polsternägeln aus Messing waren auf Perserteppichen zu kleinen Sitzgruppen angeordnet. Offenbar sehr wertvolle Gemälde hingen, geschmackvoll drapiert, an den Wänden. Die Einrichtung wirkte beruhigend, dezent und sehr kostspielig.

Browski fiel eine Bemerkung des Theaterproduzenten George Abbot gegenüber dem Dramatiker Moss Hart ein, die dieser während eines Besuchs auf Harts Landgut in Buck County gemacht hatte: »Hier sieht man, was Gott zustande bringen würde, wenn er Geld hätte.«

Die Empfangsdame hatte Browski bereits erwartet. »Mr. Baileys Büro befindet sich im ersten Stock, rechts am Ende des Flurs«, sagte sie.

Anstatt den Aufzug zu nehmen, stieg Browski die geschwungene Treppe hinauf. Als er den langen Korridor im ersten Stock entlangschlenderte, warf er im Vorbeigehen einen Blick in die Büros. Viele schienen leer zu sein. Er hatte gehört, dass Baileys Computerfirma eine Menge Verlust gemacht hatte. Offenbar war die Technologie, mit der er die Firma aufgebaut und ihren Wert an der Börse in die Höhe getrieben hatte, inzwischen veraltet. Außerdem war Marty zu Ohren gekommen, dass einige Experten an Baileys Behauptung zweifelten, er sei im Begriff, einen neuen drahtlosen Datenüberträger auf den Markt zu bringen.

Die geschnitzte Flügeltür aus Mahagoni am Ende des Flurs verriet ihm, dass er Eric Baileys Allerheiligstes erreicht hatte.

Soll ich anklopfen oder rufen?, fragte sich Marty und entschied sich schließlich dafür, die Tür einfach zu öffnen.

»Kommen Sie rein, Mr. Browski«, meinte eine Stimme. Als Browski eintrat, erhob sich eine schlanke, elegante Frau von etwa vierzig Jahren hinter ihrem Schreibtisch, stellte sich als Louise Cauldwell, Mr. Baileys persönliche Assistentin, vor und führte Marty in Erics Büro.

Eric stand am Fenster. Als er die Schritte hörte, drehte er sich um.

Browski hatte ganz vergessen, wie zierlich Eric Bailey war. Und dabei ist er gar nicht so klein, dachte er, als er durchs Zimmer auf ihn zuging. Eigentlich eher mittelgroß. Es lag an seiner Körpersprache. Schlechte Haltung, sagte sich Marty und erinnerte sich an die ständigen Ermahnungen seines Vaters: »Steh gerade, lass die Schultern nicht hängen!«

Und da Eric Bailey genau das tat, wirkten das teure Kaschmirsakko und die dunkle Hose, als wären sie zu groß.

Trotz seines vielen Geldes sieht Bailey noch immer aus wie ein Streber, überlegte Marty, während er dem Mann die Hand hinstreckte. Aus dem Äußeren würde man nie schließen, dass er ein Genie ist.

»Detective Browski, schön, Sie wiederzusehen.«

»Danke, ebenfalls, Mr. Bailey.«

Eric Bailey wies auf das Sofa und die Sessel vor den Fenstern, die auf den hinteren Teil des Grundstücks hinausgingen. »Hier ist es recht gemütlich«, meinte er und warf Louise Cauldwell einen auffordernden Blick zu.

»Ich lasse sofort Kaffee bringen, Mr. Bailey«, erwiderte sie.

»Danke, Louise.«

Während Marty sich auf das butterweiche Ledersofa sinken ließ, verglich er die Ausstattung hier mit der seines eigenen Büros, eines etwa zehn Quadratmeter großen Raums, dessen einziges winziges Fenster Aussicht auf den Parkplatz bot. Janey war überzeugt davon, dass das Holz seines Schreibtisches noch von der Arche Noah stammte. Sein Aktenschrank quoll förmlich über, und die Akten, die nicht mehr hineinpassten, stapelten sich auf seinem einzigen Besucherstuhl und auf dem Boden.

»Ein wunderschönes Büro und ein sehr beeindruckendes Gebäude, Mr. Bailey«, sagte er mit aufrichtiger Bewunderung.

Erics Lippen verzogen sich zu einem Lächeln, das sofort wieder verschwand.

»Haben Sie je mein altes Büro gesehen?«, fragte er. »Es lag genau neben dem von Emily.«

»Ich war ein paar Mal in Emilys Kanzlei. Ziemlich klein, aber gemütlich, finde ich.«

»Jetzt stellen Sie sich ein Drittel dieser Fläche vor, und dann wissen Sie, wie groß mein früherer Arbeitsplatz war.«

»Offenbar waren Sie mein Vorgänger in dem Loch, in dem ich jetzt sitze, Mr. Bailey.«

Diesmal schien Baileys Lächeln echt zu sein. »Da ich nicht annehme, dass Sie hier sind, um mich über meine verfassungsmäßigen Rechte aufzuklären, und da wir uns beide als Freunde von Emily betrachten, könnten wir uns die Formalitäten doch sparen. Ich heiße Eric.«

»Marty.«

»Am Montag habe ich Emily in ihrem neuen Haus besucht. Vielleicht hat sie Ihnen erzählt, dass ich dort Überwachungskameras installiert habe«, begann Eric.

»Ja, hat sie«, erwiderte Marty.

»Ich mache mir schreckliche Sorgen. Der Mann, der sie verfolgt hat, ist ihr offensichtlich nach Spring Lake nachgereist. Oder denken Sie, es ist ein Nachahmungstäter?«

»Ich weiß es nicht«, gab Marty zu. »Aber ich kann Ihnen eines verraten: Jeder Täter, der eine Frau verfolgt, ist eine potenzielle Zeitbombe. Wenn es sich um denselben Typen handelt, der sie schon hier belästigt hat, wird er wohl bald ein Streichholz ans Pulverfass halten. Hat sie Ihnen die Fotos gezeigt, die er in Albany von ihr gemacht hat?«

»Ja. Ich glaube, es waren dieselben, die sie Ihnen übergeben hat.«

»Und da wäre noch was, das mir nicht gefällt: Die meisten der Fotos in Albany entstanden draußen im Freien, wenn sie beim Joggen war, sich ins Auto setzte oder ausstieg oder wenn sie ein Restaurant betrat. Die Bilder in Spring Lake hingegen unterscheiden sich davon. Der Täter musste zuerst herausfinden, wo sie die erste Nacht in Spring Lake verbringen wollte, und dann in der Kälte am Strand herumstehen und warten, bis er sie vor die Linse bekam.

Hier ist ein Abzug des zweiten Fotos, das vier Tage später geschossen wurde.«

Marty beugte sich vor und reichte Eric das Bild, das Emily am Samstagmorgen in der Kirche St. Catherine darstellte. »Der Kerl hatte den Mut, Emily zum Gedenkgottesdienst für ein Mordopfer zu folgen.«

»Darüber habe ich mir auch schon den Kopf zerbrochen«, meinte Eric. »Für mich weist das darauf hin, dass sie den Mann, der ihr nachstellt, überhaupt nicht kennt. Schließlich würde man ein vertrautes Gesicht selbst in einer voll besetzten Kirche bemerken. Meiner Ansicht nach weist das auf einen Nachahmungstäter hin.«

»Sie könnten Recht haben«, räumte Marty widerstrebend ein. »Aber das heißt, dass wir es in diesem Fall mit zwei Tätern zu tun haben, nicht nur mit einem. Ich wollte mit Ihnen reden, Eric, weil ich Informationen über die Nachbarn in dem Gebäude brauche, wo Sie und Emily Ihre Büros hatten. Gab es da jemanden, der auffälliges Interesse an ihr gezeigt hat? Es könnte ein Handwerker oder ein Lieferant gewesen sein. Oder ein netter, freundlicher Durchschnittsbürger, der Frau und Kinder hat und aussieht, als könnte er keiner Fliege was zuleide tun.«

»Vergessen Sie nicht, dass ich vor drei Jahren aus dem Gebäude ausgezogen bin«, entgegnete Eric. »Emily hat erst vor einer Woche ihre Kanzlei dort aufgegeben. Sie hat darauf bestanden, alle Fälle, die sie übernommen hatte, abzuschließen, anstatt die Mandanten an Kollegen zu verweisen.«

»Das hat sie getan, weil sie ein wunderbarer Mensch ist. Und deshalb ängstigt uns alle der Gedanke, dass ihr etwas zustoßen könnte.« Marty griff nach den Fotos und steckte sie zurück in seine Hemdtasche.

»Eric, ich hoffe, dass Sie angestrengt darüber nachdenken werden, ob sich jemand in diesem Haus auffällig für Emily interessiert hat.«

»Ich werde es auf jeden Fall versuchen.«

»Und noch etwas: Verfügen Sie über ein Gerät, das Sie in Emilys Haus installieren könnten, um ihre Sicherheit noch besser zu gewährleisten, zumindest wenn sie allein zu Hause ist?«

»Ich wünschte, dass es so etwas gäbe. Ich kann ihr nur raten, in allen Zimmern Notrufknöpfe anbringen zu lassen und immer ein Reizgasspray bei sich zu tragen. Ich habe das Gefühl, dass Emily mittlerweile selbst schreckliche Angst hat, auch wenn sie das nicht zugeben will.«

»Angst? Das ist doch ganz natürlich. Schließlich ist sie nur ein Mensch. Und selbstverständlich zermürbt sie diese Geschichte. Das höre ich ihrer Stimme an. Schade, dass sie keinen Freund hat, der sie beschützt, vorzugsweise ein Football-Profi.«

Eigentlich hatte Marty damit gerechnet, dass Eric Bailey ihm zustimmen würde. Doch als er sah, wie Baileys Miene sich veränderte, wusste er sofort, womit er es zu tun hatte: Wut und Schmerz. *Dieser Bursche ist in Emily verliebt*, dachte Marty. Das kann ja noch heiter werden.

Louise kam zurück, gefolgt von einem Hausmädchen mit einem Tablett.

Rasch leerte Marty seine Tasse. »Sie sind ein viel beschäftigter Mann, Eric. Ich möchte Ihre Zeit nicht länger in Anspruch nehmen«, meinte er, verabschiedete sich und ging den langen Flur entlang zurück zur Treppe.

Vielleicht wäre es eine gute Idee, ein bisschen mit der Empfangsdame zu plaudern, überlegte er sich.

Joel Lakes höhnische Worte hallten ihm noch in den Ohren. *Ich dachte, der Sohn der alten Koehler wäre der Verfolger ... Was mich betrifft, haben Sie sich geirrt, und auch bei ihm haben Sie einen Fehler gemacht.*

Möglicherweise liege ich wieder falsch, schoss es Marty durch den Kopf. Doch ich habe plötzlich den Verdacht, dass Eric Bailey möglicherweise der Mann ist, den wir suchen.

Was mich betrifft, haben Sie sich geirrt, und ...

Aber Moment mal – gewiss hätte Eric Bailey nie riskiert, sich am letzten Samstag in der Kirche blicken zu lassen. Emily hätte ihn sofort erkannt.

Vielleicht sollte ich wirklich eine Fortbildung machen, schalt sich Marty, während er die Treppe hinabstieg und die Empfangsdame passierte, ohne sie in ein Gespräch zu verwickeln.

Neunundfünfzig

»Wir kriegen am Enoch College nichts über Wilcox raus«, schimpfte Tommy Duggan und legte den Hörer hin. »Auch nicht den kleinsten Skandal. Gar nichts. Der Ermittler, der sich in unserem Auftrag umgehört hat, ist ein schlauer Bursche. Wir haben schon früher mit ihm zusammengearbeitet. Er hat mit den Leuten gesprochen, die dem Stiftungsrat angehörten, als Wilcox in den Ruhestand ging. Alle haben empört reagiert, als er andeutete, Wilcox könnte zur Kündigung gedrängt worden sein.«

»Warum hat er dann so überstürzt seinen Hut genommen?«, fragte Pete Walsh, pragmatisch wie immer. »Wollen Sie wissen, was ich denke?«

»Ich bin schon mächtig gespannt.«

»Ich glaube, Wilcox hat die Herzkrankheit nur vorgetäuscht, weil er Dreck am Stecken hatte. Wahrscheinlich wollte er nicht, dass das College mit hineingezogen wird, falls die Sache publik geworden wäre. Kann sein, dass seine ehemaligen Kollegen wirklich nicht wissen, warum er gegangen ist.«

Sie saßen in Tommys Büro, wo sie auf den Anruf des Ermittlers in Cleveland gewartet hatten. Da das nun erledigt war, standen sie auf und machten sich auf den Weg zum Auto. Sie wollten Emily Graham Kopien der drei alten Polizeiberichte vorbeibringen und danach noch ein Gespräch mit Clayton Wilcox führen.

»Sie haben vermutet, er habe sich dort selbst aus der Kasse bedient«, meinte Pete zu Tommy. »Was ist, wenn es umgekehrt wäre. Warum werfen wir nicht mal einen Blick auf seine Einkommensteuererklärung für das Jahr, in dem er am Enoch College gekündigt hat. Vielleicht hat er ja irgendwelches Vermögen zu Geld gemacht.«

»Das wäre einen Versuch wert.« Dieser Bursche ist klüger, als er aussieht, dachte Tommy, als sie über den Parkplatz zum Auto gingen.

Auf der Fahrt zu Emily Graham rief er noch einmal den Ermittler in Cleveland an.

Sechzig

»Welchem Umstand verdanke ich die Ehre deines Besuches?«, fragte Bob Frieze, als er sich zu Natalie an den Tisch im Seasoner setzte. Er war erstaunt und nicht besonders erfreut gewesen, als der Oberkellner ihm telefonisch mitteilte, seine Frau wolle mit ihm zu Mittag essen.

»Neutrales Gebiet, Bobby«, erwiderte Natalie ruhig. »Du siehst entsetzlich aus. Nachdem du mir das angetan hast« – sie wies auf ihr blutunterlaufenes Handgelenk –

»habe ich letzte Nacht mit verschlossener Tür im Gästezimmer geschlafen. Offenbar bist du überhaupt nicht nach Hause gekommen. Warst du bei Peggy?«

»Ich habe auf dem Sofa in meinem Büro übernachtet. Ich dachte mir nämlich, nach der Szene von gestern wäre ein wenig Abstand nicht schlecht.«

Natalie zuckte die Achseln. »Neutrales Gebiet. Abstand. Hör zu, anscheinend sagen wir beide dasselbe. Wir haben einander satt, und offen gestanden habe ich Angst, du könntest wieder gewalttätig werden.«

»Das ist doch albern!«

»Wirklich?« Sie öffnete ihre Handtasche und nahm eine Zigarette heraus.

»Du weißt doch, dass du hier nicht rauchen darfst.«

»Dann setzen wir uns eben an die Bar. Essen wir dort.«

»Wann hast du denn wieder zu rauchen angefangen? Seit unserer Hochzeit hast du es dir abgewöhnt, und das ist jetzt fast fünf Jahre her.«

»Um genau zu sein, habe ich dir im Sommer vor viereinhalb Jahren versprochen, nach dem ersten Septemberwochenende aufzuhören. Aber die Zigaretten haben mir gefehlt. Jetzt habe ich keinen Grund mehr, auf sie zu verzichten.«

Während Natalie die Zigarette auf einer Untertasse ausdrückte, fiel ihr plötzlich etwas ein.

Daran habe ich mich ständig zu erinnern versucht, dachte sie. Die letzte Zigarette habe ich auf der Party der Lawrences geraucht. Das war am 6. September. Ich bin raus auf die Veranda gegangen, denn natürlich durfte man im Haus nicht rauchen.

Er hatte etwas in der Hand und ging damit zum Auto.

»Was ist los mit dir?«, zischte Bob. »Du machst ein Gesicht, als hättest du ein Gespenst gesehen.«

»Vergessen wir das mit dem Mittagessen. Ich fand, ich

bin es dir schuldig, dir persönlich zu sagen, dass ich dich verlasse. Ich fahre jetzt nach Hause, um zu packen. Connie gibt mir ihre Wohnung in der Stadt, bis ich eine eigene gefunden habe. Was ich als Abfindung fordere, habe ich dir ja schon gestern erklärt.«

»Kein Richter wird dir eine derart absurde Summe zusprechen. Mach dich nicht lächerlich, Natalie.«

»Dasselbe könnte ich dir sagen, Bobby«, fauchte sie. »Du wirst schon einen Weg finden, das Geld aufzutreiben. Und denk immer daran, dass sich niemand deine Einkommensteuererklärungen der letzten Jahre zu genau ansehen sollte. Besonders nicht die von damals, als du in den Ruhestand gegangen bist und von deiner Firma eine dicke Abfindung bekommen hast. Das Finanzamt ist gerne bereit, für einen Tipp eine ordentliche Belohnung zu bezahlen.«

Sie schob ihren Stuhl zurück. Auf dem Weg zur Tür rannte sie fast.

Der Oberkellner wartete taktvoll zehn Minuten und kam dann an den Tisch. »Möchten Sie jetzt bestellen, Sir?«

Bob Frieze starrte ihn ausdruckslos an, stand schweigend auf und verließ das Restaurant.

Ich könnte schwören, er hat gar nicht gehört, was ich gesagt habe, murmelte der Oberkellner und eilte dann los, um eine Gruppe von sechs Personen zu begrüßen, etwas, das man hier gerne, aber nur sehr selten sah.

Einundsechzig

Der Stadtplan auf dem Esstisch war inzwischen mit einem Dutzend weiterer winziger Häuschen gesprenkelt. Alle Wege führen nach Rom, dachte Emily. Aber ich verstehe die Zusammenhänge immer noch nicht. Ganz sicher gibt es eine andere Erklärung.

Dank der Fotoalben, die George Lawrence ihr gebracht hatte, konnte sie nun vielen Namen ein Gesicht zuordnen. Immer wieder blätterte sie zwischen Textpassagen, in denen einzelne Personen erwähnt wurden, und den Alben hin und her.

Sie hatte eine Gruppenaufnahme entdeckt, die auf der Rückseite mit den Namen der abgebildeten Menschen beschriftet war. Das Foto war verschwommen und zu klein, um die Gesichter deutlich zu erkennen. Da die Detectives später noch vorbeikommen wollten, nahm Emily sich vor, sie zu bitten, im Polizeilabor eine schärfer gestellte Vergrößerung anfertigen zu lassen.

Es war eine große Gruppe. Alle drei Mordopfer – Madeline, Letitia und Ellen – waren auf der Rückseite des Fotos vermerkt. Das Gleiche galt für Douglas und Alan Carter und einige Mütter und Väter, zu denen auch Ri-chard Carter gehörte.

Die Rückseiten von Emilys Haus und dem damaligen Elternhaus von Alan Carter standen einander gegenüber. Die Stechpalme, unter der das Grab versteckt gewesen war, hatte sich praktisch auf der Grenze zwischen den beiden Grundstücken befunden.

Douglas Carter hatte auf der anderen Seite der Hayes Avenue gewohnt.

Als Emily sich alles, was sie über Letitia Gregg gelesen hatte, noch einmal durch den Kopf gehen ließ, kam sie zu dem Schluss, dass die junge Frau am Tag ihres Verschwindens durchaus ein Bad im Meer geplant haben konnte, denn ihr Badeanzug wurde nie gefunden. Sie hatte in der Hayes Avenue, zwischen der 2nd und 3rd Steet, gelebt. Um zum Strand zu gelangen, hätte sie an den Häusern von Alan und Douglas Carter vorbeigehen müssen. War sie unterwegs entführt worden?

Allerdings hatte Douglas Carter bereits *vor* ihrem Verschwinden Selbstmord begangen.

Später hatte Alan Carters Familie das Grundstück erworben, wo Letitias Leiche vergraben gewesen war. Offenbar gab es eine Menge Verbindungen.

Doch Ellen Swains Verschwinden passte nicht in dieses Schema, denn sie hatte in einem der Häuser am See gewohnt.

Als Detective Duggan und Detective Walsh eintrafen, brütete Emily noch immer über der Karte. Sie gab ihnen das Gruppenbild, und die beiden Polizisten versprachen, sich darum zu kümmern. »Unsere Jungs sind sehr fähig«, meinte Tommy Duggan zu Emily. »Bestimmt werden sie es schaffen, das Foto zu vergrößern und einen schärferen Abzug anzufertigen.«

Walsh musterte die Karte. »Gut gemacht«, stellte er bewundernd fest. »Sind Sie damit schon weiter gekommen?«

»Kann sein«, erwiderte Emily.

»Ms. Graham, können wir Ihnen helfen?«, fragte Tommy Duggan. »Oder vielleicht sollte ich mich anders ausdrücken: Haben Sie etwas Brauchbares für uns? Sind Sie auf etwas gestoßen, das uns weiterbringt?«

»Nein«, gestand Emily. »Noch nicht. Aber vielen Dank für die Kopien dieser alten Akten.«

»Ich glaube, unser Chef war nicht sehr begeistert«, sagte Pete. »Ich hoffe, dass die Papiere Ihnen etwas nützen.

Ich habe das Gefühl, dass wir noch Ärger kriegen werden, weil wir die Sachen für Sie kopiert haben.«

Nachdem Duggan und Walsh sich verabschiedet hatten, machte sich Emily ein Sandwich und eine Tasse Tee, stellte alles auf ein Tablett und trug es ins Arbeitszimmer. Sie setzte das Tablett auf der Ottomane ab, ließ sich in dem bequemen Sessel nieder und begann, die Polizeiberichte zu lesen. Mit Madeline Shapleys Akte fing sie an.

7. September 1891: Um 19:30 ging ein besorgter Anruf von Mr. Louis Shapley, wohnhaft Hayes Avenue 100, Spring Lake, ein. Er meldete seine neunzehnjährige Tochter Madeline als vermisst. Ms. Shapley habe auf der Veranda des Hauses der Familie gesessen und dort auf die Ankunft ihres Verlobten, Mr. Douglas Carter, wohnhaft Hayes Avenue 101, gewartet, der sich in New York aufhielt.

8. September 1891: Man vermutet, dass ein Verbrechen hinter dem geheimnisvollen Verschwinden des jungen Mädchens steckt ... die Familie wurde eingehend befragt ... Mutter und jüngere Schwester waren zu Hause ... unter der Aufsicht von Mrs. Kathleen Shapley hatte die elfjährige Catherine Shapley eine Klavierstunde bei ihrer Lehrerin Ms. Johanna Story. Es ist anzunehmen, dass die Geräusche des Klaviers eventuelle Schreie von Ms. Madeline Shapley übertönten.

22. September 1891: Mr. Douglas Carter wurde erneut zum Verschwinden seiner Verlobten Ms. Madeline Shapley vernommen, die am 7. September zuletzt gesehen wurde. Mr. Carter bleibt dabei, er habe den Zug verpasst, den er eigentlich in Manhattan habe nehmen wollen. Deshalb habe er zwei Stunden lang auf die nächste Bahn warten müssen.

Auf die Aussage eines Zeugen hin, er habe wenige

Minuten, bevor der erste Zug zum Einsteigen bereit gestellt worden sei, mit Mr. Carter gesprochen, entgegnete dieser, er sei wegen der geplanten Verlobung mit Ms. Shapley an jenem Tag ein wenig nervös gewesen. Auf einmal habe ihn Übelkeit ergriffen, weshalb er kurz auf die Herrentoilette geeilt sei. Beim Herauskommen habe er nur noch gesehen, wie der Zug den Bahnhof verließ.

Der spätere Zug war voll besetzt. Mr. Douglas sagt, er habe niemanden im Waggon erkannt. Weder der Schaffner des ersten noch der des zweiten Zuges kann sich daran erinnern, sein Billet gelocht zu haben.

Kein Wunder, dass man ihn verdächtigt hat, dachte Emily. Lag seine Nervosität womöglich daran, dass er die Verlobung lösen wollte? Eigentlich habe ich immer geglaubt, dass es zwischen den beiden die große Liebe war.

Kurz fielen ihr ihr eigener Hochzeitsempfang und der erste Tanz mit Gary ein. Damals hatte sie auch den Eindruck gehabt, er sei bis über beide Ohren in sie verliebt.

Und ich selbst habe mir ebenfalls etwas vorgemacht, überlegte Emily weiter. Rückblickend betrachtet, ahnte ich von Anfang an, dass mir etwas fehlte.

Zum Beispiel ein Ehemann, der sich nach keiner anderen Frau mehr umdreht.

Sie war erleichtert, als das Läuten des Telefons sie aus diesen trüben Gedanken riss. Es war Will Stafford.

»Ich wollte Sie schon seit längerem anrufen«, meinte er, »aber ich hatte in dieser Woche schrecklich viel zu tun. Hören Sie, ich weiß, dass es ein wenig kurzfristig ist, aber hätten Sie Lust, heute Abend mit mir essen zu gehen? Das Whispers ist ein gutes Restaurant hier in der Stadt.«

»Sehr gerne«, erwiderte Emily aufrichtig. »Ich glaube, ich muss eine Pause einlegen und in die moderne Welt zurückkehren. Ich fühle mich, als lebte ich schon die ganze Woche lang im 19. Jahrhundert.«

»Und wie gefällt es Ihnen?«

»Ich finde es in vieler Hinsicht faszinierend.«

»Ich kann Sie mir gut im Reifrock vorstellen.«

»Da sind Sie etwa vierzig Jahre zu spät dran. Reifröcke waren zur Zeit des Bürgerkriegs modern.«

»Was verstehe ich schon von Mode? Mein Job ist es, den Leuten dabei zu helfen, ein Dach über dem Kopf zu finden – oder es wieder loszuwerden. Passt Ihnen sieben Uhr?«

»Ausgezeichnet.«

»Also bis dann.«

Emily legte auf. Als sie bemerkte, wie steif sie von dem langen Sitzen geworden war, streckte sie sich.

Die Kamera zeichnete lautlos jede ihrer Bewegungen auf.

Zweiundsechzig

Die letzten vier Tage hatte Joan Hodges damit verbracht, die Patientenkartei wieder in Ordnung zu bringen. Ihr lag diese Aufgabe sehr am Herzen. Denn sie war fest entschlossen, so gut wie möglich dafür zu sorgen, dass keiner von Dr. Maddens ohnehin erschütterten Patienten Nachteile erlitt, weil der Nachfolger die nötigen Unterlagen nicht fand.

Es war eine eintönige Plackerei. Der Mörder hatte ganze Arbeit geleistet und alles gründlich verwüstet. Diagnosen und Dr. Maddens Eindrücke und Notizen waren wirr durcheinander geworfen. Immer wieder wurde Joan von Mutlosigkeit ergriffen und befürchtete, dass sie es niemals schaffen würde. Wenn sie es gar nicht mehr aushielt, unternahm sie stets einen halbstündigen Spaziergang an der Strandpromenade und kehrte dann, ein wenig erfrischt, an ihren Schreibtisch zurück.

Es war vereinbart worden, dass Dr. Wallace Coleman, ein Kollege und enger Freund von Dr. Madden, die Praxis übernehmen würde. Er verbrachte jede freie Minute zwischen seinen Patiententerminen damit, Joan zur Hand zu gehen.

Am Donnerstag lieferte ein Polizeitechniker den reparierten Computer ab. »Der Kerl hat sich die größte Mühe gegeben, ihn zu zerstören«, sagte er. »Aber Sie hatten Glück. Er hat die Festplatte nicht erwischt.«

»Heißt das, dass wir an alle Daten herankommen?«, fragte Joan.

»Ganz richtig. Detective Duggan möchte, dass Sie sofort einen Namen überprüfen: Dr. Clayton Wilcox. Klingt der für Sie bekannt?«

»Ist das der Mann, über den ich gelesen habe? Der Schal seiner Frau ...?«

»Das ist Wilcox.«

»Vielleicht erkenne ich den Namen deshalb wieder. Ich treffe nicht alle ...« Joan hielt inne. »Das heißt, ich bin nicht allen Patienten von Dr. Madden persönlich begegnet. Manche kamen, wenn sie abends Sprechstunde hatte. Dann hinterließ sie mir einfach die Daten auf dem Schreibtisch, damit ich die Rechnung ausstellen konnte.«

Joans Finger flogen über die Tastatur. Wenn die Polizei sie aufforderte, einen Namen nachzusehen, lag das sicher daran, dass die besagte Person verdächtigt wurde. Joan wünschte sich nichts sehnlicher, als dass der Mörder von Dr. Madden gefasst und bestraft wurde. Wenn ich bei seinem Prozess nur zu den Geschworenen gehören könnte, dachte sie mit finsterer Miene.

Dr. Clayton Wilcox.

Sein Name erschien auf dem Bildschirm. Joan betätigte die Maus, um die Daten aufzurufen. »Er war im September vor viereinhalb Jahren für kurze Zeit hier Patient«, meldete sie triumphierend. »Dann noch einmal im August vor zweieinhalb Jahren. Da er immer abends kam, habe ich ihn nie kennen gelernt.«

Der Polizeitechniker griff zum Handy. »Ich muss sofort mit Duggan sprechen«, sagte er barsch. »Ich habe was Wichtiges für ihn.«

Dreiundsechzig

Reba Ashby wusste, dass die Hölle los sein würde, wenn ihr Artikel am Freitagmorgen im *National Daily* erschien. *Augenzeugin des Schaldiebstahls scheut eine Aussage.*

In ihrer Titelstory schilderte Reba das Frühstück im Hotel Breakers in Spring Lakes Ocean Avenue *mit Bernice Joyce, einer älteren, kränklichen Witwe, die den vermissten Schal als »geschmacklos« verurteilte und der Autorin anvertraute, sie habe ein Gewissensproblem. »Ich bin überzeugt, dass ich gesehen habe, wie der Schal vom Tisch entwendet wurde. Ich bin meiner Sache fast sicher.«*

(Spitzt die Ohren, Polizisten!)

Ein Gast der Party, die an dem schicksalhaften Abend bei den Lawrences stattfand, stahl den Schal und benutzte ihn am nächsten Tag, um Martha Lawrence das Leben zu nehmen.

Wer ist der Täter?

Nach Bernice Joyces Beschreibung bestehen verschiedene Möglichkeiten.

Einige ältere Ehepaare, Nachbarn der Lawrences.

Dr. Clayton Wilcox und seine Ehrfurcht gebietende Gattin Rachel. Er ist Collegeprofessor im Ruhestand. Sie hat den Schal auf der Party getragen. Rachel ist Vorsitzende diverser Ausschüsse und eine sehr tüchtige Frau, allerdings verhältnismäßig unbeliebt. Sie sagt, sie habe ihren Ehemann – übrigens ein ziemlicher Pantoffelheld – gebeten, den Schal einzustecken.

Bob und Natalie Frieze. Bernice Joyce spricht sehr positiv über Susan, die erste Mrs. Frieze, ist aber eindeutig keine Freundin der eleganten Zweitgattin.

Will Stafford, Fachanwalt für Immobilienrecht. Gut aussehend und einer der wenigen Junggesellen in Spring Lake. Vorsicht, Will – Bernice Joyce findet Sie ausgesprochen reizend.

Mehr hatte Reba in ihrem Artikel nicht geschrieben. Sie wollte sich Will Stafford selbst ansehen, um sich ein Bild von ihm zu machen. Danach plante sie, ins Seasoner zu fahren, um Bob Frieze abzufangen.

Es war nicht schwer, Will Staffords Kanzlei in der Third Avenue, im Stadtzentrum zu finden. Als Reba die Tür öffnete, fiel ihr Blick auf die Empfangssekretärin, und sie schickte ein Stoßgebet zum Himmel, Stafford möge entweder nicht im Haus oder beschäftigt sein.

Er sei unterwegs, sagte Pat Glynn, werde aber jeden Moment zurück erwartet. Ob Ms. Ashby so lange Platz nehmen wolle?

Nichts lieber als das, mein Kind, dachte Reba.

Sie ließ sich auf einem Stuhl neben dem Schreibtisch der Sekretärin nieder und wandte sich in freundlichem und vertraulichem Ton an sie. »Erzählen Sie mir doch etwas über Ihren Chef, Will Stafford.«

Als Pat verräterisch errötete und plötzlich ein Leuchten in ihre Augen trat, war der Fall für Reba klar. Sie hatte schon vermutet, dass die Empfangssekretärin bis über beide Ohren in ihren Arbeitgeber verliebt war.

»Er ist der netteste Mensch auf der ganzen Welt«, sagte Pat Glynn mit dem Brustton der Überzeugung. »Alle bitten ihn um Hilfe. Und er ist sehr fair. Er rät den Leuten immer, beim Hauskauf nichts zu überstürzen. Und wenn er den Eindruck hat, ein Mandant sei mit dem Haus, für das er schon eine Anzahlung geleistet hat, nicht zufrieden, tut er alles, damit derjenige sein Geld zurückbekommt. Außerdem ...«

Der wichtigste Satz für Reba war: »Alle bitten ihn um Hilfe.« Sie hatte bereits beschlossen, diesen Ausspruch als Aufhänger zu benützen.

»Vermutlich heißt das, dass andere Leute sich bei ihm ausweinen können«, meinte sie. »Oder dass er einem spontan etwas leiht, wenn man ein paar Dollar braucht. Oder dass er weniger Honorar verlangt, wenn ...«

»Oh, das mit dem Ausweinen stimmt eindeutig«, meinte Pat Glynn mit einem träumerischen Lächeln, das jedoch schlagartig wieder verflog. »Viele Leute nützen das allerdings aus.«

»Ich weiß«, erwiderte Reba mitfühlend. »Gibt es da zurzeit jemanden, der es übertreibt?«

»Natalie Frieze ganz bestimmt.«

Natalie Frieze, die Frau von Bob Frieze, dem das Seasoner gehört, erinnerte sich Reba. Die beiden waren in der Nacht vor Marthas Verschwinden auf der Party bei den Lawrences gewesen.

Pat Glynn erwärmte sich für ihr Thema. In den vierundzwanzig Stunden, seit Natalie Frieze Will Stafford so zärtlich geküsst hatte und dann schon zum zweiten Mal in dieser Woche mit ihm zum Mittagessen gegangen war, schwankte Pats Stimmung zwischen Wut und Niedergeschlagenheit.

Da sie ihren Chef über alles liebte, war ihre frühere Bewunderung für Natalie Frieze inzwischen wie weggeblasen und hatte sich in eine tiefe Abneigung verwandelt.

»Niemand hier mag diese Frau. Sie ist eine Angeberin und stolziert jeden Tag aufgetakelt herum, als wolle sie in ein New Yorker Nobelrestaurant. Gestern hat sie bei Mr. Stafford ein Riesentheater veranstaltet, damit er Mitleid mit ihr bekommt. Sie hat ihm gezeigt, wo ihr Mann sie am Handgelenk verletzt hatte.«

»Er hat sie verletzt? Absichtlich?«

»Das weiß ich nicht. Könnte sein. Es war geschwollen und blau angelaufen. Sie hat sich bei mir beklagt, wie weh es ihr täte.« Ein Blick in Rebas mitfühlende Augen löste in Pat den Wunsch aus, alles zu beichten. Sie holte tief Luft und fuhr fort. »Als die beiden gestern gingen, sagte Mr. Stafford zu mir, er werde in einer Stunde zurück sein. Natalie Frieze grinste nur selbstgefällig und sagte: ›Besser erst in anderthalb Stunden.‹ Und dabei war er sehr beschäftigt. Auf seinem Schreibtisch stapelte sich die Arbeit.«

»Hat er denn eine Freundin?«, fragte Reba schmeichelnd.

»Oh, nein, er ist schon seit einer Ewigkeit geschieden. Kurz nachdem er in Kalifornien das Jurastudium abgeschlossen hatte, hat er geheiratet. Damals ist auch seine Mutter gestorben. Ihr Foto steht auf seinem Schreibtisch. Ich dachte, sein Vater wäre auch tot. Doch letzte Woche ist er plötzlich hier aufgetaucht. Mr. Stafford ist sehr wütend geworden und hat sich schrecklich aufgeregt …« Pat Glynns Stimme erstarb.

Hoffentlich kommt jetzt niemand rein, flehte Reba lautlos. Sie darf auf keinen Fall zu reden aufhören.

»Vielleicht hat sein Vater seine Mutter vernachlässigt, und Mr. Stafford kann ihm das nicht verzeihen«, meinte Reba, um das Gespräch in Gang zu halten. Sie merkte Pat Glynn an, dass sie begann, sich unwohl zu fühlen. Möglicherweise dämmerte ihr, dass sie zu offen gewesen war.

Denselben Gesichtsausdruck hatte Reba auch bei Bernice Joyce gesehen.

Doch Pat warf ihre Zweifel über Bord und nahm das Stichwort auf. »Nein, das Problem besteht wohl eher zwischen den beiden. Mr. Stafford hat seinen Vater buchstäblich aus dem Büro geworfen. In den zwei Jahren, die ich jetzt schon hier arbeite, habe ich ihn noch nie schreien hören. Aber er hat seinen Vater angebrüllt, er solle wieder ins Auto steigen, zurück nach Princeton fahren und dort bleiben. ›Du hast mir nicht geglaubt und mich, deinen einzigen Sohn, verstoßen‹, sagte er. ›Obwohl du für meine Verteidigung hättest bezahlen können.‹ Der Vater weinte, als er aus dem Büro kam, und man merkte ihm an, dass er sehr krank ist. Aber ich hatte kein Mitleid mit ihm. Bestimmt hat er Mr. Stafford als Kind sehr schlecht behandelt.«

Pat Glynn hielt inne, um Luft zu holen, und sah Reba an. »Sie sind wirklich sehr nett, und es ist so leicht, Ihnen zu vertrauen. Aber ich hätte Ihnen das alles nicht erzählen dürfen. Es bleibt doch hoffentlich unter uns?«

Reba stand auf. »Ganz bestimmt«, versicherte sie. »Ich glaube, ich habe keine Zeit mehr, auf ihn zu warten. Ich rufe an und vereinbare einen Termin. Schön, Sie kennen zu lernen, Pat.« Aufgeregt öffnete sie die Tür und eilte die Straße entlang. Will Stafford war der Letzte, dem sie jetzt begegnen wollte. Wenn er sie sah und sie erkannte, würde er seine klatschsüchtige Sekretärin sicher dazu bringen, zuzugeben, wie viel sie ihr verraten hatte.

In der morgigen Titelgeschichte würde es um Bernice

Joyces Augenzeugenbericht gehen. Und übermorgen, am Samstag, um Natalie Frieze, die geschlagene Ehefrau, die Trost in Will Staffords Armen suchte. Dieser gehörte ebenfalls zu den Verdächtigen in den Mordfällen Martha Lawrence und Carla Harper.

Wenn das Rechercheteam des *National Daily* schnell genug etwas zu Tage förderte, würde sie sich am Sonntag mit der Frage befassen, warum Will Stafford, der beliebte und gut aussehende Immobilienanwalt aus Spring Lake, von seinem reichen Vater enterbt worden war, der sich darüber hinaus auch noch geweigert hatte, seine Verteidigung zu finanzieren.

Natürlich stellte Reba nur Vermutungen an. Sie wusste nicht, ob der Vater wohlhabend war. Doch er wohnte in Princeton, einer ziemlich teuren Stadt. Und außerdem machte sich so etwas gut in der Zeitung.

Vierundsechzig

Nach dem Besuch bei Emily fuhren Tommy Duggan und Pete Walsh sofort zu Dr. Clayton Wilcox. Aber das Gespräch verlief unbefriedigend.

Wilcox blieb bei der Geschichte, er habe den Schal unter die Handtasche seiner Frau gelegt. Als die Polizisten sich nach Dr. Lillian Madden erkundigten, erinnerte er sich tatsächlich, er habe vor einigen Jahren eine leichte Depression durchgemacht und sich deshalb wahrscheinlich an sie gewandt. »Oder an eine andere Psychologin, die ähnlich hieß.«

»Wie lange ist das her, Dr. Wilcox?«, fragte Tommy Duggan.

»Schon ziemlich lange. Ich bin nicht ganz sicher.«

»Fünf Jahre? Drei Jahre?«

»Da möchte ich mich nicht festlegen.«

»Überlegen Sie mal, Herr Doktor«, meinte Pete Walsh.

Das einzige Ergebnis der Unterhaltung war die Erkenntnis, dass Wilcox offenbar im Begriff war, die Nerven zu verlieren. Seine Augen lagen tief in den Höhlen. Beim Sprechen rang er die Hände. Schweißperlen standen ihm auf der Stirn, obwohl es im Arbeitszimmer unangenehm kühl war.

»Der Mann steht kurz vor dem Zusammenbruch«, sagte Tommy zu Pete.

Dann, um vier Uhr nachmittags, geschahen zwei Dinge fast gleichzeitig. Der Techniker rief aus Dr. Maddens Praxis an und nannte Tommy und Pete die Tage, an denen Dr. Clayton die Psychologin aufgesucht hatte.

»Er war nach Martha Lawrences Verschwinden vier Wochen lang ihr Patient. Und drei Wochen lang, nachdem Carla Harper vermisst wurde«, wiederholte Tommy Duggan ungläubig. »Und er behauptet, sich nicht zu erinnern. Der Kerl lügt doch wie gedruckt.«

»Uns hat er weismachen wollen, er habe an einer leichten Depression gelitten. Kein Wunder, dass er deprimiert war, wenn er die beiden Mädchen wirklich erdrosselt hat«, höhnte Pete Walsh.

»Joan Hodges, die Sekretärin, sagt, sie habe die Notizen, die Dr. Madden sich über Wilcox gemacht hat, noch nicht gefunden. Doch selbst, wenn sie sie aufstöbert, brauchen wir eine richterliche Genehmigung, um sie einzusehen.« Ärgerlich presste Tommy Duggan die Lippen zusammen. »Aber wir werden uns diese Unterlagen beschaffen, koste es, was es wolle.«

Die zweite freudige Überraschung war ein Anruf des Ermittlers aus Ohio.

»Ich habe was bei der Firma gefunden, die Wilcox' Aktienpaket betreut. Mein Kontaktmann hat einen Blick in Wilcox' Akte geworfen, obwohl er damit seinen Job riskiert. Als Wilcox vor zwölf Jahren in den Ruhestand ging, hat er auf sein Aktienguthaben einen Kredit von einhunderttausend Dollar aufgenommen, und zwar in Form eines auf ihn selbst ausgestellten Barschecks. Der Scheck wurde in einer Bank in Ann Arbor, Michigan, auf ein neu eröffnetes Konto eingezahlt, dessen Inhaberin eine gewisse Gina Fielding ist. Die Vorderseite des Schecks trägt am unteren linken Rand den Vermerk ›antiker Schreibtisch und Kommode‹.«

»Ist Gina Fielding eine Antiquitätenhändlerin?«, fragte Tommy.

An dem Lächeln, das sich beim Zuhören auf Duggans Gesicht ausbreitete, erkannte Pete Walsh, dass es sich um eine gute Nachricht handelte.

»Das wird Ihnen gefallen, Duggan. Gina Fielding war im zweiten Semester am Enoch College eingeschrieben und brach das Studium plötzlich ab, kurz bevor Wilcox in den Ruhestand ging.«

»Wo ist sie jetzt?«

»Wir suchen nach ihr. Sie ist nach Chicago gezogen und hat geheiratet, ist aber inzwischen wieder geschieden. In ein oder zwei Tagen haben wir sie aufgespürt.«

Als Tommy Duggan aufgelegt hatte, sah er Pete Walsh mit einem finsteren Grinsen an. »Vielleicht haben wir jetzt unseren Beweis«, meinte er. »Morgen früh statten wir dem ehrenwerten ehemaligen Rektor des Enoch College wieder einen Besuch ab. Es würde mich nicht wundern, wenn das College die Namensplakette von dem nach ihm benannten Gebäude entfernt, nachdem wir mit ihm fertig sind.«

Freitag, 30. März

Fünfundsechzig

Es war ein ausgesprochen unerfreulicher Vormittag. Ich habe mich gezwungen gesehen, eine drastische und möglicherweise schicksalhafte Entscheidung zu treffen, obwohl sich mein Plan doch eigentlich so wunderschön entwickelte.

Jeden Morgen kaufe ich den *National Daily*. Reba Ashby, diese neugierige Journalistin, wohnt schon seit einer Woche im Breakers, ist allgegenwärtig und sammelt Klatsch in der ganzen Stadt.

Und heute wurde mir klar, dass ihre Gespräche mit Bernice Joyce entweder zu meinem Untergang führen oder sich als meine Rettung erweisen können.

Mrs. Joyce hat der Ashby anvertraut, sie sei mehr oder weniger sicher zu wissen, wer an jenem Abend den Schal unter der Handtasche entfernt hat.

Hätte sie das der Polizei erzählt, hätte man sie sicher dazu gebracht, meinen Namen preiszugeben. Dann hätte man begonnen, in meinem Leben herumzustochern. Man hätte nicht länger meinen unbewiesenen Behauptungen geglaubt und mein Alibi für den Zeitpunkt von Marthas Verschwinden angezweifelt.

Zu guter Letzt wäre man auf die Wahrheit gestoßen.

Und dann wäre das Leben, für das ich mich entschieden habe, vorbei gewesen.

Also musste ich es riskieren. Ich saß, scheinbar in eine Zeitung vertieft, an der Strandpromenade auf einer Bank in der Nähe des Hotel Breaker. Dabei überlegte ich verzweifelt, wie ich unbemerkt das Hotel betreten und Mrs. Joyces Zimmer finden sollte. Unter meiner Kapuze trug ich eine Perücke, damit mögliche Zeugen mich mit grauen Ponyfransen beschreiben würden. Außerdem hatte ich eine dunkle Sonnenbrille auf der Nase.

Ich wusste, dass das eine ziemlich jämmerliche Verkleidung war. Allerdings war mir auch klar, dass Mrs. Joyce mich ganz sicher verraten würde, falls die Polizei sie vernahm.

Und dann bot sich mir eine Gelegenheit.

Es war ein wunderschöner Tag, sonnig und sehr mild.

Um halb acht verließ Mrs. Joyce das Hotel, um einen Morgenspaziergang zu machen. Sie war allein, und ich folgte ihr in einiger Entfernung, während ich nach einer Möglichkeit suchte, sie von den anderen frühmorgendlichen Passanten und Joggern abzusondern. Zum Glück waren die meisten Frühaufsteher schon wieder verschwunden, und für die Leute, die sich bis nach dem Frühstück Zeit lassen, war es noch zu früh.

Einige Häuserblocks weiter ließ sich Mrs. Joyce auf einer Bank nieder. Diese stand auf einem der Stege, wo für gewöhnlich die Leute saßen, die, ungestört von anderen Spaziergängern, das Meer bewundern wollten.

Der ideale Ort, um mein Vorhaben in die Tat umzusetzen.

Ich wollte mich ihr schon nähern, als Dr. Dermot O'Herlihy, ein Arzt im Ruhestand, der seinen täglichen Spaziergang machte, Mrs. Joyce entdeckte und innehielt, um mit ihr zu plaudern. Zum Glück blieb er nur ein paar

Minuten und ging dann weiter. Ich weiß, dass er mich nicht bemerkte, als er an meiner Bank vorbeischlenderte.

Aus beiden Richtungen kamen Leute, doch sie waren alle mehr als einen Häuserblock entfernt. Die verknotete Schnur in der Hand, nahm ich lautlos neben Mrs. Joyce Platz, die mit geschlossenen Augen die Morgensonne genoss.

Als sie die Schnur an ihrem Hals spürte, riss sie die Augen auf und wandte verdattert und ängstlich den Kopf. Ich zog fester zu, und da begriff sie, was geschah.

Sie erkannte mich, und ihre Augen weiteten sich.

»Ich habe mich geirrt. Ich dachte nicht, dass Sie es sind.« Das waren ihre letzten Worte.

Sechsundsechzig

»Letzte Nacht hast du nicht gerade geschlafen wie ein Baby«, meinte Janey Browski zu ihrem Mann, während sie eine dampfende Schüssel mit Haferbrei vor ihn auf den Tisch stellte.

»Ich fühle mich auch nicht so«, erwiderte Marty. »Ich habe geträumt. Du weißt schon, die Sorte von Träumen, nach denen man sich scheußlich fühlt, obwohl man sich beim Aufwachen an nichts erinnern kann. Die Träume sind weg. Das widerliche Gefühl bleibt.«

»Dein Unterbewusstsein will dir etwas sagen. Wenn du dir nur ein kleiner Teil deines Traums wieder einfällt, könnte ich dir helfen, ihn zu analysieren.«

Janey Browski schenkte zwei Tassen Kaffee ein, setzte sich an den Tisch und bestrich ein Stück Toast mit Erdbeermarmelade.

»Nehmt ihr im Psychologieseminar gerade die Traumanalyse durch?«, fragte Marty schmunzelnd.

»Wir reden darüber, wie man sie für sich nützen kann.«

»Tja, wenn ich heute Nacht wieder träume, wecke ich dich und erzähle dir alles. Dann kannst du mit dem Analysieren anfangen.«

»Leg einen Block auf deinen Nachttisch und notiere dir die Einzelheiten. Aber du darfst dazu kein Licht machen.« Janeys Tonfall wurde ernst. »Was ist los, Marty? Ist etwas Besonderes, oder liegt es immer noch an Emily Grahams Verfolger?«

»Du warst gestern Abend beim Babysitten, und ich bin früh ins Bett gegangen. Also hatte ich keine Gelegenheit, dir zu erzählen, dass ich gestern Eric Bailey besucht habe.« Marty schilderte die Begegnung und seinen plötzlichen Verdacht, Bailey könnte der Verfolger sein.

»Offen gestanden, finde ich das an den Haaren herbeigezogen«, erwiderte Janey. »Gibt es eigentlich eine Möglichkeit, ihn zu überprüfen?«

»Janey, mein gesunder Menschenverstand sagt mir, dass er während des Gedenkgottesdienstes am letzten Samstagvormittag nicht in der St. Catherine Kirche gewesen sein kann. Und noch dazu nur ein paar Sitzreihen entfernt von Emilys Platz. Wie du weißt, ist es für einen Mann viel schwieriger, sich zu verkleiden, als für eine Frau.«

Er sah auf die Uhr und beendete hastig sein Frühstück. »Ich muss los. Studier nicht zu viel. Ich würde es nicht ertragen, dir geistig unterlegen zu sein.« Er hielt inne. »Und wehe, wenn du jetzt antwortest, das wäre bereits der Fall«, warnte er sie und küsste sie auf den Scheitel.

Für einen Mann ist es viel schwieriger, sich zu verkleiden, als für eine Frau. Wie der beunruhigende Traum, den er einfach nicht zu fassen bekam, ging auch dieser Satz Marty den ganzen Tag lang nicht mehr aus dem Kopf.

Im Büro besorgte er sich dennoch die Autokennzeichen von Eric Baileys Kleintransporter und seinem Mercedes-Cabriolet und verglich sie mit den Daten der Chipkarte von der Mautstelle.

Offenbar hatte sich keiner der beiden Wagen weiter als fünfzig Kilometer südlich von Albany entfernt.

Lass es auf sich beruhen, sagte sich Marty. Doch der Verdacht, Eric Bailey könnte der Verfolger sein, bohrte wie ein beharrlicher Zahnschmerz und wollte sich einfach nicht legen.

Siebenundsechzig

Als Emily am Freitagmorgen aufwachte und auf die Uhr sah, stellte sie zu ihrer Überraschung fest, dass es bereits Viertel nach acht war. Das zeigt, wie entspannend ein paar Gläser Wein wirken, dachte sie, während sie die Bettdecke zurückschob.

Nach dem langen, traumlosen Schlaf fühlte sie sich zum ersten Mal in dieser Woche erfrischt. Außerdem war es ein sehr netter Abend gewesen, dachte sie, als sie wie jeden Morgen Kaffee kochte und die Tasse mit nach oben nahm, um während des Duschens und Anziehens immer wieder einen Schluck trinken zu können.

Will Stafford ist sehr sympathisch, sagte sie sich. Sie öffnete die Türen des begehbaren Kleiderschranks, überlegte kurz, was sie anziehen sollte, und entschied sich für weiße Jeans und ein rot-weiß kariertes langärmeliges Baumwollhemd, beides alte Lieblingssachen.

Am vergangenen Abend hatte sie ein dunkelblaues Seidenkostüm mit dezent gerafften Ärmeln und Manschetten getragen. Will Stafford hatte ihr mehrfach Komplimente dafür gemacht.

Er war fast eine halbe Stunde zu früh gekommen, um sie abzuholen. Ich war gerade auf dem Weg nach unten und knöpfte mir die Jacke zu, dachte Emily. Lippenstift und Schmuck fehlten noch.

Sie hatte ihn im Arbeitszimmer die Nachrichten ansehen lassen und war froh gewesen, dass sie daran gedacht hatte, die Türen zum Esszimmer zu schließen, um ihre Karte vor neugierigen Blicken zu schützen.

Als sie nun in Jeans und Bluse schlüpfte und ihre Turnschuhe anzog, überlegte sie, dass es seltsam war, wie sehr der äußere Eindruck von einem Menschen trügen konnte.

Will Stafford war so ein Beispiel, hielt Emily sich vor Augen, während sie begann, das Bett zu machen. Nach dem, was ich am Tag der Vertragsunterzeichnung von ihm wusste, hätte ich vermutet, dass sein Leben stets in geordneten Bahnen verlaufen ist.

Allerdings hatte ihr Will beim Essen einiges anvertraut, sodass sich nun ein völlig anderes Bild ergab. »Wie Sie wissen, bin ich Einzelkind«, sagte er. »Ich wuchs in Princeton auf und zog dann mit meiner Mutter nach ihrer Scheidung nach Denver. Damals war ich zwölf. Ich glaube, ich habe Ihnen auch erzählt, dass wir jeden Sommer zwei Wochen in Spring Lake verbrachten und im Hotel Essex and Sussex wohnten.

Aber ganz so problemlos war meine Jugend nicht«, fuhr er fort. Ein Jahr nach seiner Beförderung zum Generaldirektor der Firma hatte sich sein Vater von seiner Mutter getrennt und seine Sekretärin geheiratet – darauf folgten noch zwei weitere Ehen.

»Meiner Mutter brach es das Herz«, sprach Will mit traurigem Blick weiter. »Sie war danach nie mehr die Alte. Er hat sie kaputtgemacht.«

Dann zögerte er. »Emily, ich werde Ihnen jetzt etwas sagen, das niemand in dieser Stadt weiß«, meinte er dann. »Es ist eine ziemlich hässliche Geschichte.«

Ich habe noch versucht, ihn daran zu hindern, erinnerte sich Emily. Aber er ließ sich nicht davon abhalten. Er erzählte mir, er sei nach dem Schuljahresabschlussball in Denver mit einem Freund im Auto spazieren gefahren. Sie hatten beide eine Menge Bier getrunken. Es kam zu einem Unfall, der Wagen wurde stark beschädigt. Der Freund, der am Steuer gesessen hatte, war schon achtzehn und hatte Will angefleht, mit ihm die Plätze zu tauschen. »Du bist noch nicht sechzehn«, sagte er. »Mit dir werden sie nachsichtig sein.«

»Emily, ich war so blau, dass ich mitgemacht habe. Allerdings wusste ich nicht, dass wir es nicht mit einem normalen Unfall zu tun hatten. Weil ich betrunken war, hatte ich nicht bemerkt, dass er eine Fußgängerin angefahren und getötet hatte, ein fünfzehnjähriges Mädchen. Als ich der Polizei schilderte, wie es wirklich gewesen war, glaubten sie mir nicht. Mein Freund hat im Zeugenstand gelogen. Meine Mutter ließ sich davon nicht beirren und hielt zu mir. Sie wusste, dass ich die Wahrheit sagte. Aber mein Vater hat sich von mir abgewendet. Ich habe ein Jahr im Jugendgefängnis verbracht.«

Sein Gesicht war schmerzlich verzerrt, als er von dieser Zeit sprach, dachte Emily. Aber dann zuckte er die Achseln und meinte. »So, jetzt ist es auf dem Tisch. In dieser Stadt weiß keine Menschenseele davon. Ich war ehrlich Ihnen gegenüber, weil ich Sie in ein oder zwei Wochen gerne wieder zum Essen einladen würde. Wenn diese Geschichte Ihnen zu sehr zu schaffen macht, würde ich es lieber gleich wissen. Aber einer Sache bin ich mir sicher: Ich kann darauf vertrauen, dass es niemand von Ihnen erfahren wird.«

Ich habe ihm versprochen, es für mich zu behalten, überlegte Emily weiter. Aber ich habe ihn auch gebeten, mit der nächsten Einladung zum Essen noch ein wenig zu warten. Ich möchte nicht den Eindruck erwecken, als hätte ich Interesse an einer festen Beziehung – weder in Spring Lake noch anderswo.

Auf dem Weg die Treppe hinunter blieb sie kurz stehen, um das Sonnenlicht zu bewundern, das durch das Buntglasfenster auf dem Treppenabsatz fiel.

Bevor ich mich das nächste Mal auf einen Mann einlasse – falls es überhaupt ein nächstes Mal gibt –, will ich absolut sicher sein, dass ich nicht wieder einen Fehler mache.

Wenigstens brauche ich nicht mehr zu befürchten, ich könnte aus jugendlichem Überschwang eine Dummheit begehen, dachte sie spöttisch auf dem Weg in die Küche. Zum Glück passiert einem so etwas nur einmal im Leben.

Aber es hat sich dadurch alles verändert, hielt sie sich vor Augen. Weil ich Gary gleich nach dem Studium geheiratet habe, bin ich nach Albany gezogen, denn er wollte in das Familienunternehmen eintreten. Wenn ich nicht seine Frau geworden wäre, hätte ich wohl in einer Kanzlei in Manhattan angeheuert.

Doch wenn ich nicht in Albany gewohnt hätte, hätte ich Eric nicht in seinem Prozess verteidigt, nie von ihm die Aktien bekommen und durch den Verkauf keine zehn Millionen Dollar verdient.

Und dann würde dieses Haus ganz bestimmt nicht mir gehören, überlegte sie weiter, als sie im Esszimmer stehen blieb, um ein Buch aus dem Karton der Lawrences zu nehmen. Es war ein Tagebuch, das Julia Gordon Lawrence nach ihrer Hochzeit geführt hatte. Emily war neugierig, was darin stand. Sie machte sich Toast und eine Grapefruit zurecht, schlug das Tagebuch auf und begann zu lesen.

In einer Eintragung gleich am Anfang schrieb Julia:

Der armen Mrs. Carter geht es immer schlechter. Sie wird Douglas' Tod nie verkraften. Wir alle besuchen sie häufig und bringen ihr Blumen mit, damit es in ihrem Zimmer freundlicher wird. Manchmal schenken wir ihr auch Süßigkeiten, um ihren Appetit anzuregen. Aber nichts scheint zu helfen.

Ständig redet sie über Douglas. »Mein einziger Sohn«, schluchzt sie, wenn wir versuchen, sie zu trösten.

Mutter Lawrence und ich sprechen häufig darüber und sind uns einig, dass Mrs. Carters Leben eine tragische Wendung genommen hat. Sie war eine wirkliche Schönheit und ziemlich wohlhabend. Aber kurz nach Douglas' Geburt erkrankte sie schwer an Rheuma. Seit Jahren schon kann sie sich kaum noch bewegen, und inzwischen verlässt sie ihr Bett nicht mehr.

Mutter Lawrence vertritt die Ansicht, dass die Ärzte ihr schon seit langem zu hohe Dosen Laudanum gegen die Schmerzen verschreiben. Mittlerweile steht Mrs. Carter so stark unter Betäubungsmitteln, dass sie gar nicht mehr in der Lage ist, sich am Leben zu beteiligen und sich mit der Zeit vielleicht eine Ablenkung zu suchen. Stattdessen versinkt sie in ihrer Trauer und weint unablässig.

Emily las die Eintragung zu Ende, klappte das Buch zu und ging ins Esszimmer. Mrs. Carter war am Tag von Madelines Verschwinden zu Hause gewesen, fiel ihr ein. Aber was war, wenn Douglas in Wahrheit den früheren Zug genommen hatte und Madeline bei seiner Ankunft über die Straße gelaufen war, um ihn zu begrüßen?

Vielleicht war es zwischen Madeline und Douglas zu

einer Auseinandersetzung gekommen. Und Mrs. Carter, die – benommen vom Laudanum – oben in ihrem Zimmer lag, hatte überhaupt nicht bemerkt, dass sich im Erdgeschoss eine Tragödie abspielte.

Oder war Madeline möglicherweise von der Veranda in den Garten gegangen und hatte Alan Carter draußen in *seinem* Garten getroffen? Er war in sie verliebt und wusste sicher, dass sie den Verlobungsring seines Cousins annehmen würde. Ob er einen Annäherungsversuch gemacht hatte?, überlegte Emily. Und ob er wütend geworden war, als Madeline ihn zurückwies?

Jede Möglichkeit hatte etwas für sich. Ich bin fest davon überzeugt, dass Madeline an jenem Nachmittag in Sichtweite ihres Hauses starb und dass entweder Douglas oder Alan der Täter war.

Wenn Douglas unschuldig ist, ist es gewiss Alan gewesen, dachte Emily.

Er wohnte direkt neben Madeline. Letitia musste auf dem Weg zum Strand an seinem Haus vorbei. In ihrem Tagebuch schrieb Julia, sie und ihre Freunde hätten Douglas' kranke Mutter regelmäßig besucht. Hatte Ellen Swain am Tag ihres Verschwindens vielleicht nach Mrs. Carter gesehen? Möglicherweise lieferten die alten Polizeiakten einen Hinweis darauf.

Während Emily das Tagebuch vorsichtig zurück zu der Sammlung legte, kam ihr eine weitere Möglichkeit in den Sinn.

Hatte Douglas Carter tatsächlich Selbstmord begangen? Oder wurde er ermordet, weil er die Wahrheit ahnte?

Achtundsechzig

Am Freitagmorgen wurde Bob Frieze vom durchdringenden Läuten des Telefons auf seinem Nachttisch aus dem Schlaf gerissen. Er schlug die Augen auf und grapschte nach dem Hörer. Seine Begrüßung fiel heiser und barsch aus.

»Bob, hier spricht Connie. Eigentlich wollte Natalie gestern Abend zu mir zum Abendessen kommen. Sie ist aber nicht erschienen und hat auch nicht angerufen. Ist sie da? Stimmt etwas nicht?«

Bob Frieze setzte sich auf. Er lag auf dem zugedeckten Bett. Natalie, dachte er schläfrig. Wir waren im Restaurant. Sie sagte, sie wolle doch nicht zu Mittag essen. Dann ist sie buchstäblich geflohen.

»Bob, was hast du?« Connie klang eindeutig gereizt, aber er bemerkte einen Unterton: Sie hatte Angst.

Angst? Bestimmt hatte Natalie Connie brühwarm von ihrem Streit berichtet. Da war Bob sich ganz sicher. Hatte sie Connie auch von dem Bluterguss am Handgelenk erzählt?

Er versuchte, klar zu denken. Natalie hat mir eröffnet, sie werde mich verlassen. Sie wollte nach Hause, um zu packen, und sie plante, in Connies Wohnung in New York zu übernachten. Und sie war nie dort angekommen?

Inzwischen war es Vormittag, und Connie hatte gesagt, sie habe Natalie am vergangenen Abend erwartet.

Ich habe fast einen ganzen Tag verloren, schoss es Bob Frieze durch den Kopf. Wie lange war ich nicht ganz bei mir?

Er hielt die Hand über den Hörer und räusperte sich. »Connie«, meinte er, »ich habe Natalie gestern um die Mittagszeit im Restaurant gesehen. Sie hat mir erzählt, sie wolle nach Hause, um zu packen. Dann hatte sie vor, in deine New Yorker Wohnung zu fahren. Seitdem habe ich nichts mehr von ihr gehört.«

»Hat sie denn gepackt? Sind ihre Taschen noch da? Was ist mit ihrem Auto?«

»Moment.« Mühsam rappelte sich Bob Frieze auf und stellte fest, dass er einen ordentlichen Kater hatte. Normalerweise trinke ich kaum etwas, dachte er. Wie ist das passiert?

Er hatte das Haus gekauft und war eingezogen, während er darauf wartete, dass die Scheidung von Susan abgeschlossen war. Natalie hatte sich sehr für die Innenausstattung interessiert und auf einigen Umbauten beharrt. Auf diese Weise waren aus der Kammer neben dem Schlafzimmer zwei nebeneinander liegende begehbare Kleiderschränke entstanden. Bob öffnete den von Natalie.

Um das Kofferpacken zu erleichtern, war auf der einen Seite des Schankes in Taillenhöhe ein Regalbrett angebracht. Natalies größter Koffer stand offen darauf. Als Bob einen Blick hineinwarf, stellte er fest, dass er halb gefüllt war.

Von einer bösen Vorahnung ergriffen, taumelte er ins Gästezimmer, da ihm einfiel, dass Natalie ihren Worten nach dort die Nacht verbracht hatte. Das Bett war gemacht, aber als er ins Badezimmer sah, stellte er fest, dass ihre Kosmetiksachen noch auf der Frisierkommode lagen.

Bevor er sich überlegte, was er Connie antworten sollte, musste er noch eine Sache überprüfen. Er lief nach unten in die Küche und öffnete die Tür zur Garage. Ihr Auto stand an seinem Platz.

Wo steckt sie?, fragte er sich. Was ist mit ihr passiert? Ganz sicher war ihr etwas zugestoßen, daran bestand kein Zweifel.

Aber warum war er so überzeugt davon?

Er kehrte ins Schlafzimmer zurück und griff zum Telefon. »Sieht aus, als hätte Natalie ihre Meinung geändert, Connie. Alle ihre Sachen sind noch hier.«

»Und wo steckt Natalie?«

»Hör zu, ich habe keine Ahnung. Am Mittwochabend hatten wir eine Auseinandersetzung. Sie hat im Gästezimmer geschlafen. Gestern Abend bin ich wie immer nach Hause gekommen und sofort ins Bett gegangen. Ich habe nicht nach ihr gesehen. Sicher ist alles in Ordnung. Natalie kann, was Verabredungen angeht, ziemlich unzuverlässig sein, wenn sie es sich plötzlich anders überlegt.«

Ein Klicken im Ohr sagte Bob, dass die beste Freundin seiner Frau aufgelegt hatte.

Sie würde die Polizei anrufen. Diese Gewissheit traf Bob wie der Einschlag einer Pistolenkugel. Was sollte er jetzt tun?

Benimm dich ganz normal, sagte er sich. Er zog die Überdecke vom Bett, zerwühlte die Bettwäsche und legte sich kurz zwischen die Laken, damit es aussah, als habe er dort geschlafen.

Wo war ich seit gestern Mittag?, fragte er sich und versuchte mit aller Kraft, sich zu erinnern. Was habe ich in dieser Zeit getan? Doch es fiel ihm nicht ein. Als er sich mit der Hand über das Gesicht fuhr, spürte er Bartstoppeln.

Zuerst duschen, dachte er. Dann rasieren und anziehen. Und wenn die Polizei kommt, spielst du den Ahnungslosen. Du hattest einen Streit mit deiner Frau. Als du gestern Nacht nach Hause gekommen bist, hast du nicht mehr nach ihr gesehen. Offenbar hat sie beschlossen, doch nicht nach New York zu fahren.

Als dreißig Minuten später ein Polizist an seiner Tür

klingelte, war Bob Frieze darauf vorbereitet. Er war sehr gefasst, erklärte jedoch, er mache sich allmählich Sorgen. »Nach dem, was letzte Woche in dieser Stadt vorgefallen ist, habe ich große Angst um meine Frau.« Er setzte eine ernste Miene auf.

»Ich könnte den Gedanken nicht ertragen, dass ihr etwas zugestoßen ist«, fügte er hinzu.

Selbst in seinen eigenen Ohren klang diese Äußerung ziemlich unglaubwürdig.

Neunundsechzig

Bevor Pete Walsh sich um acht Uhr auf den Weg zur Arbeit machte, ging er in den Lebensmittelladen um die Ecke, um Milch zu kaufen. Seine Frau hatte darauf bestanden, dass er ihr auch den *National Daily* besorgte. Während er auf sein Wechselgeld wartete, warf er einen Blick auf die Schlagzeile. Und eine knappe Minute später rief er im Polizeirevier von Spring Lake an.

»Schickt sofort jemanden ins Hotel Breakers«, sagte er. »Die alte Dame, Bernice Joyce, die dort Gast ist, muss bewacht werden. Angeblich hat sie beobachtet, wie der Schal im Mordfall Lawrence gestohlen wurde. Es kann sein, dass sie in Lebensgefahr schwebt.«

Die Milch war vergessen, als Pete aus dem Laden zu seinem Auto stürmte. Auf dem Weg zur Staatsanwaltschaft verständigte er Duggan, der gerade ins Büro fuhr.

Zehn Minuten später saßen sie in ihrem Einsatzwagen und rasten nach Spring Lake.

Tommy Duggan informierte die Rezeption des Hotel Breakers. Man teilte ihm mit, Mrs. Joyce mache einen

Spaziergang an der Strandpromenade. Die Polizei suche bereits nach ihr.

Dr. Dermot O'Herlihy schlenderte bis zum Postamt und beschloss dann, umzukehren und den Weg über die Strandpromenade zu nehmen. Zu seiner Überraschung saß Bernice Joyce noch immer auf ihrer Bank. Da sie ihm den Rücken zukehrte, konnte er ihr Gesicht nicht sehen. Wahrscheinlich ist sie eingeschlafen, dachte er. Doch als er bemerkte, dass ihr der Kopf auf die Brust gesunken war, hatte er eine böse Vorahnung und kam eilig näher.

Er umrundete die Bank, betrachtete die alte Dame und stellte fest, dass eine Schnur fest um ihren Hals geschlungen war.

Sofort ging er in die Hocke und bemerkte ihre starren Augen, den offenen Mund und das Blut auf ihren Lippen.

Dr. O'Herlihy kannte Bernice Joyce seit über fünfzig Jahren. Damals hatten sie, Charlie Joyce, er und seine Frau Mary mit den Kindern jeden Sommer in Spring Lake verbracht.

»Ach, Bernice, mein armer Liebling, wer hat dir das angetan?«, flüsterte er.

Als er rasche Schritte hörte, blickte er auf. Chris Dowling, ein Neuling bei der Polizei von Spring Lake, lief über den Steg. Kurz darauf kauerte er neben Dermot vor der Bank und musterte die Leiche.

»Zu spät, mein Junge«, meinte Dermot und stand auf. »Sie ist schon seit mindestens einer Stunde tot.«

Siebzig

Obwohl Mr. Stafford kein Wort sagte, wusste Pat Glynn, dass er wütend auf sie war. Sie erkannte es an seinem Blick und daran, dass er mit einem barschen Gruß und ohne zu lächeln an ihrem Schreibtisch vorbeimarschierte, als er am Freitagmorgen ins Büro kam.

Bei seiner Rückkehr gestern Nachmittag hatte sie ihm berichtet, eine Ms. Ashby sei da gewesen.

»Ms. Ashby? Die Klatschreporterin von diesem Skandalblatt? Hoffentlich haben Sie sich nicht von ihr aushorchen lassen, Pat. Diese Frau ist gefährlich.«

Entsetzt erinnerte sich Pat an jedes einzelne Wort, das sie Ms. Ashby gegenüber geäußert hatte. »Ich habe ihr nur erzählt, was für ein wundervoller Mensch Sie sind, Mr. Stafford«, erwiderte sie.

»Pat, sie wird Ihnen jedes Wort im Mund herumdrehen. Es wäre mir eine große Hilfe, wenn Sie alles wiederholten, was sie ihr verraten haben. Ich verspreche, nicht wütend zu werden. Aber ich muss wissen, was gespielt wird. Lesen Sie den *National Daily*?«

Sie gab zu, dass sie es gelegentlich tat.

»Tja, wenn Sie ihn diese Woche gelesen hätten, wüssten Sie, was diese Ashby Dr. Wilcox angetan hat. Und dasselbe hat sie jetzt mit mir vor. Also, was hat sie Sie gefragt und was haben Sie geantwortet?«

Es fiel Pat schwer, sich auf die Arbeit auf ihrem Schreibtisch zu konzentrieren. Am liebsten wäre sie in Mr. Staffords Büro gegangen und hätte noch einmal beteuert, dass ihr das alles schrecklich Leid tat. Doch ein Anruf von ihrer Mutter riss sie aus ihren schuldbewussten Grübeleien.

»Pat, in der Stadt hat sich wieder ein Mord ereignet. Eine ältere Dame, Bernice Joyce, die am Abend vor Marthas Verschwinden auch auf der Party bei den Lawrences war, wurde erdrosselt auf einer Bank an der Strandpromenade aufgefunden. Der Kolumnistin vom *National Daily* hat sie erzählt, sie glaube zu wissen, wer den Schal gestohlen hat, mit dem Martha umgebracht wurde. Die Journalistin hat es veröffentlicht, und jetzt ist Mrs. Joyce tot. Ist das zu fassen?«

»Ich rufe dich gleich zurück, Mom.« Pat legte auf und ging wie benommen den Flur entlang. Ohne anzuklopfen, öffnete sie Will Staffords Bürotür. »Mr. Stafford, Mrs. Joyce ist tot. Ich weiß, dass Sie sie kannten. Sie hat der Kolumnistin anvertraut, sie habe vermutlich gesehen, wer den Schal gestohlen hat. Die Kolumnistin hat es gedruckt. Mr. Stafford, ich bin sicher, ich habe Ms. Ashby nichts gesagt, wodurch ich den Tod eines anderen Menschen verschuldet haben könnte.«

Pats Stimme zitterte und überschlug sich. Dann brach die Sekretärin in Tränen aus. »Ich fühle mich so elend.«

Will stand auf, umrundete seinen Schreibtisch und legte ihr die Hände auf die Schultern. »Schon gut, Pat. Natürlich haben Sie der Ashby nichts erzählt, wodurch jemand zu Tode kommen könnte. Und jetzt erklären Sie mir am besten, was los ist. Was ist Mrs. Joyce zugestoßen?«

Als Pat die warmen, kräftigen Hände auf ihren Schultern spürte, beruhigte sie sich und berichtete, was sie soeben von ihrer Mutter gehört hatte.

»Das tut mir sehr Leid«, meinte Will leise. »Bernice Joyce war sehr reizend und eine wirkliche Dame.«

Wir sind wieder Freunde, dachte Pat. Da sie nicht wollte, dass der vertrauliche Augenblick schon zu Ende ging, fragte sie: »Mr. Stafford, glauben Sie, dass Dr. Wilcox

Mrs. Joyce umgebracht hat? Schließlich steht in allen Zeitungen, dass seine Frau ihn gebeten hatte, auf den Schal aufzupassen.«

»Ich denke, die Polizei wird ihn eingehend vernehmen«, erwiderte Will knapp.

Pat bemerkte, dass sich sein Tonfall verändert hatte. Der Moment war vorüber. Es war Zeit, dass sie an ihren Schreibtisch zurückkehrte. »Bis zum Mittag liegen Ihre Briefe zur Unterschrift bereit«, versprach sie. »Essen Sie heute auswärts?«

»Nein. Sie können für uns beide etwas bestellen.«

Sie beschloss, die Gelegenheit beim Schopf zu packen. »Ich warte mit der Bestellung lieber noch ein wenig für den Fall, dass Sie Ihre Meinung ändern. Vielleicht kommt Mrs. Frieze ja vorbei.«

»Mrs. Frieze zieht um nach New York.«

Als Pat Glynn sich wieder an ihren Schreibtisch setzte, schwebte sie im siebten Himmel.

Will Stafford griff zum Telefon und rief die Personalagentur an, die ihm vor zwei Jahren Pat Glynn vermittelt hatte. »Und besorgen Sie mir um Himmels willen eine Dame, die erwachsen und vernünftig ist, die nicht klatscht und die auch keinen Ehemann sucht«, flehte er.

»Wir hätten da eine Sekretärin, die sich erst heute Morgen bei uns gemeldet hat. Sie muss nur noch an ihren alten Arbeitsplatz einiges abschließen. Sie heißt Joan Hodges und war bei der Psychologin tätig, die letzte Woche ermordet wurde. Außerdem ist sie tüchtig, intelligent und sympathisch. Ich glaube, Sie werden sehr mit ihr zufrieden sein, Mr. Stafford.«

»Schicken Sie mir ihren Lebenslauf in einem neutralen Umschlag. Und schreiben Sie ›persönlich‹ drauf.«

»Selbstverständlich.«

Nachdem Will aufgelegt hatte, meldete Pat einen Anruf. Es war Detective Duggan, der ihn so bald wie möglich um einen Termin bat.

Einundsiebzig

Da Reba Ashby nur wenig Lust auf eine weitere Begegnung mit Bernice Joyce hatte, verließ sie am Donnerstagnachmittag das Hotel Breakers und mietete sich im einige Kilometer entfernten Belmar im Shore ein. Sie hatte mit heftigen Reaktionen gerechnet, wenn ihre Zeitung mit Mrs. Joyces Aussage am Freitag in den Kiosken lag. Doch als sie dann aus dem Radio vom Tod der Frau erfuhr, war sie bis ins Mark erschüttert.

Im nächsten Moment jedoch meldete sich ihr natürlicher Selbsterhaltungstrieb. Bernice hätte doch zur Polizei gehen können, sagte sich Reba. Also war es ihre eigene Schuld. Außerdem wusste der Himmel, wie vielen Leuten sie noch erzählt hatte, sie habe möglicherweise den Diebstahl des Schals beobachtet. Es ist ziemlich unwahrscheinlich, dass jemand nur einem einzigen Menschen etwas anvertraut. Und wenn man Geheimnisse nicht für sich behalten kann, darf man das auch nicht von anderen erwarten.

Vielleicht hatte Bernice den Mörder sogar selbst darauf angesprochen, ob er den Schal an sich genommen habe. Naiv genug wäre sie sicher gewesen.

Dennoch rief Reba sofort Alvaro Martinez-Fonts, ihren Chefredakteur, an, um ihr Verhalten gegenüber der Polizei mit ihm abzusprechen, denn die würde ihnen sicher Vorwürfe machen. Danach berichtete sie ihm, sie sei am

Donnerstagabend im Seasoner beim Essen gewesen, habe Bob Frieze aber nicht angetroffen.

»Ich habe dem Oberkellner fünfzig Dollar in die Hand gedrückt, Alvaro«, meinte sie. »Danach wurde er ziemlich redselig. Er sagt, Frieze benehme sich schon seit einer Weile merkwürdig. Seiner Ansicht nach, stehe er kurz vor einem Nervenzusammenbruch. Gestern war Natalie Frieze im Restaurant, aber sie ist nicht lange geblieben. Sie und Bob haben sich bei Tisch gestritten, und der Oberkellner hörte sie sagen, sie habe Angst vor ihm.«

»Daraus ließe sich eine Story über eine geschlagene Frau machen.«

»Da wäre noch etwas. Ein anderer Kellner hat mitgekriegt, dass sie sich trennen wollen. Er wäre bereit auszupacken, aber er verlangt ein ordentliches Sümmchen dafür.«

»Zahl ihm, was er verlangt, und setz es auf die Spesenrechnung«, entgegnete Alvaro.

»Heute werde ich versuchen, mit Natalie Frieze zu sprechen.«

»Bring sie zum Reden. Robert Frieze war früher ein wichtiger Mann an der Wall Street. Er ist immer für ein paar Schlagzeilen gut, auch wenn er mit dem Mord nichts zu tun hat.«

»Tja, in der Gastronomiebranche ist er eindeutig keine Leuchte. Das Essen ist Durchschnitt, die Inneneinrichtung überladen und ungemütlich. Der Laden ist absolut tote Hose. Glaub mir, das wird nie der In-Schuppen von Monmouth County.«

»Nur weiter so, Reba.«

»Da kannst du Gift drauf nehmen. Wie kommst du mit Stafford voran?«

»Bis jetzt Fehlanzeige. Aber wenn er eine Leiche im Keller hat, kriegen wir es raus.«

Zweiundsiebzig

»Damit, dass er in seinem Arbeitszimmer sitzt und den großen Maxe mimt, ist jetzt endgültig Schluss«, sagte Tommy Duggan mit finsterer Miene zu Pete Walsh, als sie den Tatort verließen. »Wir müssen ihm so lange die Hölle heiß machen, bis er die Karten auf den Tisch legt.«

Bernice Joyces Leiche war bereits weggeschafft worden.

»Bei dem heftigen Meerwind ist Schnee in der Hölle wahrscheinlicher, als dass wir hier etwas Brauchbares finden«, meinte der Chef der Spurensicherung zu Tommy. »Wir haben alles auf Fingerabdrücke untersucht, aber der Täter hat ganz bestimmt Handschuhe getragen hat. Er ist ein Profi.«

»Darauf wäre ich nie gekommen«, zischte Tommy, während er mit Pete ins Auto stieg. Er erinnerte sich an Bernice Joyce, wie sie bei der Befragung in Will Staffords Haus vor einer Woche ausgesehen hatte.

Mrs. Joyce war sehr hilfsbereit gewesen war, als er sich erkundigte, ob ihr der Schal aufgefallen sei. Sie erwiderte, Rachel Wilcox habe ihn getragen. Hatte sie vielleicht damals schon gewusst, wer den Schal gestohlen hatte? fragte sich Tommy. Vermutlich nicht, dachte er dann. Ganz sicher war es ihr erst später in den Sinn gekommen.

Sie sagte mir, sie wolle am Montag nach Palm Beach zurückkehren. Doch selbst wenn ich geahnt hätte, dass sie ihren Aufenthalt verlängert, hätte ich keinen Grund gesehen, mich noch einmal an sie zu wenden.

Er war angewidert und wütend auf sich selbst. Gewiss hatte der Mörder den Artikel in der Zeitung gelesen und es mit der Angst zu tun bekommen. Und zwar so sehr, dass er das Risiko eingegangen war, Mrs. Joyce am helllichten Tag umzubringen. Falls er beschlossen hatte, weiter nach seinem Plan zu handeln, würde morgen ein weiterer Mord stattfinden, hielt Tommy sich vor Augen. Nur, dass es diesmal keine alte Dame treffen würde, sondern eine junge Frau.

»Wohin fahren wir?«, erkundigte sich Pete.

»Haben Sie Stafford angerufen?«

»Ja. Er sagte, wir könnten vorbeikommen, wann es uns passt. Er beabsichtige, den ganzen Tag am Schreibtisch zu verbringen.«

»Dann fangen wir bei ihm an. Aber melden Sie sich vorher noch im Büro.«

Von ihren Kollegen erfuhren sie, dass Natalie Frieze vermisst wurde.

»Vergessen wir Stafford«, sagte Tommy. »Die örtliche Polizei vernimmt Frieze. Das möchte ich mir gerne anhören.«

Als er sich zurücklehnte, kam ihm der schreckliche Verdacht, der Serienmörder könnte sich sein nächstes Opfer bereits ausgesucht haben: Natalie Frieze.

Dreiundsiebzig

Sobald Nick Todd aus den Nachrichten von Bernice Joyces Tod erfuhr, rief er Emily an. »Emily, kannten Sie diese Frau?«, fragte er.

»Ich bin ihr nie begegnet.«

»Halten Sie den Artikel in diesem Skandalblatt für den Grund, warum sie ermordet wurde?«

»Keine Ahnung. Den Artikel habe ich noch nicht gelesen, aber soweit ich weiß, ist er ziemlich übel.«

»Er war das Todesurteil für die bedauernswerte Frau. Wenn ich so etwas höre, juckt es mich in den Fingern, endlich bei der Generalstaatsanwaltschaft anzufangen.«

»Wie läuft es mit Ihrer Bewerbung?«

»Ich habe Kontakt zu einigen wichtigen Leuten dort aufgenommen. Letztes Jahr habe ich einen großen Prozess gegen sie gewonnen. Das könnte ein Vor- oder ein Nachteil für mich sein.«

Sein Tonfall veränderte sich leicht. »Ich habe Sie gestern Abend angerufen. Aber offenbar waren Sie nicht zu Hause.«

»Ich bin essen gegangen. Sie haben keine Nachricht hinterlassen.«

»Nein, habe ich nicht. Wie kommen Sie mit Ihrem Projekt voran?«

»Vielleicht ist es ja nur ein Hirngespinst, aber ich erkenne ein Schema hinter all diesen Morden, und das macht mir ziemliche Angst. Wie Sie sich bestimmt erinnern, habe ich Ihnen erzählt, dass Douglas Carter, der junge Mann, mit dem Madeline verlobt war, Selbstmord begangen hat.«

»Ja, das haben Sie.«

»Nick, er wurde, ein Gewehr neben sich, aufgefunden. Seit Madelines Verschwinden war er sehr niedergeschlagen. Aber er war außerdem jung, gut aussehend und wohlhabend und hatte eine glänzende Karriere an der Wall Street vor sich. Nichts in all den Tagebüchern und den anderen Unterlagen, die ich gelesen habe, deutet darauf hin, dass er Selbstmordabsichten hegte. Seine Mutter war schwer krank, und er stand ihr offenbar sehr nah. Er hätte wissen müssen, dass sein Tod ihr den Rest geben würde. Überlegen Sie mal – wie würde Ihre Mutter reagieren, wenn Ihnen etwas zustieße?«

»Sie würde es mir nie verzeihen«, spöttelte Nick. »Und

was würde Ihre Mutter sagen, wenn Ihnen etwas passiert?«

»Natürlich wäre sie sehr traurig.«

»Also halten Sie bitte die Türen verschlossen und schalten Sie – vor allem, wenn Sie allein sind – die Alarmanlage ein, bis der Mann, der Sie verfolgt, und der Serienmörder, den Sie schnappen wollen, gefasst wurden. Hören Sie, da kommt gerade ein Anruf, den ich annehmen muss. Wenn wir uns vorher nicht sprechen, sehen wir uns am Sonntag.«

Warum muss Nick mir immer ein schlechtes Gewissen machen?, fragte sich Emily, als sie auflegte. Es war halb zwölf. In den vergangenen zweieinhalb Stunden hatte sie abwechselnd die alten Polizeiberichte und die Andenkensammlung der Lawrences studiert.

Außerdem hatte sie ihre Mutter und ihren Vater in Chicago und ihre Großmutter in Albany angerufen und allen fröhlich berichtet, wie sehr sie das Haus liebte.

Das stimmt ja auch, sagte sie sich, während sie daran dachte, wie viel sie ihrer Familie andererseits verheimlicht hatte.

Julia Gordon Lawrence hatte ihre Tagebücher nach Jahren gegliedert. Sie hatte zwar nicht täglich Eintragungen gemacht, aber sehr häufig darin geschrieben. Ich würde die Tagebücher so gerne Wort für Wort lesen, dachte Emily. Und ich werde es auch tun, wenn die Lawrences mir erlauben, sie lange genug zu behalten. Aber im Augenblick muss ich nach Informationen suchen, die in direktem Zusammenhang mit den verschwundenen Mädchen und mit Douglas' Tod stehen. Überrascht stellte sie fest, dass sie diesen nicht mehr als Selbstmord bezeichnete. Denn inzwischen vermutete sie, dass Douglas demselben Täter zum Opfer gefallen war wie die drei jungen Frauen.

Ellen Swain war am 31. März 1896 verschwunden.

Bestimmt hat Julia darüber geschrieben, sagte sich Emily. Sie ging die Tagebücher durch, bis sie das des fraglichen Jahres gefunden hatte.

Doch vor dem Lesen musste sie noch etwas erledigen. Sie öffnete die Tür, die vom Arbeitszimmer auf die Veranda führte, trat hinaus und blickte die Straße entlang. Laut Unterlagen war das alte Haus der Carters 1950 abgebrannt und durch das ersetzt worden, das heute dort stand. Liebevoll hatte man ein viktorianisches Haus aus der Jahrhundertwende einschließlich einer ums ganze Gebäude laufenden Veranda nachgebaut.

Wenn Madeline dort saß und Douglas – oder Alan – sie zu sich winkte …

Emily wollte sich vergewissern, dass sich die Szene, die sie sich gestern ausgemalt hatte, so abgespielt haben konnte.

Sie ging auf der Veranda um das Haus herum und die Stufen hinunter in den Garten. Die Baufirma hatte die Erde zwar geglättet, doch an ihren Turnschuhen sammelte sich sofort der Schlamm, als sie durch den Garten zu der Buxbaumhecke schlenderte, die die Grundstücksgrenze bildete.

Langsam näherte sie sich der Stelle, wo die sterblichen Überreste der beiden Mordopfer gefunden worden waren, und blieb dort stehen. Wegen der gewaltigen Stechpalme mit ihren schweren, tief hängenden Ästen hätte niemand im Haus beobachten können, ob Alan Carter Madeline beim Herauskommen gesehen hatte. Und niemand hätte es bemerkt, wenn er sie absichtlich oder zufällig verletzt hätte. Und falls Madeline um Hilfe geschrien hatte, war das sicher vom Klavierspiel ihrer Schwester übertönt worden.

Doch wie hängen diese Morde mit denen aus der

Gegenwart zusammen, selbst wenn es sich so ereignet hat?, fragte sich Emily.

Sie kehrte ins Haus zurück, nahm das Tagebuch aus dem Jahr 1896 und durchkämmte es nach Eintragungen, die nach dem 31. März datiert waren.

Am 1. April 1896 hatte Julia geschrieben:

Meine Hand zittert, während ich diese Zeilen zu Papier bringe: Ellen ist verschwunden. Gestern hat sie Mrs. Carter besucht und ihr Milchpudding gebracht, um ihren Appetit anzuregen.

Mrs. Carter berichtete der Polizei, Ellen sei nur kurz geblieben, habe aber nett mit ihr geplaudert. Wie sie aussagte, sei Ellen sehr nachdenklich gewesen und habe aufgeregt gewirkt. Mrs. Carter saß in einem Liegestuhl am Fenster ihres Schlafzimmers und beobachtete, wie Ellen das Haus verließ und, die Hayes Avenue entlang, nach Hause ging. Danach hat sie sie nicht mehr gesehen.

Das heißt, dass Ellen an Alan Carters Haus vorbeimusste, dachte Emily.

Rasch blätterte sie weiter und hielt dann inne. Eine drei Monate später datierte Eintragung lautete:

Die liebe Mrs. Carter wurde heute Morgen zu ihrem Schöpfer heimgerufen. Wir alle sind sehr traurig, glauben aber dennoch, dass es ein großer Segen für sie ist. Sie wurde von Leid und Schmerzen erlöst und ist nun mit Douglas, ihrem geliebten Sohn, wieder vereint. In ihren letzten Tagen war sie geistig verwirrt. Manchmal dachte sie, Douglas und Madeline befänden sich bei ihr im Zimmer. Mr. Carter hat die lange Krankheit seiner Frau und den Verlust seines Sohnes tapfer ertragen. Wir alle hoffen, dass die Zukunft ihn gnädiger behandeln wird.

Was war mit ihm, dem Ehemann und Vater?, sagte sich Emily. Über ihn steht kaum etwas geschrieben. Andererseits haben er und Mrs. Carter gewiss keine Partys und gesellschaftlichen Zusammenkünfte besucht. Aus den wenigen Malen, die er erwähnt worden war, wusste sie, dass er Richard geheißen hatte.

Sie schlug weiter die Seiten um und suchte nach Passagen, in denen der Name Carter genannt wurde. Den Rest des Jahres 1896 war häufig von Ellen Swain die Rede, doch Emily entdeckte nichts über Richard oder Alan Carter.

Die erste Eintragung des Jahres 1897 war am 5. Januar verfasst worden:

Heute Nachmittag waren wir zur Hochzeit von Mr. Richard Carter und Lavinia Rowe eingeladen. Da der Tod der ersten Mrs. Carter noch kein Jahr zurückliegt, wurde in aller Stille gefeiert. Doch niemand macht Mr. Carter sein Glück zum Vorwurf. Er ist ein ausgesprochen gut aussehender Mann und noch keine fünfzig Jahre alt. Lavinia lernte er kennen, als sie ihre Kusine Beth Dietrich besuchte, die eine enge Freundin von mir ist. Lavinia ist ein sehr hübsches Mädchen und hat eine gesetzte, reife Art. Mit dreiundzwanzig ist sie zwar nur halb so alt wie Mr. Carter, doch wir kennen viele Paare mit großem Altersunterschied, von denen einige sehr glücklich und zufrieden sind.

Es heißt, dass sie das Haus in der Hayes Avenue verkaufen werden, in dem sich so viel Leid abgespielt hat. Sie haben bereits ein kleineres, aber reizendes Anwesen in der Brimeley Avenue 20 erworben.

Brimeley Avenue 20, dachte Emily. Warum kommt mir diese Adresse bekannt vor?

Und dann fiel es ihr wieder ein. Sie war erst letzte Woche dort gewesen.

Dr. Wilcox wohnte in diesem Haus.

Vierundsiebzig

Als Tommy Duggan und Pete Walsh bei den Friezes eintrafen, saß ein aufgebrachter Robert Frieze auf dem Wohnzimmersofa und wurde von Beamten der örtlichen Polizei vernommen.

»Meine Frau wollte unbedingt nach Manhattan ziehen, und das hatten wir auch seit einiger Zeit vor«, sagte er. »Ich habe vor kurzem mein Restaurant verkauft und beabsichtige, dieses Haus baldmöglichst einem Makler zu übergeben.

Eine Freundin hat ihr angeboten, bei ihr zu wohnen, und eigentlich wollte sie gestern dort hinfahren. Ich weiß nicht, warum sie ihre Meinung geändert hat. Natalie ist ziemlich sprunghaft. Genauso gut könnte sie auch ein Flugzeug nach Palm Beach genommen haben. Sie hat Dutzende von Freunden dort.«

»Konnten Sie feststellen, ob von ihren Sommersachen etwas fehlt?«, fragte der Polizist.

»Meine Frau hat mehr Kleider als die Königin von Saba. Ich habe erlebt, wie sie sich das gleiche Kostüm zweimal kaufte, weil sie vergessen hatte, dass es bereits einmal in ihrem Schrank hing. Falls Natalie beschlossen hat, nach Palm Beach zu fliegen, würde es ihr nichts ausmachen, nur mit den Kleidern abzureisen, die sie am Leibe trägt. Und gleich nach ihrer Ankunft würde sie, die Kreditkarte in der Hand, ein paar Stunden lang die Nobelboutiquen plündern.«

Je mehr Bob Frieze redete, desto glaubwürdiger erschien ihm seine eigene Geschichte. Erst vorgestern hatte Natalie über das Wetter gejammert. Feucht. Kalt. Trüb. Bedrückend. Das waren nur einige der Ausdrücke, mit denen sie diese Jahreszeit beschrieb.

»Stört es Sie, wenn wir uns ein wenig umsehen, Mr. Frieze?«

»Nur zu. Ich habe nichts zu verbergen.«

Tommy wusste, dass Bob Frieze ihn und Walsh beim Betreten des Raums bemerkt hatte. Doch er hatte sie keines Blickes gewürdigt. Nun nahm Tommy den Platz ein, den der Polizist soeben frei gemacht hatte. »Mr. Frieze, ich dachte, Sie hätten mich vielleicht nicht erkannt. Wir sind uns schon einige Male begegnet.«

»Ein wenig öfter als ›einige Male‹, wie ich glaube, Mr. Duggan«, höhnte Frieze.

Tommy nickte. »Das stimmt exakt. Waren Sie heute Morgen zufällig beim Joggen, Mr. Frieze?«

War ich das?, fragte sich Bob Frieze. Ich hatte einen Trainingsanzug an. Wann habe ich ihn angezogen? Heute Morgen? Bin ich Natalie gefolgt, als sie das Restaurant verließ? Haben wir uns noch einmal gestritten?

Er stand auf. »Mr. Duggan, ich habe Ihre Unterstellungen gründlich satt. Um offen zu sein, habe ich schon eine ganze Weile die Nase voll davon, und zwar seit viereinhalb Jahren. Deshalb werde ich mich keiner Befragung durch Sie oder einen Ihrer Kollegen mehr aussetzen. Ich werde jetzt Freunde in Palm Beach anrufen und mich erkundigen, ob jemand meine Frau gesehen hat oder ob Natalie vielleicht bei einem von ihnen zu Besuch ist.«

Er hielt inne. »Allerdings werde ich zuallererst meinen Anwalt verständigen, Mr. Duggan. Falls Sie weitere Fragen haben sollten, wenden Sie sich bitte an ihn.«

Fünfundsiebzig

Joan Hodges war damit beschäftigt, die Computerdateien durchzugehen und Listen aller Patienten anzufertigen, die Dr. Madden in den letzten fünf Jahren behandelt hatte.

Ein Polizeitechniker war beauftragt worden, ihr dabei zu helfen. Zwei Psychologen, Freunde von Dr. Madden, hatten sich ebenfalls erboten, vorbeizukommen und die vertraulichen Patientenakten zu sortieren, die überall in der Praxis herumlagen.

Tommy Duggan hatte verlangt, die Arbeiten zu beschleunigen. Falls Clayton Wilcox' Akte weiterhin verschollen blieb, war es Tommys Ansicht nach sehr wahrscheinlich, dass er die Morde begangen hatte.

Joan hatte bereits festgestellt, dass sonst keine der Personen auf der Liste, die Duggan ihr gegeben hatte, Dr. Maddens Patient gewesen war.

»Doch das schließt nicht aus, dass der Mann einen falschen Namen genannt hat«, warnte Tommy sie. »Wir müssen wissen, ob die Computerdatei eines weiteren Patienten fehlt, denn in diesem Fall werden wir den Betreffenden überprüfen.«

Die Akten waren in alphabetischer Reihenfolge auf langen Metalltischen ausgebreitet, die man in Dr. Maddens Wohnzimmer aufgestellt hatte. Da bei einigen der Aktendeckel die Namensaufkleber beschädigt oder abgerissen waren, stand jetzt schon fest, dass ein eindeutiges Ergebnis nicht möglich war.

»Polizeiarbeit ist eine elende Plackerei«, meinte der Polizeitechniker schmunzelnd zu Joan.

»Das sehe ich.«

Joan war vor allem daran gelegen, die Sache zu einem

Abschluss zu bringen und so schnell wie möglich eine neue Stelle zu finden. Sie hatte sich bereits bei der Personalvermittlung gemeldet. Einige der Psychologen aus Dr. Maddens Bekanntenkreis hatten zwar angedeutet, sie gerne übernehmen zu wollen, doch Joan brauchte dringend Veränderung. Wieder in einer ähnlichen Praxis zu arbeiten, hätte sie ständig an den grausigen Anblick erinnert, wie Dr. Madden, eine Schnur fest um den Hals geschlungen, an ihrem Schreibtisch saß.

Als Joan auf eine Patientenakte mit Adresse in Spring Lake stieß, runzelte sie die Stirn. Der Name erschien ihr völlig unbekannt. Allerdings war ihr klar, dass sie nicht allen Patienten persönlich begegnet war. Vielleicht hatte der Mann stets die Abendsprechstunde wahrgenommen, sodass sie ihn nie getroffen hatte.

Aber Moment mal, schoss es ihr dann durch den Kopf.

Ist das nicht der Mann, der nur ein einziges Mal hier war, und zwar vor viereinhalb Jahren?

Ich habe ihn beim Einsteigen in sein Auto kurz gesehen, als ich an dem Abend noch mal zurückkam, um meine vergessene Brille zu holen. Ich erinnere mich an ihn, dachte sie, weil er so einen aufgebrachten Eindruck machte. Die Frau Doktor sagte, er wäre einfach davongelaufen. Sie gab mir einen Hundert-Dollar-Schein, den er ihr auf den Schreibtisch geworfen hatte, überlegte Joan weiter. Ich fragte sie, ob ich ihm für den Rest des Honorars eine Rechnung stellen sollte, aber sie antwortete, das wäre wohl zwecklos.

Ich muss sofort Detective Duggan verständigen, beschloss sie und griff zum Telefon.

Der Name lautete Douglas Carter, Hayes Avenue 101, Spring Lake.

Sechsundsiebzig

Tommy Duggan und Pete Walsh saßen im Büro des Staatsanwalts. Gerade hatten sie ihrem Vorgesetzten Bericht über die Ergebnisse im Mordfall Bernice Joyce und ihre Fortschritte bei der Suche nach Natalie Frieze berichtet. »Der Ehemann meinte, sie sei vermutlich in Palm Beach. Inzwischen weigert er sich, mit uns zu sprechen, und verweist uns an seinen Anwalt«, beendete Tommy seine Ausführungen.

»Wie wahrscheinlich ist es, dass sie in Palm Beach ist?«, fragte Osborne.

»Wir erkundigen uns bei den Fluggesellschaften, ob sie auf eine der Maschinen gebucht war. Ich glaube, die Chancen stehen schlecht«, erwiderte Tommy.

»Und der Ehemann hat Sie aufgefordert, sich im Haus umzusehen?«

»Das haben die Kollegen aus Spring Lake erledigt. Keine Spur von einem Kampf oder von Gewalteinwirkung. Offenbar hat sich die Dame mitten beim Packen in Luft aufgelöst.«

»Schminksachen? Handtasche?«

»Der Ehemann sagt, gestern im Restaurant habe sie eine goldfarbene Lederjacke, eine Seidenbluse mit braunen und goldenen Streifen und eine braune Wollhose getragen. Außerdem habe sie eine braune Umhängetasche bei sich gehabt. Im Haus wurden jedoch weder die Umhängetasche noch die goldfarbene Lederjacke gefunden. Der Mann gibt zu, sie hätten sich gestritten. Sie habe deshalb in der Nacht davor, also am Mittwoch, im Gästezimmer geschlafen. Im Badezimmer und im Gästebad standen genug Schminksachen, Parfums, Lotionen und Sprühdosen, um damit eine Drogerie zu eröffnen.«

»Wohl eher eine Nobel-Parfümerie«, stellte Osborne fest. »Wir müssen abwarten, ob sie wieder auftaucht. Schließlich ist sie volljährig und hat das Recht wegzufahren, wann es ihr passt. Sagten Sie, ihr Auto wäre noch in der Garage? Also muss sie jemand abgeholt haben. Hat sie vielleicht eine Affäre?«

»Nicht, dass wir wüssten. Ich habe mit der Zugehfrau gesprochen«, erwiderte Walsh. »Sie kommt drei Nachmittage die Woche. Am Donnerstag hatte sie frei.«

Der Staatsanwalt zog die Augenbrauen hoch. »Sie kommt nachmittags? Die meisten Zugehfrauen arbeiten doch am Vormittag.«

»Als wir heute abfuhren, traf sie gerade ein. Sie erklärte uns, Mrs. Frieze schliefe häufig lang und wolle nicht durch Aufräumen oder Staubsaugen gestört werden. Ich hatte nicht den Eindruck, dass die Zugehfrau Natalie Frieze sehr sympathisch findet.«

»Dann bleibt uns im Augenblick nichts anderes übrig, als Geduld zu haben«, meinte Osborne. »Was ist los, Duggan? Sie sehen so bedrückt aus.«

»Ich habe ein ungutes Gefühl, was Natalie Frieze angeht«, entgegnete Tommy leise. »Ich frage mich, ob jemand dem 31. März vielleicht um ein paar Tage vorgegriffen hat.«

Eine Weile herrschte Schweigen. Dann erkundigte sich Osborne: »Was bringt Sie auf diesen Gedanken?«

»Dass Natalie Frieze in das Schema passt. Sie ist zwar schon vierunddreißig und nicht zwanzig oder einundzwanzig, aber ebenso wie Martha Lawrence und Carla Harper eine schöne Frau.« Duggan zuckte die Achseln. »Wie dem auch sei, ich mache mir große Sorgen um Natalie Frieze. Außerdem ist mir ihr Mann nicht geheuer. Friezes Alibi für den Zeitpunkt von Martha Lawrences Verschwinden ist ziemlich wackelig und außerdem unbestätigt. Er behauptet, er habe im Garten an seinen Blumenbeeten gearbeitet.«

Walsh nickte. »Die ersten einundzwanzig Jahre seines Lebens hat er in dem Haus verbracht, wo das Skelett von Carla Harper und möglicherweise auch das von Letitia Gregg entdeckt wurde«, sagte er. »Und jetzt ist plötzlich seine Frau weg.«

»Sir, wir sollten uns jetzt besser mit Dr. Wilcox befassen«, schlug Tommy Duggan vor. »Er ist für drei Uhr bestellt.«

»Was haben Sie über ihn rausgefunden?«, fragte Osborne.

Tommy beugte sich vor und legte die Fingerspitzen zusammen, eine Geste, die bedeutete, dass er sämtliche Möglichkeiten sorgfältig gegeneinander abwog.

»Er war sofort bereit zu kommen, obwohl er weiß, dass wir ihn nicht dazu zwingen können. Wenn er da ist, werde ich noch einmal betonen, dass er jederzeit wieder gehen kann. Solange er sich dessen bewusst ist, sind wir nicht verpflichtet, ihn über seine verfassungsmäßigen Rechte aufzuklären, und das möchte ich, offen gestanden, auch lieber vermeiden. Sonst kriegen wir vielleicht gar nichts mehr aus ihm raus.«

»Warum verdächtigen Sie ihn?«, erkundigte sich Osborne.

»Weil er uns eine Menge verschweigt und weil wir wissen, dass er lügt. Und diese beiden Punkte sprechen meiner Ansicht nach stark gegen ihn.«

Clayton Wilcox erschien pünktlich um drei Uhr. Duggan und Walsh brachten ihn in ein kleines, nur mit einem Tisch und einigen Stühlen möbliertes Vernehmungszimmer und forderten ihn auf, sich zu setzen.

Als sie ihm noch einmal versicherten, er werde auf keinen Fall festgehalten und sei nicht gezwungen zu bleiben, unterbrach er sie.

»Vermutlich haben Sie bereits erörtert, ob Sie mir meine Rechte vorlesen sollen«, meinte er mit einem schalkhaften Funkeln in den Augen. »Doch Sie sind zu dem Schluss gekommen, dass Sie sich durch den Hinweis auf Freiwilligkeit in rechtlicher Hinsicht ausreichend absichern.«

Bei Anblick von Pete Walshs Miene schmunzelte er. »Meine Herren, anscheinend haben Sie vergessen, dass ich den Großteil meines Lebens im Universitätsbetrieb verbracht habe. Sie können sich gar nicht vorstellen, wie viele Debatten über Bürgerrechte oder unsere Justiz ich miterlebt und wie vielen Rollenspiel-Gerichtsverhandlungen ich beigewohnt habe. Sicher sind Sie darüber informiert, dass ich früher Rektor eines College war.«

Auf dieses Stichwort hatte Tommy Duggan gewartet, und er griff es sofort auf. »Dr. Wilcox, bei der Überprüfung Ihrer Vergangenheit waren wir erstaunt festzustellen, dass Sie bereits im Alter von fünfundfünfzig Jahren als Rektor des Enoch College zurückgetreten sind. Dabei hatten Sie gerade erst einen Fünf-Jahres-Vertrag unterschrieben.«

»Meine Gesundheit gestattete es mir nicht, meine Pflichten weiterhin auszufüllen. Glauben Sie mir, der Posten des Rektors eines kleinen, aber angesehenen Colleges verlangt viel Engagement und außerdem Zeit.«

»Worin besteht Ihre gesundheitliche Beeinträchtigung, Dr. Wilcox?«

»Ich habe ein schweres Herzleiden.«

»Haben Sie diese Entscheidung mit Ihrem Arzt besprochen?«

»Das habe ich in der Tat.«

»Lassen Sie sich regelmäßig wegen Ihres Herzleidens untersuchen?«

»Meine Gesundheit hat sich in letzter Zeit stabilisiert. Denn seit ich im Ruhestand bin, stehe ich längst nicht mehr so unter Druck.«

»Dr. Wilcox, das beantwortet unsere Frage nicht. Gehen Sie regelmäßig zur ärztlichen Untersuchung?«

»Ich habe in letzter Zeit ein wenig geschlampt. Aber ich fühle mich sehr wohl.«

»Wann waren Sie das letzte Mal beim Arzt?«

»Das weiß ich nicht mehr genau.«

»Sie konnten uns auch nicht genau sagen, ob Sie je einen Termin bei Dr. Madden hatten. Halten Sie an dieser Behauptung fest oder haben Sie es sich inzwischen anders überlegt?«

»Möglicherweise hatte ich einen oder zwei Termine bei ihr.«

»Eher neun oder zehn, Dr. Wilcox. Wir haben die Unterlagen gefunden.«

Bei der Vernehmung ging Tommy mit Bedacht zu Werk. Er stellte fest, dass Wilcox immer nervöser wurde. Und er wollte auf jeden Fall verhindern, dass der Mann einfach aufstand und ging. »Dr. Wilcox, sagt Ihnen der Name Gina Fielding etwas?«

Wilcox erbleichte, lehnte sich zurück und blickte, offenbar in dem Versuch, Zeit zu gewinnen, mit einem nachdenklichen Stirnrunzeln zur Decke. »Ich bin mir nicht ganz sicher.«

»Sie haben ihr vor zwölf Jahren, etwa zu der Zeit, als Sie in den Ruhestand traten, einen Scheck über einhunderttausend Dollar gegeben, Dr. Wilcox. Den Scheck hatten sie mit dem Vermerk ›antiker Schreibtisch und Kommode‹ versehen. Hilft das Ihrem Gedächtnis vielleicht auf die Sprünge?«

»Ich beziehe meine Antiquitäten aus verschiedenen Quellen.«

»Ms. Fielding muss eine ziemlich kluge junge Frau sein, Dr. Wilcox. Damals war sie erst zwanzig Jahre alt und Studentin am Enoch College. Stimmt das?«

Eine lange Pause entstand. Clayton Wilcox sah Tommy Duggan an und warf dann einen Blick auf Pete Walsh.

»Sie haben Recht. Vor zwölf Jahren war Gina Fielding eine zwanzigjährige Studentin am Enoch College. Eine sehr erfahrene zwanzigjährige Studentin, wie ich hinzufügen möchte. Sie arbeitete in meinem Büro, und ihr Interesse an mir hat mir sehr geschmeichelt. Ich begann, sie hin und wieder in ihrer Wohnung zu besuchen. Eine kurze Zeit lang hatten wir in beiderseitigem Einverständnis eine Affäre, was natürlich ungehörig war und zu einem Skandal hätte führen können. Sie studierte mit einem Stipendium und stammte aus einer Familie mit niederem Einkommen. Ich fing an, sie finanziell zu unterstützen.«

Lange betrachtete Wilcox die Tischplatte, als fände er die zerkratzte Fläche ausgesprochen faszinierend. Dann blickte er wieder auf und griff nach dem Wasserglas, das man ihm hingestellt hatte.

»Nach einer Weile kam ich wieder zur Vernunft und teilte ihr mit, dass unser Verhältnis eine Ende haben müsse. Ich versprach, ihr eine andere Stelle zu beschaffen. Doch sie drohte, mich und das College wegen sexueller Belästigung zu verklagen. Sie sagte, sie werde einen Eid schwören, ich hätte ihr mit dem Entzug des Stipendiums gedroht, falls sie sich nicht zu einer Affäre mit mir bereit erklärte. Der Preis für ihr Schweigen betrug einhunderttausend Dollar.« Wilcox hielt inne und holte tief Luft. »Ich bezahlte, aber ich nahm gleichzeitig meinen Abschied, weil ich ihr nicht traute. Falls sie ihr Wort gebrochen und das College verklagt hätte und ich Rektor geblieben wäre, hätten die Medien es sicher an die große Glocke gehängt.«

»Wo ist Gina Fielding jetzt, Dr. Wilcox?«

»Ich habe keine Ahnung, wo sie wohnt. Ich weiß nur, dass sie morgen in der Stadt sein wird, um sich weitere hunderttausend Dollar zu beschaffen. Sie hat die Boulevardpresse gelesen und droht nun, ihre Geschichte an das Blatt zu verkaufen, das ihr am meisten bietet.«

»Das ist Erpressung, Dr. Wilcox. Sind Sie sich dessen bewusst?«

»Das Wort ist mir bekannt.«

»Hatten Sie vor zu zahlen?«

»Nein, das hatte ich nicht. Ich kann nicht länger so weiterleben. Ich wollte ihr mitteilen, dass sie von mir keinen Penny mehr bekommt, auch wenn mir klar ist, was diese Entscheidung für Folgen haben wird.«

»Erpressung ist ein sehr schweres Verbrechen, Dr. Wilcox. Ich würde vorschlagen, dass Sie uns erlauben, Sie mit einem Aufnahmegerät auszustatten. Wenn Sie Ms. Fielding dazu bringen, von Ihnen Geld als Gegenleistung für ihr Schweigen zu fordern, während das Band mitläuft, können wir Anklage gegen sie erheben.«

»Das muss ich mir noch überlegen.«

Ich glaube ihm, dachte Tommy Duggan. Aber damit ist er in meinen Augen noch nicht aus dem Schneider. Zuerst einmal bestätigt diese Geschichte, dass er sich für junge Frauen interessiert. Außerdem wurde der Schal seiner Frau als Mordwaffe benutzt. Und er hat immer noch kein Alibi für den Morgen, an dem Martha Lawrence verschwand.

»Dr. Wilcox, wo waren Sie heute Morgen zwischen sieben und acht?«

»Ich bin spazieren gegangen.«

»Waren Sie auf der Strandpromenade?«

»Eine Weile. Genau genommen, habe ich an der Strandpromenade angefangen und bin dann rund um den See spaziert.«

»Sind Sie an der Strandpromenade zufällig Mrs. Joyce begegnet?«

»Nein. Die Nachricht von ihrem Tod hat mich sehr erschüttert. Ein brutales Verbrechen.«

»Haben Sie einen Bekannten getroffen, Dr. Wilcox?«

»Offen gestanden, habe ich nicht darauf geachtet. Wie Sie sich inzwischen sicher vorstellen können, war ich gedanklich anderweitig beschäftigt.«

Er stand auf. »Darf ich gehen?«

Tommy und Pete nickten. Während Tommy sich erhob, sagte er: »Geben Sie uns Bescheid, ob wir Ihr Gespräch mit Ms. Fielding mitschneiden können. Und ich muss Ihnen noch etwas mitteilen, Dr. Wilcox: Wir fahnden auch weiterhin mit allen Kräften nach dem Mörder von Ms. Lawrence, Ms. Harper, Dr. Madden und Mrs. Joyce. Ihre Antworten auf unsere Fragen waren, um es großzügig auszudrücken, ziemlich ausweichend. Wir werden wieder auf Sie zukommen.«

Clayton Wilcox verließ wortlos den Raum.

Walsh sah Tommy Duggan an. »Was halten Sie davon?«

»Ich glaube, er hat beschlossen, was die Fielding betrifft, reinen Tisch zu machen, weil ihm nichts anderes übrig blieb. Sie gehört zu der Sorte von Frauen, die für ihr Schweigen kassieren und trotzdem an die Presse gehen würden. Ansonsten scheint er die Angewohnheit zu haben, kilometerlange Spaziergänge zu machen, ohne dabei jemandem zu begegnen, der sein Alibi bestätigen könnte.«

»Außerdem hat er offenbar eine Schwäche für junge Frauen«, ergänzte Walsh. »Ich frage mich, ob hinter der

Fielding-Geschichte nicht mehr steckt, als er uns verrät.«

Sie kehrten in Tommys Büro zurück, wo sie eine Nachricht von Joan Hodges erwartete. »Douglas Carter«, rief Tommy aus. »Der Kerl ist doch schon seit über hundert Jahren tot!«

Siebenundsiebzig

Eigentlich hatte Eric Bailey geplant, am Freitagabend nach Spring Lake zu fahren. Doch nach einem Telefonat mit Emily hatte er seine Meinung geändert. Sie hatte ihm nämlich erzählt, sie sei mit der Besitzerin der Pension, in der sie vor dem Kauf des Hauses gewohnt hatte, zum Abendessen verabredet.

Eric kam zu dem Schluss, dass ein Aufenthalt in Spring Lake zwecklos war, wenn er nicht wusste, wo Emily steckte. Sie nur kurz zu sehen, wenn sie abends nach Hause kam, war die Fahrt nicht wert.

Also würde er morgen aufbrechen und am Nachmittag eintreffen. Er würde seinen Transporter irgendwo abstellen, wo er nicht auffiel. In der Ocean Avenue gab es viele freie Parklücken, und kein Mensch würde sich dafür interessieren, wenn zwischen den vielen Mittelklassewagen und teuren Karossen ein neuer dunkelblauer Campingbus stand. Außerdem herrschte auf den Parkplätzen an der Strandpromenade ein dauernder Wechsel.

Da Eric nun einen einsamen Abend vor sich hatte, spürte er, wie seine Ungeduld wuchs. Er musste sich über viele Dinge Gedanken machen, und in den nächsten Tagen stand ihm einiges bevor. Der Himmel stürzte über ihm zusammen. In der kommenden Woche würden die Aktien seiner Firma ins Bodenlose fallen, sodass er alles würde verkaufen müssen, was er besaß. In fünf Jahren von Null auf Null, sagte er sich wütend.

Und diesen Albtraum hatte er nur Emily Graham zu verdanken. Sie hatte den Trend, Aktien seiner Firma abzustoßen, ins Rollen gebracht. Obwohl sie keinen Penny in sein Unternehmen investiert hatte, hatte sie dank seines Genies zehn Million Dollar verdient. Außerdem hatte sie seine Annäherungsversuche mit einem spöttischen Lächeln abgetan. Und nun war sie für den Rest ihres Lebens abgesichert.

Er spürte, dass es ihm bald nicht mehr genügen würde, ihr Angst einzujagen.

Er würde gezwungen sein, weitere Maßnahmen zu ergreifen.

Samstag, 31. März

Achtundsiebzig

Spring Lake war von den Ereignissen der vergangenen zehn Tage tief erschüttert, und eine beklommene Stimmung hatte sich breit gemacht.

»Wie kann so etwas ausgerechnet hier passieren?«, fragten die Frühaufsteher einander, wenn sie sich in der Bäckerei trafen. »Heute ist der 31. März. Glauben Sie, dass heute etwas geschehen wird?«

Das Wetter trug nicht gerade zu einer Entspannung der Lage bei. Denn der letzte Märztag erwies sich als ebenso launisch wie der restliche Monat. Am Vortag war es noch warm und sonnig gewesen. Doch an diesem Samstag waren dicke, dunkle Wolken aufgezogen, und vom Meer wehte ein kalter, böiger Wind. Es erschien unmöglich, dass die Bäume in wenigen Wochen wieder grün sein und sich unter üppigem Laub biegen würden. Auch samtig grüne Rasenflächen und blühende Büsche, die sich um die Fundamente der jahrhundertealten Häuser rankten, wirkten wie eine ferne Zukunftsvision.

Nach einem angenehmen Abend mit Carrie Roberts verbrachte Emily eine unruhige Nacht und wurde von Träumen geplagt, die weniger beängstigend als traurig waren. Einmal hatte sie beim Aufwachen Tränen in den

Augen, konnte sich aber nicht erinnern, warum sie geweint hatte.

Frag nicht, für wen die Stunde schlägt;
sie schlägt für dich.

Wie komme ich bloß auf diesen Gedanken, fragte sie sich, während sie sich wieder zurücklehnte. Sie hatte noch keine Lust, den Tag zu beginnen. Es war erst sieben Uhr, und sie hoffte, noch ein wenig weiterschlafen zu können.

Aber das war nicht leicht, weil ihr so viele Gedanken durch den Kopf gingen. Außerdem hatte sie eine Vorahnung, dass sie dicht davor stand, die Verbindung zwischen Vergangenheit und Gegenwart aufzudecken und die beiden Mordserien miteinander zu verknüpfen. Sie hoffte, den entscheidenden Hinweis in einem von Julia Gordons Tagebüchern zu finden.

Die Handschrift war zwar sehr elegant, aber klein und blass und deshalb schwer lesbar. An vielen Stellen war die Tinte ausgeblichen. Emily musste sich passagenweise sehr anstrengen, um etwas entziffern zu können.

Während sie beim Abendessen gewesen war, hatte Detective Duggan angerufen und eine Nachricht hinterlassen: Heute Nachmittag würde die Vergrößerung der Gruppenaufnahme fertig sein. Emily war schon sehr neugierig darauf.

Wenn ich dieses Foto betrachte, wird es sein, als lernte ich endlich die Menschen kennen, von denen ich schon so viel gehört habe, dachte sie. Ich will mir ihre Gesichter ansehen.

Wegen des bewölkten Morgens war es dämmrig im Zimmer. Emily schloss die Augen.

Als sie wieder aufwachte, war es halb neun. Sie fühlte

sich nicht mehr so erschöpft und war sogar verhältnismäßig guter Dinge.

Allerdings hielt dieser Zustand nur eine Stunde lang an. Als die Post kam, war ein schmuckloser Umschlag dabei, auf dem in kindlichen Druckbuchstaben ihr Name stand.

Es schnürte Emily die Kehle zu. Diese Handschrift kannte sie von der Postkarte mit den gezeichneten Grabsteinen, die erst vor wenigen Tagen in der Post gewesen war.

Mit zitternden Fingern riss sie den Umschlag auf und nahm eine Postkarte heraus.

Trotz des Kuverts war auf der Karte noch einmal ihre Adresse vermerkt. Als Emily die Karte umdrehte, entdeckte sie eine Zeichnung von zwei Grabsteinen. Die Namen darauf lauteten Natalie Frieze und Ellen Swain. Die Steine befanden sich mitten in einem Wäldchen, unweit eines Hauses. Darunter war in Druckbuchstaben die Adresse Seaford Avenue 320 geschrieben.

Emilys Hände zitterten so sehr, dass sie sich zweimal verwählte, als sie Tommy Duggan anrief.

Neunundsiebzig

Am Samstagnachmittag ging Marty Browski ins Büro, um Ordnung auf seinem Schreibtisch zu schaffen. Er freute sich auf ein paar ungestörte Stunden, doch schon nach wenigen Minuten wurde ihm klar, dass er genauso gut hätte zu Hause bleiben können. Es gelang ihm einfach nicht, sich zu konzentrieren. Ständig musste er an einen ganz bestimmten Menschen denken: an Eric Bailey.

Den Finanzseiten der Morgenzeitungen war eindeutig zu entnehmen, dass Baileys Computerfirma wohl gezwungen sein würde, Konkurs anzumelden. Außerdem bereiteten die irreführenden Äußerungen des Firmengründers, was die Entwicklung neuer Produkte anging, dem Leiter der New Yorker Börse große Sorgen. In den Artikeln wurde sogar gemutmaßt, dass es zu einer Strafanzeige kommen könnte.

Bailey passt so gut zum Profil des Mannes, der Emily Graham verfolgte, als hätte er dafür Modell gestanden, dachte Browski. Noch einmal hatte er die Unterlagen der Mautstelle überprüft, doch nur erfahren, dass keiner von Eric Baileys Wagen Albany in südlicher Richtung verlassen hatte.

Kein weiteres Fahrzeug war auf ihn zugelassen. Und es war sehr unwahrscheinlich, dass Bailey ein Auto gemietet hatte, da man das anhand von Rechnungen und Verträgen hätte nachweisen können.

Aber was war mit einem Firmenwagen?

Dieser Gedanke kam Browski urplötzlich, als er die Idee zu arbeiten schon aufgeben und nach Hause fahren wollte.

Ich werde meine Jungs darauf ansetzen, beschloss er. Wenn sie was rauskriegen, können sie mich ja privat anrufen.

Und es gab noch eine weitere Möglichkeit: Baileys Sekretärin. Wie war noch mal ihr Name? Marty Browski blickte zur Decke, als erwarte er, dass eine Stimme vom Himmel ihm die Antwort gab.

Louise Cauldwell – auf einmal fiel es ihm wieder ein.

Sie stand im Telefonbuch. Ihr Anrufbeantworter lief. »Tut mir Leid, aber ich kann jetzt nicht ans Telefon kommen. Bitte hinterlassen Sie eine Nachricht. Sie werden zurückgerufen.«

Das heißt, dass sie auch zu Hause sein könnte, sagte sich Marty verärgert, während er seinen Namen und seine Privatnummer auf Band sprach. Wenn jemand weiß, ob Bailey Zugang zu weiteren Fahrzeugen hat, die nicht auf seinen Namen registriert sind, dann ist es sicher Ms. Cauldwell.

Achtzig

Zum dritten Mal innerhalb von zehn Tagen wurde ein Privatgrundstück in Spring Lake von der Polizei mit einem Absperrband versehen.

Das Gebäude, eines der ältesten in der Stadt, war früher ein Bauernhaus gewesen, und die schlichten Linien des frühen 19. Jahrhunderts waren erhalten geblieben.

Das weitläufige Anwesen bestand eigentlich aus zwei Grundstücken. Haus und Garten befanden sich links, während auf der rechten Seite ein naturbelassenes Wäldchen wuchs.

Dort, im Schatten eines Platanenhains, fand man, in eine dicke Plastikplane gewickelt, die Leiche von Natalie Frieze.

Für die Nachbarn hatten die darauf folgenden Ereignisse den Charakter eines Déjà-vu-Erlebnisses. Journalisten fuhren in großen, mit Antennen bestückten Transportern vor. Helikopter kreisten am Himmel. Die Anwohner hingegen standen ruhig und gesittet auf dem Gehweg und der abgesperrten Straße.

Nachdem Tommy Duggan und Pete Walsh Emilys telefonische Schreckensmeldung erhalten hatten, alarmierten sie sofort die Polizei von Spring Lake und erläuterten den

Kollegen den Inhalt der Postkarte. Noch ehe die Detectives Emilys Haus erreichten, erhielten sie die Bestätigung, dass es sich bei der Postkarte nicht um einen schlechten Scherz handelte.

Der Unterschied war nur, dass die Leiche diesmal nicht unter der Erde lag.

»Ich frage mich, warum er sie nicht vergraben hat«, meinte Pete Walsh bedrückt, während sie wieder einmal zusahen, wie die Spurensicherungsexperten ihrer grausigen Pflicht nachkamen, das Opfer und die Umgebung des Fundorts zu untersuchen und zu fotografieren.

Bevor Tommy antworten konnte, traf ein Streifenwagen ein. Ein bleicher, erschütterte Bob Frieze entstieg dem Fond, entdeckte Duggan und lief auf ihn zu. »Ist es Natalie?«, wollte er wissen. »Ist es meine Frau?«

Duggan nickte wortlos. Er hatte nicht vor, dem Mann, der möglicherweise der Täter war, auch nur einen Funken Mitgefühl zu zeigen.

Einige Meter entfernt kritzelte Reba Ashby, getarnt mit einer Sonnenbrille und einem ins Gesicht gezogenen Kopftuch, hastig in ihr Notizbuch. »Wiedergeborener Serienmörder schlägt zum dritten Mal zu.«

Ganz in der Nähe stand Lucy Yang, Reporterin beim New Yorker Fernsehsender *Chanel 7*, ein Mikrofon in der Hand, vor der Kamera. »Die unheimliche Wiederholung der Verbrechensserie aus dem späten 19. Jahrhundert hat ihr drittes und möglicherweise letztes Opfer gefordert«, sagte sie leise. »Die Leiche der vierunddreißigjährigen Natalie Frieze, Ehefrau des Restaurantbesitzers und ehemaligen Wall-Street-Managers Robert Frieze, wurde heute aufgefunden ...«

Duggan und Walsh folgten dem Leichenwagen, der Natalie ins gerichtsmedizinische Institut brachte.

»Sie ist seit sechsunddreißig bis vierzig Stunden tot«,

verkündete Dr. O'Brien. »Nach der Autopsie kann ich den Zeitpunkt genauer bestimmen. Todesursache ist offenbar dieselbe wie bei den anderen – sie wurde erdrosselt.«

Er sah Duggan an. »Werden Sie jetzt nach dem Skelett des Opfers vom 31. März 1896 graben lassen?«

Tommy nickte. »Das müssen wir. Wahrscheinlich werden wir es finden. Der Mörder hat es sich offenbar wirklich in den Kopf gesetzt, die Mordserie von damals zu wiederholen.«

»Warum, glauben Sie, hat er nicht bis zum 31. März gewartet?«, fragte der Leichenbeschauer. »Damit hätte er sich an das vorgegebene Schema gehalten.«

»Vermutlich war die Gelegenheit günstig, und er wollte sicher sein, dass sie ihm nicht entkommt. Schließlich wimmelt es zurzeit in der Stadt von Polizei. Ich vermute, es war ihm zu riskant, ein Grab auszuheben. Ihm kam es darauf an, dass sie heute, am 31. März, entdeckt wird«, erwiderte Tommy.

»Sie sollten noch einen Aspekt in Erwägung ziehen«, meinte der Leichenbeschauer. »Natalie Frieze wurde mit derselben Art Schnur erdrosselt wie Bernice Joyce. Das dritte Stück von dem Schal, mit dem Martha Lawrence und Carla Harper erwürgt wurden, fehlt noch.«

»Wenn das so ist«, entgegnete Tommy, »ist es offenbar noch nicht ausgestanden.«

Einundachtzig

Als Emily ans Telefon ging, war sie froh, Nick Todds Stimme zu hören.

»Ich weiß es aus dem Radio«, sagte er.

»Es ist so schrecklich«, meinte Emily. »Erst vor ein paar Tagen habe ich bei dem Mittagessen bei den Lawrences mit ihr an einem Tisch gesessen.«

»Wie war sie denn?«

»Unverschämt gut aussehend. Die Sorte Frau, die ihre Geschlechtsgenossinnen dazu bringt, einen Termin im Schönheitssalon zu vereinbaren.«

»Und wie war sie als *Mensch*?«, wollte er wissen.

»Offen gestanden, hätte ich sie mir nicht als Freundin ausgesucht. Sie war eindeutig eine Frau, die nur an ihren eigenen Vorteil dachte. Aber ich finde die Vorstellung entsetzlich, dass ich noch vor einer Woche neben ihr am Tisch saß und dass sie jetzt tot ist – ermordet!«

Nick merkte Emily an, wie erschüttert sie war. Eigentlich hatte er ins Kino gehen wollen. Danach war ein Abendessen in seinem kleinen italienischen Lieblingsrestaurant im Greenwich Village geplant.

»Haben Sie heute schon etwas vor?«, fragte er bemüht beiläufig.

»Nein, überhaupt nichts. Ich wollte die alten Tagebücher zu Ende lesen, die ich mir ausgeliehen habe. Und danach werde ich mich endgültig wieder dem 21. Jahrhundert zuwenden. Etwas sagt mir, dass es allmählich Zeit dafür wird.«

Später fragte sich Nick, warum er nicht vorgeschlagen hatte, zu ihr zu fahren und mit ihr zu Abend zu essen. Stattdessen hatte er mit ihr verabredet, sie am Sonntag um halb zwölf zum Brunch abzuholen.

Doch nachdem er aufgelegt hatte, stellte er fest, dass er zu unruhig war für einen Kinobesuch. Also aß er früh zu Abend, reservierte telefonisch ein Zimmer im Hotel Breakers, stieg um sieben Uhr ins Auto und fuhr nach Spring Lake.

Zweiundachtzig

Marty beendete gerade sein Abendessen, als das Telefon läutete. Louise Cauldwell, Eric Baileys Sekretärin, war nach Hause gekommen und hatte ihren Anrufbeantworter abgehört. Marty redete nicht lang um den heißen Brei herum. »Ms. Cauldwell, ich muss Sie etwas fragen: Fährt Eric Bailey Ihres Wissens nach noch einen anderen Wagen außer den beiden, die auf ihn zugelassen sind?«

»Nein, ich glaube nicht. Ich arbeite seit Gründung der Firma für ihn und habe ihn bis jetzt nur in seinem Cabrio und im Kleinbus gesehen. Jedes Jahr, wenn ein neues Modell auf den Markt kommt, tauscht er die alten Wagen aus.«

»Ich verstehe. Wissen Sie, ob Mr. Bailey geplant hat, an diesem Wochenende zu verreisen?«

»Ja, er wollte zum Skilaufen nach Vermont. Das tut er häufig.«

»Danke, Ms. Cauldwell.«

»Stimmt etwas nicht, Mr. Browski?«

»Ich hatte einen Verdacht, aber vermutlich irre ich mich.«

Marty ließ sich im Wohnzimmer nieder, um den Abend vor dem Fernseher zu verbringen. Doch nach einer knappen Stunde vor dem Bildschirm stellte er fest, dass er gar nicht bemerkte, welche Sendung gerade lief. Um neun Uhr sprang er auf und meinte zu Janey: »Mir ist eben etwas eingefallen.« Mit diesen Worten stürmte er zum Telefon.

Die Mautfirma bestätigte seine Vermutung: Keiner von Eric Baileys Wagen hatte heute eine Mautstelle passiert.

»Er muss ein drittes Auto haben«, murmelte Marty. »Anders kann es nicht sein.«

Bestimmt ist sie ausgegangen, dachte er, als er wieder Louise Cauldwells Nummer wählte. Schließlich ist es Samstagabend, und sie ist eine attraktive Frau.

Aber Louise Cauldwell nahm nach dem ersten Läuten ab.

»Ms. Cauldwell, könnte Eric Bailey möglicherweise einen Firmenwagen benutzen?«

Sie zögerte. »Ein Teil unseres Fuhrparks ist auf den Namen von Vorstandsmitgliedern geleast. Einige der Herren sind vor kurzem ausgeschieden.«

»Wo sind ihre Autos?«

»Einige stehen noch auf dem Parkplatz. Man kann diese Leasingverträge nämlich nicht vorzeitig kündigen. Also könnte Mr. Bailey einen der besagten Wagen benutzen. Allerdings wüsste ich nicht, warum er das tun sollte.«

»Kennen Sie die Namen der Herren, auf die die Fahrzeuge zugelassen sind? Es ist sehr wichtig.«

»Steckt Mr. Bailey in Schwierigkeiten? Ich meine, er stand in letzter Zeit unter großem Druck. Ich habe mir Sorgen um ihn gemacht.«

»Hat Ihnen etwas in seinem Verhalten Anlass dafür gegeben, Ms. Cauldwell?«, fragte Marty leise. »Bitte antworten Sie jetzt nicht, das sei vertraulich. Sie tun Mr. Bailey keinen Gefallen, wenn Sie nicht mit uns zusammenarbeiten.«

Eine kurze Pause entstand. »Die Firma geht Pleite, und

er steht kurz vor dem Nervenzusammenbruch«, erwiderte sie schließlich mit zitternder Stimme. »Als ich vorgestern in sein Büro kam, weinte er sogar.«

»Auf mich hat er gestern einen sehr gefassten Eindruck gemacht.«

»Er ist ein guter Schauspieler.«

»Haben Sie ihn je über Emily Graham sprechen hören?«

»Ja, erst gestern. Nachdem Sie fort waren, wirkte er sehr aufgebracht. Er sagte mir, er gebe Ms. Graham die Schuld am Bankrott der Firma. Nachdem sie ihre Anteile verkauft habe, hätten viele andere Aktionäre kalte Füße bekommen und wären ihrem Beispiel gefolgt.«

»Das stimmt nicht. Nach ihrem Verkauf ist die Aktie noch einmal um fünfzig Zähler gestiegen.«

»Ich fürchte, das hat er nicht bedacht.«

»Mr. Cauldwell, ich kann nicht bis Montag auf die Zulassungsnummer des Wagens warten, den er vielleicht fährt. Sie müssen mir helfen.«

Eine halbe Stunde später trafen sich Marty Browski und Louise Cauldwell im dunklen Büro von Baileys Computerfirma. Louise stellte die Alarmanlage ab. Dann gingen sie nach oben in die Buchhaltung. Kurz darauf hatte Louise die Zulassungsnummern der geleasten Wagen und die Namen der ehemaligen Mitarbeiter, auf die sie registriert waren, gefunden. Zwei der Autos standen auf dem Parkplatz. Marty überprüfte den dritten bei der Mautstelle: Er hatte um fünf Uhr nachmittags den Garden State Parkway benutzt und die Schnellstraße bei Ausfahrt 98 verlassen.

»Bailey ist in Spring Lake«, sagte Marty leise und wählte die Nummer der dortigen Polizei.

»Wir behalten ihr Haus im Auge«, versprach der Dienst habende Sergeant. »In der Stadt wimmelt es von Journalisten und von Schaulustigen, die mit dem Auto herumkurven. Aber wenn dieses Fahrzeug in der Stadt ist, werden wir es finden, das schwöre ich Ihnen.«

Dreiundachtzig

Emilys Freude, Marty Browskis Stimme zu hören, verwandelte sich in Entsetzen, als ihr der Grund seines Anrufs klar wurde.

»Das ist absolut unmöglich«, protestierte sie.

»Nein, ist es nicht, Emily«, erwiderte Marty mit Nachdruck. »Hören Sie, die Ortspolizei wird Ihr Haus überwachen.«

»Und wie soll das vonstatten gehen?«

»Die Beamten werden in fünfzehnminütigen Abständen bei Ihnen vorbeifahren. Wenn Eric anruft und sich mit Ihnen verabreden will, vertrösten sie ihn. Sagen Sie ihm, Sie hätten Kopfschmerzen und wollten früh ins Bett. Machen Sie ihm auf keinen Fall die Tür auf. Außerdem sollten Sie Ihre Alarmanlage auf ›direkt‹ einstellen. Die Polizei von Spring Lake sucht Bailey. Wir wissen, was für einen Wagen er fährt. Und jetzt überprüfen Sie die Türschlösser.«

»Sofort.« Nachdem Emily aufgelegt hatte, ging sie von Zimmer zu Zimmer und kontrollierte die Tür zur Veranda, die Vordertür und die Hintertür. Dann drückte sie auf die Knöpfe DIREKT und AN und sah zu, wie die Signallämpchen auf dem Schaltkasten von Grün auf ein flackerndes Rot umsprangen.

Eric, dachte sie. Mein Freund, Kumpel und kleiner Bruder. Als er am Montag hier war, um die Kameras zu installieren, hat er getan, als mache er sich große Sorgen um mich. Und dabei …

Betrug. Scheinheiligkeit. Und während er die Kameras einbaute, hat er mich insgeheim ausgelacht. Emily erinnerte sich an all die Nächte im vergangen Jahr, in denen sie beim Aufwachen sicher gewesen war, dass jemand im Haus herumschlich. Sie hielt sich all die Momente vor Augen, in denen sie sich kaum auf ihre Arbeit hatte konzentrieren können, und zwar wegen eines der Fotos, das Eric von ihr gemacht und ihr dann unter der Tür durchgeschoben oder hinter den Scheibenwischer gesteckt hatte.

»Dieser Spinner gehört vor Gericht«, sagte sie laut, ohne zu wissen, dass Eric, der sechs Häuserblocks entfernt in seinem Transporter saß, sie auf einem Fernsehbildschirm beobachtete.

Vierundachtzig

»Nur, dass du es nicht mehr erleben wirst, wie sie mir den Prozess machen«, erwiderte Eric.

Die Erkenntnis, dass er enttarnt worden war, hatte Eric getroffen wie ein Blitzschlag. Er hatte belauscht, wie Marty Browski Emily Graham anrief, um ihr mitzuteilen, dass er, Eric, der Verfolger war. Dabei war ich so vorsichtig, dachte er mit einem Blick auf den Karton, der den Damenmantel, das Kleid und die Perücke enthielt. Er hatte die Sachen am Samstag in der St. Catherine Kirche getragen und erinnerte sich an all die Verkleidungen, mit deren Hilfe er sich schon früher unbemerkt an Emily angeschlichen hatte.

Und jetzt fahndete die Polizei nach ihm und würde ihn zweifellos bald verhaften. Er würde ins Gefängnis kommen. Seine Firma würde Pleite gehen. Die Menschen, die ihn in den Himmel gelobt hatten, würden ihn nun zerfleischen.

Wieder wandte er sich dem Bildschirm zu und beugte sich vor. Seine Augen waren plötzlich geweitet, und er wurde von Aufregung ergriffen.

Emily war ins Esszimmer zurückgekehrt. Sie hockte auf den Knien und wühlte in einem Bücherkarton. Offenbar suchte sie etwas Bestimmtes.

Auf dem geteilten Bildschirm konnte Eric erkennen, dass sich der Knauf der Tür bewegte, die vom Arbeitszimmer auf die Veranda führte. Ich weiß, dass sie die Alarmanlage eingeschaltet hat, dachte er. *Offenbar hat jemand daran herumgespielt.*

Eine Gestalt, mit einer Skimaske und einem dunklen Jogginganzug vermummt, betrat das Arbeitszimmer. Rasch und lautlos duckte sich der Eindringling hinter den Clubsessel, in dem Emily zu sitzen pflegte, und ging dort in die Hocke. Beobachtet von Eric, nahm der Maskierte ein Stück Stoff aus der Tasche, packte es mit beiden Händen und straffte es, als wolle er es testen.

Ein Buch in der Hand, kam Emily wieder ins Arbeitszimmer, ließ sich im Clubsessel nieder und begann zu lesen.

Der Eindringling rührte sich nicht von der Stelle.

»Er *kostet es aus*«, flüsterte Eric. »Er will sich Zeit lassen. Ich verstehe, ich verstehe.«

Fünfundachtzig

Um halb neun am Samstagabend waren Tommy Duggan und Pete Walsh noch immer im Büro. Bob Frieze hatte sich standhaft geweigert, ihre Fragen zu beantworten und zu erklären, wo er sich am Donnerstagnachmittag und -abend aufgehalten hatte. Inzwischen behauptete er, Schmerzen in der Brust zu haben, und war deshalb zur Beobachtung ins Monmouth Hospital gebracht worden.

»Er schindet Zeit, bis ihm eine Geschichte eingefallen ist, mit der er vor Gericht durchkommt«, meinte Tommy zu Pete. »Es gibt verschiedene Möglichkeiten. Erstens, Frieze ist der Serienmörder und hat Martha Lawrence, Carla Harper, Dr. Madden, Mrs. Joyce und seine Frau Natalie auf dem Gewissen. Zweitens, er hat vielleicht seine Frau getötet, aber nicht die anderen Opfer. Und drittens – er könnte natürlich auch unschuldig sein.«

»Es bereitet Ihnen Kopfzerbrechen, dass das dritte Stück des Schals noch fehlt«, stellte Pete fest.

»Darauf können Sie Gift nehmen. Irgendwie habe ich das Gefühl, der Mord an Natalie Frieze war nur ein Trick, um uns glauben zu machen, dass die Mordserie nun vorbei ist.«

»Selbstverständlich könnte Natalie auch während eines Ehestreits zu Tode gekommen sein. Danach wurde dann der Eindruck erweckt, sie sei ebenfalls Opfer des Serienmörders. Das würde auf Bob Frieze als Verdächtigen hindeuten, in dem Fall besteht aber kein Zusammenhang mit den Serienmorden.«

»Und das wiederum heißt, dass möglicherweise eine andere junge Frau heute Nacht in Spring Lake stirbt. Aber wer? Ich habe mich gerade erkundigt: Niemand wurde als vermisst gemeldet. Machen wir Schluss für heute. Es ist schon spät, und wir können sowieso nichts mehr unternehmen.«

»Tja, einen Erfolg können wir wenigstens verbuchen: Während wir am Tatort waren, rief Willcox an und erlaubte unseren Leuten, ihn zu verkabeln. Jetzt haben wir auf Band, wie Gina Fielding versucht, Geld von ihm zu erpressen.«

»Und übermorgen wird der *National Daily* sein schmutziges Geheimnis in die Welt hinausposaunen. Ich glaube immer noch, dass er uns zuvorkommen wollte, indem er sich einverstanden erklärte, sie zu belasten. Er ist mir seitdem zwar um einiges sympathischer, aber ich traue ihm trotzdem nicht. Was mich betrifft, halte ich ihn immer noch für höchst verdächtig.«

Sie wollten gerade gehen, als Pete sagte: »Moment mal.« Er zeigte auf den Umschlag auf Tommys Schreibtisch. »Wir haben Emily Graham das vergrößerte Foto noch nicht vorbeigebracht, obwohl wir es ihr versprochen hatten.«

»Nehmen Sie es mit und bringen Sie es ihr morgen.«

Als Pete nach dem Umschlag griff, läutete das Telefon. Die Polizei von Spring Lake meldete, der Mann, der Emily Graham verfolgte, sei identifiziert und hielte sich offenbar irgendwo in der Stadt auf.

Als Tommy das hörte, meinte er: »Wenn ich es mir genauer überlege, sollten wir ihr das Foto noch heute Abend bringen.«

Sechsundachtzig

Emily hatte ihr Handy in der Tasche. Seit am letzten Sonntag das Foto von ihr in der Kirche unter der Tür durchgeschoben worden war, hatte sie es ständig bei sich getragen. Nun holte sie es heraus und betete, dass ihre Großmutter nicht früh zu Bett gegangen war und das Telefon abgeschaltet hatte. Emily hatte Julia Gordon Lawrences letztes Tagebuch gelesen, und nun hatte sie eine Frage, die ihre Großmutter hoffentlich beantworten konnte.

In einem der Tagebücher hieß es, Richard Carters zweite Frau habe im Jahr 1900 ein Mädchen zur Welt gebracht. Ein Eintrag aus dem Jahr 1911 erstaunte Emily in diesem Zusammenhang, denn Julia schrieb:

Ich habe von Lavinia gehört. Sie teilt mir mit, sie sei sehr glücklich, wieder zu Hause in Denver zu sein. Nach einem Jahr habe ihre kleine Tochter den Tod ihres Vaters einigermaßen verkraftet und gedeihe sehr gut. Lavinia gesteht, sie sei ausgesprochen erleichtert. Offen gesagt, war sie überraschend ehrlich, als sie zur Feder griff. Sie schreibt, Douglas sei im Grunde seines Herzens ein eiskalter Mann gewesen, sodass sie sich zuweilen regelrecht vor ihm gefürchtet habe. Sie empfinde es als Segen, durch seinen Tod von dieser Ehe erlöst zu sein, damit ihr Kind nun in einer freundlicheren, wärmeren Atmosphäre aufwachsen könne.

Emily legte das Tagebuch weg und klappte das Handy auf. Ihre Großmutter meldete sich mit einem knappen »Hallo«, ein sicheres Zeichen dafür, dass sie gerade vor dem Fernseher saß und nicht sehr begeistert war, ausgerechnet jetzt angerufen zu werden.

»Oma«, sagte Emily. »Ich muss dir etwas vorlesen, weil es einfach keinen Sinn ergibt.«

»Gut, mein Kind.«

Emily erklärte ihr den Eintrag und las ihn ihr vor. »Warum nennt sie ihn Douglas, obwohl er Richard hieß?«

»Oh, das kann ich dir sagen. Sein Name war Douglas Richard, doch damals wurde ein Mann häufig mit seinem zweiten Vornamen angesprochen, wenn er so hieß wie sein Vater. Madelines Verlobter war dann der dritte Douglas Richard in der Reihe. Soweit ich weiß, war sein Vater, Douglas Richard II., ein sehr gut aussehender Mann.«

»Ein gut aussehender Mann mit einer kranken Frau, die die Besitzerin des Vermögens war. Oma, du warst mir eine große Hilfe. Schau dir weiter deinen Film an, ich melde mich morgen.«

Emily schaltete das Telefon aus. »Also war nicht der junge Douglas der Mörder«, sagte sie. »Und auch nicht sein Cousin Alan Carter. Es war sein *Vater*, und nach seinem Tod zogen seine Frau und seine Tochter nach Denver.«

Denver! Auf einmal fiel es ihr wie Schuppen von den Augen.

»Will Stafford wuchs in Denver auf. Seine Mutter lebte in Denver!«, rief sie aus.

Plötzlich spürte Emily, dass jemand hinter ihr stand. Sie erstarrte vor Schreck, als ihr eine Stimme ins Ohr flüsterte.

»Das ist richtig, Emily«, meinte Will Stafford. »Ich bin wirklich in Denver aufgewachsen.«

Bevor Emily sich bewegen konnte, wurden ihr die Arme seitlich am Körper festgehalten. Als sie versuchte, sich zu befreien, wurde sie rasch mit einem um die Brust geschlungenen Seil an die Lehne des Sessels gefesselt.

Blitzschnell sank Stafford vor ihr auf die Knie und fesselte ihr auch Füße und Beine.

Emily unterdrückte einen Schrei, denn ihr war klar, dass es zwecklos war, um Hilfe zu rufen. Außerdem hätte ihn das auf den Gedanken bringen können, ihr den Mund zu verkleben. Tu etwas, damit er mit dir spricht, riet ihr ihre innere Stimme. Lass ihn immer weiter reden. Schließlich überwacht die Polizei das Haus. Vielleicht läuten die Beamten ja an der Tür. Und wenn ihnen niemand öffnet, werden sie sie aufbrechen.

Stafford erhob sich. Er nahm die Skimaske ab, zog den Reißverschluss seiner Jacke auf und schlüpfte aus der weiten Hose.

Darunter trug Will Stafford ein altmodisches Hemd mit Stehkragen und eine schmale Krawatte. Das breite Revers des dunkelblauen Sakkos aus der Jahrhundertwende hob sich von dem steif gestärkten weißen Stoff ab. Sein Haar war zu einem für ihn untypischen Seitenscheitel gekämmt und lag glatt an. Außerdem war es ein wenig dunkler als gewöhnlich. Dasselbe galt für seine Augenbrauen.

Dann stellte Emily erstaunt fest, dass er sich einen dünnen Schnurrbart auf die Oberlippe gemalt hatte.

»Darf ich mich vorstellen, Ms. Graham?«, fragte er und verbeugte sich förmlich. »Ich bin Douglas Richard Carter.«

Ganz ruhig, ermahnte sich Emily. Wenn du in Panik gerätst, ist es aus mit dir. Je länger du am Leben bleibst, desto höher sind deine Chancen, dass die Polizei kommt, um nach dir zu sehen.

»Ich bin sehr erfreut, Sie kennen zu lernen«, erwiderte sie. Es kostete sie große Mühe, sich ihre Todesangst nicht anmerken zu lassen. Ihre Lippen waren so trocken, dass sie die Worte kaum herausbrachte.

»Gewiss sind Sie sich darüber im Klaren, dass Sie sterben müssen. Ellen Swain wartet schon darauf, dass Sie sich zur ihr ins Grab gesellen.«

Auch seine Stimme hat sich verändert, dachte Emily. Seine Aussprache ist viel deutlicher und knapper. Fast, als hätte er einen leichten britischen Akzent. *Verhandle mit ihm*, befahl sie sich verzweifelt.

»Natalie Frieze ist doch schon bei Ellen«, stieß sie hervor. »Der Kreis hat sich geschlossen.«

»Natalie war nicht dafür vorgesehen, sich Ellen anzuschließen«, entgegnete er ungeduldig. »Sie waren es. Ellen liegt in der Nähe des Sees. Die Zeichnung, die ich Ihnen geschickt habe und auf der Natalies Grabstein neben Ellens steht, war als Täuschungsmanöver gedacht. Die beiden gehören nicht zusammen. Aber Sie werden bald neben Ellen ruhen.«

Er beugte sich hinunter und liebkoste Emilys Wangen. »Sie erinnern mich an Madeline«, flüsterte er. »Sie sind so schön, jung und lebendig. Begreifen Sie, wie es für mich war, über die Straße zu blicken, meinen Sohn bei Ihnen zu sehen und zu wissen, dass ich dazu verdammt war, den Rest meines Lebens mit einer Kranken zu verbringen? Mit einer Frau, deren Schönheit verblüht war und für die ich mich nur noch wegen ihres Vermögens interessierte?«

»Sie haben Ihren Sohn doch sicher geliebt und wollten, dass er glücklich wird.«

»Aber ich konnte es nicht zulassen, dass ein hübsches Mädchen wie Madeline in seinen Armen liegt, während ich mich mit der Bettkante einer engstirnigen Dauerpatientin begnügen musste.«

Das Blaulicht eines vorbeifahrenden Streifenwagens blitzte durchs Fenster. »Die Polizei in Spring Lake tut alles für unsere Sicherheit«, sagte Will Stafford, griff in die Tasche und holte ein silbriges, mit Metallperlen besetztes Stück Stoff heraus. »Und da sie dieses Haus gerade eben überprüft hat, bleiben uns ein paar Minuten. Haben Sie vielleicht noch Fragen an mich?«

Siebenundachtzig

Der Streifenwagen der Polizei von Spring Lake fuhr die Ocean Avenue entlang. »Da ist er!«, verkündete Officer Reap und wies auf einen dunkelblauen Transporter, der in einer der Parklücken an der Strandpromenade stand.

Die Polisten hielten neben dem Fahrzeug und klopften an die Windschutzscheibe. »Aus dem Heckfenster kommt Licht«, stellte Phil fest und klopfte erneut, diesmal ein wenig fester.

»Aufmachen, Polizei!«, rief er.

Eric, der im Wagen saß und gebannt den Bildschirm beobachtete, hatte nicht die geringste Lust, sich bei dieser Beschäftigung stören lassen. Der Schlüssel zum Transporter befand sich in seiner Tasche. Er holte ihn heraus und drückte den Knopf der Fernbedienung, der die Türen entriegelte.

»Kommen Sie rein«, sagte er. »Ich bin hier, und ich habe Sie erwartet. Aber zuerst möchte ich mir das hier zu Ende ansehen.«

Als Reap und sein Partner die Tür aufschoben, fiel ihr Blick sofort auf den Bildschirm. Für wen hält sich dieser Kerl eigentlich? Spinnt der?, dachte Reap, während er den Bildschirm betrachtete. Zunächst glaubte er, dass dort ein Horrorfilm lief.

»Er wird sie töten«, meinte Eric. »Seien Sie still, er spricht mit ihr. Hören Sie, was er ihr zu sagen hat.«

Eine Weile standen die beiden Polizisten wie erstarrt da. Als ihnen dämmerte, was da vor ihren Augen geschah, waren sie wie gelähmt vor Schreck. Eine ruhige Stimme drang durch den Lautsprecher.

»In meiner momentanen Inkarnation hatte ich eigentlich nur geplant, die Geschehnisse der Vergangenheit zu wiederholen«, erklärte Will Stafford. »Aber es sollte nicht sein. Ich hielt Bernice Joyce für eine Bedrohung, die ich aus dem Weg räumen musste. Ihre letzten Worte bei meinem Anblick lauteten, sie habe sich geirrt. Sie hatte geglaubt, jemand anderen beim Diebstahl des Schals beobachtet zu haben. Ein Jammer. Sie ist ganz umsonst gestorben.«

»Warum Natalie?«, fragte Emily, um Zeit zu gewinnen.

»Das mit Natalie tut mir Leid. Während der Party bei den Lawrences war sie hinaus auf die Veranda gegangen, um sich eine letzte Zigarette zu gönnen, bevor sie endgültig mit dem Rauchen aufhörte. Von diesem Standort aus hat sie möglicherweise beobachtet, wie ich den Schal zum Auto brachte. Als sie bei unserem Mittagessen am vergangenen Mittwoch wieder zu rauchen anfing, spürte ich, dass ihre Erinnerung zurückkehrte. Sie war eine Gefahr für mich geworden, und ich konnte ihr nicht erlauben weiterzuleben. Aber keine Sorge, ihr Tod war schnell und gnädig. Darauf habe ich immer geachtet. Auch bei Ihnen wird es so sein Emily, das verspreche ich Ihnen.«

Officer Reap begriff entsetzt, dass er gleich Zeuge eines Mordes werden würde.

»... als ich vierzehn war, kamen meine Mutter und ich zum ersten Mal alleine nach Spring Lake. Für sie war es eine Reise in die Vergangenheit. Sie hatte nie aufgehört, meinen Vater zu lieben. Wir gingen an dem Haus vorbei, wo ihre Mutter, meine Großmutter, geboren worden war.«

»Gütiger Himmel, das sind ja Will Stafford und Emily Graham!«, rief Reap aus. »Ich war am letzten Sonntag bei ihr, nachdem sie das Foto vom Gedenkgottesdienst erhalten hatte. Du bleibst hier bei ihm!«, rief er seinem Kollegen zu, sprang aus dem Transporter und rannte los.

»… die Frau, die im Haus meines Urgroßvaters lebte, bat uns herein. Mir wurde langweilig, und ich fing an, mich im Obergeschoss der Remise umzusehen. Dabei bin ich auf sein altes Tagebuch gestoßen. Es war mir bestimmt, es zu finden, denn ich bin Douglas Richard Carter und nach Spring Lake zurückgekehrt.«

»Lass es nicht zu spät sein«, flehte Phil Reap, als er den Streifenwagen erreichte. Während er in Richtung Hayes Avneue 100 raste, forderte er über Funk Verstärkung an.

Achtundachtzig

Um sich selbst zu beruhigen, beschloss Nick Todd, an Emilys Haus vorbeizufahren und sich zu vergewissern, dass alles in Ordnung war. Gerade näherte er sich dem Gebäude, als ein Polizeifahrzeug aus der entgegengesetzten Richtung auf ihn zuschoss und in die Auffahrt einbog.

Erschrocken parkte Nick hinter dem Streifenwagen und stieg rasch aus. »Ist Emily etwas zugestoßen?«, fragte er. Bitte, lieber Gott, bitte lass nicht zu, dass ihr etwas passiert, schickte er ein Stoßgebet zum Himmel.

»Hoffentlich nicht«, entgegnete Officer Reap knapp.

Bestimmt fährt die Polizei bald wieder vorbei, sagte sich Emily. Aber wenn niemand gesehen hat, wie Stafford ins Haus eingedrungen ist, nützt das auch nichts, fiel ihr dann ein. Er hat es geschafft, Martha, Carla, Natalie, Mrs. Joyce und vermutlich noch andere zu ermorden, ohne dass ihm jemand auf die Schliche gekommen wäre. Ich bin die nächste. Oh, mein Gott, *ich will weiterleben*!

»Erzählen Sie mir von den Tagebüchern«, meinte sie. »Sie haben doch sicher alles genau aufgezeichnet. Bestimmt haben Sie sämtliche Ereignisse detailgetreu aufgeschrieben. Ihre damaligen Gefühle und auch, wie die Familien der Mädchen reagiert haben.«

»Genau.« Offenbar freute er sich über ihr Verständnis. »Emily, Sie sind sehr intelligent für eine Frau. Doch ihr Verstand wird vom natürlichen Feind jedes weiblichen Wesens behindert, und das ist ihr weiches Herz. Das Mitgefühl stand Ihnen in den Augen, als Sie meiner Geschichte lauschten, ich hätte für einen Freund, der einen Unfall verursacht hatte, die Schuld auf mich genommen. Dieses Märchen habe ich Ihnen aufgetischt, weil meine Empfangssekretärin mir gestanden hatte, sie habe sich gegenüber dieser Klatschreporterin verplappert. Ich befürchtete, Sie könnten argwöhnisch werden, wenn in der Zeitung etwas über mich erscheint.«

»Ganz gleich, was Sie angestellt haben, die Jugendstrafakte steht unter Verschluss.«

»Ich bin dem Beispiel meines Urgroßvaters gefolgt und habe eine junge Frau überwältigt. Doch bevor ich mein Werk vollenden konnte, wurden ihre Schreie gehört. Ich verbrachte drei Jahre in einer Jugendstrafanstalt, nicht nur eines, wie ich Ihnen weisgemacht habe.

Es ist Zeit, Emily – Zeit, dass Sie sich zur reizenden Madeline gesellen und endlich Ihre letzte Ruhe neben Ellen finden.«

Emily starrte auf die Stofffetzen in seiner Hand. Es macht ihm Spaß, dachte sie. Stell ihm weiter Fragen. Offenbar prahlt er gern.

»Wird es vorbei sein, wenn ich bei Ellen bin?«, wollte sie wissen.

Inzwischen stand er hinter ihr und wickelte ihr vorsichtig die Überreste des Schals um den Hals.

»Ich wünschte, es wäre so, aber leider muss ich noch etwas erledigen. Bedauerlicherweise konnte Dr. Maddens Sekretärin an dem Abend, als ich die Psychologin aufsuchte, einen Blick auf mich erhaschen. Vielleicht erinnert sie sich irgendwann an mich. Wie Bernice Joyce und Natalie Frieze bedeutet sie ein untragbares Risiko.«

Er beugte sich vor und streifte mit den Lippen ihre Wange. »Während ich Madeline mit der Schärpe erwürgte, habe ich sie geküsst«, flüsterte er.

Als Tommy Duggan und Pete Walsh Emilys Haus erreichten, sahen sie gerade noch, wie Officer Reap, gefolgt von einem anderen Mann, die Stufen zur Veranda hinaufeilte.

Rasch berichtete Reap, was er auf dem Bildschirm in Baileys Transporter beobachtet hatte.

»Vergessen Sie die Vordertür. Nehmen Sie eine der Verandatüren rechts!«, rief Duggan. Er und Walsh liefen nach links. Nick heftete sich an ihre Fersen. Als die drei Männer vor der Tür zum Arbeitszimmer standen und durchs Fenster spähten, sahen sie, wie der Schal um Emilys Hals zusammengezogen wurde.

Tommy wusste, dass es in ein paar Sekunden zu spät sein würde. Deshalb zückte er die Pistole, zielte und schoss durch die Scheibe.

Der Aufprall der Kugel ließ Will Stafford zurücktaumeln. Er sank zu Boden. Die Überreste des Schals, mit dem er das Leben von Martha Lawrence und Carla Harper ausgelöscht hatte, hielt er immer noch umklammert.

Sonntag, 1. April

Neunundachtzig

Am Sonntagmorgen saßen Tommy Duggan und Pete Walsh mit Emily und Nick an einem ruhigen Ecktisch im Frühstücksraum des Hotel Breakers.

»Wir haben uns einen Durchsuchungsbefehl für Staffords Haus besorgt und dort die Tagebücher von Douglas Carter sowie das von Stafford gefunden«, sagte Tommy Duggan.

»Sie hatten Recht, Emily«, fuhr er fort. »Es existieren genaue Aufzeichnungen über die Verbrechen seines Urgroßvaters. Außerdem hat Stafford selbst auch Tagebuch geführt. Er schildert die Einzelheiten ebenso frei von jedem Mitgefühl wie sein Urgroßvater.

Ich bin die ganze Nacht aufgeblieben und habe die Tagebücher gelesen. Es ist genauso passiert, wie Sie vermutet haben. Douglas Carters Frau war wegen des Laudanums bewusstlos. Vielleicht hat er ihr ja auch eine höhere Dosis verabreicht. In seinem Tagebuch schreibt er, er habe Madeline hinüber in sein Haus gerufen, und zwar unter dem Vorwand, seine Frau habe einen Anfall erlitten. Als er die Arme um sie legte und sie küssen wollte, wehrte sie sich, und er wusste, dass sein Ruf ruiniert sein würde, wenn sie redete.«

»Ich kann mir kaum vorstellen, dass Will Staffords Urgroßvater all diese Verbrechen begangen haben soll«, meinte Emily. Es war, als würde man von Fingern aus dem Grab berührt. Ich habe immer noch große Angst, dachte sie. Werde ich mich je wieder sicher fühlen?

»Douglas Carter war fast fünfzig Jahre alt, als seine zweite Frau Lavinia im Jahr 1900 ein Mädchen zur Welt brachte«, sprach Duggan weiter. »Sie nannten sie Margaret. Nach Douglas' Tod im Jahr 1910 zogen Lavinia und Margaret zurück nach Denver. Margaret heiratete 1935. Ihre Tochter Margo war Will Staffords Mutter.«

»Er hat mir erzählt, er sei zufällig auf das Tagebuch gestoßen, als er und seine Mutter Spring Lake besuchten und sich das Haus ansahen, wo seine Urgroßeltern gewohnt hatten«, sagte Emily.

»Ja, er hat auf dem Speicher über der Remise herumgekramt und dort das Tagebuch seines Urgroßvaters gefunden«, bestätigte Duggan.

»Ich habe den Eindruck«, meinte Nick, »dass schon damals etwas nicht mit ihm gestimmt haben kann. Ein normales Kind wäre doch furchtbar erschrocken und hätte das Tagebuch einem Erwachsenen gezeigt.«

Während Emily diesem Gespräch lauschte, fühlte sie sich immer noch wie in einer Traumwelt. Offenbar war Will an dem Tag, als er sie zum Abendessen eingeladen hatte, früher gekommen, um den Sensor der Alarmanlage an der Tür zum Arbeitszimmer zu entfernen. Den Schlüssel hatte er sicher von dem Ring genommen, den ihm die Kiernans vor der Vertragsunterzeichnung gegeben hatten.

Nachdem Staffords Leiche am vergangenen Abend abtransportiert worden war und die Spurensicherung die mühsame Suche nach Indizien abgeschlossen hatte, hatte Nick Emily aufgefordert, eine Reisetasche zu packen. Dann war er mit ihr zum Hotel Breakers gefahren, wo er wohnte.

»Schon wieder ist mein Zuhause Schauplatz eines Verbrechens«, meinte sie zu ihm.

»Aber zum letzten Mal«, versicherte er ihr. »Jetzt ist alles vorbei.«

Doch selbst im sicheren Hotel war Emily um drei Uhr verängstigt aus dem Schlaf geschreckt, weil sie überzeugt war, draußen auf dem Flur Schritte gehört zu haben. Aber als sie an Nick dachte, der das Nebenzimmer bewohnte, hörte sie auf zu zittern und beruhigte sich so weit, dass sie wieder einschlafen konnte.

»Hat Douglas Richard Carter seinen Sohn umgebracht?«, fragte Emily nun.

»In dieser Hinsicht drückt sich sein Tagebuch nicht klar aus«, erwiderte Duggan. »Er schreibt, Douglas habe eine Waffe gehabt und ihn damit angegriffen. Dabei sei die Waffe losgegangen. Anschließend habe er einen Selbstmord vorgetäuscht. Es würde mich nicht wundern, wenn Douglas seinem Vater auf die Schliche gekommen wäre und ihn zur Rede gestellt hätte. Vielleicht konnte nicht einmal dieser kaltblütige Mörder der Tatsache ins Auge sehen, dass er seinen einzigen Sohn getötet hatte. Wer weiß?«

»Was ist mit Letitia und Ellen?« Emily musste erfahren, was mit ihnen geschehen war, um die Angelegenheit endlich für sich abschließen zu können.

»Letitia war auf dem Weg zum Strand«, erwiderte Pete Walsh. »Sie hatte Mrs. Carter einen Strauß Blumen aus ihrem Garten gebracht. Mr. Carter war zufällig zu Hause. Wieder wurden seine Avancen zurückgewiesen, und wieder tötete er eine junge Frau.«

Tommy Duggan schüttelte den Kopf. »Das Tagebuch

ist eine ziemlich grausige Lektüre. Ellen Swain besuchte Mrs. Carter und begann Fragen über das Verschwinden ihrer beiden Freundinnen zu stellen. Sie hat das Haus nicht lebend verlassen. Doch dank des verwirrten Zustandes seiner Frau fiel es Carter leicht, sie davon zu überzeugen, sie habe Ellen fortgehen sehen.«

Duggan runzelte die Stirn. »Er hat genau beschrieben, wo er Ellen begraben hat. Wir werden ihre Leiche finden und sie im Familiengrab beisetzen. Sie starb, weil sie wissen wollte, was ihrer Freundin Letitia zugestoßen war. Deshalb ist es besonders passend, dass die beiden Familiengräber auf dem Friedhof nebeneinander liegen.«

»Ich hätte bei Ellen begraben werden sollen«, sagte Emily. »Das hatte er mit mir vor.«

Sie spürte, wie Nick Todd ihr den Arm um die Schulter legte. Heute Morgen hatte er, eine Tasse Kaffee in der Hand, an ihre Zimmertür geklopft. »Ich bin Frühaufsteher«, erklärte er. »Das gehört zu den Dingen, die ihnen im Büro fehlen werden, sofern ich den Job kriege, auf den ich es abgesehen habe. Ich habe meinen Vater eingeladen, mit mir in der Kantine der Staatsanwaltschaft zu Mittag zu essen. Sie können auch kommen. Oder noch besser: Sie kommen ohne ihn.«

Ich werde da sein, dachte sie. Das steht fest.

Pete Walsh hatte gerade eine doppelte Portion Rührei mit Würstchen und Speck verschlungen. »Ihr Arbeitszimmer wird gerade sauber gemacht, Emily. Ich glaube, von jetzt an, wird es in ihrem Zuhause friedlicher sein.«

Tommy Duggans Frühstück hatte aus Orangensaft, schwarzem Kaffee und einer Banane bestanden. »Ich muss los«, meinte er nun. »Meine Frau Suzie hat große Pläne mit mir. Sie droht mir schon seit längerem damit, dass ich am ersten warmen Wochenende die Garage in Ordnung bringen muss. Heute ist es so weit.«

»Bevor Sie gehen«, hielt Emily ihn rasch zurück. »Was ist mit Dr. Wilcox und Bob Frieze?«

»Ich glaube, Dr. Wilcox ist ziemlich erleichtert. Nun ist es auf dem Tisch, dass er vor vielen Jahren ein Verhältnis mit einer Studentin hatte. Ihr Foto ist heute in allen Zeitungen. Obwohl es unverzeihlich war, dass er sich als Rektor eines Colleges mit einer Studentin eingelassen hat, würde ihm beim Anblick dieses Fotos niemand Missbrauch eines unschuldigen jungen Mädchens unterstellen.«

»Und wie hat seine Frau reagiert?«

»Vermutlich wird diese öffentliche Demütigung das Ende ihrer Ehe bedeuten. Sie wusste genau, warum er so plötzlich als Rektor des College zurückgetreten ist. Er hatte keine Möglichkeit, es ihr zu verheimlichen, und wahrscheinlich hat sie es ihm immer wieder unter die Nase gerieben. Offen gestanden ist er, wie ich denke, froh darüber, wie sich die Dinge entwickelt haben. Er sagte mir, er sei mit seinem Roman sehr zufrieden. Wer weiß? Vielleicht macht der Mann noch eine zweite Karriere.«

Tommy schob seinen Stuhl zurück. »Was Frieze angeht, kann er sich bei Natalie dafür bedanken, dass er nicht mehr verdächtigt wird. Sie hat ihm ein Stück Papier gegeben, das sie in seiner Tasche gefunden hatte. Auf dem Zettel stehen eine Telefonnummer, der Name Peggy und die Aufforderung, sie anzurufen. Unsere Jungs haben das überprüft. Frieze war Stammgast in einer Bar in Morristown. Er behauptet, sich an nichts zu erinnern, aber offenbar hat er während dieser Gedächtnislücken nichts anbrennen lassen. Peggy ist wirklich niedlich. Und ihre Aussage und Will Staffords Tagebücher sprechen Frieze von jeglichem Verdacht frei.«

Tommy Duggan stand auf. »Da wäre noch etwas. Stafford hat Martha angesprochen, als sie die Strandpromenade verließ. Er hielt mit dem Wagen neben ihr, gab vor, Schmerzen in der Brust zu haben, und bat sie, ihn nach Hause zu fahren. Da sie ihn kannte, fiel sie natürlich darauf herein. Carla hat er in sein Auto gezerrt, als sie gerade das Hotel Warren verließ und zu ihrem Fahrzeug ging. Später ist er zurückgekommen, um ihr Auto zu holen. Ein reizendes Früchtchen, was?« Er wandte sich zum Gehen. »Essen Sie ruhig weiter. Wir müssen los.«

Nachdem die beiden Polizisten fort waren, saß Emily eine Weile schweigend da. »Nick, Tom Duggan ist gestern eigentlich nur gekommen, um mir die Vergrößerung eines Fotos zu bringen. Heute Morgen habe ich es mir angesehen.«

»Und was hast du festgestellt?«

»Das Polizeilabor hat seine Arbeit sehr gut gemacht. Die Gesichter sind nun deutlich zu erkennen, und ich kann sie den Namen zuordnen, die auf der Rückseite des Originals stehen. Madeline, Letitia, Ellen, Phyllis und Julia. Und die Männer. George und Edgar, Douglas, Henry und sogar Douglas Carter senior oder Will Stafford, wie wir ihn heute kannten.«

»Emily«, protestierte Nick. »Soll das etwa heißen, du glaubst, dass er wiedergeboren wurde?«

Sie sah ihn an, und ihre Augen flehten um Verständnis. »Nick, Will Stafford war das Ebenbild seines Urgroßvaters auf diesem Bild, aber …«

»Was ist, Emily?«

»Ich habe das Foto bei den Erinnerungsstücken der Familie Lawrence gefunden. Die Chancen stehen eine Million zu eins, dass Will es je gesehen hat.«

Beruhigend tätschelte er ihre Hand.

»Nick«, flüsterte Emily. »Auf dem Foto hält Douglas Carter einen mit Metallperlen besetzten Damenschal in der Hand.«

Danksagung

Wieder einmal ist der Zeitpunkt gekommen, all denen zu danken, die den Weg zu diesem Buch mit mir gemeinsam gegangen sind.

Meine große Wertschätzung gilt meinem langjährigen Herausgeber Michael Korda. Kaum zu glauben, dass sechsundzwanzig Jahre verstrichen sind, seit wir zum ersten Mal über *Wintersturm* die Köpfe zusammensteckten. Es ist eine Freude, mit ihm zusammenzuarbeiten – und auch mit Chuck Adams, der seit zehn Jahren sein Cheflektor ist. Die beiden sind wunderbare Freunde und Berater.

Lisl Cade, meine PR-Beauftragte, ist buchstäblich meine rechte Hand. Sie ermutigt mich, hat immer ein offenes Ohr für mich und ist mir eine unbeschreiblich große Hilfe. Ich liebe dich, Lisl.

Außerdem danke ich meinen Agenten Eugene Winick und Sam Pinkus, die mir in allen Lebenslagen beistehen.

Gypsy da Silva, die leitende Redakteurin, und ich haben wieder eine gemeinsame Abenteuerreise hinter uns. Vielen, vielen Dank, Gypsy.

Danke auch an die Redakteurin Carol Catt, den Hersteller Michael Mitchell und den Korrektor Steve Friedeman für ihre sorgfältige Arbeit.

John Kaye, oberster Staatsanwalt von Monmouth County, war so freundlich, meine vielen Fragen zur Arbeitsweise der Staatsanwaltschaft zu beantworten, während ich dieses Buch schrieb. Ich bin Ihnen zu größtem Dank verpflichtet, und falls ich etwas falsch verstanden haben sollte, bekenne ich mich schuldig.

Sergeant Steven Marron und der pensionierte Detective Richard Murphy von der New Yorker Polizei, Mitarbeiter der Bezirksstaatsanwaltschaft des Kreises New York, haben mir wiederholt geschildert, wie wirkliche Polizisten in den Situationen reagieren, die ich auf diesen Seiten darstelle. Ich bin ihnen für ihre Hilfe sehr dankbar.

Immer und ewig gilt mein Dank meinen Assistentinnen und Freundinnen Agnes Newton und Nadine Petry und außerdem meiner treuen Leserin und Schwägerin Irene Clark.

Judith Kelman, Autorin und Freundin, hatte auch auf die schwierigste Frage immer eine Antwort parat. Sie ist eine Meisterin im Recherchieren und eine wunderbare Freundin. Vielen Dank, Judith.

Meine Tochter und Schriftstellerkollegin Carol Higgins Clark kämpfte gleichzeitig mit mir mit ihrem Buch. Diesmal verliefen unsere Wege zwar parallel, aber dennoch getrennt, was uns allerdings nicht daran hinderte, uns in den Höhen und Tiefen des Schaffensprozesses auszutauschen.

Ich habe die Werke von Fachleuten auf dem Gebiet der Reinkarnation und Regression studiert und bedanke mich herzlich für die Einblicke, die mir diese Texte vermittelt haben. Es handelt sich dabei um die Arbeiten von Dr. med. Robert G. Jarmon, Ian Stevenson und Karlis Osis.

Bei Bruder Stephen Fichter bedanke ich mich für die bibelfeste Beratung in letzter Minute.

Zu guter Letzt möchte ich meinem Mann John und unserer wundervollen Familie, den Kindern und den Enkeln danken, die in der Widmung erwähnt werden.

Und nun, liebe alte, neue und zukünftige Leser, danke ich Ihnen dafür, dass Sie sich für dieses Buch entschieden haben. Ich hoffe, sie hatten Spaß daran.